한동오 장편소설

네오
픽션

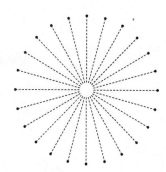

## 차례

결혼식 하기에 오늘만큼 좋은 날도 없었다. 하지만 나는 지금 인천대교의 새까만 아스팔트 위에 엎어진 채로, 점차 의식을 잃어가는 중이다.

저 앞에 내 차가 보였다. 보닛은 가드레일 사이에 낀 채 마치 히말라야 산맥 모형처럼 구겨져 있었고, 그 밑에선 시커먼 연기가 풀풀 피어올랐다. 그 연기 너머로, 사랑하는 아내가 앞 유리창을 뚫고 튀어 나가 보닛 위에 쓰러져 있는 게 보였다. 온통 피범벅이 된 아내를 본 순간 시간이 멈춰버린 것만 같았다. 내 숨도, 생각도, 다른 모든 것도, 전부 제자리에 멈춘 것 같았다. 그러나 갈기갈기 찢어진 웨딩드레스는 시시각각 빨갛게 물들어가고, 연기는 점점 더 심해지고 있었다. 그래, 시간이 멈출 리가 없다.

저 연기 속에서는 숨도 제대로 못 쉴 것이다. 빨리 일어나서 아내를 도와줘야 하는데, 병원에 데려가야 하는데, 괜찮으냐고, 정신 좀 차려보라고 해야 하는데, 몸이 전혀 움직이지 않는다. 의식이 점차 혼미해진다. 슬픔, 절망감, 자책감, 두려움, 서러움 같은, 지금 내 안에서 소용돌이치는 모든 감정이 서서히 멀어져 간다.

주변이 어두워진다. 나는 아내를 바라본다. 의식이 혼미해질 수록, 반쯤 벌어진 그녀의 입술이 점점 커져간다. 주변의 어둠을 먹어가면서, 마치 비밀스러운 전설이나 우화를 노래하는 여신의 입술처럼, 점점 거대해진다. 나는 결국 그 아득한 입술 속으로 떨어져 내린다.

\*

빗방울이 창문에 부딪히는 소리가 들린다. 차들이 젖은 아스팔트 위를 달리는 소리, 네온사인에 전류가 흐르는 소리, 에어컨의 팬이 돌아가는 소리, 냉장고의 모터가 돌다 멈추는 소리도 나직하게 들려온다. TV에서는 낭랑한 여자 목소리가 흘러나오고 있다.

"안녕하십니까. 2025년 7월 30일, 현재 시각 오후 일곱시. 뉴스 스트리밍, 간추린 소식입니다. 인천광역시 행정민영화 시범 정책에 반대하는 행정공무원 및 경찰공무원 노조의 집회가 호우 속에서도 계속되고 있습니다. 이들과 인천시 간의 입장 차이, 시민들의 생각과 주변 교통 상황에 대해 이민정 기자가 잠시 후

보도합니다."

짙은 초록색 가죽 소파에 누운 태하가 손을 뻗는다. 나무 탁자 위를 더듬던 손에 아바나 담뱃갑과 라이터가 잡히자 한 개비를 뽑아 불을 붙인다. 태하의 나른하고 멍한 눈동자가 담배 연기를 좇으며 깜빡인다.

"또 이상한 꿈을 꿨어요?"

소파 너머에서 목소리가 들려왔다. 의자 삐걱거리는 소리, 신발 끄는 소리가 난다. 그러고는 한 남자가 얼굴을 내민다. 삐죽삐죽하게 세운 머리카락, 홀쭉한 얼굴, 작은 눈과 유난히 큰 코. 흰색 반팔 티셔츠와 청바지를 입고, 발목까지 오는 갈색 워커를 신고 있다.

"대웅, 퇴근 안 하고 뭐 했어."

소파에서 몸을 일으킨 태하가 창가로 걸어간다. 작은 에어컨이 창문에 박힌 채 돌아가고 있다. 대충 잘라낸 유리와 에어컨 사이의 틈을 하얀 스티로폼이 메우고 있고, 덕지덕지 붙은 누런 박스테이프가 나머지 틈새를 막고 있다.

"스카이텔레컴이 신개념 가상현실 서비스 '스위트룸'을 본격 운용하기 시작했습니다. 많은 시민과 기자들이 스위트룸 발표 행사에 참석해 스카이텔레컴의 가상현실 기술을 직접 체험했는데요, 잠시 후 김지웅 기자가 자세한 소식을 전합니다."

태하가 창문을 조금 열고 창밖을 본다. 콘크리트처럼 짙고 뭉글뭉글한 먹구름이 하늘을 뒤덮고 있다. 도로를 가로지르는 전선, 가로수의 무성한 잎, 상점들의 차양 끄트머리에서 빗물이 뜰어져 내린다. 홀로그램 간판과 네온사인 불빛에 흠뻑 젖은 거리 위로 굵은 빗방울이 쏟아지고 있다. 태하가 뱉은 담배 연기가 창밖으로 빠르게 흘러 나간다. 젖은 아스팔트에 반사된 자동차 전조등 불빛이 태하의 눈언저리를 스치고 사라진다. 건물 외벽의 네온 간판은 치직치직 나직한 소리를 내고 있다.

"자신의 부모를 살해하고 한 달간 시신을 유기한 30대 남자가 오늘 오후 이웃 주민의 신고로 경찰에 검거됐습니다. 10년 가까이 자신의 방에 틀어박혀 은둔형 외톨이 생활을 하던 강 모 씨는 부모가 자신을 강제로 방 밖으로 끌어내려 하자 이에 분개해 범행을 저지른 것으로 밝혀졌습니다."

태하가 장초를 창밖으로 던지며 마지막으로 빤 담배 연기를 뿜고는 창문을 닫는다. 그러고는 사무실을 둘러보며 말한다.

"불 좀 켜라."

대웅이 걸어가 출입문 안쪽의 스위치를 건드리자 천장에 붙은 형광등이 껌벅거리며 하얗게 빛난다. 열댓 평 되어 보이는 사무실을 구색이 안 맞는 이런저런 집기들이 채우고 있다. 출입문 안쪽에는 형광등 스위치와 세면대와 수건걸이, 그리고 세면대 높이보다 약간 더 높을 뿐인 작은 냉장고가 있고, 사무실 중앙에는 짙은 올리브색 가죽 소파 두 개와 갈색 나무 탁자가 놓여 있다. 그 뒤쪽에는 커다란 철제 책상 하나와 검은 가죽 의자, 철제 캐비닛이 보인다. 반질반질하게 연마된 자갈 무늬 시멘트 바닥에는 금색의 가느다란 금속선이 종횡으로 박혀 일정하게 구획을 나누고 있다. 천장은 하얀색, 벽도 하얀색이다. 한쪽 벽은 전부 창문이고, 그 창문들 사이에 하나 서 있는 기둥엔 작은 벽걸이 TV가 걸려 있다.

"인천 남동공단 외국인 총격 사태로부터 20일. 사건 당시 드러난 경찰의 늑장 대응과 여전한 관할 떠넘기기 관행에 대해 유족들과 시민들의 생각을 들어봤습니다. 잠시 후 아홉시에 뵙겠습니다."

태하가 소파에 앉으며 리모컨으로 TV를 끄자, 화면이 사라지는 동시에 거울이 되어 실내를 비춘다. 대웅이 태하 건너편에 앉으며 묻는다.

"비가 꽤 쏟아지나 봐요?"

"어, 좀 오네."

대웅이 싱글거리며 자신의 왼쪽 손목을 태하에게 내민다. 손목에서 희미한 연두색 빛이 반짝거리고 있다.

"뭔데?"

"암터미널(Arm Terminal)요. 멋지죠?"

"노래를 불러대더니 소원 성취하셨네. 카를로스한테 가서 한 거야?"

"네, 있으니까 확실히 편해요. 인터넷, 전화, GPS, 결제, 영화나 음악 같은 건 그냥 손목에 플레이리스트 뜨고요."

"이어폰 구멍이랑 배터리는 어디로 뺐어?"

"에이, 언제 적 얘길 해요. 요즘 건 그냥 귓가에서 들려요. 생체 전기로 충분하고."

그때 출입문 너머에서 노크하는 소리가 들려온다.

"손님 오기로 했어?"

"그런 거 없는데?"

대웅이 출입문으로 성큼성큼 걸어가 문을 열자, 30대 중반으로 보이는 여자가 커다란 눈을 깜빡이며 서 있다. 살짝 올라간 눈매, 작지만 곧은 코, 얇은 입술, 갸름한 턱. 화장을 아예 하지 않았거나 옅은 화장만 한 얼굴이다. 여자의 구불구불한 검은색 머리칼은 어깨에 닿아 있다. 푸른 민소매 원피스에 얇은 흰색 카디건을 입고, 작고 납작한 금색 핸드백을 어깨에 걸고 있다.

"박이슬 씨 소개로 왔는데, 맞게 찾아온 건지 모르겠네요."

여자의 짙은 남색 우산에서 물이 떨어져 내린다. 대웅이 문을 더 활짝 열며 말한다.

"아, 이슬이요. 맞게 오셨네요. 맞아요."

"근데 간판은······."

여자가 손가락으로 문 바깥쪽을 가리킨다.

"그건 그냥 위장이에요, 사설 조사 찾아오신 거잖아요."

여자가 고개를 끄덕이자, 대웅이 우산을 받아 세면대 옆에 세워 두고는 소파로 안내한다.

"거기 편하게 앉으시고요. 차는, 냉커피 괜찮습니까?"

태하가 회색 철제 책상 앞에 앉으며 말을 건넸다.

"아무거나 상관없어요."

그러자 대웅이 누렇게 색이 바랜 냉장고에서 1.5리터 커피 페트병과 얼음을 꺼낸다.

"비가 많이 오죠?"

"그냥 추적추적 내리는 정도였는데, 갑자기 쏟아지네요."

"수건 좀 드릴까요?"

"괜찮아요."

태하가 손가락으로 책상 표면을 건드리자 책상 위 허공에 홀로그램 화면이 나타난다. 태하가 책상 표면 위에서 이리저리 손가락을 움직여 화면 속에 보이는 녹음 버튼을 클릭한다. 그러고는 소파로 가서 여자의 맞은편에 앉는다.

"조사 의뢰하러 오신 거죠?"

태하가 묻자 여자가 고개를 끄덕인다.

"지금부터 하시는 말씀은 따로 부탁을 안 하셔도 철저히 비밀에 부쳐지니까, 뭐 다른 걱정은 안 하셔도 됩니다. 지금 이 대화는 녹음되고 있는 거 알고 계시고요, 원치 않으시면 서면으로 기록할 수 있습니다."

"괜찮아요."

대웅이 냉커피를 담은 컵 세 개를 차례로 탁자에 내려놓고 여자 옆에 앉았다. 여자가 컵을 들어 커피를 마신다. 아무 장식도 없는 투명한 유리컵이다. 컵을 탁자에 내려놓고는 입을 연다.

"딸애가 사라졌네요."

태하가 천천히 고개를 끄덕이며 묻는다.

"몇 살이나 됐죠?"

"열일곱."

그러자 태하가 고개를 갸웃하며 말한다.

"근데 굉장히 젊으시네요."

여자는 잠자코 탁자를 내려다보고 있다.

"사진 있어요, 사진?"

대웅이 묻자 여자가 핸드백에서 사진 한 장을 꺼내 탁자 위에 놓는다. 태하가 그 사진을 집어 든다. 곡선이 두드러진 몸매, 구불구불한 긴 머리칼, 갸름한 얼굴, 주근깨가 많은 구릿빛 피부, 밝은 갈색의 커다란 눈동자, 부드럽게 솟아오른 콧날, 슬며시 벌어진 도톰한 입술. 교복을 입은 이국적인 외모의 소녀가 고양이처럼 말아 쥔 손을 눈 옆에 갖다 대고 있다.

"예쁘게 생겼네요. 이름이?"

"한나. 사진은 대부분 웹에 있는데 못 보게 다 막아놔서 그것밖에 없어요. 다른 것들은 어릴 적 사진들이라 별 도움이 안 되실 거고요."

태하가 대웅에게 사진을 건넨다. 사진을 본 대웅이 여자에게 묻는다.

"아, 혼혈이에요?"

"아빠 쪽이 아일랜드계거든요."

"그렇구나. 한나가 그, 메간 폭스 한창때랑 엄청 닮았는데요?"

대웅이 사진을 가까이 들여다보며 말했다.

"경찰엔 연락하셨고요?"

태하가 묻자 여자가 고개를 끄덕이며 대답한다.

"당연하죠. 근데 찾는 건지 안 찾는 건지 모르겠어요. 진전이 없다는 메시지만 자꾸 오고."

"경험상 하는 말인데, 다른 건 몰라도 사람 찾는 문제로 경찰

14

도움을 받으려면 몇 년은 기다려야 될 겁니다."

"그런가요."

어둠에 물든 유리창이 거울처럼 실내를 비추고 있다. 여자와 태하, 대웅의 옆얼굴이 환영처럼 유리창에 떠올라 보인다. 자동차 전조등이 창을 훑을 때마다 유리창에 찍힌 빗물이 반짝인다.

"근데 얼마나 된 거예요, 실종된 지가?"

대웅이 그제야 사진을 내려놓으며 물었다.

"한 일주일 정도."

"납치는 아닌 것 같고?"

"네."

"이유는?"

"짐 싸서 나가는 납치도 있나요?"

태하가 고개를 끄덕이고는 다시 입을 연다.

"그럼 실종이라기보다는 단순 가출이네요."

"뭐, 그렇죠."

"핸드폰은요? 전화해보셨습니까?"

"당연한 걸 자꾸 물으시네요. 근데 얘가 번호를 바꿨는지 명의를 바꿨는지, 통화도 안 되고 위치 추적도 소용없어요."

태하가 커피를 한 모금 마시고 내려놓는다. 컵에 맺힌 물방울이 손가락 사이로 흘러내린다.

"뭐, 알겠습니다."

"찾아주시는 건가요?"

"글쎄요, 그게 저희가 결정할 문제가 아니니까."

여자가 태하를 바라본다.

"비용이 얼만데요?"

"하루 90만 원."

"생각보다 비싸네요."

그러자 대웅이 손사래를 치며 입을 연다.

"아우, 진짜 이건 싼 편이에요. 한나가 아직 미성년자잖아요. 그럼 찾기가 진짜 까다롭거든요? 그리고 요즘 물가 오른 것도 생각하셔야죠. 솔직히 이게 돈이 줄줄 새는 일이에요. 까놓고 말하면 뭐 불륜 추적해서 이불 걷어 젖히고 플래시 몇 방 터뜨리는 게 남긴 제일 남거든요? 근데 사람 찾는 건 저희가 이렇게 받아도 남는 게 없어요. 진짜 이게 비싸다고 생각하심 안 돼요. 이건 저희가 뭐랄까, 사회적 사명감 차원에서 하는 일이라……."

여자가 태하를 빤히 바라본다.

"찾을 수는 있는 거예요? 확실히?"

"99프로는 사흘 내에 찾습니다."

"못 찾으면요?"

"저희가 일을 했다는 증거들을 보고서로 작성해서 드릴 겁니다. 뭐, 소기의 성과가 있을 수도 있고요. 그걸 보고 계약을 연장할 건지 말 건지 결정하시면 됩니다. 찾는 쪽으로 생각하세요."

여자가 컵의 테두리를 손가락으로 만지작거린다.

"사흘이면 이백칠십이네요? 내일이라도 당장 찾아주시면 오백 드릴 테니까, 시간 끌지 말고 최대한 빨리 찾아주세요."

태하가 잠시 여자의 눈을 바라본다. 그리고 대답한다.

"좋습니다."

창밖에서 거세진 빗소리가 들려온다. 차들이 젖은 아스팔트 위를 달리는 소리도 들려온다. 컵에 담긴 얼음이 녹으며 덜그럭 움직이자 컵에 맺힌 물방울이 탁자 위로 흘러내린다. 태하가 말한다.

"내일 오전에 댁으로 방문하겠습니다. 달랑 사진 한 장 갖고 얘기하는 건 한계가 있으니까요. 계약은 내일부터 끊고, 계약금도 내일 해주시면 됩니다. 오전 열시쯤, 괜찮으시죠?"

"그래요."

대웅이 얼른 커피를 한 모금 마시고 여자에게 말한다.

"자, 주소랑 성함 말씀해주세요."

"안 적으셔도 되나요?"

"녹음되니까요."

대웅이 웃으면서 대답했나.

"차수연. 인천시 부평구 신부평동 시저팰리스 에이타워 4004호. 0101 4176 1945. 혹시 지리 모르시면 연락하시고요."

"내일 뵙겠습니다. 차 가져오셨어요?"

태하가 묻자 수연이 되묻는다.

"주차권 받아 가야 하나요?"

"아니요, 그런 거 없습니다."

수연이 핸드백을 들고 소파에서 일어나며 말한다.

"사진은 드리고 갈게요."

태하가 고개를 끄덕이며 같이 자리에서 일어난다. 수연이 몸을 돌려 출입문으로 걸어가자 대웅이 성큼성큼 다가가 우산을 집어 건넨다.

"이슬이가 먼저 연락을 줬으면 바로 방문했을 건데, 귀찮게 해드렸네요."

"아뇨, 지나는 길에 들러본 거예요. 괜찮아요."

"예, 그럼 빗길 조심하시고요, 내일 뵐게요!"

대웅이 문을 열어주자 수연이 가볍게 인사한 후 밖으로 나간다. 계단을 내려가는 수연의 푸른 원피스가 이리저리 나풀거린다. 흰색 샌들이 내는 굽 소리가 계단 안에 울려 퍼지다가 점점 멀어져간다.

"아이구야, 히프짝이 그냥 쩌는데요? 어후!"

대웅이 문을 닫고 돌아서며 말했다. 태하가 책상에 앉아 컴퓨터를 조작하며 묻는다.

"저 여자? 아님 딸?"

대웅이 소파에 앉으며 탁자 위의 사진을 집어 올린다.

"둘 다요. 근데 얘 말이에요. 쉬울 것 같지 않은데요? 기지배가 아주 색기가 좔좔 흐르는 게, 어디 독서실 뒤지고 떡볶이집 뒤져서는 어림도 없을 것 같아요. 음, 맞아. 진짜 딱 메간 폭스야."

"쉬울 것 같으면 돈을 그렇게 많이 준다고 안 하겠지."

"원래 돈 많은 집일 수도 있죠. 딱 보니 돈 많아 보이는 스타일이던데요, 뭐. 그리고 시저펠리스? 형님, 거기 몰라서 하는 말이에요?"

"몰라."

"내일 한번 봐요. 진짜 끝내주는 데니까."

태하가 컴퓨터를 끄고는 책상 위의 전화기와 재떨이, 메모지와 펜들을 대충 정리한다. 그리고 자리에서 일어나며 말한다.

"퇴근하자."

대웅이 탁자 위에 있던 컵들을 차례로 집어 커피를 전부 벌컥벌컥 들이켜고는 컵들을 세면대에 밀어 넣는다. 그리고는 스위치를 눌러 불을 끈다.

"오늘 차 안 가져왔죠?"

대웅이 출입문을 열고 밖으로 나가며 물었다.

"왜, 우산 없어?"

태하가 따라 나와 문을 닫고는 지문 인식기에 엄지손가락을 갖다 댄다. 잠시 후 삐빅, 소리가 나며 문이 잠기자 대웅이 함께 걸음을 옮기며 말한다.

"이렇게 많이 쏟아질 줄은 몰랐죠. 하나 사죠, 뭐."

태하와 대웅이 계단을 내려간다. 계단 벽은 낙서들로 새까맣다. 건물 전체에서 축축한 비 냄새가 난다.

"형님은요?"

"난 지하철 타면 바로니까."

2층 층계참에 난 창문에서 비가 들이치고 있다. 열린 창문을 통해 누군가 차에 시동을 거는 소리가 들려온다. 2층 복도 안쪽으로 '럭키 당구장', 성인용품점인 '람바다 섹스숍'의 팻말이 보인다. 한 구역은 아직 임대가 안 됐다. 층계참을 돌아 1층으로 내려가자 짙은 초록색 페인트로 칠해진 계단 위 전등에 불이 들어온다. 계단이 끝나는 곳에는 상가 공동 우편함이 붙어 있고, 그 오른쪽으로 1층 복도가 뻗어 있다. 복도를 따라 '세븐일레븐', '원조 와사비 라면', '부평약국'의 팻말과 뒷문이 보인다. 복도 사이에는 배달용 자전거와 자질구레한 짐이 쌓여 있다.

"가는 길에 스위트룸이나 한번 알아보려고요."

"뭐야 그게?"

"가상현실 서비스라는데, 괜찮으면 가입하게요."

"가상현실 서비스가 한둘이냐? 얼마나 실감 나느냐가 문제지."

"봐야죠, 뭐."

태하와 대웅이 1층 복도를 그냥 지나쳐 상가 입구 쪽으로 걸어간다. 입구에는 유리가 끼워진 은색 알루미늄 출입문 두 개가 붙어 있고 그 맞은편에는 지하로 내려가는 계단이 있다. 계단 위쪽에서 '후리챠 룸클럽'이라는 플라스틱 간판이 깜빡거린다.

"내일 한나 집엔 몇 시쯤에 갈 건데요?"

은색 알루미늄 문의 손잡이를 잡은 대웅이 고개를 돌리며 물었다. 빗물과 손자국, 광고 스티커로 더러워진 유리 너머로 거리의 불빛들이 그렁그렁 반짝이고 있다. 대웅이 그대로 문을 당기다가 갑자기 동작을 멈춘다.

"아! 맞다, 한나."

대웅이 완전히 돌아선다. 그리고 말을 잇는다.

"저기 한나라고, 어떤 외국인 거지가 개를 찾아달라고 왔었거든요?"

"외국인 거지가 한나야, 개 이름이 한나야?"

"개요. 가슴에 하얀 털이 있는 갈색 개였는데, 아주 큰 개. 핸드폰 사진 보여주면서 찾아달라고 하더라고요."

"언제? 어디 산다는데?"

"형님 없을 때요. 요 근방에 사는 것 같더라고요. 근데 꼴이 진짜 장난 아닌 게, 냄새도 쩔고 진짜 토하는 줄 알았어요."

"뭐 오다가다 보이면 찾아주는 거고 아니면 마는 거지. 돈도 없을 거 아냐?"

"그렇겠죠."

"신경 쓰지 마."

대웅이 고개를 끄덕이며 은색 알루미늄 문을 당기자 문 밑부분이 시멘트 바닥을 긁으며 서걱거리는 소리를 낸다. 열린 문 사이로 비 냄새가 훅 끼친다. 거리의 소음도 좀 더 크게 들려온다.

"가볼게요, 내일 봐요!"

대웅이 몸을 움츠리고 빗속으로 뛰어들며 소리쳤다.

"그래, 들어가라."

대웅이 보도블록 중간중간에 있는 빗물 웅덩이를 이리저리 피해 뛰어가자, 손목에서 반짝이던 연두색 불빛이 잔상을 그리며 차츰 멀어져간다. 그러고는 곧 거리의 불빛 속에 섞여버린다.

젖힌 문에 기댄 채 그 모습을 바라보던 태하가 아바나 한 개비를 물고 라이터를 갖다 댄다. 가늘게 뜬 눈동자에 비친 불꽃이 한두 번 위태롭게 일렁이자, 담배 끝에서 연기가 피어올라 빗줄기 사이로 흩어진다. 태하가 거리를 바라본다. 쏟아지는 빗속에서 홀로그램 간판과 네온사인이 깜빡이고, 버스가 출발하고, 택시가 서고, 신호등이 바뀌고, 우산을 든 행인들이 빠른 걸음으로 지나다니고 있다. 그때 빗소리에 섞인 잡다한 소음 속에서 짤막한 음악이 들려온다. 태하가 바지 주머니에서 핸드폰을 꺼낸다. 손가락으로 화면을 건드리자 메시지가 나타난다.

태하가 핸드폰을 들여다보며 담배를 빤다. 연기를 뱉는다. 그렇게 담배 한 대가 다 타들어가는 동안, 한참을 들여다본다. 문 안쪽으로 들이치는 빗방울이 투두둑투두둑 소리를 내며 태하의 구두 끝을 적신다. 태하가 담배를 바닥에 던지자, 오렌지빛 담뱃불이 작은 포물선을 그리며 떨어지다가 비에 젖어 검게 식는다. 태하가 핸드폰을 주머니에 집어넣고 문을 나선다.

그리고 잠시 고개를 돌려 '나'를 본다.

*

태하가 지하철역 계단을 내려간다. 지린내와 곰팡내가 난다. 벽은 온통 페인트 스프레이 낙서다. 벽에 붙은 타일에는 녹물 흐른 자국이 길게 나 있고, 바닥은 비와 습기 때문에 미끌미끌하다. 태하가 널찍한 복도를 걸어가며 머리와 어깨의 빗물을 털어낸다. 복도 한편에는 노숙자들이 누워 있다. 축축한 바닥 위에 종이박스를 깔았지만 이미 다 젖어 흐물흐물해진 상태다. 개찰 기계에 핸드폰을 갖다 대자 삐빅 소리와 함께 바리케이드가 안쪽으로 접혀 들어간다. 냄새 나는 공기, 낙서, 녹물 자국, 축축한 바닥은 계단을 한 번 더 내려가 플랫폼에 다다를 때까지 이어진다.

플랫폼에 열차가 다가와 멈춘다. 유리가 박살 나서 있으나 마나 한 스크린 도어가 열리고, 곧이어 열차 문이 열린다. 태하가 열차에 타자 안내 방송이 흘러나온다.

"안녕하십니까? 오늘도 저희 인천지하철 2호선을 이용해주셔서 감사합니다. 이 열차는 부평에서 차이나타운까지 인천 외곽 지역을 순환하는 무인 열차입니다. 이용객 여러분께서는 원하는 목적지 도착에 어려움이 없도록, 차내에 비치된 위성지도 및 노선표를 활용하여 현재 위치와 환승역, 목적지 등을 확인하시기 바랍니다. 감사합니다."

푸르스름한 실내등이 껌벅거린다. 머리카락을 빨갛게 염색한 남자가 꾸벅꾸벅 졸며 이따금씩 몸을 움찔거리고 있다. 검은 민소매 티와 청바지를 입고 허리춤에 체인을 두르고 있다. 20대 초반으로 보인다. 건너편에는 금테 안경을 쓰고 금시계를 찬 노인이 앉아 있다. 흰색 와이셔츠에 흰색 마 바지를 입었고 신문을 읽는 중이다. 그 옆에는 등산복 차림의 중년 여자가 앉아 있다. 다리 사이에 등산용 지팡이를 세우고는 두 손을 그 지팡이의 T자 모양 손잡이 위에 얹어놓았다. 배낭은 옆자리에 있다.

열차의 실내등이 푸르스름한 빛을 내며 껌벅거린다. 태하가 문가에 기대서서 창밖을 바라본다. 빠르게 흘러가는 터널 안의 조명등 외에는 아무것도 보이지 않는다. 열차 안의 모습이 거울처럼 비치고 있을 뿐이다. 조금씩 흔들리고 있는 손잡이, 안전봉, 좌석에 앉아 있는 사람들, 노선표와 지도가 표시되는 공용 컴퓨터, 출입문과 창문 옆에 붙은 광고 포스터들, 낙서들, 쓰레기들이 보인다. 태하의 눈길은 유리창에 비친 광고 포스터 한 장에 머물러 있다. 웨딩드레스와 턱시도를 입은 남녀가 바다 위를 날아오르는 그림이 그려진 포스터. 한동안 그 포스터를 바라보던 태하의 눈빛은 차츰 터널 안 어딘가를 들여다보는 것처럼 초점이 흐려지고 공허해져간다. 그러다 문득, 핸드폰을 꺼내 아까 받은 메시지를 다시 불러낸다.

접수번호 K9908751누/접수일 2024년05월13일
접수내용 - 배우자 실종·수색 요망
위 사항에 대하여 진전된 사항이 없습니다.
(자동 알림 서비스 선택/취소 설정 1544-112)
---인 천 경 찰 청---
2025년 07월 30일 19:51 수신

태하가 손가락으로 핸드폰 화면을 어루만진다. 그렇게 만지고, 만지고, 만지면서 또 한참을 들여다보다가, 결국에는 삭제 버튼을 누른다. 태하의 입에서 깊은 한숨이 새어 나온다.
"이번 정차할 역은 산곡사거리, 산곡사거리역입니다. 내리실 문은 왼쪽입니다."
터널 안의 조명등이 흘러가는 속도가 점차 느려지더니 열차가 플랫폼에 접어든다. 잠시 후 열차가 멈추고 문이 열린다. 내리는 사람도 타는 사람도 없다. 어디선가 여자의 비명과 요란한 하이힐 소리만 들려올 뿐, 플랫폼에는 서늘한 공기만 흐르고 있

다. 문이 닫히고 열차가 다시 출발한다. 태하는 무심한 시선으로 허공을 응시하며 핸드폰만 만지작거린다. 터널 안의 조명등이 조금씩 빠르게 스쳐 지나가다가 다시 기다란 빛의 띠처럼 하나로 이어져 흘러간다. 그 빛의 띠를 바라보던 태하의 눈동자가 또다시 웨딩드레스와 턱시도를 차려입은 남녀의 포스터 속으로 빠져든다. 어디선가 여자의 비명 소리, 남자의 고함 소리가 아득하게 들려온다. 태하의 눈동자가 흔들리기 시작한다. 비명 소리와 고함 소리가 점점 더 크게 들려오자, 태하가 눈을 질끈 감고 고개를 흔든다. 하지만 소리는 사라지지 않는다. 소리는 점점 더 커지고 점점 더 생생해질 뿐이다. 그제야 태하가 눈을 뜨고 주변을 두리번거린다.

열차와 열차 사이를 잇는 문이 요란한 소리를 낸다. 젊은 여자 한 명이 뛰어나온다. 핑크색 하이힐, 광택이 나는 은색 미니 원피스 차림이다. 밝은 갈색으로 염색한 머리는 산발이 되어 있다. 얼굴은 눈물 때문에 번진 마스카라와 립스틱으로 엉망진창이다.

"살려주세요! 저 좀 살려주세요!"

하이힐이 바닥을 찍을 때마다 여자의 가느다란 발목이 위태롭게 휘청거린다. 승객들은 어리둥절한 표정으로 바라보고만 있다.

"아, 입 좀 다물어. 누가 죽인댔냐?"

한 남자가 여자를 뒤쫓아 나오며 소리쳤다. 남자는 삭발한 머리에 회색 트레이닝복 바지와 흰색 러닝셔츠 차림이다. 어깨에는 시커먼 문신이 있다. 지금은 천천히 걸어서 여자에게 다가오고 있지만, 방금 전까지 뛰어온 듯 숨을 가쁘게 쉬고 있다.

"옹? 누가 잡아 죽인댔냐고!"

여자가 뒤를 돌아본다. 그 순간 발목이 뒤틀리며 중심이 흐트러지고, 결국 바닥에 나뒹군다. 그러자 인상을 잔뜩 구기고 있던 빨간 머리 남자가 일어나 여자를 쫓던 남자의 어깨를 움켜잡는다.

"전철 전세 냈냐? 지랄들 할 거면 느 집 가서 해, 사람 깨우지 말고!"

여자를 쫓던 남자가 기가 막힌다는 듯 웃음을 터뜨린다. 그러고는 붙잡힌 어깨에 있는 자신의 검은 표범 문신을 잠깐 내려다보더니, 순식간에 팬티 속에서 권총을 꺼내 빨간 머리 남자의 광대뼈를 후려친다. 빨간 머리 남자는 비명도 못 지르고 그 자리에 쓰러진다.

"총알 구하기 어려워서 목숨 건진 줄 알아라."

여자를 쫓던 남자가 다시 팬티 속에 권총을 집어넣으며 말했다. 건너편 좌석에서 그 광경을 지켜보던 등산복 차림의 여자가 눈을 감은 채 고개를 푹 숙인다. 옆에서 신문을 읽던 노인은 슬며시 손목의 금시계를 끌러 바지 주머니에 집어넣는다. 여자는 자신을 쫓던 남자와 태하 사이에 엎드려 서럽게 흐느낀다.

"요거 한 알 꼴깍 삼키는 게 뭐 그렇게 힘드냐? 말 안 들을래?"

남자가 다가서자 여자가 더 크게 비명을 지르며 흐느낀다. 그러고는 태하를 보며 소리친다.

"아저씨, 도와주세요! 제발요! 저 좀 도와주세요! 저거 먹으면 미친단 말이에요! 네?"

태하가 여자를 바라보자, 그런 태하를 본 남자가 말한다.

"신경 꺼. 눈깔 뽑아버리기 전에."

태하가 남자의 말을 무시하고 계속 여자를 바라본다. 여자는 바닥에 무릎을 꿇은 채 어깨를 들썩이며 흐느끼고 있다. 그러자 남자가 또 기가 막힌다는 듯이 웃음을 터뜨린다.

"어이, 안 들려? 신경 끄고 딴 데 처보라고. 니 마누라라도 돼?"

태하가 미간을 찌푸린 채 천천히 고개를 든다. 그리고 남자를 노려본다.

"쳐다보면 어쩔 건데? 진짜 니 마누라야? 괜히 깝치지 말고 눈 깔라고!"

태하가 대꾸하지 않고 계속 남자를 노려보자, 남자가 슬쩍 웃고는 바로 권총을 꺼내 태하를 겨눈다.

"오늘 간땡이 부은 새끼들이 왜 이렇게 많아?"

남자의 두 눈과 총구가 태하를 노려보고 있다. 좌석에 앉아 있는 사람들과 바닥에 엎드린 여자의 눈도 태하를 지켜보고 있다. 태하는 계속 남자를 노려본다.

"워 야오 쌰 러 니!"

남자가 중국어로 소리치며 권총의 공이를 뒤로 젖혔다. 얼굴은 분노로 일그러졌다. 그럼에도 태하가 물러설 기미를 보이지 않자 결국 남자가 이를 드러내며 방아쇠에 손가락을 건다. 남자의 어깨가 들썩거리고, 숨이 점점 거칠어진다. 방아쇠에 건 손가락이 서서히 굽는다. 그 순간, 태하가 눈을 내리깔고 고개를 돌린다. 그러고는 다시 문가에 기대 창밖을 바라본다. 남자는 한동안 그런 태하를 노려보다가 이내 총을 집어넣고 우쭐한 표정으로 여자의 머리채를 움켜쥔다. 여자가 울면서 비명을 질러댄다.

"아저씨, 저 좀 살려달라니까요! 제발요!"

태하가 묵묵히 창밖을 바라보며 조용히 숨을 내쉰다. 미세하게 떨리는, 절제된 숨이다. 열차가 완만한 커브를 돌아나가자 고래가 우는 것 같은 소리가 들려온다.

"이번 정차할 역은 원적산, 원적산역입니다. 내리실 문은 오른쪽입니다."

터널 안의 조명등이 흘러가는 속도가 점차 느려진다. 잠시 후 열차가 멈추고 문이 열린다. 내리는 사람도 타는 사람도 없다. 서늘한 공기만 흐르고 있다.

"제발요, 제발 도와주……."

태하가 무심히 열차에서 내린다. 그대로 플랫폼을 따라 걸으며 열차 출입문을 두어 개 지나친다. 등 뒤에서 여자의 울음소리, 남자의 웃음소리가 들려온다. 태하가 지그시 눈을 감으며 미간을 찌푸린다.

"출입문이 닫힙니다."

안내 방송과 함께 출입문이 닫히는 순간, 태하가 간발의 차이로 다시 열차에 올라탄다. 쫓기던 여자가 열어놓은 문들을 지나 원래 있던 칸으로 걸어간다. 열차에 서서히 속도가 붙자 태하의 몸이 앞으로 약간 숙여지고 걸음에 힘이 실린다. 노인이 신문 위로 눈만 내밀고는 태하를 흘끗 쳐다본다. 빨간 머리 남자는 한쪽 얼굴을 감싸 쥔 채 아직도 끙끙대는 중이다. 태하가 등산복 입은 여자 앞을 지나치며 지팡이를 낚아채자 여자는 깜짝 놀라 손으로 입을 가린다.

쫓기던 여자가 아직도 그 자리에 주저앉아 있다. 남자는 몸을 반쯤 숙인 채 한 손으로 그 여자의 머리채를 잡고, 다른 한 손으로는 알약 하나를 여자 입에 밀어 넣고 있다. 여자 입에 알약이 들어가자 남자는 자신의 침을 뱉어 넣는다.

"삼켜, 이년아."

태하가 남자에게 걸어가며 지팡이의 각 부분을 잡아보고 손바닥을 가만가만 때려보더니, 결국엔 T자 형태 손잡이의 반대편 끝을 단단히 쥔다. 태하가 그 부분을 잡고 지팡이를 휘두르자 T자 형태 손잡이가 망치처럼 허공을 가르며 바람 소리를 낸다. 남자가 그 소리를 듣고 엉거주춤한 자세로 고개를 놀린다. 그렇게 남자의 눈이 태하의 눈과 마주친 순간, 지팡이가 남자의 얼굴 한가운데에 꽂힌다.

열차 벽과 바닥에 피가 튀었다. 남자가 바닥에 쓰러져 어기적거리다가 좌석 끝에 붙은 알루미늄 봉을 붙잡고 겨우 몸을 일으킨다. 남자가 코피를 줄줄 흘리며 팬티 속에서 권총을 꺼내자, 곧바로 지팡이가 날아와 오른쪽 어깨를 찍어 내린다. 남자가 중심을 잃고 바닥에 무릎을 찧는다. 권총은 바닥에 떨어져 문가로 미끄러졌다. 태하가 멈추지 않고 다시 지팡이를 휘둘러 남자의 관자놀이를 때리자, 남자가 눈을 까뒤집으며 통로 한가운데로 엎어진다. 그래도 태하는 멈추지 않는다. 남자의 머리채를 잡고 옆구리를 슬슬 걷어차서 몸을 뒤집는다. 그러자 남자가 소리친다.

"사, 살려주세요!"

"누가 죽인대?"

남자의 얼굴이 온통 피범벅이다. 눈, 코, 입, 귀에서 피가 쏟아지고 있다. 태하가 그런 남자의 턱을 밟아 입을 벌리고 지팡이 손잡이를 쑤셔 넣는다. 남자가 몸을 움찔거리며 숨을 헐떡거린다. 태하가 지팡이가 꼿꼿이 서도록 방향을 조절하자 남자는 몸을 벌벌 떨기 시작한다.

"사, 사려우에요!"

태하가 지팡이를 물고 있는 남자의 턱을 가만히 바라보다가, 있는 힘껏 걷어찬다. 이 부러지는 소리와 함께 남자의 입에서 피가 부글거리며 올라온다. 잠시 후, 지팡이 끝이 서서히 옆으로 기운다.

"이번 정차할 역은 목재단지, 목재단지역입니다. 내리실 문은 왼쪽입니다."

태하가 여자를 바라본다. 정신을 잃고 바닥에 쓰러져 있다. 원피스 치마는 허리까지 말려 올라가 있고, 하이힐 하나는 바닥에서 뒹굴고 있다. 하얗게 드러난 목덜미에는 울긋불긋한 손자국 같은 것이 나 있다. 태하가 여자의 그 목덜미를 유심히 바라본다. 울긋불긋한 자국은 점점 빨갛게 달아오르며 조금씩 부풀더니 곧 선명한 연꽃 모양으로 변해간다. 터널 안의 조명등이 흘러가는 속도가 점차 느려진다. 열차가 플랫폼에 접어들자 태하가 문 앞으로 걸어가 바닥에 떨어진 권총을 바지 주머니에 집어넣는다. 열차가 멈추고 문이 열린다. 태하가 다시 한 번 여자의 목덜미에 눈길을 주고는 열차에서 내린다.

문이 닫히고 열차가 출발한다. 태하가 플랫폼 기둥 사이 어딘가로 사라지고 창밖의 풍경이 점점 빠르게 뒤로 밀려나는 것을 보면서, 나는 파도가 철썩이는 것 같기도 하고 날벌레 수십만 마리가 밀려오는 것 같기도 한 소리에 귀를 기울였다. 점점 더 커지고 점점 더 가까워지는 소리에 창에서 눈을 떼고 열차 통로를 쳐다봤다. 그곳을 통해 물이 쏟아져 들어오고 있는 게 보였다. 반대편도 마찬가지였다. 엄청난 기세로 쏟아져 들어온 물은 순식간에 객차 안을 채웠다. 발목 위로, 허리 위로, 그리고 머리 위로. 곧 객차 안의 모든 공간이 물속에 잠기자 조명이 붉은색으로 바뀌었다. 분홍빛의 미지근한 액체 속에서, 나는 혼란스러움과 편안함을 동시에 느꼈다. 초조감과 무력감이 번갈아 몸 안에 번져갔다. 귓가에 몰아치는 것이 소음인지 정적인지 판단이 서지 않았다. 나는 그저 밀도 높은 액체 속에서 힘없이 부유하고 있었다. 떠 있는 것이 내 정신인지 육체인지 분명치 않았다. 바닥에 쓰러져 있던 여자가 쓰러진 그 자세 그대로 바닥에서 서서히 떠올라, 마치 무용수처럼 하이힐을 축으로 한 바퀴 돌았다. 등산용 지팡이는 열차의 창문을 한 차례 톡 두드리고는 왼쪽 아래에서 오른쪽 위로 서서히 움직였다. 놓여 있던 자리에서 조금씩 들썩이다 이윽고 바닥으로 떨어져 내린 배낭, 해파리처럼 부유하다 조명 근처에서 넓게 펼쳐져 달라붙은 신문지, 열차의 천장을 부드럽게 낡고는 서서히 바닥으로 떨어져 내리는 금시계, 그리고 그 시계 유리 안에서 1초 1초 힘겹게 움직이고 있는 시곗바늘. 나는 아주 천천히 눈을 깜빡였다. 금시계의 초침이 멈춘 것을 본 순간이었다. 나는 온도, 밀도, 수압이 확연히 달라진 것을 느끼며 허겁지겁 수면 위로 머리를 내밀었다. 시커먼 하늘에서 은빛 폭우가 쏟아지고 있었다. 굵은 빗방울들이 얕은 수영장의 수면 위에 어지러운 파문을 만들고, 수영장 바깥쪽의 자갈 바닥을 쉴 새 없이 때려댔다. 수영장 바깥쪽의 야트막한 플라스틱 울타리에서는 황색 경광등이 소리 없이 껌벅거리고 있었다. 나는 허겁지겁 물을 저어 가장자리로 나아갔다. 바닥을 붙잡고 몸을 들어 올렸다. 흠뻑 젖은 옷 때문에 몸이 천근만근이었다.

어딜까. 뭘까. 어떻게 된 걸까. 자갈 위에 누워 생각했다. 굵은 빗방울이 따가웠다. 손바닥으로 얼굴을 한 번 훔치고 그 손으로 자갈을 한 움큼 집어 만지작거렸다. 꿈이었을까. 지하철 안에서 봤던 웨딩드레스와 턱시도를 입은 남자의 포스터가 떠올랐다. 푸른 하늘, 뭉게구름, 그리고 결혼식. 분주하게 식장을 돌아다니던 여자 매니저와 말끔한 종업원들, 나와 아내의 결혼을 축하하며 손뼉을 쳐주던 하객들, 웨딩카 주위를 둘러싸고 폭죽과 종이테이프를 뿌려대던 친구들, 새하얀 웨딩드레스 차림의 아내. 마치 동요 가사처럼 해맑고 진부한 장면들이 떠올랐다. 멀리서 천둥소리가 들려왔다. 하지만 하늘이 너무나도 높이, 또 멀리 있는지 마치 물속에서 들려오는 소리처럼 아득했다. 손에 쥔 자갈을 놓았다. 그래, 교통사고……. 검은 연기가 피어올랐고, 유리 알갱이들이 뜨겁게 달궈진 아스팔트 위를 굴러다녔다. 뺨이 불타는 느낌에 가까스로 고개를 조금 들었을 때, 붉게 물들어가는 웨딩드레스를 볼 수 있었다. 맞아, 그랬었다. 눈꺼풀 사이에 고인 빗방울에 황색 경광등의 빛이 맺혔다. 천둥소리는 점점 더 크게 들려왔다. 여전히 아득한 느낌이었지만 아까보다 좀 더 크고 구체적이었다. 소리는 마치 파도가 방파제에 부딪히는 소리 같기도 했고, 수십만 마리의 곤충이 떼 지어 내는 소리 같기도 했다. 다시 얼굴을 훔치고 눈을 크게 떴다. 대체 어디야, 여기가. 눈가에 맺혀 있던 그렁그렁한 빛이 사라지자 사방이 좀 더 분명하게 보였다. 황색 경광등이 깜빡이고 있는 낮은 울타리 너머, 아니 사실 그 너머에서도 한참이나 떨어져 있는 저 먼 곳에, 견고한 어둠의 벽이 버티고 있었다. 그리고 그 벽에 어슴푸레한 빛 수천, 수백만 개가 광활하다 여겨질 정도로 넓은 면적에 걸쳐 일정한 간격으로 박혀 있나. 그것은 내 경험으로는 이제까지 어디에서도 본 적이 없는 것이었다. 책에서도, 영화에서도, 인터넷에서도, 이제까지 살면서 어디에도 저런 것이 존재한다는 말을 들어본 적이 없었다. 저 멀리 있는 건 상하좌우가 거의 몇 킬로미터는 됨 직한, 엄청나게 커다랗고 반면 지독하리만치 단조로운, 뭐랄까, 건축물 같은 것이었다. 주변을 둘러보니 온 사방이 그런 건축물들과 어둠으로 둘러싸여 있었다. 너무 어두워서 자세히 가려낼 수는 없었지만, 점점이 박혀 있는 무수한 불빛들의 규칙성과 특정한 부분에 이르러 그 규칙성이 단절되는 모양새로 말미암아, 주변이 온통 그런 거대한 건축물들로 겹겹이 둘러싸여 있다는 것을 짐작할 수 있었다. 위압감을 넘어 공포가 느껴졌다.

천둥소리가 점점 더 커지고 가까워졌다. 어딘지도 모를 하늘에서 번개가 번쩍이며 순간 사방을 하얗게 탈색시켰다가 다시 되돌려놨다. 황색 경광등이 깜빡이고 있었다. 이상했다. 천둥이 번개에 앞서기도 하는가. 아니면 번개가 치든 말든 계속되는 천둥도 있는가. 그렇게 생각한 순간, 소리가 그 정체를 드러냈다.

대여섯 개의 '구체'라고밖에는 달리 생각할 수가 없었다. 어두운 하늘 어딘가에서 튀어나온 그 구체들은, 굉장히 빠른 속도로 날아왔음에도 허공에 딱 멈춰 섰다. 마치 관성이 적용되지 않는 것 같은 움직임이었다. 그것들은 내부에서 흘러나오는 것 같은 무지갯빛 불빛을 검고 매끄러운 표면에 반영하며 허공에 둥둥 떠 있었다. 표면에서 일렁이는 그 무지개 패턴은 움직이거나 방향을 바꿀 때마다 어지러이 뒤엉켰는데, 그 때문에 마치 구체들이 생각을 하고 있다는 느낌이 들었다. 실제로 구체들은 마치 뭔가를 탐색하는 것처럼 황색 경광등 주위를 맴돌고만 있었다.

저게 뭘까. 저걸 잡아볼 수 있을까. 손으로 한번 만져볼까. 구체에 다가가려고 몸을 일으키자 흠뻑 젖은 자갈들이 소리를 냈다. 그 순간, 구체들이 내부의 무지갯빛을 일제히 붉은색으로 바꾸며 나를 쳐다봤다.

위험에 처했다는 직감에 냅다 구체들의 반대 방향으로 달린 것과 거의 동시에, 내가 서 있던 자리의 바닥은 산산조각이 나고 자갈들은 모래가 됐다. 수영장의 물은 증발해 비와 섞였다. 죽을 힘을 다해 뛰었다. 한 발 한 발 내디딜 때마다 등 뒤쪽은 온갖 파편과 증발하는 빗물로 변해 사라져갔다. 구체에서 뻗어 나온 레이저 빔이 끊임없이 내 발소리를 쫓았다. 눈앞에 은색 금속 펜스가 보였다. 넘지 못하면 나도 저 먼지와 수증기의 일부가 될 것이었다. 나는 가속도를 이용해 다리를 굴러 뛰어올랐다. 물에 젖은 구두가 벗겨져 나뒹굴었지만 내 몸뚱이만큼은 제대로 떠올라 펜스 위에 배를 걸칠 수 있었다. 그와 동시에 구두가 떨어진 땅바닥은 흔적도 없이 사라졌고, 펜스는 내 쪽으로 쓰러지기 시작했다. 나는 펜스를 필사적으로 기어올라 겨우 반대편 바닥에 떨어졌다. 머리부터 떨어졌지만 아파할 겨를도 없었다. 다시 뛰었다. 그 수밖에 없었다. 벽을 따라 오른쪽으로 돌자 커다란 유리창이 보였다. 우윳빛 커튼 사이로 실내가 들여다보였지만 들어갈 수 없었다. 문을 열려고 시도했다가 잠겨 있기라도 하면 그 한순간의 낭비로 나는 죽을 테니까. 게다가 그 안이 안전할 거라는 생각도 안 들었다. 그렇게 순식간에 유리창을 시나치는데, 창 안에 한 남자가 안락의자에 누워 있는 게 보였다. 경련하는 몸뚱이, 허우적대는 손, 허공을 쫓는 눈, 그 눈동자에 맺힌 어슴푸레한 푸른빛.

그대로 몇 미터쯤 내달리자 저만치 앞에 철문 하나가 보였다. 바닥에서 툭 튀어나온 자그마한 계단실 같은 것에 달린 문이었다. 어쩌면 비상계단 같은 곳으로 통하는 문일 수도 있었지만 정말 그런 용도인지는 알 수 없었다. 또한 이미 지나쳐온 유리창과 마찬가지로, 만약 잠겨 있다면 역시 나는 그 잠긴 문을 열려고 시도한 것만으로 빗방울의 일부가 될 것이었다. 그때였다. 계단실 오른편에서, 그러니까 어둠에 휩싸인 낭떠러지 한가운데에서 강렬한 불빛이 번쩍이더니 곧바로 유선형의 푸른색 차가 날아와 허공에 멈춰 섰다.

저건 또 뭘까. 이젠 정말 달아날 곳이 없는데. 다리가 미친 듯이 후들거렸다. 심장이 목구멍으로 튀어나올 것만 같았다. 저 레이저든 기관총이든, 뭐든 간에 그냥 맞아 죽자는 유혹마저 들었다. 하지만 일단 계단실까지 달려가서 나쁠 것은 없었다. 열리면 다행이고 그렇지 않으면 어차피 죽을 테니까. 나는 좀 더 속력을 냈다. 잠시 주춤한 그사이에 구체들의 레이저는 내 양말 뒤꿈치를 태울 정도로 바짝 다가왔다. 정신없이 땅을 박차고 내디딜 때마다 바닥에 떨어진 온갖 파편이 발을 찔러댔다. 허공에 정지해 있는 자동차는 가만히 넘실거리며 상황을 주시하고 있었다. 구체들은 표면에 시뻘건 빛을 띤 채, 이제는 마치 스캔하듯 바닥 전체를 촘촘히 날려버리며 다가왔다. 그리고 나는 이제 철문 앞이었다. 괴상하게 생긴 문손잡이를 정신없이 흔들어댔다. 문은 열리지 않았다. 밀어도 보고 당겨도 봤지만 전혀 미동조차 하지 않았다.

끝이었다. 구체들이 쏘아대는 레이저와 곳곳에 일기 시작한 화염들이 철문 표면에 내 그림자를 비춰냈다. 이게 뭘까. 나는 뭘까. 나는 누구고 여긴 어딜까. 인천대교 양옆으로 펼쳐진 푸른 하늘. 앞 유리창을 뚫고 나와 보닛 위에 쓰러져 있던 아내의 모습. 검은 연기 뒤에서 하얗게 빛나던 태양, 뜨거운 아스팔트 위에서 보석처럼 반짝이던 유리 알갱이들. 이마에서 흘러내린 땀

한 줄기가 입술 사이로 파고들었다. 뒤쪽에서 먼지 섞인 열풍이 휘몰아쳤다. 발바닥과 등줄기가 후끈거렸다. 도무지 이해할 수 없었다. 이게 대체, 아니 이게 대체 무슨 개 같은…….

"빨리 타, 인마!"

귀에 익은 남자의 목소리가 들려왔다. 어쩐지 그리운 느낌마 저 드는 목소리였다. 내 시선이 오른편에 둥둥 떠 있던 자동차로 향함과 거의 동시에, 그 자동차에서 뻗어 나온 눈부신 빛과 충격 파가 방금 전까지 나를 향해 마지막 일격을 준비하던 구체들을 어둠 속 어딘가로 밀어내버렸다. 정말 순식간의 일이었다. 구체 들은 마치 큐에 맞은 빨간색 당구공처럼 어둠에 휩싸인 허공을 데굴데굴 구르며 멀어져가고 있었다.

"빨리 타라고! 저것들 금방 또 와!"

대체 누굴까? 누구였더라? 구체들이 금세 다시 접근하고 있 는 것은 사실이었다. 구체들은 채 가까이 나오기도 선에 원거 리에서 공격을 개시했다. 철문이 오렌지빛으로 녹아내리고 주 변 바닥이 먼지로 변했다. 녹아내린 문 너머로 안쪽이 들여다보 였다. 그곳은 비상계단이 아니라 플라스틱 상자 몇 개가 쌓여 있 을 뿐인 휑한 창고였다. 이제 갈 곳이 없었다. 차에 탄 사람은 대 체 누굴까. 믿어도 될까. 누구길래 나한테 반말을 하지? 구체들 의 레이저가 창고 안의 플라스틱 상자들을 산산조각 낸 순간, 나 는 오른편에 떠 있는 자동차 지붕 위로 몸을 날렸다. 그러나 도 약 거리가 터무니없이 짧았다. 제대로 발 디딜 공간조차 남아 있 지 않아서 도움닫기를 할 수 없었고 다리에 힘도 들어가지 않은

37

탓이었다. 떨어져 죽다니. 어쩌면 레이저에 맞아 죽는 게 나을 수도 있겠다는 생각이 들었다. 그때, 둥둥 떠 있던 자동차의 문이 열리며 다부진 손아귀가 내 손목을 낚아챘다.

"그러게 뭘 미적거리고 있나!"

발밑을 내려다봤다. 숨 막힐 듯 밀도 높은 어둠과 초거대 건축물 표면에 무수히 박혀 끝도 없이 밑바닥으로 이어지는 침침한 불빛들이 보였다. 정신이 나갈 것만 같았다. 남자는 손에 좀 더 힘을 주는가 싶더니 서서히, 그러나 별로 애쓰는 기색 없이 나를 끌어 올렸다. 조금씩 조금씩 올려질 때마다 어쩌면 살 수도 있겠다는 생각이 들었다. 고개를 들어 남자를 올려다봤다. 하지만 차 안은 어두웠고 남자는 나를 끌어 올리느라 상체를 조수석 쪽으로 기울이고 있어서 얼굴이 보이지 않았다. 그렇게 갈비뼈가 운전석 밑바닥 근처까지 올라왔을 때쯤, 나는 다리 한쪽을 들어 올려 차에 걸쳤다. 그대로 다리에 힘을 줘 차체를 딛고 올라선 후 조수석 쪽으로 뛰어들 생각이었다. 하지만 구체들의 레이저가 좀 더 빨랐다. 전면 창과 후면 창, 운전석 문이 한꺼번에 터져 나감과 동시에 차가 조수석 방향으로 기울며 추락하기 시작했다. 남자는 폭발 순간 파편들을 피하기 위해 핸들 밑에 고개를 파묻은 것 같았고, 나는 운전석 입구를 밑에 두고 공중에 붕 떠오른 상태였다. 그 와중에 차 안에서는 오디오가 오작동을 일으켰는지 마이클 잭슨의 〈BAD〉가 요란한 경보음과 뒤섞여 흘러나오고 있었다. 다행인 건 남자가 내 손을 놓지 않았다는 것이었다. 정신을 차린 남자는 있는 힘껏 나를 아래쪽으로 끌어당겨 조수석에 처박았다.

빗방울을 실은 강풍이 사방에서 들이쳤다. 나는 두 팔로 시트의 등받이 부분을 꽉 붙잡은 채 남자의 얼굴을 확인했다. 도저히이 상황을 이해할 수가 없었다. 강풍 때문에 쉴 새 없이 덜컹거리던 글러브박스가 결국 안에 든 것을 쏟아냈다. 버지니아 슬림담배 두 갑, 올드 스파이스 스킨 한 병, 그리고 사진 한 장. 나는다시 남자를 쳐다봤다. 대체 이게 어떻게 된 일일까. 남자가 핸들에 붙은 '점화' 버튼을 수차례 눌러대다가 결국 주먹으로 내리친 순간이었다. 마이클 잭슨 노래와 뒤섞여 울리던 경보음이멎으며 차가 다시 힘차게 솟구쳤다. 나는 내장이 튀어나올 것 같은 압력을 간신히 삼키며 목멘 소리로 물었다.

"…… 아버지, 세요?"

이미 10년 전에 위암으로 세상을 떴지만, 그리고 그 마지막 모습과는 달리 지금은 매우 건강하고 힘이 넘쳐 보이지만, 어쨌든일단은 정말 영문을 모르겠지만, 이 사람은 틀림없는 아버지였다. 차는 일정 고도에 오르자 상승을 멈추고 짙은 어둠 속을 미끄러져 나갔다. 아직 부서지지 않은 조수석 쪽 전조등이 비와 어둠에 잠긴 초거대 건축물들을 어슴푸레하게 비춰냈다.

"아니, 어떻게 된 거예요? 돌아가셨잖아요."

"너도 죽었잖아."

아버지가 잠시 몸을 숙여 운전석과 조수석 사이에 떨어진 내어릴 적 사진을 다시 글러브박스에 넣었다. 그때 뒤쪽에서 굉음이 울리며 트렁크가 폭발했다. 몸을 움츠린 채 뒤를 돌아보니 구체들이 붉은빛을 번쩍이며 빠른 속도로 추격해 오고 있는 게 보였다. 아버지는 뒷거울을 주시하면서 초거대 건축물들 사이의 협곡으로 방향을 튼 후 속력을 높였다. 뚫린 전면 창으로 비바람이 들이쳤다.

"아니, 이해가 안 가요! 여기가 어디예요? 혹시 천국이에요?"

"천국? 진심이냐?"

아버지가 기가 차다는 듯 퉁명스레 대답했다. 나는 얼굴을 찡그리며 다시 물었다.

"지옥이에요, 그럼?"

아버지는 대답이 없었다. 연신 뒷거울로 뒤쪽 상황을 주시하며 이리저리 방향을 틀어댈 뿐이었다. 그때마다 명치가 쿡쿡 쑤셔왔다. 추락에서 벗어날 때의 충격과 압력이 아직 안 가신 모양이었다. 잠시 후 아버지가 얼굴을 때리는 빗물을 훔치며 입을 열었다.

"지금 서기 2505년이야! 이승과 저승의 경계가 사라진 세상!"

아버지가 소리쳤지만, 바람 소리 때문에 내가 정말 제대로 들은 것인지 확신이 서지 않았다. 하지만 제대로 들은 게 맞다면 내가 할 수 있는 말은 고작 이 정도였다.

"지금 농담하시는 거예요?"

아버지가 고개를 돌려 나를 쳐다봤다. 강풍과 빗방울 때문에 잔뜩 찡그린 눈이었지만, 그 눈빛에는 슬픔과 쓸쓸함, 안타까움과 한심함이 뒤섞인 복잡한 감정이 담겨 있었다. 그때 자동차 천장이 불꽃을 튀기며 날아갔다. 이쪽저쪽에서 차를 앞질러 뻗어

나가는 레이저를 보면 지금까지 도망친 게 기적이었다.

"이천오백, 아 몇 년이든 간에! 이승, 저승 경계는 또 뭐예요! 저것들은 다 뭐고요!"

"그 밑에 안전바 허리까지 끌어올려!"

아버지가 핸들 아래쪽에 있던 금속 가로대를 끌어당기며 외쳤다. 조수석의 안전바는 글러브박스 아래쪽에 있었는데, 살짝 끌어당겼더니 드드드득 소리를 내며 허벅지를 지나 아랫배 근처에서 고정됐다.

"그거 꽉 붙들어라."

아버지가 브레이크를 밟자 그 즉시 차의 앞부분이 급히 솟아올랐다. 잠시 캄캄한 하늘이 올려다보였다. 구체들은 굳이 레이저를 쏘지 않아도 몇 초 후면 직접 충돌할 만큼 가까이 다가와 있었다. 이대로라면 아마 아버지와 나 둘 다 머리부터 박살 날 것이었다. 하지만 아버지는 고개를 놀려 구체들과의 거리를 재고 있었다. 얼굴에 떨어진 빗방울이 뻣뻣하게 굳은 뒷목을 타고 흘러내렸다. 구체들은 지척에 있었지만 아버지는 여전히 때를 기다리고 있었다. 그러나 이제 정말 시간이 없었다. 머리가 박살 나는 순간을 기다리는 것이 아니라면, 뭔가를 해야 했다. 지금 당장.

그렇게 생각한 순간, 아버지가 핸들 구석의 '비상점화' 버튼을 눌렀다. 동시에 차가 로켓처럼 하늘로 솟구치며 밤하늘의 별 같은 무수한 불빛이 순식간에 시야를 스치고 사라졌다. 까마득한 상공에 이르기까지는 한순간이었다. 상승이 정점에 달해 무중력 상태에 이르자 주변 빗방울이 마치 허공에 정지한 것처럼 보였다. 관자놀이에서 두근거림이 느껴졌다. 나는 눈을 질끈 감고 숨을 뱉었다. 이마에서 피어오른 현기증이 온기처럼 온몸으로 퍼져나갔다. 귓가에 울리는 마이클 잭슨의 노래도 점점 아득해져갔다. 다시 눈을 뜨자, 빗방울이 점점이 찍힌 차 앞 유리 너머로 빨간 신호등 불이 빛났다.

"어제 잠 못 잤어요?"

대웅이 물었다. 잠에서 깬 태하가 조수석 시트를 일으켜 세우고는 라디오에서 나지막하게 흘러나오고 있던 마이클 잭슨의 노래를 꺼버린다. 그러고는 뒷좌석을 보고 말한다.

"쟤 침 좀 안 흘리게 할 수 없냐?"

태하의 시선이 머문 곳을 바라본다. 가슴에 흰 털이 있는 갈색 대형견이 침을 흘리며 헉헉거리고 있다. 목에는 분홍색 포장용 끈을 둘렀다.

"어? 없냐고?"

"네, 닦을게요, 닦을게요."

대웅이 운전석 밑에서 기름때 묻은 수건을 끄집어낸다.

"근데요, 형님. 제가 운 좋게 얘를 찾긴 했어도 제 개는 아니잖아요. 얘가 침 흘리고 변견처럼 구는 게 제 탓은 아니에요. 그건 좀 알아주셔야 돼요."

대웅이 그렇게 말하며 뒷좌석 쪽으로 몸을 돌려 개의 입을 닦았다.

"어쨌든, 그 거지한테 다시 넘길 때까지 니가 책임져. 목욕은 시켰냐?"

"어제요. 수컷이라 그런지 냄새 진짜 쩔더라고요. 목욕시키고, 저 끈으로 목줄 해놓고……."

태하가 창문을 좀 더 내리고 담배에 불을 붙인다. 창문 틈으로 연기가 빠져나가고, 대신 비가 들이친다. 태하가 대각선 왼쪽에 서 있는 초고층 아파트를 올려다보며 묻는다.

"저거?"

"네, 시저팰리스. 죽이죠?"

신호가 바뀌었다. 교차로에서 좌회전을 한 후 시저팰리스 단지 안으로 진입하자 원형으로 늘어선 거대한 초고층 아파트 다섯 동이 보인다. 아파트 건물은 평범한 빌딩처럼 사각형으로 높아지다가 점차 꽈배기처럼 꼬인 형태고, 중간 높이에는 양옆으로 튜브 같은 투명한 다리가 튀어나와 각 동을 연결하고 있다.

내웅이 단지 안의 원형 도로를 놀아 지하주차장으로 들어간다. 입구에 차단기가 보인다. 차를 세우자 주차 요원이 부스에서 나와 이쪽으로 걸어온다.

"여기 주민이랑 약속 있어서요."

"타워는요?"

"에이 타워 4004호."

주차 요원이 허리를 숙여 뒷좌석을 둘러본다.

"어디서 오셨죠?"

"됐고, 인터폰 눌러서 확인하면 될 거 아니에요. 답답하네, 거."

대웅이 인상을 찡그리자 주차 요원이 머뭇거리다가 다시 부스 쪽으로 돌아간다.

"새끼가 짜증 나게 하네, 그쵸?"

잠시 후 차단기가 올라가자 대웅이 액셀을 밟는다. 주차장 입구의 배수구 덮개가 떨껑거리는 소리를 낸다. 어디선가 엔진 소리, 모터 소리, 타이어가 우레탄 바닥에서 미끄러지는 소리가 들려온다.

"와아, 쩐다, 진짜."

대웅이 창밖을 두리번거리며 말했다. 주차 구역을 따라 롤스로이스, 부가티, 벤틀리, 마세라티 등의 온갖 고급 차들이 주차되어 있다. 평범한 차들도 많지만, 저 끄트머리에는 비행기로 변형이 가능한 구형 테라푸지아도 보인다. 대웅이 천천히 주차장을 돌다가 지하 1층 H구역에 차를 세운다.

"얜 어떡해요?"

"뭘 어떡해, 데리고 내려야지."

"싫어하지 않을까요?"

"아니, 그럼 난 좋아해? 내 차에서 똥 싸고 지랄하면 어쩔 건데? 데리고 내려. 거기 계약서 챙기고."

태하가 차에서 내리며 담배를 끄고는 엘리베이터로 걸어간다. 엘리베이터 앞에 유리문과 지문 인식기가 있지만 가까이 다가서자 그냥 열린다. 태하는 엘리베이터 버튼을 누르고 뒤를 돌아본다. 대웅이 서류봉투를 옆구리에 낀 채 개를 끌어 내리고 있다. 잠시 후 대웅이 차 문을 닫고 엘리베이터로 걸어온다.

"거 좀 도와주지, 정나미 없게 먼저 가요? 운전도 내가 했는데?"

대웅이 유리문 안으로 들어서며 태하에게 차 리모컨을 건넸다. 푸른 반팔 티셔츠에 청바지, 흰색 운동화 차림이다. 곧바로 종소리가 나며 엘리베이터 문이 열리자, 태하와 대웅과 개가 엘리베이터 안으로 들어간다.

태하가 닫힘 버튼을 누르고 40층을 누른다. 기계가 돌아가는 소리, 와이어가 당겨지는 소리가 들려온다. 엘리베이터가 서서히 속도를 높이자 디스플레이의 숫자가 빠르게 변한다.

"근데 어떻게 금방 찾았다?"

태하가 개의 머리를 쓰다듬으며 물었다. 개가 머리를 뒤로 젖히며 혀를 내밀고 헉헉거린다. 앞발로는 엘리베이터 바닥을 긁어대고 있다.

"그러니까요. 우리 동네 슈퍼 앞에서 돌아댕기고 있더라고요."

"부평 근처에서 잃어버린 개가 연수동까지 갔다고?"

"딴에는 다 사연이 있겠죠. 만화 보면 마다가스카르도 가고 그러잖아요."

다시 종소리가 나자 엘리베이터 문이 열린다. 은은한 조명이 길게 뻗은 복도를 비추고 있다. 바닥에는 회색 카펫이 깔려 있고 벽은 하얀 회벽이다. 태하와 대웅이 카펫에 발을 디딜 때마다 사박거리는 소리가 난다.

"이게 4001호니까, 저쪽인가?"

태하가 복도를 걸으며 묻는다.

"얘 밥은 먹였냐?"

"아침에 김치찌개에 밥 말아줬어요."

"먹어?"

"어우, 존나 잘 먹던데요?"

대웅이 벨을 누른다. 잠시 후 안쪽에서 인기척이 나더니 문이 열린다. 기역 자 형태로 꺾어진 전실을 따라 들어가자 수연이 엷은 미소를 지으며 서 있다. 발목까지 내려오는 회색 치마에 흰색 블라우스 차림이다.

"어서 오세요."

태하가 가볍게 고개를 숙여 인사하자, 대웅이 개를 묶은 포장용 끈을 잡아당긴다. 개를 본 수연의 얼굴에 당황한 기색이 드러난다.

"아아, 미리 말씀 못 드려서 죄송한데요, 어떻게, 같이 들어가도 괜찮을까요?"

대웅이 물었다. 수연이 개를 바라보며 어색한 미소를 짓는다.

"네, 뭐. 들어오세요."

집 안 공기가 후텁지근하다. 짧은 복도를 지나자 널찍한 거실이 나온다. 실내등이 꺼져 있고 창가 쪽에도 얇은 커튼을 쳐놔서 조금 어두컴컴하다. 거실 한가운데에는 우윳빛 가죽 소파가 반원형으로 놓여 있고, 그 안쪽에는 검은 알루미늄 몸체에 유리판이 덮인 탁자가 있다. 바닥은 투명 에폭시로 마감한 콘크리트 바닥이다. 그 외엔 가구도, 전자 제품도 없다. 하얀 회벽에 낡은 액자 하나만 걸려 있을 뿐이다. 액자 속에는 뭉툭하게 생긴 손 두 개가 연필을 쥐고 서로를 그리고 있는 기묘한 그림이 들어 있다.

"그쪽에 앉으세요. 커피? 오렌지 주스로 드릴까요?"

수연이 주방으로 들어가며 묻자 대웅이 서류봉투로 부채질을 하며 대답한다.

"제가 오렌지 주스를 엄청 좋아하거든요?"

태하와 대웅이 소파에 앉아 거실을 둘러본다. 개는 대웅 옆에서 제자리를 빙빙 돌며 킁킁거리고 있다. 태하가 턱으로 개를 가리키며 말한다.

"야, 좀 가만히 있게 해."

"이 덩치를 안고 있으란 말이에요?"

개가 소파 위로 올라와 쿠션을 발톱으로 긁어댄다. 수연이 오렌지와 컵을 쟁반에 담아 나오며 개를 유심히 쳐다본다.

"개가 귀엽네요? 커다랗고."

"아, 진짜 실례가 많습니다."

대웅이 개의 목덜미를 안고 소파 밑으로 끌어 내린다. 수연이 오렌지 세 개, 컵 세 개를 담은 쟁반을 탁자에 올려두고 소파에 앉는다. 앉으면서 다리를 꼬자 가느다란 발목에 찬 발찌가 찰랑인다. 대웅이 오렌지를 보며 묻는다.

"나노봇 주스인가 봐요?"

"네, 다 된 것 같네요."

수연이 오렌지를 집어 컵에 대고 기울이자 껍질에 뚫린 구멍에서 과즙이 흘러나온다. 그렇게 컵 두 개에 과즙을 채워 태하와 대웅에게 건네고는, 젖은 손으로 세 번째 오렌지를 집어 컵에 대고 기울인다. 태하가 컵을 들며 말한다.

"집이 넓고 멋진데요?"

"멋지긴요. 집에 있는 시간이 얼마 안 되다 보니까, 보시다시피 살림도 없어요."

수연이 오렌지 껍질을 우그러뜨려 쟁반에 내려놓는다. 대웅이 묻는다.

"무슨 일 하시는데요?"

"닥터예요. 환자 돌본 지는 좀 됐지만요. 지금은 조그만 연구실에 있어요."

"아아, 그러시구나. 근데 실례지만 남편분은 어디 출근하셨나 보죠?"

수연이 살짝 웃는다. 바로 대답하지 않고 주스를 한 모금 마신다.

"미국에. 이혼한 지 좀 됐어요."

대웅이 겸연쩍은 표정으로 고개를 끄덕인다. 태하가 묻는다.

"자, 한나 얘기를 좀 할까요?"

"그러시죠."

태하가 말을 잇는다.

"한나가 지금 열일곱 살이면, 고등학생이죠?"

"네, 1학년."

"어디 학교죠?"

"선화여고요."

"선화여고. 저어기, 옛날 선인재단 안에 있는 거 말씀하시는 거죠? 제물포 쪽에?"

"네, 거기예요."

태하가 고개를 끄덕인다.

"가서 교사나 학생들 상대로 탐문을 좀 해도 안 불편하시겠습니까?"

"상관없어요. 1학년 7반 찾으시면 될 거예요."

수연이 귓가에 흘러내린 머리를 쓸어 넘기며 말했다. 태하가 주스를 마시고 묻는다.

"나가기 전엔 어땠어요? 행동이라든지, 뭐 이상한 거 없었습니까? 아님 어디 가고 싶다고 했다거나, 어딜 자주 드나든다거나."

"글쎄요, 이상하긴 했죠. 말도 잘 안 하고, 집에 오면 자기 방에만 틀어박혀 있고……. 왜 그러냐고 물으면 대답도 안 해요. 저도 화가 나죠. 엄하게 혼을 내면 계속 사이만 벌어지더라고요. 다른 건 모르겠어요. 사실 대화를 많이 하는 것도 아니라서, 말했다시피 제가 집에 있는 시간도 적고요."

수연이 컵을 들어 주스를 한 모금 마신다.

"한나 방을 좀 볼까요?"

태하가 물었다. 수연이 컵을 내려놓으며 눈으로 대답하고는 거실 오른쪽의 복도로 향한다. 태하와 대웅도 수연의 뒤를 따라간다. 넓고 짧은 복도인데, 무미건조한 하얀 벽지 외에는 아무런 가구도 장식도 없다. 복도 왼쪽에 방문이 하나 있고 복도 끝에는 위층으로 통하는 계단이 나 있다. 수연이 왼쪽 방문을 열고는 문틀에 기댄다.

"여기."

열 평 이상 되어 보이는 방 안에 책상과 책꽂이와 침대와 화장대와 장롱이 놓여 있다. 가구들은 화장대를 제외하고는 모두 어두운 톤의 나무 무늬고, 벽지와 커튼과 침대 시트는 연한 보라색이다. 화장대만 노란색이다. 전체적으로 전혀 구색이 안 맞는 방이다. 태하가 방을 둘러보며 말한다.

"짐을 뭐 아주 철저히 싸서 나갔나 보네요, 원래 없거나."

"후자예요. 옷 몇 벌, 간단한 화장품 같은 거 빼면 원래도 짐이 없는 애죠."

수연이 팔짱을 낀 채 대답했다. 태하가 묻는다.

"한나는 취미가 뭐죠?"

"글쎄요, 그건 잘 모르겠네요."

태하가 수연을 빤히 쳐다본다.

"애한테 별로 관심이 없는가 보죠?"

"글쎄, 가정 상담사를 부른 기억은 없거든요?"

수연이 태하의 시선을 응시한다. 그러자 태하가 입을 연다.

"기분 나빴다면 죄송한데요, 걔가 어딜 자주 드나들고, 누구랑 어울리고, 흔적을 남겼을 만한 곳이 어딘지 최대한 알아야 됩니다. 열일곱이 신용카드를 쓰겠습니까, 어디 전입신고를 하겠습니까. 핸드폰도 바꿨다면서요. 그럼 최대한 걔 일상생활을 조사해서 찾는 수밖에 없어요."

수연이 말없이 태하의 눈을 바라본다. 태하도 수연을 바라본다. 그렇게 잠시 정적이 흐른다. 그러자 대웅이 침대에 걸터앉으며 손뼉을 한 번 친다.

"자자, 그, 한나가 예쁘고 하니까 남자친구도 있을 것 같은데,

어때요?"

대웅이 매트리스를 꾹꾹 눌러대며 능청스레 물었다. 수연이
태하를 좀 더 바라보다가 고개를 돌린다.

"엄마라고 해서 그 애의 모든 걸 알 수 있는 건 아니에요. 물론
다른 집은 안 그럴 수도 있겠죠. 다른 엄마들은 자기 자식에 대
해서, 제가 한나에 대해 아는 것보다 더 많이 알 수도 있어요. 근
데 한나와 전 그렇지가 않았어요. 그냥 말하지 않는 애였고 굳이
알려고 하지 않는 엄마였어요."

조금 격앙된 목소리다. 수연이 흥분을 가라앉히고 말을 잇는다.

"이런 일이 생길 줄 알았다면 좀 더 한나에 대해 알아뒀겠죠.
근데 지금은 정말 제 자신도 놀랄 정도로 한나에 대해 아는 게
없네요. 미안해요."

태하가 건성으로 고개를 끄덕이다가 입을 연다.

"한나가 쓰던 컴퓨터가?"

"저거요."

수연이 책상을 가리켰다.

"플래시메모리 좀 뽑아 가겠습니다. 물론 조사 후엔 돌려드리
고요."

"그러세요."

태하가 대웅에게 고갯짓을 하자 대웅이 책상 밑으로 기어들
어가 상판 밑바닥의 커버를 연다. 순간 뭔가가 바닥에 떨어진다.
대웅이 바닥에 떨어진 것을 주워 올린다. 캡슐 정제 서너 알이
들어 있는 투명한 플라스틱 병이다. 태하가 약병을 건네받아 살

펴보고는 말한다.

"나노봇 캡슐이네. 그 옆에 놓고 메모리만 뽑아."

대웅이 컴퓨터 안에서 플래시메모리를 뽑아 태하에게 건넨다.

"더 보실 게 있나요?"

"이 안에 많겠죠."

수연이 어깨를 으쓱하고는 방을 나가버리자 태하와 대웅도 수연을 따라 거실로 나간다.

"그러면 계약서 작성해주시고, 착수금 조로 계약금 지불해주시면 됩니다."

태하가 소파에 앉으며 말했다. 대웅이 서류봉투 안에서 계약서를 꺼내 건네자 수연이 받아 든다.

"펜이⋯⋯."

"아, 펜요?"

대웅이 주머니를 뒤지자 태하가 말한다.

"그 안에 들어 있어."

대웅이 서류봉투 안에서 펜을 꺼내 수연에게 건넨다. 수연이 계약서를 훑어보고는 이름과 주민번호, 연락처를 적어나간다. 태하와 대웅은 말없이 지켜보고 있다. 잠시 후 수연이 서명까지 마치고 대웅 쪽으로 계약서를 민다.

"계좌번호 보내주시면 일단 이백 입금할게요. 그 정도면 되겠죠?"

"좋습니다. 바로 조사 들어갈 거니까 너무 걱정하지 마시고요."

태하가 말한다. 대웅은 서류봉투 안에 계약서와 펜을 집어넣는 중이다.

"그럼 가보겠습니다."

태하가 소파에서 일어나자 대웅이 탁자 다리에서 개의 목줄을 푼다.

"소중한 사람을 잃어본 적 있으시죠?"

수연이 자리에서 일어나며 물었다. 태하가 제자리에 서서 수연을 바라본다. 그러자 수연이 태하에게 좀 더 다가서며 말을 잇는다.

"눈빛이 그래요."

태하가 말없이 수연을 바라본다. 잠시 그렇게 있다가 무미건조하게 대답한다.

"걱정 안 하셔도 될 겁니다."

*

태하와 대웅과 개가 낡고 거대한 상가 안으로 들어간다. 로비에는 빛바랜 금색 사자 로고와 함께 '라이온스 밸리'라고 적힌 현판이 세워져 있다. 현판 아래쪽에는 입주해 있는 공장이나 상점의 상호가 적힌 플라스틱판이 호수별로 빽빽하게 붙어 있다.

"응, 응. 아아, 아무튼 그건 이따 얘기하고, 그 의뢰 접수 폴더 찾아보면 한나라고 있을 거야, 한나. 애완동물 폴더야. 응, 그냥 그렇게 검색하면 나와. 갈색 개. 그 주인한테 연락 좀 해줘, 찾았다고. 아이, 지금 밖이니까 그렇지. 그래, 알았어. 이따 보자."

대웅이 전화를 끊자 태하가 묻는다.

"이슬이?"

"네, 배고프니까 빨리 오래요."

개는 대웅의 무릎께에서 상가 안을 두리번거리느라 정신이
없다. 큼직큼직한 창문들과 커다란 강철 문이 달린 공장, 상점들
이 상가 안에 가득하다. 수많은 전선이 상가 내부의 벽을 새까맣
게 뒤덮고 있고, 그나마 겉으로 드러난 벽도 페인트칠이 쩍쩍 갈
라지고 여기저기 색이 벗겨져 있다. 유리창에는 때가 끼고 금속
으로 된 부분들은 모두 녹슨 상태다. 바닥에는 볼트나 너트, 금
속 조각, 플라스틱 조각이 굴러다니고 있다. 드릴 소리, 모터 소
리, 전화벨 소리, 그 외 온갖 소음이 상가 안에서 메아리치고, 매
캐한 용접 가스 냄새와 기름 냄새가 코를 찔러댄다. 로비와 바로
연결된 화물 상하차장 근처는 외골격 조끼를 착용한 짐꾼들과
유압 지게 슈트를 타고 쿵쿵거리며 돌아다니는 화물 기사들로
북새통이다.

태하와 대웅이 엘리베이터를 타려다가, 외골격 조끼를 착용
한 짐꾼이 커다란 박스 수십 개를 엘리베이터 앞에 척척 쌓는 것
을 보고는 바로 옆의 비상계단으로 향한다. 계단 안에 담배 연기
가 자욱하다. 층계참에는 사람들이 삼삼오오 모여 담배를 피워
대고 있고, 벽에는 담배를 눌러 끈 자국들이 우주의 별만큼이나
많이 찍혀 있다. 바닥에는 여기저기 침이다. 태하와 대웅이 개를
데리고 계단을 오르자 담배 피우던 사람들이 저마다 한 번씩 눈
길을 준다. 신문지로 덮인 커다란 쟁반을 머리에 인 식당 아줌마

가 그릇 부딪히는 소리를 내며 태하와 대웅 옆을 지나쳐 간다.

상가 2층으로 통하는 문을 열고 안으로 들어간다. 로비가 없는 것을 빼면 1층과 구조도 비슷하고 혼란스러움도 비슷하지만, 2층은 공장 대신 상점이 늘어서 있는 것이 다르다. 복도에는 구형 컴퓨터와 모니터가 높다랗게 쌓여 있고, 상점 안쪽에는 최신형 컴퓨터와 고화질 홀로그램 모니터가 진열되어 있다. 상점 문가에 기대거나 의자를 놓고 앉아 있는 상점 주인들이 소리친다.

"뭐 찾습니까아! 하드웨어, 소프트웨어, 메모뤼이, 다 있습니다아! 뭐 찾는데? 아, 뭐 찾냐니까?"

태하와 대웅이 눈길을 주지 않고 계속 안쪽으로 걸어 들어간다. 개만 연신 헉헉거리며 주위를 두리번거린다. 상점 주인들과 종업원들이 자신이 있던 곳에서 몇 걸음씩 걸어 나오며 호객 행위를 하고 있다.

"10테라당 전 원으로 쳐서 팔아요! 200테라 2만 원, 300테라 3만 원! 홀로그램 모니터도 있어요, 예? 아, 잠깐 와서 보고 가요!"

상가 안쪽으로 깊이 들어갈수록 푹푹 찌는 듯한 열기가 느껴진다. 상점 입구를 지나칠 때만 잠깐씩 시원한 냉기가 흘러나오고 거길 지나치면 또다시 후끈후끈한 열기가 덮쳐 온다. 각 상점의 복도 쪽 창문마다 까맣게 먼지가 낀 환풍기가 붙어 돌아가고 있다.

"최신형 나노봇 캡슐! 대만제, 대만제! 맛도 아주 끝내주는 딸기 맛! 생각 없어요? 절대 부작용 없고, 설사 안 하고! 암터미널도 내가 진짜 싸게 붙여준다, 진짜! 사장님! 형아! 좀 보고 가라, 좀!"

태하와 대웅이 상점과 상점 사이에 난 작은 골목 같은 곳으로 들어간다. 그러자 지나온 곳과는 달리 어두컴컴하고 조용한 복도가 이어진다. 굵기가 각기 다른 수많은 파이프가 벽과 천장을 뒤덮고 있다. 수많은 전선이 그 파이프들을 감싸고, 가로지르고, 연결하고 있다. 전선 더미 내부에서는 작은 불빛들이 반짝거린다. 복도를 따라 일정한 간격으로 나 있는 출입문들 위에는 작은 플라스틱 간판이 붙어 있다. 저 앞쪽에서 문이 열리고 한 여자가 터벅터벅 걸어 나온다. 주름이 자글자글한 눈가에 시퍼렇게 멍이 든 늙수그레한 여자는 빨간색 탱크톱과 미니스커트를 입고 노란 망사 스타킹에 갈색 웨스턴 부츠를 신고 있다. 여자가 태하와 대웅을 지나쳐 가며 중얼거린다.

"호수 알려주면 찾아가요. 팔만 원."

출입문들 앞에는 아무렇게나 쌓인 박스와 알 수 없는 부품들, 신문지로 싸서 내놓은 식당 그릇들이 놓여 있다. 개가 그 그릇들에 코를 들이미는 것을 만류하며 계속 안쪽으로 들어간다. 그러고는 280호, '산타 에스메랄다'라는 간판이 붙은 문 앞에서 걸음을 멈춘다. 태하가 문을 두드리자 문 위쪽에 달린 소형 카메라에서 빨간빛이 반짝이더니, 잠시 후 자물쇠 풀리는 소리가 난다. 태하와 대웅이 문을 열고 안으로 들어간다.

어둡다. 어둡고 시원하다. 복도에서 이어지는 파이프와 전선이 안쪽까지 뻗어 있다. 사무실 대부분의 공간이 컴퓨터와 서버, 홀로그램 영상으로 채워져 있고, 가장 안쪽에는 널찍한 마호가니 책상이 자리 잡고 있다. 곳곳에 쌓인 컴퓨터에서 팬이 돌아가는 소리가 나직하게 들려온다.

"어서 와, 형제들."

짙은 구릿빛 피부의 라틴계 외국인이 말했다. 검고 곱슬곱슬한 머리칼, 짙은 눈썹, 처졌지만 매서운 눈을 가졌다. 큼지막한 코밑에는 콧수염이 무성하다. 울긋불긋한 하와이안 셔츠를 입었고, 목에는 십자가 목걸이처럼 디자인된 외국어 변환 발성 칩을 걸고 있다. 책상 위에는 큼지막한 피자가 올라와 있다.

"와우, 와우, 빅 독! 조심해! 뭐 건드리면 큰일이다!"

"걱정 마, 카를로스. 꽉 잡고 있으니까."

대웅이 말하자 카를로스가 개에게서 눈을 떼지 않고 묻는다.

"암터미널은 어때? 트러블 없나?"

"좋던데? 편하고."

"좋아. 태하는 오랜만이군."

카를로스가 손을 들어 보였다.

"오랜만이긴. 자, 이거. 여기서 이것저것 다 뽑아줘."

카를로스가 피자를 내려놓고 태하가 건네는 플래시메모리를 받아 든다.

"뭘 뽑으라는 건지 디테일하게 말을 해줘야지. 연락처? 웹사이트 메모리? 이메일 메모리? 지워진 포르노?"

"그냥 다 뽑아줘. 이거 사용자가 어디 자주 드나들고, 누구랑 친하고, 그 누구가 어디서 접속하고, 뭐 하는 인간이고, 뭐 그런 거 위주로 뽑아줘. 특히 메신저 대화 기록, 안 중요해 보이는 것도 다 뽑아줘. 메일 기록, 페이지 방문 기록, 사진, 연락처도 다

뽑고. 추리는 건 그다음에 생각하자고."

"언제까진데? 그럼 너무 오래 걸려."

대웅이 컴퓨터 중 하나를 깔고 앉으며 말한다.

"한나라는 애고, 열일곱 살이고, 가출했대. 걔를 찾을 만한 단서면 돼."

"와우, 대웅은 저렇게 요점을 찍어주는 것이 장점이야. 근데 같은 말을 또 하게 만드는 게 단점이지. 컴퓨터에 앉지 말라고 내가 몇 번 말하지?"

홀로그램 모니터의 뿌연 빛이 카를로스가 입고 있는 하와이안 셔츠에 그림자를 드리운다. 대웅이 입을 삐죽거리며 컴퓨터에서 일어난다.

"30분 내로 되지?"

태하가 묻는다. 피자를 집었던 카를로스가 다시 내팽개치며 소리친다.

"30분? 무슨 빌어먹을 30분! 장사 하루 이틀 해?"

"한 시간. 지난번 건이랑 해서 좀 더 챙겨줄게."

"아니, 절대 안 돼. 오늘 집에 안 가고 밤을 꼬박 새워야 겨우 할 수 있어. 내가 너희 일만 맡는 게 아니잖아. 그래도 태하 넌 특별히 신경 써주는 거라고."

"알았어, 오늘 저녁까지로 하자. 됐지? 이번 일은 빨리빨리 끝내야 더 챙겨줄 수 있어."

카를로스가 한숨을 쉰다. 어둠 속에서 커다란 서버들이 빛을 깜빡인다.

"오케이. 오늘 저녁."

카를로스가 어깨를 으쓱해 보이고는 책상 밑으로 몸을 숙여 박스 하나를 집어 올린다. 그러고는 피자 기름이 묻은 손가락을 쪽쪽 빤 후 박스 안을 뒤적인다. 하얀 스티로폼들이 이리저리 섞이며 삭삭거리는 소리가 난다.

"요거, 프로토타입이야."

카를로스가 태하에게 선글라스를 건네며 말했다.

"이게 뭐라고?"

"일명 '이블아이'. 우리 고향 친구들이 보내준 건데, 아주 괜찮대. 정식으로 팔기 전에 니들이 한번 사용해보고 피드백을 줘봐."

"줘봐요."

대웅이 다가서자 태하가 대수롭지 않게 이블아이를 어깨 뒤로 넘긴다.

"야, 뭐가 눌리지않아?"

대웅이 이블아이를 잠시 살펴보더니 직접 쓰고 양쪽 안경다리를 만지작거린다. 그러다 갑자기 소리를 지른다.

"쩌는데, 이거!"

카를로스가 대웅을 보며 미소 짓자 누런 이가 어둠 속에서 번들거린다.

"다 보여! 완전 밝게 다 보여! 줌 기능도 있네?"

"왼쪽 다리의 버튼 두 개는 줌인과 줌아웃, 오른쪽 다리 두 개는 나이트 스코프 모드와 넷 스트리밍이야."

"넷 스트리밍?"

"그걸 누르면 미리 설정해둔 컴퓨터와 자동으로 연결되는 거야. 대웅이 그걸 쓰고 나가서 보는 것들을 태하도 사무실에서 같이 볼 수 있는 거지. 대웅 암터미널과 연동시키면 더 쓸모가 많아질걸? 물론 메일로 영상 전송도 가능해. 1세대 스마트글래스들하곤 비교가 안 되는 물건이라고."

카를로스가 피자를 썹으며 말했다. 대웅이 위치를 바꾸며 이곳저곳을 본다.

"야아, 끝내준다, 이거! 형님도 써봐요!"

대웅이 태하에게 이블아이를 건넨다. 태하가 이블아이를 쓰고 카를로스의 사무실 이곳저곳을 두리번거린다.

"오, 괜찮은데?"

카를로스가 피자를 썹으며 웃는다. 그때 요란한 음악 소리가 울리자, 대웅이 바지 주머니에서 핸드폰을 꺼내 통화 버튼을 누른다.

"응, 이슬아. 응, 응. 아이, 그래? 어떡하지, 그럼. 야, 잠깐만."

대웅이 귀에서 핸드폰을 떼고는 태하에게 말한다.

"개 주인 폰이 정지돼서 연락이 안 된대요. 어떡하죠?"

태하가 이블아이를 벗으며 미간을 찌푸린다. 그리고 개를 바라본다. 개는 사무실 바닥에 엎드린 채 헉헉거리고 있다.

"아, 그러니까 신경 끄랬잖아. 뭘 어째, 주소나 문자로 보내라고 해. 먼저 밥 먹고."

대웅이 다시 핸드폰에 대고 말한다.

"응, 이슬아. 들었어? 응, 거기 있는 거 그냥 보내주면 돼. 응."

대웅이 핸드폰을 집어넣고 멋쩍게 웃자 카를로스가 피자 조각을 집으며 묻는다.

"뭔데?"

"웬 거지가 저 개를 찾아달라고 했대. 얘가 우연하게 찾았는데, 전화가 끊겨서 연락이 안 된다잖아. 직접 가봐야지, 뭐."

카를로스가 웃으며 의자에 몸을 묻는다.

"그럼 빨리 가봐. 나도 우리 형 때문에 바쁘다."

"리카르도? 잘 지내나? 안 다쳤어?"

태하가 묻자 카를로스가 눈을 한 번 도르르 굴리고는 말한다.

"그 자식은 잘 지내. 내가 잘 못 지내지. 리코가 맡긴 일 대충 마무리 지어놓고 너희 일도 하자면 몸이 남아나질 않을 거야. 요즘 계속 그런 식이야. 차이나타운의 흑표단이라는 놈들이 있는데, 걔네 조직원들 정보 캐느라 정말 미쳐버릴 것 같아."

"흑표단?"

"흑사회 하부조직이야. 한국 지부라고 보면 되지."

"혹시 그 새끼들이 뉴스에 나온 놈들이야? 남동공단에서……."

"맞아, 그놈들이야."

카를로스가 등으로 의자의 등받이 부분을 한 번 튕겼다.

"형 말로는 정말 뜬금없이 제철소 단지로 쳐들어와서 총 쏴 갈기고 지랄을 했다더군. 도대체 이유가 뭐였는지 아직도 모르겠대. 맘 같아선 당장에 차이나타운 싹 밀어버리고 싶지만 지금 워낙 뒤숭숭하니까 타이밍 좀 재고 있나 봐. 그래도 머지않았을걸? 조만간 터질 테니까 기대하라고."

태하가 대충 고개를 끄덕이고는 이블아이를 슬쩍 들어 보였다.

"아무튼 이거 고맙다. 잘 써먹어볼게."

카를로스가 귀찮다는 듯 손사래를 친다. 태하와 대웅은 개를 데리고 밖으로 나갔다.

*

콘크리트처럼 짙고 뭉글뭉글한 먹구름이 하늘을 뒤덮고 있다. 앞 유리창에 굵은 비가 쏟아져 내린다. 차가 어둡고 좁고 더러운 골목에 접어들자 태하가 속도를 줄이고 주위를 둘러본다.

"담쟁이 빌라 203호라……. 이 골목 맞나?"

"저기서 한 번 더 꺾어야 되는 것 같은데요?"

대웅이 자신의 손바닥을 내려다보며 말했다.

태하가 왼쪽으로 핸들을 돌린다. 나무판자, 비닐, 시멘트, 깨진 벽돌 등으로 아무렇게나 쌓아 올린 건물들이 마치 젖은 담뱃갑처럼 늘어서 있다. 오른편에서 불빛이 어른거린다. 반쯤 무너진 건물과 기이하게 뒤틀린 건물 사이, 윗부분을 잘라낸 녹슨 드럼통에서 불꽃이 일렁이고 있다. 더러운 비닐을 뒤집어쓴 늙은 남자가 그 불을 부지깽이로 뒤적이며 이쪽을 바라본다.

"뭘 태우기에 이 빗속에 저렇게 타나?"

태하가 노인에게서 시선을 거두며 말했다.

"낸들 압니까?"

대웅이 창밖을 살피며 말을 잇는다.

"근데 이 근처에 이 정도 할렘이 있는 줄은 몰랐네요. 주소는 똑같이 부평인데."

여전히 좁고 어두운 골목이 이어진다. 저만치 앞에 위성방송 안테나와 온갖 전선으로 뒤덮인 전봇대가 하나 서 있다. 그 건너편은 골목에서 움푹 들어간 공터다. 거기에 경찰차 한 대와 앰뷸런스 한 대가 경광등을 번쩍이며 서 있고, 그 너머로 작은 2층 건물이 한 채 보인다. 나무로 만든 출입문이 반지하 1층에 네 개, 2층에 네 개로 건물 왼편에는 단이 들쭉날쭉한 시멘트 계단이 붙어 있는 허름한 건물이다. 건물 앞에 몇 사람이 모여 기웃거리고 있다.

대웅이 태하를 바라본다. 그러자 태하가 한숨을 쉬고는 말한다.

"왠지 저긴 것 같다."

"설마요."

차 잎 유리에 떨어지는 빗방울들이 순간순간 붉은색, 파란색으로 반짝인다. 와이퍼가 1초에 한 번씩 그 빗방울들을 닦아낸다. 엔진 소리와 빗소리가 뒤섞여 들려오는 가운데, 간간이 사람들의 웅성거림도 전해져 온다. 태하가 뒷좌석을 본다. 개가 엎드려 자고 있다.

"깨울까요?"

"어, 데리고 나와."

태하가 시트 밑에서 우산을 꺼내 차 밖으로 나간다. 우산을 펴자 빗방울들이 요란한 소리를 내며 사방으로 튄다. 태하가 서둘러 차 문을 닫고 건물 앞으로 걸어간다. 땅에서 다시 튀어 오르는 빗방울이 태하의 구두와 바짓단을 적신다. 경찰차와 앰뷸런스의 경광등 때문에 순간순간 주변의 색이 변한다. 저만치 앞에 빨간색 우비를 입은 경찰관과 흰색 벨벳 트레이닝복 차림의 여자가 대화를 나누고 있다. 여자는 건물의 짧은 처마 밑에서 뭔가를 열심히 설명하고, 그 앞에 선 경찰관은 손에 든 단말기에 그 내용을 입력한다. 건물 앞 한가운데에는 수염이 덥수룩한 남자가 파란 체크무늬 우산을 들고 2층을 올려다보고 있다. 태하가 그 남자에게 다가간다.

"뭔 일이에요?"

태하가 묻자 수염이 덥수룩한 남자가 고개를 돌린다.

"잘 안 들려요! 빗소리 땜에!"

태하가 남자에게 가까이 다가선다.

"무슨 일이냐고요!"

"아아, 2층에 살던 변태 양키가 죽었나 봐요! 허구한 날 쿵쿵거리고 발작을 해쌓더니만, 코피 쏟고 뒈졌대요!"

태하가 2층을 올려다본다. 2층의 왼쪽 두 번째 문이 열려 있다. 경찰관 두 명이 문 앞에 서 있다가 2층 복도 한쪽으로 물러서자, 구급대원들이 하얀 천으로 덮은 들것을 들고 문 안쪽에서 나온다. 태하가 그걸 바라보며 묻는다.

"혹시 여기가 담쟁이 빌랍니까?"

"예, 진짜 좆같은 쪽방 빌라죠! 난 저기 1층에 사는…….

"203호가 어딥니까?"

남자가 우산을 고쳐 잡고 태하를 바라본다.

"지금 그 방 살던 사람이 죽은 거예요!"

태하가 미간을 찌푸린다. 다시 담쟁이 빌라를 올려다본다. 그때 대웅이 태하의 우산 안으로 뛰어들며 묻는다.

"왜 그래요? 무슨 일이래요?"

"저기 내려오는 게 개 주인이란다."

구급대원들이 2층 복도를 지나 시멘트 계단을 내려온다. 경찰관과 이야기하던 트레이닝복 차림의 여자가 잠깐 계단을 올려다보고는 고개를 절레절레 흔들며 한숨을 쉰다. 그러다 대웅 옆에서 빗물을 털고 있는 개를 본다. 여자가 개를 가리키며 경찰관에게 뭐라고 얘기하자 경찰관이 여자와 함께 이쪽으로 다가온다.

"확실합니까? 맞아요?"

경찰관이 개를 가리키며 여자에게 물었다.

"그런 것 같기도 하고……. 맞는 것 같은데요?"

여자가 한쪽 손으로 비를 막으며 말했다.

"실례하겠습니다. 잠시 협조 부탁드립니다. 이 여자분이 저기 204호에 사는데, 이 개가 203호에서 기르던 개 같다고 그러네요? 혹시 203호 살던 사람과 아는 사입니까?"

경찰관이 대웅을 보며 물었다. 구급대원들이 계단을 내려와 트레이닝복 차림의 여자 뒤쪽으로 지나간다.

"아, 그게요……."

들것에 덮인 시트가 비에 젖어가며 시체의 윤곽이 드러난다. 여자가 구급대원들을 흘끗 보고는 길을 터준다. 경찰관이 턱으로 들것을 가리키며 말한다.

"뭐 다른 게 아니라, 보시다시피 저 꼴이 됐는데 여권도 뭣도 안 보이니 국적도 모르겠고, 불체자라도 어떻게 출관소에 연락을 주기는 줘야 되거든요? 뭐 연락처라든지, 아는 게 있으신……."

갑자기 개가 여자에게 달려들었다. 여자가 비명 소리와 함께 뒤로 넘어지면서 구급대원의 허리띠를 붙잡자, 구급대원이 비틀거리며 중심을 잃는다. 들것이 기울고 시트가 벗겨진다. 시체가 떨어진다. 물웅덩이에 처박힌다.

"아, 빨리! 빨리, 좀!"

여자의 다리 사이에서 허리를 흔들어대는 개를 대웅이 재빨리 목줄을 당겨 떼어낸다.

"괜찮으세요? 죄송합니다! 진짜 죄송합니다!"

대웅이 다른 손을 내밀어 여자를 일으켜 세운다. 경찰관이 구급대원들에게 다가간다.

"시신 운반할 때 벨트 안 채웁니까? 이거 어떡할 거예요?"

"아, 난들 발정 난 개가 뛰댕길 줄 알았습니까? 미리미리 현장에서 차단을 해놨어야죠!"

경찰차와 앰뷸런스의 경광등 때문에 순간순간 주변의 색이 변한다. 태하가 말없이 시체를 바라본다. 시트에 반쯤 싸인 채 물웅덩이 위에 엎어져 있다. 굵은 빗방울이 시체의 머리칼을 흩뜨려놓자 목덜미가 슬쩍 드러난다. 붉다.

"아니, 지금 책임 떠넘기는 거요? 엄연히 이게 매뉴얼이란 게 있는…… 거, 당신은 그 개 좀 똑바로 붙들고 있어요!"

태하가 시체에 가까이 다가간다. 무릎을 굽히고 목덜미를 들여다본다. 손가락으로 시체의 젖은 머리칼을 쓸어 올리자, 붉은 연꽃 모양 반점이 나타난다.

"매뉴얼? 사람 죽어나간 현장에 똥개 뛰댕기게 만든 건 매뉴얼입니까? 어이! 당신 뭐 하는 겁니까? 함부로 시신 건들지 마요!"

구급대원의 말에 태하가 손을 떼고 일어선다. 경찰관은 손사래를 치며 등을 돌려버린다.

"아, 됐어요. 빨리 싣고 가기나 해요. 그리고 아가씨!"

"네?"

여자가 멀찍이서 젖은 옷을 살피다가 고개를 들었다.

"저 개 확실히 203호 개 맞아요, 아니에요?"

"죄송해요, 아닌가 봐요. 옆집 개는 암컷이었어요. 그건 확실히 기억나요."

그 소리에 태하가 인상을 쓰며 내용을 돌아본다. 구급대원들은 시체를 다시 들것에 싣고 있다.

"경사님!"

경찰관 두 명이 시멘트 계단을 내려오며 소리쳤다. 그러고는 사람들을 비집고 가까이 다가와 작은 목소리로 다시 말한다.

"특별한 건 없습니다. 나노봇 캡슐 몇 알 빼고는요."

구급대원들이 들것을 앰뷸런스에 밀어 넣고 문을 닫는다.

"핸드폰이랑 컴퓨터는? 나노봇 캡슐은 그거 식품인지 약품인지 라벨도 없어?"

"네, 전혀 단서 잡을 만한 게 없습니다."

수염이 덥수룩한 남자가 느릿느릿 반지하층으로 내려가며 우산을 접는다. 트레이닝복 차림의 여자는 슬리퍼를 찍찍 끌며 시멘트 계단을 올라가는 중이다. 태하와 대웅도 개를 데리고 차로 돌아간다.

"어떻게, 라인이라도 쳐놓을까요? 혹시 모르니까?"

"뇌출혈 아님 뇌경색이라는데, 뭐. 그냥 출입국사무소에 인계하고, 우린 철수하자고."

*

태하가 소파에서 일어나 창가로 걸어간다. 작은 에어컨이 창문에 박힌 채 돌아가고 있다. 대충 잘라낸 유리와 에어컨 사이의 틈을 하얀 스티로폼이 메우고 있고, 덕지덕지 붙은 누런 박스 테이프가 나머지 틈새를 막고 있다. 태하가 창밖을 바라본다. 콘크리트처럼 짙고 뭉글뭉글한 먹구름이 하늘을 뒤덮고 있다. 그 틈새에서 쏟아지는 빗줄기가 회색 도시 위로 쏟아져 내린다.

"완전 진상이네, 정말! 대체 어디서 데려왔어?"

"미안, 이슬아. 원래 목줄을 해놨는데 차에다 다시 풀어놔서는."

이슬이 몸에 착 달라붙는 검은색 시스루 레이스 원피스의 치맛자락을 끌어 내리며 신경질적으로 옷매무새를 가다듬는다. 짙은 쌍꺼풀이 진 커다란 눈과 풍성한 속눈썹, 조금 넓은 듯한 미간, 차가운 인상을 자아내는 얄팍한 광대뼈와 곧은 콧날, 도톰하게 굴곡진 입술이 창백하리만큼 새하얀 얼굴에 오목조목 자리 잡았다. 우아한 선을 그리며 가녀린 어깨로 이어지는 목덜미, 늘씬하게 뻗은 팔과 다리도 조각처럼 새하얗고 기품이 있다. 하지만 유난히 숱이 많은 구불구불한 붉은 머리칼, 보랏빛 아이섀도와 빨간 립스틱, 뾰족한 하이힐 때문인지 농염하고 관능적인 분위기가 더 짙게 풍긴다. 그런 화려한 미모와 늘씬한 몸매에 더해, 어쩐지 쓸쓸해 보이는 눈빛은 마치 블랙홀을 품은 듯 깊이를 잴 수 없는 묘한 매력까지 발하고 있어, 이슬의 아름다움은 주변 풍경에 위화감을 일으킬 정도로 압도적이다. 다소 귀여움이 느껴지는 부분은 옆으로 흘러내린 머리카락 중 일부를 귀 한가운데를 지나도록 뒤로 넘겨서, 마치 귀를 동여맨 것처럼 묶었다는 점이다.

대웅이 책상 옆 캐비닛 안에서 새 포장용 끈을 꺼내 개의 목에 묶고는, 끈의 또 다른 끝을 문손잡이에 묶는다. 개는 그 와중에도 이슬에게 가려고 빌버둥 친다.

"아, 우리 동네 슈퍼 앞에서 돌아다니더라고. 그래서……."

"당연히 아니지, 그럼. 저 개가 그 개가 아닌 거지. 부평에서 없어진 개가 거길 왜 가? 접수 파일에는 암컷인지 수컷인지 써놓지도 않았대?"

이슬이 책상 위의 홀로그램 화면을 가리키며 물었다. 다른 한쪽 손으로는 자신의 붉고 풍성한 머리칼을 신경질적으로 빗어 내리고 있다.

"기본적인 걸 생략하니까 이런 결과가 나오는 거라고. 보여? 이런 결과! 내 옷이 더러워지고 머리가 헝클어지는 이런 결과!"

"그만 떠들고 그거나 스캔해서 넣어줘."

태하가 소파에 앉으며 턱으로 책상 위의 서류봉투를 가리켰다. 이슬이 대웅을 보며 뭔가 더 말하려다, 하이힐의 굽으로 바닥을 한 번 찍고는 의자에 앉는다. 그러고는 서류봉투를 집어 계약서와 펜을 꺼낸다. 신경질적인 동작이다.

"오전에 그 여자한테 받아 온 거네, 차수연. 다른 메모리 같은 건?"

이슬이 서류봉투 안을 들여다보며 묻자 대웅이 대답한다.

"카를로스한테 벌써 맡겼지. 아까 거기서 전화한 거야."

"카를로스 마구다? 나 그 사람 왠지 싫더라. 형이 유명한 깡패라며? 리카르도 마구다."

"그 리카르도가 살 마구다 제철 공장장이야. 남미이민자노조 조합장인데 무슨 깡패냐?"

"아, 그게 사실상 남미 깡패단이지. 남동공단 총기 사건도 그 사람들이 한 거 아냐?"

"피해자래. 중국인들이 쏜 거고."

"피해자는 무슨. 그 나물에 그 밥이지."

이슬이 눈썹을 밀어 올리며 빈정거린다. 대웅이 냉장고 위에 걸터앉으며 묻는다.

"근데 어떻게 알고 소개시켜준 거야?"

"누구? 이 여자?"

이슬이 계약서를 팔랑거리며 되묻는다. 그러고는 바로 말을 잇는다.

"뭐, 그냥 스파에서 우연히 만난 사람이야."

"스파?"

대웅이 발로 냉장고 문을 연다. 그리고 다시 닫는다. 이슬이 손가락으로 컴퓨터를 조작하며 말한다.

"응, 마사지를 옆에서 같이 받았는데, 그냥 이런저런 얘기 하다 보니까 서로 무슨 일 하는지 묻게 됐거든. 근데 업소 다닌다고 할 순 없어서 그냥 사설 조사 일을 돕고 있다 했더니 좀 이따 얘길 꺼내더라고."

이슬이 계약서를 책상 표면에 엎어 놓고 가볍게 두드리자 계약서 밑에서 밝은 빛이 한 번 번쩍인다. 잠시 후 홀로그램 화면에 계약서가 떠오른다.

"그 여자 좀 이상한 사람이네. 딸이 가출했는데 한가롭게 스파에 다닌다니."

대웅이 개를 쳐나보며 발했나. 말보는 계속 냉장고 문을 여닫는 중이다.

"야, 빨리 밥이나 시켜. 먹고 개 학교 가봐야 할 거 아니냐."

"네, 지금 시키려고요. 뭐 드실 거예요?"

대웅이 핸드폰을 꺼내며 물었다. 태하가 연기를 뿜고는 대답한다.

"와사비 라면."

"나는 순두부찌개."

이슬이 책상 위에 있던 재떨이를 소파로 들고 와 태하 옆에 앉는다. 대웅은 핸드폰을 귀에 대고 가만히 허공을 바라보는 중이다.

"아, 왜 안 받아, 전화를."

대웅이 전화를 끊고는 다시 건다. 그러고는 또 핸드폰을 귀에 대고 허공을 바라본다.

"안 받아?"

이슬이 물었다.

"응, 점심시간이라 바쁜가? 내려가서 시키고 올게. 얘도 밥 먹이고 제 갈 길 보내고."

대웅이 출입문에 묶인 개를 풀어 살살 밀친 후, 개와 함께 사무실 밖으로 나갔다.

빗방울이 창문에 부딪히는 소리, 차들이 젖은 아스팔트 위를 달리는 소리가 들린다. 에어컨의 팬이 돌아가는 소리, 냉장고의 모터가 움직이다 멈추는 소리도 나직하게 들려온다.

"생각해봤어, 전에 말한 거?"

이슬이 태하를 바라보며 물었다. 힐을 벗어둔 채 검은 스타킹을 신은 두 다리를 접어 소파 위로 끌어올리고, 한쪽 팔은 마치 태하의 어깨를 두른 것처럼 소파 등받이 위쪽에 길게 늘어뜨렸다. 태하의 셔츠 깃에 살짝 닿은 이슬의 오른쪽 새끼손가락에는 손톱과 같이 있어야 할 마지막 손가락 마디가 보이지 않는다. 뭉툭한 흉터뿐이다.

"전에 말한 거, 뭐?"

태하가 연기를 뿜으며 재떨이에 재를 떤다. 태하의 옆얼굴을 향해 있던 이슬의 시선이 태하의 손을 따라 탁자 위로 갔다가 다시 태하의 옆얼굴로 돌아온다. 이슬이 입을 연다.

"나랑 사는 거."

태하가 담배를 빤다. 그리고 연기를 뱉는다.

"몰라."

"생각해보라고 했잖아."

태하는 대답이 없다. 건너편 소파 너머, 책상 위에 떠 있는 홀로그램 화면만 바라보고 있다. 화면에는 아까 스캔했던 계약서 대신 세계 각지의 아름다운 풍경들이 일정한 속도로 바뀌며 출력되고 있다.

"그냥 내가 싫으면 싫다고 해. 괜히 있지도 않은 와이프 핑계 대지 말고."

태하가 몸을 숙이며 팔꿈치를 무릎에 올린다. 그 자세로 고개를 돌려 이슬을 바라본다.

"입 안 다물래?"

이슬이 태하를 잠시 쳐나보나가 고개를 놀린다.

"솔직히 말이 안 되잖아. 사진도 없고, 흔적도 없는 여자를 어떻게 찾겠다는 건데? 아니, 찾아서 어쩌겠다는 건데? 기억나는 건 단지 와이프라는 것뿐이라고?"

이슬이 다시 태하를 바라보며 말을 잇는다.

"아니, 오빠. 입장 바꿔놓고 생각해봐. 말이 돼?"

태하가 이슬을 바라본다. 한동안 바라보다가 고개를 돌려버린다. 담배를 한 모금 빨고는 연기를 뿜으며 말한다.

"그만해."

태하가 재떨이에 담배를 비벼 끈다. 이슬이 그런 태하의 옆얼굴을 계속 바라보다가 체념한 듯 고개를 돌린다.

"같이 여행이라도 다녀오자, 이번 일 끝나면."

이슬이 자신의 무릎과 탁자 사이의 어딘가를 내려다보며 말했다. 태하는 잠자코 책상 위의 홀로그램 화면을 바라본다. 비췻빛 바다가 새하얀 백사장과 푸른 하늘 사이에서 넘실거리는 장면이다.

"어디, 저런 바닷가?"

"어디든."

이슬이 머리를 뒤로 젖혀 소파에 기대고는 가늘게 뜬 눈으로 홀로그램 해변을 바라본다. 그러고는 목멘 목소리로 말을 잇는다.

"어디든 먼 데로. 경찰서에서 오빠한테 보내는 그 병신 같은 문자 안 오는 데로."

*

태하와 대웅이 길고 완만한 콘크리트 언덕을 올라간다. 언덕 주변 600~700미터 반경에 서너 개의 학교 건물들이 서 있고, 언덕 오른쪽 아래에는 그 학교들이 공동으로 쓰는 것 같은 드넓은 운동장이 펼쳐져 있다. 텅 빈 운동장 곳곳에 커다란 물웅덩이가 생겨 있다. 외곽을 둘러싼 콘크리트 스탠드는 빗물을 먹어 새까맣게 변한 상태다. 언덕 위에서 흘러내린 빗물이 태하의 신발 앞코를 적신다. 대웅이 우산을 뒤로 젖히며 언덕 왼편에 있는 건물을 가리킨다.

"저거네요."

뾰족한 금속 지붕이 있는 빛바랜 핑크색 건물이 보인다. 높이도 높고 가로 폭도 넓은 커다란 건물이다. 10층 정도까지는 꽤 오래전에 지은 것 같은 모양새지만, 그 위쪽과 지붕은 나중에 증축을 한 듯 현대적인 모양새를 띠고 있다. 그러나 아래쪽과 위쪽 모두 이렇다 할 특징이 없는 단조로운 모양인 것은 같다. 건물 정면, 뾰족한 지붕 바로 아래에는 '선화여고'라는 큰 글자가 붙어 있고, 그 밑으로 수많은 창문이 똑같은 간격, 똑같은 크기로 나 있다. 그 안쪽에서 하얗게 빛나고 있는 수많은 형광등 때문에 건물은 마치 기묘한 전자 제품처럼 보인다.

태하와 대웅이 건물 정문의 넓은 처마 밑으로 들어선다. 우산을 접어 바닥에 있는 파란 통에 넣고 유리문을 밀어 안으로 들어간다. 실내는 어두컴컴하다. 정면에는 '지덕체를 고루 갖춘 선화의 여성'이라는 글씨가 직힌 전신 거울이 서 있고, 그 양옆에는 유리로 된 진열장들이 늘어서 있다. 진열장 안에는 트로피와 상장이 들어 있는데 대부분 카누 대회와 각종 경시대회에서 나온 것들이다.

전신 거울과 진열장 사이를 지나 안쪽으로 들어간다. 정면에 위층으로 가는 계단과 후문이 보인다. 양옆으로는 복도가 뻗어 있다. 바닥은 하얀 대리석 무늬 타일이고, 벽은 건물 외벽처럼 핑크색이지만 훨씬 더 화사하고 밝은 색상으로 칠해져 있다. 계단 위쪽에서 여학생들이 시끄럽게 떠드는 소리가 들려온다.

"아우, 에어컨 안 트나. 왜 이렇게 더워. 어디로 가죠?"

대웅이 손등으로 목덜미를 훑으며 말했다.

"일단 담임선생부터 만나야 될 거 아냐?"

태하가 복도를 둘러본다. 오른쪽 복도에 엘리베이터 두 대가 보인다. 엘리베이터 문에는 둥글둥글한 글씨가 적힌 색도화지들이 붙어 있는데, 한 대에는 교사용이라고 적혀 있고 한 대에는 학생용이라고 적혀 있다. 두 대의 엘리베이터 사이의 벽에는 층별 안내판이 붙어 있다. 태하가 엘리베이터 앞으로 가 안내판을 살펴본다. 옆에 와서 선 대웅이 손가락으로 안내판을 훑으며 말한다.

"1학년 7반은 13층이네요."

"14층, 1학년 교무실. 여기부터 가자."

태하가 교사용 엘리베이터 버튼을 눌렀다. 그러자 바로 엘리베이터 문이 열리고, 뒤늦게 엘리베이터 내부의 조명과 환풍기가 켜진다. 대웅이 14층을 누르며 묻는다.

"여고 와보기는 또 처음이네. 형님은요?"

태하는 말이 없다. 와이어가 당겨지는 소리, 모터가 돌아가는 소리, 아마도 또 다른 엘리베이터에서 들렸을 웃음소리들이 아득히 울려온다. 6층에 이르자 엘리베이터가 멈춘다. 문이 열리고 여학생 세 명이 시끌벅적한 복도의 소음과 함께 우르르 밀려들어온다. 셋 다 회색 미니스커트와 핑크색 반팔 블라우스를 입고 있다. 목에는 원래 남색 리본을 매는 것 같지만 두 명만 하고 한 명은 안 하고 있다. 회색 치마와 핑크색 블라우스 색깔도 조금씩은 차이가 있다. 여학생들이 서로 눈길을 주고받으며 쿡쿡 웃자 대웅이 학생들에게 묻는다.

"몇 층?"

여학생들이 좀 더 소리를 내서 웃어댄다.

"10층요."

대웅이 웃으면서 버튼을 눌러준다. 그리고 묻는다.

"근데 니네 왜 학생용 안 타고 교사용 타?"

"이거 막 그런 거 없는데? 그냥 아무거나 타요. 상관 안 해요, 다."

"그래?"

"네, 사람 많고 그래서 다 아무거나 타요. 신경 안 써요."

대웅이 고개를 끄덕인다. 여학생들이 웃는다. 서로 밀치고, 두드리고, 또 웃는다.

"선생님 아니죠?"

"맞는 거 같아, 아닌 것 같아?"

"너무 젊은 것 같은데요?"

대웅이 웃으며 되묻는다.

"그래? 몇 살로 보이는데?"

여학생들이 대웅을 바라보며 깔깔거린다.

"모르겠어요. 우리 이제 내려야 돼요."

문이 열리자 여학생들이 밖으로 나간다. 가면서 쿡쿡 웃으며 한 번 뒤돌아보고는, 시야에서 사라지자 좀 더 크게 웃는 소리가 들려온다. 문이 닫히고 다시 와이어 당겨지는 소리, 모터 돌아가는 소리가 들려온다. 금세 14층에 도착한다.

양쪽으로 복도가 뻗어 있고, 엘리베이터 바로 맞은편에 출입문이 하나 있다. 문에 1학년 교무실이라는 팻말이 붙어 있다. 태하가 노크를 하고는 바로 문을 열어 안으로 들어간다. 사무용 책상과 의자, 파란색 파티션이 군데군데 서 있다. 하얀색 벽에 하얀색 바닥, 바깥쪽 벽은 모두 창문이고 사람은 거의 없다. 시원한 냉기가 실내에 가득하다.

"어떻게 오셨어요?"

창가 쪽 책상에 앉은 여자가 말했다. 단발머리에 무테안경을 썼고, 노란색 커피 잔을 들고 있다.

"1학년 7반 담임선생님을 찾는데요."

"7반이면…… 아, 김종동 샘 찾으시는구나. 학부모님 되세요?"

여자가 자리에서 일어나며 물었다.

"삼촌쯤 됩니다."

"삼촌……쯤요?"

여자가 눈썹을 밀어 올리며 되묻자 대웅이 태하 앞쪽으로 나서며 말한다.

"아, 그냥 삼촌이에요, 삼촌."

"아, 네에. 으음, 지금쯤 점심은 다 드셨을 거고요, 잠시만 그럼 휴게실에서 기다리시겠어요? 제가 전화로 연락을 해놓을게요."

"네, 근데 휴게실이?"

"나가셔서 바로 왼쪽으로 가시면, 1층 정문 있는 그 자리가 휴게실이거든요?"

여자가 웃으면서 말을 잇는다.

"근데 누가 이렇게 멋진 삼촌을 두 분이나 뒀나요?"

대웅이 웃으면서 대답한다.

"한나요. 혹시 한나 아세요?"

"아아, 한나요……. 알죠, 한나."

여자가 어색한 미소를 지어 보이고 다시 자리에 앉는다. 그러고는 수화기를 들며 말한다.

"연락드리면 금방 오실 거예요. 휴게실에 가 계세요."

밖으로 나와 복도를 따라 몇 미터 걸어가자 계단 아래쪽에서 여학생들이 떠드는 소리가 들려온다. 1층에 정문과 전신 거울이 있는 위치에는 반투명한 유리벽으로 구획을 나눈 휴게실이 있고, 그 안쪽으로 플라스틱 의자 몇 개가 보인다. 태하가 셔츠 앞부분을 펄럭거리며 말한다.

"복도로 나오기만 하면 쪄 죽겠네. 야, 기다리느니 밑에서 반 애들 먼저 만나보자."

"그 선생이랑 엇갈리면 어떡해요?"

"다시 교무실 가면 되지."

태하와 대웅이 계단을 통해 아래층으로 내려간다. 여학생들이 복도를 돌아다니며 떠들고 있다. 정면에 위층의 것과 똑같이 생긴 휴게실이 있고, 복도 왼쪽에는 엘리베이터와 화장실, 복도 오른쪽에는 1학년 6반과 7반 교실이 복도를 사이에 두고 서로 마주 보고 있다. 태하가 7반 교실로 들어가자 대웅이 그 뒤를 따른다.

교실 안의 여학생들이 여기저기 짝을 지어 모여 있다. 의자와 책상을 저마다 원하는 방향으로 붙여 놓고는 웃고, 떠들고, 장난치고 있다. 핸드폰으로 전화를 하는 중이거나, 손톱에 매니큐어를 바르는 중인 여학생들도 보인다. 그중 몇몇이 태하와 대웅을 보고는 수군거린다. 태하가 문 가까이에 앉은 한 여학생에게 다가간다. 여학생은 팔꿈치를 책상에 기댄 채 옆에 앉은 다른 친구들과 떠드는 중이다. 머리를 높이 틀어 올려 묶고, 빨간 뿔테 안경을 쓰고, 통통한 체형이다.

"너 한나 아냐?"

"저요?"

여학생이 태하를 올려다보며 물었다. 함께 있던 여학생들도 태하를 본다.

"어, 너."

"아는데요?"

"친해?"

"안 친한데요?"

"그럼 친한 애가 누구야."

"잘 모르겠는데요?"

"너 7반 아니야?"

"저요? 맞는데요. 아저씬 누군데요? 나 알아요?"

여학생이 미간을 찌푸렸다. 태하가 짜증스러운 얼굴로 주위를 한번 둘러보고는 말한다.

"한나랑 친한 애 누구냐고."

"아, 모른다고요."

태하가 천장을 올려다보며 한숨을 내뱉고는 다시 여학생을 본다. 그러고는 여학생의 책상을 걷어찬다. 책상이 시끄러운 소리를 내며 바닥에 엎어지자 교실 안이 쥐 죽은 듯이 조용해진다.

"야, 아저씨가 지금 너랑 장난하는 것 같냐?"

여학생이 상기된 얼굴로 옆에 있는 친구들을 본다. 그러자 옆에 있던 친구 중 한 명이 태하를 노려보며 말한다.

"저기요, 진짜 모르거든요. 한나랑 친한 애 따로 있는데, 걔도 학교 안 나오거든요."

"걔 이름이 뭔데?"

"박주미요."

태하가 자신이 걷어찬 책상을 일으켜 세워 다시 여학생 앞에 끌어다 놓는다.

"미안하다. 그리고 친구는 잠깐 나랑 얘기 좀 하자, 저기 휴게실에서."

태하가 교실 밖으로 나간다.

"아, 뭔데! 저거!"

빨간 뿔테 안경을 쓴 여학생이 눈물이 그렁그렁한 눈으로 책상을 다시 걷어차며 소리쳤다. 두 번째로 얘기한 여학생은 교실 밖으로 나가는 태하의 뒷모습을 분한 듯이 노려보고 있다. 대웅이 그 여학생을 살살 달래서 데리고 나가자 여학생들이 수군거린다.

*

반투명한 유리벽 안쪽으로 플라스틱 의자 몇 개가 보인다. 안으로 들어가자 건물 바깥쪽으로 난 커다란 창문과 플라스틱 탁자와 음료수 자판기가 보인다. 태하가 자판기로 다가가 코카콜라 버튼을 세 번 누르고 핸드폰을 자판기에 갖다 댄다. 그러자 콜라 캔 세 개가 떨어진다. 태하가 그 콜라 캔들을 탁자 위에 놓고는 의자에 앉아 창밖을 바라본다. 언덕 주변에 있는 다른 중고등학교들이 보인다. 그 학교들 뒤쪽으로는 한눈에도 튼튼해 보이는, 마치 콘크리트 덩어리를 통째로 찍어내 만든 것 같은 인천전문대 건물들이 보이고, 그보다 더 뒤쪽으로는 마치 국회의사당처럼 생긴 인천체고 건물이 보인다. 모두 지은 지 수십 년은 넘어 보이는 건물들이지만 하나같이 견고하고 단단하게 생겼다. 그런 학교 건물들이 모여 있는 이 거대한 언덕을 낡다 못해 이미 반쯤은 썩은 주택가와 유흥가가 둘러싸고 있고, 그 중심은 허름한 제물포역과 역전 상가들이 차지하고 있다.

"자, 괜찮아. 잠깐이면 돼."

대웅이 여학생을 데리고 들어와 어깨를 가볍게 토닥이며 태하 옆에 앉힌다. 여학생의 얼굴에는 표정이 없지만 눈빛에는 불만이 가득하다.

"이거 마셔라."

"됐거든요."

여학생이 고개를 돌려 창밖을 본다. 태하가 그런 여학생을 잠시 바라보다가 지갑에서 5만 원 지폐를 꺼내 탁자 위에 놓는다.

"뭔데요?"

"친구들이랑 뭐 사 먹으라고."

여학생이 지폐를 집으려고 하자 태하가 콜라 캔을 그 위에 올려놓으며 말한다.

"아저씨가 몇 가지만 물어볼게. 성의껏 대답하면 차 마실 돈도 주고."

여학생이 콧방귀를 뀐다. 그러나 태하는 신경 쓰지 않고 질문한다.

"한나, 학교에서 어땠어?"

여학생은 짜증스러운 표정으로 창밖만 보고 있다. 그러나 잠시 후, 입을 연다.

"걔 뭐 별로 튀지도 않고, 그냥 그랬는데요?"

"친구가 별로 없었나? 혼혈이고 그래서?"

"흠, 뭐 막 따 시킨 건 아닌데, 잘 안 어울렸어요, 딴 애들하고는."

"박주미인가 걔랑만 친하고?"

"네."

"걔네 둘이 좀 불량한 애들은 아니고?"

"뭐, 그냥요. 놀고 막 그런 애들은 아닌데, 그냥……."

"그냥 뭐?"

"아, 막 찌질이도 아니고 노는 애도 아니고, 그냥 그랬어요. 그냥 소문이 좀 안 좋았어요. 소문이 아니고, 그냥 인식 같은 거."

"어땠는데."

"그냥 막 원조하고 다닌다고요."

"원조? 원조교제?"

"네, 막 노땅들 만나고, 차에 타고 있고. 근데 뭐 남자들이 다 똑같은 사람도 아니고. 뻔하죠, 그러면."

"남자들이 다 다른지 어떻게 알아?"

"그냥 애들이 여기서 보고, 저기서 보고, 얘기하다 보니까 얘가 본 남자는 어떻게 생겼고, 쟤가 본 남자는 어떻게 생겼고, 다 다르더라, 그런 거죠."

"박주미도 그랬어?"

"아니, 솔직히 걔는, 뭐 막 그러는 거 봤다고 하는 애는 없는데요, 한나랑 같이 다니니까 그냥 걔도 그런가 보다 하는 거죠."

"근데 걔 말고도 그러는 애들 많을 거 아냐."

"뭐, 네. 하는 애들은 많은데요, 그냥 애가 존나 내숭 까는 스타일이어서 다 좀 안 좋게 본 거죠. 혼혈이기도 하고."

"걔랑 그거 했다는 남자들은 누군지 모르지?"

"그걸 어떻게 알아요?"

"그럼 걔가 원조교제 하고, 그러고 학교 안 나왔어?"

"아뇨, 걔 학교 안 나오기 훨씬 전부터 그러고 다녔는데요. 생활이에요, 생활."

"박주미라는 애 연락처 알아?"

"모르는데요."

태하가 여학생을 바라본다. 잠시 그렇게 보다가 고개를 끄덕인다.

"알았어, 가봐."

"차 마실 돈도 준다면서요?"

태하가 탁자를 턱으로 가리킨다.

"콜라 마시면 되겠네."

"아, 뭐래."

여학생이 태하를 노려보고는 콜라 캔 밑에서 지폐만 뽑아 나가버린다.

"애들한테 왜 그래요?"

대웅이 콜라를 따며 물었다. 왼쪽 손목에서 연두색 불빛이 아른거린다.

"내가 뭐 새끼야."

"책상은 왜 걷어차요?"

"싸증 나게 하잖아, 발을."

대웅이 피식 웃고는 발을 탁자 다리에 걸고 의자를 뒤로 기울인다. 그런 자세로 콜라를 몇 모금 마시다가 휴게실 밖을 보며 말한다.

"저 사람이 우리 찾는 거 같은데요?"

"담임선생?"

대웅이 남은 콜라를 단숨에 마시고는 갈라진 목소리로 대답한다.

"몰라요, 어떤 남자가 누구 찾는 것처럼 왔다 갔다 하는데, 가서 맞으면 데려올게요."

태하가 창밖을 본다. 콘크리트처럼 짙고 뭉글뭉글한 먹구름이 하늘을 뒤덮고 있다. 거세진 빗방울이 유리창을 때리고는 미세하게 벌어진 은색 창틀 틈으로 스멀스멀 새 들어온다.

"아이고, 안녕하십니까."

태하가 목소리를 듣고 고개를 돌린다. 한 남자가 대웅과 함께 휴게실로 들어서고 있다. 커다란 눈, 넓적한 코, 각진 턱, 뿔테 안경을 쓴 중년 남자다.

"한나 담임, 김종동입니다. 한나 삼촌분들 되신다고요."

김종동이 서글서글하게 웃으며 손을 건네자 태하가 손을 맞잡고 가볍게 악수한다.

"아, 다른 샘들이 좀 얼큰한 거 먹으러 가자 그래서, 밖에서 먹었더니 좀 늦었습니다."

"아닙니다. 앉으시죠."

태하가 의자를 가리키고는 대웅에게 말한다.

"야, 커피 한 잔 뽑아드려."

"아우, 괜찮은데……."

대웅이 자판기로 다가가 커피 버튼을 누르고 왼쪽 손목을 자판기에 대자, 손목과 자판기에서 연두색 불빛이 깜빡이더니 곧 커피가 종이컵에 담겨 나온다. 대웅이 그 커피를 김종동에게 건넨다.

"어유, 잘 마시겠습니다."

김종동이 커피를 받으며 말을 잇는다.

"한나 때문에 걱정 많으시죠? 제가 진작 더 신경을 썼어야 되는데, 참 드릴 말씀이 없습니다."

태하가 콜라 캔을 따서 몇 모금 들이켜고는 캔을 탁자에 올려두고 말한다.

"사실 우린 삼촌은 아니고요, 한나 찾는 데 고용된 사설 조사원들입니다. 교무실에선 그냥 편의상 그렇게 말씀드렸어요."

"아아, 그렇습니까?"

"그러니까 그냥 편하게 말씀하시면 돼요. 지금부터 몇 가지 질문을 드릴 텐데, 그냥 아시는 대로 대답해주시면 됩니다."

"아아, 예, 예. 뭐든 물어보십쇼."

태하가 콜라를 한 모금 마시고는 묻는다.

"한나가 학교생활 하면서 좀 특이한 거라든지, 문제라든지 그런 거 없었습니까?"

"음……. 한나가, 일단 성적이 그렇게 상위권은 아니었는데요, 또 그렇게까지 뒤처지는 것도 아니었습니다. 보통이죠. 외국 대학으로 진학을 시키려는지 어떤지는 뭐 상담을 좀 해봐야 했던 문제고요. 학교생활 면에서 보자면, 교우 관계가 그렇게 좋은 것 같지는 않더군요. 혼혈이라고는 해도, 요즘 뭐 혼혈이 한두 명도 아니어서 그런 게 크게 영향을 미치진 않거든요, 학교생활에. 아무튼 친하게 지내는 친구들이 몇 없는 것 같더라고요. 그 외에 다른 건 뭐, 교내에서 말썽을 일으키거나 그런 건 특별히 없었습니다."

"학교 밖에서는요?"

"음, 글쎄요."

김종동이 가볍게 웃는다.

"그게, 그런 건 솔직히 뭐라 말씀드리기가 힘든 부분입니다. 초등학교 애들도, 누가 어제 어디서 담배 피우는 거 봤어요, 요러고 고자질하는 애 없거든요. 근데 그런 게 아니면 또 교사가 어떻게 알 수도 없는 부분이고. 사실 학교 밖에서는, 어찌 보면 슬픈 현실이지만, 경찰들 소관이죠."

"한나가 원조교제 같은 걸 하진 않았을까요?"

대웅이 묻자 김종동이 눈을 크게 뜨고 잠시 대웅을 바라본다.

"원조교제요?"

"네."

김종동이 커피를 한 모금 마시고는 종이컵을 탁자에 내려놓고 그 종이컵을 잠시 보고 있다가 말한다.

"그…… 연배도 저랑 크게 차이는 안 나시는 것 같고, 같은 남자니까 이해하시리라 믿고 말씀드리겠습니다."

"편하게 하십쇼."

"이게 참 애들 가르치는 사람으로서 할 소리가 못 되는 거 압니다만, 요즘 여학생이고 남학생이고 우리 때하고는 참 많이 다릅니다. 솔직히 뭐 매일매일 수업하면서도 그건 느끼는 부분이고요. 예, 솔직히 말하자면 요즘 여고생들한테 원조교제라는 게 그게 별 대단한 게 아닙니다. 별의별 짓들을 다 하는데요, 뭐. 요옆 학교 남학생이 우리 학교 다니는 여학생한테 관심이 있다고 치죠. 우리 땐 어떻게 고백할까 그 궁리를 했지요. 그게 정상 아닙니까? 근데요, 요즘은 얼마를 줘야 쟤랑 잘 수 있을까, 이럽니

다. 그게 현실이에요. 여학생들? 팔 수 있는 건 다 팝니다. 속옷,
스타킹, 양말, 교복, 몸. 몸도 다 파느냐? 입술 따로, 손 따로, 발
따로, 아주 남자들 취향 따라 팔죠. 물론 전부 그런다는 게 아니
에요. 제 말은 극히 일부이긴 하지만, 엄연히 그런 아이들이 있
다는 거예요. 하지만 그렇다고, 아까 말씀드렸다시피 학교 밖에
서 일어나는 일들을 학교에서 어떻게 할 수 있는 게 아니니까 골
치 아파지는 거죠."

　김종동이 잠시 말을 멈추고 고개를 주억거린다. 그러고는 말
을 잇는다.

　"한나 같은 경우는…… 네, 솔직히 한나 가족분들이었다면 차
마 이런 말씀 못 드리겠습니다만, 네, 그럴 가능성이 큽니다. 했
는지 안 했는지는 모르지만, 가능성은 아주 크다고 할 수 있죠.
솔직히 한나처럼 미모가 특출 나고 성숙해 보이는 여학생이면,
분명 유혹은 많았을 거란 말이죠. 근데 그런 생각이 든다고 다
짜고짜 불러서 너 원조교제 하냐 물어볼 수도 없고, 야단칠 수도
없는 겁니다. 상식적으로 그거 말이 안 되잖아요. 어디 경찰서에
서 연락이라도 오면 교칙대로 징계를 주거나 할 수 있지만, 이게
뭐 아이들 소문이나, 아니면 얼굴 좀 반반하니 얘도 그러겠지 하
는 생각으로 불러다가 야단칠 수는 없다는 거죠. 비단 원조교제
뿐 아니라 유흥업소에서 일하는 것도 마찬가지고요."

　"그럼 한나가 만약 원조교제를 했거나 어디 업소 뛴다 그러
면, 그게 가출이랑 관련이 있을 수도 있다고 생각하십니까?"

　"글쎄요. 말씀드렸다시피 뭐 그런 게 일단은 다 정황상 그렇

다는 것이고, 또 사실이더라도 그게 가출과 관련이 있다고 단정할 수는 없죠. 가정에 문제가 있다거나, 아니면 고민이 있다거나 이유는 여러 가지죠. 근데, 예, 애가 지금 집을 나가서 어디서 어떻게 무슨 돈으로 지내느냐를 생각해보면, 또 관련이 아예 없진 않네요. 근데 그런 걸 지금 모른다는 게 문제죠, 학교나 제 입장으로선."

김종동이 종이컵을 들어 남은 커피를 한 번에 다 마신다. 태하가 묻는다.

"박주미라는 학생이랑 단짝이라고 알고 있는데요."

"아아, 주미요."

김종동이 한숨을 쉰다.

"걔도 참 골치입니다. 한나 가출한 지 얼마 안 되서 걔도 학교 안 나오는데……."

"주미도 가출했습니까?"

"아뇨, 주미는 그냥 등교 거부 상태입니다. 엊그제인가 집을 방문했는데 자기 방에서 문 잠그고 안 나오더라고요."

대웅이 묻는다.

"은둔형 외톨이처럼요?"

"네? 아아, 네. 은둔형 외톨이처럼요. 엄마도 못 들어간대요. 문 따려고 하면 창밖으로 뛰어내리겠다고 소리를 질러서요."

김종동이 슬쩍 손목시계를 본다.

"저어, 근데 죄송합니다. 슬슬 이제 수업 준비를 해야 될 것 같아서요. 죄송합니다."

"아뇨, 도움이 많이 됐습니다. 근데 그 주미네 주소 좀 알려주
실 수 있습니까?"

"아, 주미네 집이요? 예, 그러죠."

김종동이 핸드폰을 꺼내 화면을 누른다.

"주미가…… 부평구 십정동, 메모 가능하신가요?"

대웅이 왼손을 들어 보인다.

"오우, 암터미널이 있으시군요. 네, 부평구 십정동 신성아파트
나동 1406호. 언덕배기에 있는 아파트인데, 가나다 세 동밖에 없
더라고요. 건너편에 금성교회라고 큰 교회가 하나 있으니까 쉽
게 찾으실 겁니다."

"고맙습니다, 바쁘신데."

"아닙니다. 제 제자 일인데 큰 도움이 못 돼서 제가 더 죄송하
죠. 아무튼 이제 좀 촉박해서요, 이만 가보겠습니다. 한나 찾으
면 학교에도 바로 연락 주십쇼."

"네, 알겠습니다."

김종동이 가볍게 목례를 하고 휴게실 밖으로 나가자, 태하가
남은 콜라를 다 마시고 캔을 내려놓는다. 그리고 창밖을 본다.
콘크리트처럼 짙고 뭉글뭉글한 먹구름이 하늘을 뒤덮고 있다.
제물포역의 빛바랜 파란 차양 아래로 전철이 미끄러져 들어오
는 중이다.

"가죠?"

대웅이 따분하다는 듯이 입을 다시며 말한다.

*

공터에 죽은 나무 한 그루가 보인다. 검고 메마른 가지가 하늘을 향해 솟아 있다. 죽은 나무 주위에는 깨진 화분, 모종삽, 부서진 창틀, 자전거 타이어와 깨진 유리병이 뒹굴고 있고, 공터의 한 면에 바짝 붙어 있는 자전거 거치대에는 낙엽처럼 녹이 슨 자전거 몇 대가 묶여 있다. 그런 공터 너머로, 공터를 디귿 자 형태로 에워싸듯이 서 있는 낡은 아파트 세 동이 보인다. 아파트 외벽은 원래 흰색인 것 같지만 누렇게 빛이 바랬고, 베란다 창틀은 성한 집을 찾기 힘들 정도로 대부분 녹이 슬거나 비둘기 똥으로 하얗게 뒤덮여 있다.

태하와 대웅이 공터를 비스듬히 돌아 세 동의 아파트 중 가운데에 위치한 아파트로 걸어간다. 보도블록이 들쑥날쑥하다. 태하가 아파트 입구로 이어진 마지막 보도블록을 밟는 순간, 노란빛을 띤 커다란 물체가 태하 앞에 내리꽂힌다. 태하가 뒤늦게 한두 걸음 물러서고, 잠시 후 대웅이 우산을 내팽개치며 땅바닥에 나자빠진다. 그러고는 그 상태로 몸을 숙여 먹은 것을 토해낸다. 빗물에 젖은 땅바닥이 새빨갛게 물들어간다. 노란색 민소매 티와 흰색 핫팬츠를 입은 여자가 머리부터 땅에 박혀 있다. 허리가 반대로 꺾이고 팔다리가 뒤틀렸다. 땅에 박힌 머리는 귀와 턱 부분만 형체가 있고, 그 위쪽은 완전히 뭉개져서 엉겨 붙은 뼈와 머리카락, 보라색과 초록색을 띠는 점액 덩어리들로 변해 있다. 잠시 후 태하가 여자의 시체에 한두 걸음 다가선다. 그러고는 시체의 어딘가를 들여다본다.

"네, 빠짐없이 찍혀 있네요. CCTV 다 확보되고 했으니까, 두 분 이제 가셔도 됩니다."

태하가 CCTV 속 자신의 모습을 한동안 멍하니 바라보다가, 경찰관이 어깨를 가볍게 두드리자 그제야 고개를 돌린다. 경비실 창밖으로 경찰차와 앰뷸런스가 보인다. 사람들이 북적거린다. 웅성거리는 소리, 여자가 오열하는 소리가 들려온다. 경비실 문가에 서 있던 나이 든 경비원이 말한다.

"많이 놀랐겠구먼. 그래도 거 안 다친 게 다행이지, 안 그래? 까딱하면 같이 갈 뻔했잖아."

태하가 출입문 옆의 바구니에 가져다 두었던 우산을 꺼낸다. 회색 타일 바닥에 불그스름한 물방울이 뚝뚝 떨어지자, 무심코 고개를 돌렸다가 그걸 본 대웅이 문밖으로 뛰쳐나간다. 잠시 후 구역질하는 소리가 들려온다.

태하가 우산을 들고 경비실 밖으로 나온다. 아파트 입구 주위는 물론이고, 아파트 베란다에도 사고 현장을 구경하려는 사람들이 가득하다. 태하가 쓰레기가 쌓인 공터로 가 우산을 던지고는 다시 경비실 앞으로 돌아온다.

대웅이 짧은 처마 밑에 쭈그리고 앉아 있다. 지붕 끄트머리에서 떨어지는 빗방울이 대웅의 이마로 떨어져 내린다.

"한 대 피울래?"

태하가 담배를 꺼내며 물었다.

"줘보세요."

"오늘은 그냥 집에 가서 쉬어라. 자꾸 생각하지 말고."

대웅이 담배를 받아 입에 물자 태하가 라이터를 내민다. 잠시 후 빗줄기 사이로 연기가 퍼져 나간다.

"괜찮아요. 그냥 좀 놀라서 그런 거지."

대웅이 연기를 뱉으며 말했다. 여자가 흐느끼는 소리, 앰뷸런스의 문이 닫히는 소리가 들려온다.

"일이 꼬이네요. 주미 엄마도 저 상태면 뭐 물어보지도 못하잖아요?"

"정신이 있겠냐."

대웅이 태하를 올려다보며 묻는다.

"그럼 이제 어떡해요?"

"카를로스가 저녁까지 자료 뽑는다고 했잖아. 그거 봐야지."

"그럼 빨리 가죠. 여기 더 있기 싫어요."

대웅이 장초를 바닥에 버리고는 자리에서 일어났다.

"오늘은 나 혼자 다녀도 돼. 집에 데려다줄 테니까 좀 쉬어라."

"괜찮아요. 여기만 벗어나면 괜찮아질 것 같아요. 가요."

태하와 대웅이 경비실을 돌아 아파트 단지 밖으로 나간다. 들쑥날쑥 튀어나온 블록을 밟을 때마다 흙탕물이 부글거리며 올라온다. 길 건너에는 벽돌로 지은 오래된 교회가 보인다. 검고 뾰족한 첨탑에 붙은 네온 십자가가 회색 하늘 밑에서 붉게 빛나고 있다. 태하가 교회 담장 옆에 주차된 초록색 쿠페로 걸어가 문손잡이에 손을 대자, 헤드라이트가 깜빡이며 잠금장치가 풀린다. 태하와 대웅이 차에 탄다.

"아니, 하필이면 그때에……."

대웅이 헛구역질을 틀어막으며 중얼거린다. 태하가 그런 대웅을 힐끗 보고는 아바나 한 개비를 뽑아 물고 불을 붙인다.

"자꾸 생각하지 말라고, 인마."

태하가 담배를 빤다. 앞 유리에 빗물이 주룩주룩 흘러내린다. 그 위로 신호등 불빛, 다른 차들의 전조등 불빛이 번지고 있다.

"근데 너 그 여자애 목덜미 봤냐?"

"아, 진짜 하지 마요! 생각하지 말라면서요!"

"장난치는 거 아니야. 봤어?"

"아, 못 봤어요!"

빗물에 뿌옇게 흐려진 유리창 너머로 아파트 단지를 빠져나가는 앰뷸런스가 보인다.

"왜요, 근데?"

차 시붕에 비 떨어지는 소리가 들린다. 태하가 창틈으로 재를 턴다.

"그냥 좀 이상해서."

"뭐가요?"

태하가 손등에 튄 빗물을 닦아내고는 검지와 중지 사이에 끼운 담배를 빙글빙글 굴린다. 그리고 입을 연다.

"박주미 목덜미에 반점이 있더라고. 연꽃 모양 비슷하게."

"그게 왜요?"

"아까 오전에 담쟁이 빌라 갔을 때, 그 개 주인 목에도 비슷한 게 있었거든. 근데 어제 전철에서 내가 어떤 또라이 새끼를 팼단

95

말이야."

"지하철에서요?"

"어."

태하가 담배를 빤다. 연기를 뿜고 말을 잇는다.

"중국 놈 같은데, 웬 여자 하나를 조지더라고."

"그런 거 신경 쓰는 타입 아니잖아요?"

"아, 나한테도 존나 시비를 걸잖아, 총까지 들이대면서."

"총? 참나, 객기가 사람 죽이는 거예요. 미쳤어요? 그런 놈들을 왜 상대해요?"

경찰차가 아파트 단지에서 빠져나간다. 와이퍼를 켜놓지 않아 형체만 희미하게 보인다. 태하가 담배를 한 번 빨고는 창밖으로 던지자 꽁초가 바닥에 떨어지기도 전에 오렌지빛 불똥이 꺼져버린다.

"총은요? 총은 어떻게 했어요?"

"내가 챙겼지. 아무튼, 그래놓고 그 여자를 슬쩍 보니까 목덜미에 그 연꽃 모양 반점이 막 생기고 있더라고. 그땐 신경 안 쓰고 있었는데, 오늘 죽어나간 인간들 보니까 그게 좀 이상하네."

"지하철 안의 여자랑 개 주인이랑 한나 친구가 서로 엮여 있는 것 같다는 말이에요?"

"그거는 아니지, 인마. 모르는 사람들이 똑같은 신발을 신고 있으면 서로 관련 있는 거냐? 그냥 저게 뭔가 싶은 걸 어제 오늘 자꾸 보니까 이상하다는 거지. 상태 안 좋은 인간들한테서만 보이니까."

대웅이 어깨를 으쓱해 보인다.

"그냥 그럴 수도 있다는 거죠. 그 전철 안의 여자랑 개 주인은 상관없다 해도, 주미랑 한나는 단짝이었…… 아, 잠깐만. 혹시 이런 거예요?"

대웅이 몸을 돌려 자신의 목덜미를 내보인다. 흐릿하지만, S 자 모양의 불그스름한 반점 두 개가 나비 형상으로 떠올라 있다.

"뭔데, 이게?"

"스위트룸 플랫폼. 어제 집에 가는 길에 그냥 가입해버렸어요. 어떻게, 비슷해요?"

"혹시 그거 나노봇 캡슐 먹어야 생기냐?"

"당연하죠. 나노봇 앱이니까. 몇 번 먹어야 생기죠."

"어제 그 중국 양아치도 여자한테 뭘 먹이긴 했거든. 아무튼, 그거였나 보네 그럼. 모양이 좀 다르긴 하지만."

"뭐 취향에 따라 플랫폼 모양을 고를 수 있나 보죠. 이건 스카이텔레컴 스위트룸의 머리글자예요."

태하가 키를 완전히 돌려 시동을 건다. 와이퍼가 움직이고 라디오가 켜진다. 시야가 트이자 태하는 깜빡이를 켜고 액셀을 밟는다. 라디오에서 여자 아나운서의 목소리가 나직하게 흘러나온다.

"방에서 은둔하던 자신을 강제로 끌어내려던 부모에 분개, 잔인한 방법으로 살해 후 시신을 유기한 혐의로 구속됐던 강 모 씨의 현장 검증이, 범행 현장인 인천의 모 주택에서 오늘 오전 실시되었습니다. 이를 지켜보던 주민들은 강 모 씨의 잔인한 수법

과 대담함에 분노를 금치 못했으며, 감정을 억누르지 못한 일부
주민들은 강 모 씨를 향해 오물을 던지고 욕설을 퍼붓는 등 소란
이 벌어져 잠시 혼란을 빚기도 했습니다. 강 모 씨는 10년 가까
이 자신의 방에 틀어박혀 은둔형 외톨이 생활을……."

태하가 교차로 앞에서 신호를 기다리며 묻는다.

"근데 그 스위트룸이라는 건 구체적으로 뭐가 어떻게 되는 건
데?"

신호가 바뀌자 태하가 다시 액셀을 밟아 출발한다.

"아아, 그러니까 이게, 보통 뭐 스리디 그래픽을 끝내주게 만
든다든지, 의자를 흔든다든지, 냄새를 나게 한다든지, 아님 헤드
셋을 쓴다든지 뭐 그런 방법으로 가상현실을 만들잖아요? 근데
우리 몸에서 그런 감각을 느끼는 신경들이 다 경추를 거쳐서 뇌
로 간다 그러더라고요. 그래서 바로 거기다 플랫폼을 심어서 직
접 가상의 감각 신호들을 흘려보낸다 그거죠. 예를 들어 물이 나
오는 장면이 있으면, 물을 흘려보내는 게 아니라 물이 닿았을 때
의 감각 신호를 흘려보내는 거래요. 그러니까 뭐 거창한 장비 필
요 없이 폰으로 앱만 실행시키면 진짜 감각인지, 가짜 감각인지
도 모를 만한 체험을 하게 되는 거죠."

차는 조금 경사가 있는 완만한 커브를 돌아 나간다. 중앙선 너
머에서 달려오는 시내버스가 빗물을 튀기며 지나쳐 간다.

"그런 게 그렇게 간단히 되나?"

"자세한 건 아직 몰라요, 저도. 그렇게 듣기만 했을 뿐이에요."

지하 차로를 지나자 간석오거리가 나온다. 태하가 차를 세우

고 신호를 기다린다. 주변 빌딩들의 외벽에는 불 꺼진 홀로그램 간판이 다닥다닥 붙어 있다. 화녀, 벌떼클럽, 황진이클럽, 여대생 대딸, 섹씨! 미씨! 딸기씨!, 오일러브 등의 간판이다. 대웅이 창밖을 바라보다가 묻는다.

"근데 왜 간석오거리로 왔어요?"

"니네 동네 가잖아."

"아우, 괜찮다니까요?"

"그럼 그냥 딴 거하고 놀아, 인마. 친구들이랑 술이나 한잔하든지."

신호가 바뀌자 태하가 액셀을 밟는다. 도로 위의 LED 표지판이 '직진 시 인천시청(1km)'이라는 글자를 표시하고 있다. 대웅이 유흥업소의 불 꺼진 홀로그램 간판들을 바라보며 말한다.

"저런 데서 신나게 돈 벌고 있을까요?"

"한니?"

"네."

"우리가 저런 데 하나하나 들락거리면서 찾아야 되는 시간과 비용을 카를로스가 줄여주잖냐."

"이슬이한테 물어보는 방법도 있죠."

태하가 와이퍼 속도를 늦춘다. 창밖으로 보험회사와 자동차 대리점들이 지나쳐 간다.

"근데 그 메모리에서 별거 안 나오면 어떡해요?"

차가 언덕을 올라간다. 오른쪽으로는 공원과 아파트 단지, 왼쪽에는 인천시청이 보인다.

"이 세상에 흔적 안 남기는 인간은 없어."

시청 앞 도로에서 피켓과 깃발을 들고 시위 중인 수백 명의 사람들이 보인다. 피켓에는 인천시 민영화 반대, 공무 인원 감축 반대, 경찰 인원 감축 반대, 정부의 무책임한 인사 대책 반대 등의 글귀가 적혀 있고, 시위대 주위에는 시위 전담 경찰들과 경찰 버스들이 열을 맞춰 대기하고 있다. 그로 인해 건너편 차선 4개는 완전히 차단되어, 임시로 둘로 나눈 이쪽 차선을 통해 양방향으로 차들이 오가는 중이다. 앞에 가던 차들이 빨간 브레이크 등을 빛내며 줄줄이 속도를 줄인다. 확성기와 앰프를 통해 울려 퍼지는 구호와 노랫소리, 교통경찰의 호루라기 소리, 차들의 신경질적인 경적 소리가 한데 섞여 들려온다.

"현재 인천시청 앞은 인천시 민영화 반대를 주장하는 인천시 행정, 경찰 통합 공무원 노조와 이들의 집회를 통제하기 위해 출동한 또 다른 경찰들로 극심한 혼잡이 빚어지고 있습니다. 경찰은 만약의 사태를 대비해 연막 차량까지 배치한 상태인데요, 이에 시민들의 반응은 냉담하기만 합니다. '아, 웃기죠, 시민들이 촛불 시위하고 그럴 때는 폭력 진압도 하고 그런 식으로 하다가 이제 와서 자기들 밥그릇 뺏기니까……' 인천시 행정민영화 반대를 주장하는 통합 공무원 노조는, 인천시 행정이 민영화된다면 오로지 기업의 이윤 창출에 입각한 행정 정책으로 인해 시민들의 부담은 가중되고, 그에 반해 대대적 인원 감축으로 인한 행정 및 치안 사각지대는 확대될 것이라며, 인천 시민을 위해서도 정부의 인천시 행정민영화 시범 도시 정책에 동의할 수 없다고 밝혔습니다. 그러나 시민들의 생각은 조금 다릅니다. '공무원들, 경찰들 뭐 다 있는 사람 편 아녔어요? 권력 있고, 돈 있고? 맨날 뉴스에서 나오는 게 누가 뇌물 먹었네, 경찰이 무슨 비리가 있네 그런 거니깐. 남동공단에서 거 외국인 깡패들 총 쏘고, 난리 치고 사람 죽어나갈 때도 경찰 무어 한 게 있어요! 관할 따지고 출동도 안 하고, 진짜 세금이 아까워요. 전에 해경처럼 한 번 싹……'. 그간 공무원들에 대한 시민들의 인식과 신뢰도가 얼마나 땅에 떨어졌는지, 특히 남동공단 외국인 조직 총격 사건과 관련해 경찰들에 대한 여론이 얼마나 악화되었는지 가늠할 수 있는 부분입니다. 한편, 시민들이 꼽은 유력 민영화 업체 중 1위는 설문 조사 결과 스카이텔레컴으로 조사되었……."

라디오에서 흘러나오는 현장의 소음과 창밖에서 들려오는 소음이 한데 겹친다. 대웅이 창밖을 보며 혀를 찬다.

"어이구, 새끼들. 열을 아주 개판으로 맞췄네. 그러니 민영화 한단 소리가 나오지."

대웅이 시청을 지키고 있는 진압복 차림의 경찰들을 보며 혀를 찬다. 시위대는 정복 차림의 경찰들이다.

"너 의경 출신이라고 그랬나?"

"네, 마지막 의경이었죠. 진짜 제가 있을 때 겪은 거에 비하면 저거는 지금 아무것도 아니에요. 저 연막차는 어차피 쓰지도 않을걸요? 옛날에 호모 아바타 프로젝트 반대 시위 혹시 기억나요?"

"모르겠는데."

태하가 가다 서다를 반복하는 앞쪽 차들과 간격을 유지하며 대답한다. 그러자 대웅이 자신의 왼쪽 손바닥을 몇 번 주물럭거리고는 태하에게 내민다.

위키 백과 — Homo Avatar Project 반대 집회
2022년, 안산 메디컬센터에서 진행 중이었던 'HAP(Homo Avatar Project)'을 저지하기 위해 일어난 대규모 집회. 'HAP'은 인류가 새로운 그릇, 전혀 다른 차원의 육체에서 살아갈 수도 있다는 발상에서 시작된 것으로, 일종의 '인조인간의 가능성'을 연구하는 프로젝트였다. 연구는 이미 오래전부터 진행되고 있었으나, 그때야 연구의 성과와 구체적인 윤곽이 차츰 드러나며 언론의 주목을 받았다. 그 후 기독교 단체들과 인권 단체의 거센 반발이 사회 각계각층으로 퍼져, 집회는 2022년 11월부터 2023년 2월까지 이어졌으며…….

민호가 대웅 손바닥을 들여다본다. 잠시 내용을 읽다가 고개를 돌려 앞차와의 거리를 확인하고는 다시 읽는다.
"진짜 겨울 내내 그 연구소인가 뭔가 앞에서 거의 살다시피 했어요. 날은 춥지, 손발은 얼지, 기독교 단체인지, 인권 단체인지 수는 계속 늘어만 가지, 진짜 돌아버리는 줄 알았다니까요?"
대웅이 손가락으로 손바닥 옆을 긁어 화면의 스크롤을 내려준다.

…… 정부는 나머지 연구보조금 예산안을 백지화하고 연구 중단을 권고했다. 결국 연구 인원이 프로젝트를 포기함으로써 집회가 종료됐다.

분류: 사회 | 이슈

관련질문

Q:햅이랑 핵이랑 다른건가염? 사회 숙제인……

A1: 님아 햅은 호모아바타프로젝트 약자구여, 핵은 뉴클리어라구 해서……

A2: 쌀이 아깝다 띨빡아;; 초딩도 알어 붕신새……


관련검색　　　HAP 연구진 프로필 / 프로그래머 / 뇌의학자

위키미디어　　의경하이바 깨진 영상 방패로 막 찍네요 개새끼들 (최신 한국, 국산 몰카) 시위 중 따먹히는!


　요란한 호루라기 소리에 태하가 고개를 돌려 앞을 살핀다. 교통경찰이 끼어들기를 하는 차량에게 주의를 주고 있다. 태하가 한숨을 쉬며 중얼거린다.

　"고생했네."

　시위 현장이 좀 더 시끌시끌해진다. 시위대 연단의 앰프에서 불분명한 발음의 구호가 연신 흘러나오자, 이에 답해 시위대의 함성이 울려 퍼진다. 대웅이 고개를 끄덕이며 추억에 잠긴 듯한 눈빛으로 말한다.

　"고생했죠. 딴 건 몰라도 그땐 진짜 고생한 거예요."

　사이렌이 짤막하게 세 차례 울리더니 살수차와 연막차가 앞으로 나선다. 진압 경찰 쪽 확성기에서 경고 음성이 흘러나온다. 그때 짤막한 음악 소리가 울리자 태하가 바지 주머니에서 핸드

폰을 꺼내 화면을 본다.

접수번호 K9908751누/접수일 2024년05월13일
접수내용 – 배우자 실종·수색 요망
위 사항에 대하여 진전된 사항이 없습니다.
(자동 알림 서비스 선택/취소 설정 1544-112)
---인 천 경 찰 청---
2025년 07월 31일 16:51 수신

콘크리트처럼 짙고 뭉글뭉글한 먹구름이 하늘을 뒤덮고 있
다. 앰프를 통해 구호를 외치는 사람은 거의 악을 쓰고 있고 시
위대도 더 크게 함성을 지르고 있다. 진압하는 쪽에서 다시 사이
렌을 울리고 경고 음성을 내보내지만, 이미 시위대와 충돌이 일
어났는지 여기저기에서 플라스틱 두드리는 소리가 들려온다.
태하가 말없이 핸드폰을 집어넣자 대웅이 말한다.
 "흔적 없는 인간은 없다고 안 했어요?"
 둔탁한 폭음이 몇 차례 들리는가 싶더니, 구멍이 숭숭 뚫린 스
티로폼 원통 하나가 퍽, 하고 차 앞 유리에 힘없이 떨어진다. 그
후 차 내부와 주변은 1초도 지나지 않아 하얀 연기 속에 잠겨버
렸다.
 "…… 터가 완전히 퍼져버렸나 보다!"
 뭐가 뭔지, 머리가 띵한 것이, 정신이 얼떨떨했다. 아버지가
손으로 연기를 휘젓고 있는 게 보였다. 차는 구체들에게 쫓기던

104

위치에서 일순간 수백 미터 가까이 치솟았다가 다시 추락하는 중이었다. 그 비상점화 버튼 때문인지 보닛 아래에서 연기가 풀풀 피어올랐지만, 덕분에 구체들은 따돌린 것 같았다.

"뭐야? 기절했었어?"

"그냥 잠깐, 아니, 몰라요. 저도 잘 모르겠어요. 뭐가 어떻다고요?"

"모터! 모터가 고장 났다고!"

정신없이 피어오르고 또 흩어지는 연기 사이로 침침한 불빛들이 내려다보였다. 차의 앞부분은 지면을 향한 상태였고 떨어지는 속도는 점점 빨라지고 있었다. 공기저항 같은 것은 기대할 만한 상황이 아니었다. 새까만 어둠 속에 흐릿하게 떠오른 거대 건축물들의 윤곽이 시시각각 빠르게 가까워졌다.

"어떡해야 되는 거예요, 그럼!"

아버지는 대답하지 않았다. 나는 연기를 신경질적으로 헤치며 다시 소리쳤다.

"아까보다 더 높은 데서 떨어져 죽는 거잖아요!"

아버지는 발 아래쪽의 페달을 연신 밟아대다가 나를 쳐다봤다.

"이미 죽었대도!"

"아, 그러니까 그게 대체……."

갑자기 사위가 약간 밝아진 느낌에 고개를 돌렸다. 벌써 거대 건축물들의 아득한 벽면이 양옆에서 펼쳐지고 있었다. 그 표면에 점점이 박혀 쏜살같이 흘러가는 불빛들은 마치 충돌까지 남은 시간을 재는 계기판처럼 느껴졌다. 건물들이 제아무리 높다 해도 이런 속도라면 수십 초 내로 지면에 닿을 게 뻔했다. 계속 애꿎은 페달만 걷어차고 있는 아버지를 보며 다시 말을 이으려는 순간, 앞쪽에서 불꽃이 치솟고 차체가 평행이 되면서 내장이 튀어나올 듯한 엄청난 충격이 전해져 왔다. 혀를 깨물지 않은 것이 다행이었다. 안전바를 끌어안다시피 붙들고 겨우 고통을 진정시키려는데 또다시 충격, 이를 악물고 어떻게든 숨을 한 번 쉬어보려는데 또다시 충격이 이어졌다. 아버지가 그렇게 되살아난 브레이크를 힘껏 밟을 때마다 차는 아래쪽에 불꽃을 뿜으며 허공에 차체를 고정시키려 애를 썼다. 안에 든 것이 쏟아져 나오기 일보 직전이었고 숨도 잘 쉬어지지 않았다. 하지만 차는 이제 날고 있었다. 여전히 추락에 가까운 속도로 떨어지고 있었지만 그래도 평형을 유지한 채 거대 건축물 사이를 날고 있었다. 쉴 새 없이 폴락거리는 연기 사이로 축축하게 젖은 도로가 얼핏 내려다보였다. 그러고는 곧바로였다. 차는 몇 초 지나지 않아 지면을 내리찍었다. 사방에서 온갖 파편과 불똥과 물방울이 튀어 오르고, 등줄기에는 수백만 볼트 전류가 흘러드는 것 같은 고통이 전해져 왔다. 그 후 수백 미터를 미끄러지면서는 어디서부터 어느 방향으로 몇 바퀴를 돌았는지 가늠할 수도 없었다. 몸을 잔뜩 웅크린 채 안전바를 붙들고 있었지만 온몸이 세포 단위로 분해되는 느낌이었다. 그러다가 드디어 무엇에 부딪혔는지 또 한 번의 큰 충격과 함께 차가 움직임을 멈췄다. 더 이상 충격도, 회전도, 진동도 느껴지지 않았다. 어딘가에서 끊어진 전선이 탁탁거리며 타들어가는 소리만 조그맣게 들려왔다.

명치를 맞은 것처럼 숨쉬기가 힘들었다. 차가 땅에 부딪혔을 때의 충격이 고스란히 몸속을 맴돌고 있는 것 같았다. 곳곳의 뼈마디가 소리굽쇠라도 된 양 웅웅 울려댔고, 특히 목과 꼬리뼈는 그곳을 의식하는 순간 머릿속이 하얘질 정도로 통증이 심했다. 당장 눈을 뜨는 것조차 힘들었다.

"괜찮냐?"

이것도 미칠 노릇이었다. 아버지의 목소리가 들려올 때마다 지금까지 겪은 난리를 처음부터 다시 겪는 기분이 들었다. 이게 무슨 상황일까. 여긴 대체 어디이고 아버지는 어떻게 내 옆에 있을 수 있는 걸까. 아무리 생각해봐도 '아마 사정이 이러이러해서 이렇게 됐을 것'이라는 판단은커녕 짐작조차 할 수 없었다. 나는 안전바 앞쪽에 머리를 파묻은 채 숨을 고르다가 대답 대신 겨우겨우 앓는 소리를 뱉어냈다.

"…… 도무지 이해를 못 하겠어요."

침묵이 흘렀다. 잠시 후, 아버지가 숨을 한 번 길게 쉬고는 입을 열었다.

"상황이 지금, 이걸 어디서부터 어떻게 풀어나가야 네가 이해를 할지 모르겠다."

아버지의 목소리는 흐트러짐 없이 차분했다. 여태껏 같은 차 안에서 같은 난리를 겪었다고 믿기 어려울 정도였다. 혹시 나 이상으로 심하게 다치신 건 아닐까 걱정했는데, 그래도 마음이 놓였다. 나는 잠자코 고개를 숙인 채로 아버지가 말을 해주기를 기다렸다.

"맘이 안 좋겠지만 네가 죽었다는 것부터 인정을 해야 돼. 정확히 하자면 죽어가고 있는 거지만, 어쨌든 그것부터 인정을 해야 얘기가 되거든?"

오른쪽에서 들이치는 안개비가 얼굴과 목덜미를 촉촉이 적셨다. 시간이 지날수록 점차 숨쉬기가 편해졌다. 목과 꼬리뼈를 제외하면 통증도 제법 견딜 만해졌다. 나는 중얼거리다시피 되물었다.

"그럼 저승이라는 뜻이에요?"

아까부터 전선에서 불꽃 튀는 소리가 계속 들려오고 있었다. 폭발하는 것은 아닌지, 이렇게 박살이 난 차 안에 계속 있어도 되는 것인지 신경이 쓰이고 불안했다. 소리가 어디서 나는지 확인해보고 싶었지만 당장은 목과 꼬리뼈의 통증 때문에 고개를 들 엄두조차 나지 않았다. 하지만 시간이 조금만 더 지나면, 약간 움직여볼 수도 있을 것 같았다.

"뇌에는 솔방울샘이라는 게 있어."

"차 터지는 거 아녜요?"

아버지는 한숨을 한 번 쉬고는 짜증 섞인 목소리로 되물었다.

"그럼 너랑 여기 이러고 있겠냐?"

뭐 그렇다면 잠자코 있는 수밖에. 잠시 후 아버지가 목소리를 누그러뜨리고 말을 이었다.

"들어봐, 솔방울샘이란 게 있어. 송과체라고도 하고. 흔히들 제3의 눈이라고 하는 이마 깊숙한 곳에 있는 기관인데, 이게 말하자면 네트워크 센터 같은 역할을 하거든. 사람과 사람 간의 정신을 이어주기도 하고, 인류 공통 기억에도 접근할 수 있게 해주고. 텔레파시니, 깨달음이니, 예술적 영감이니 하는 것들이 다 이 기관 때문에 가능한 거거든?"

아버지는 내가 제대로 듣고 있나 살피는지 잠깐 말을 멈췄다가 다시 시작했다.

"아무튼 이게 사람이 죽을 정도의 고통이나 두려움을 느끼면 뇌가 이 솔방울샘으로 의식을 흘려보낸다고. 그 왜 죽을 때 인생이 주마등처럼 흘러간다 그러잖아? 그게 의식이 이동하면서 대뇌피질에 저장된 기억세포들하고 닿아서 그러는 거거든? 그담에 시각세포들이 발화하게 되는데 그게 사후세계를 봤다는 사람들이 말하는 눈부신 빛과 터널이야. 그런 다음 의식이 이제 솔방울샘에 닿으면, 인류의 정신이 오랜 세월 공동 구축해온 가상 공간에 접속하게 되는 거지. 쉽게 말해 방 안에 극한 상황이 찾아오면 방 가장자리에서부터 안쪽을 향해 걸어가면서 차례로 진동을 끈 다음, 빙 한가운데에 있는 작은 출구를 통해 내피소로 빠져나가는 거랑 똑같은 거야."

나는 뒷목을 움켜쥐고 조심스레 고개를 들었다. 사실 고개를 든다기보다 서서히 상체를 일으키는 것에 더 가까웠다.

"그러니까 아버지 말씀은 그……."

"좀 더 정확히 말하면 다른 차원의 대피소."

"아, 제발. 저도 말 좀 할게요. 그니까 다른 차원의 대피소인지 가상의 대피소인지 간에, 어쨌든 그게 사후세계라는 거 아니에요?"

"맞아."

뒷목을 붙잡은 채로 슬며시 눈을 떴다. 연기는 사그라들었지만 보닛이 심하게 찌그러져 있었다. 아마 저 앞에 있는 가로등을 들이받고서야 멈춘 모양이었다. 그 가로등의 희미한 불빛 아래로 안개비가 허공에 그려내는 미세한 결이 보였다. 나는 숨을 한 번 길게 내뱉고 말했다.

"보세요, 아버지. 가로등이 있잖아요."

말하면서도 짜증이 나고 혼란스러워서 나는 다시 눈을 감았다.

"아니, 가로등뿐 아니라 다 뭔데요, 그럼. 차랑 빌딩이랑 쫓아오던 그, 지금까지 그게 다 뭐였는데요?"

"지금 전통적인 세계관 때문에 받아들이기 어렵나 본데, 사실 저승이란 게 뭐 어디에 지역적으로 딱 있고, 영혼이 도달하고, 뭐 신이 존재하는 곳, 그런 게 아니거든? 인간의 집단 무의식이 만들어낸 일종의 사이버스페이스라고 생각해야 돼. 컴퓨터로 가상공간을 만들어내는 것처럼 인간의 뇌가 그런 가상공간을 만들어낸 거라고. 극한의 위험이나 고통에 처했을 때 정신을 보호하기 위한, 뭐 엔도르핀이나 아드레날린 같은 그런 진화의 산물인 거지."

답답한 마음에 무심코 아버지 쪽으로 몸을 틀자 번개가 치는 듯한 통증이 꼬리뼈에서 뻗어 나왔다. 비명도 안 나올 만큼 고통스러운, 비명을 지를 새도 없이 순식간에 스쳐 지나간 통증이었다. 전선에서 불꽃 튀는 소리는 그 와중에도 계속 들려오며 신경을 긁었다.

"물론 뭐, 종교적인 그런 관점도 전혀 틀린 말은 아니야. 명상이라든가, 그에 가까운 깊은 기도라든가, 육체적 한계에 다다를 정도의 고행을 통해서도 솔방울샘을 자극할 수 있다고 하니까. 그게 깨달음이나 계시나 채널링 같은 걸로 해석될 수가 있겠지. 약물이나 꿈을 통해서도 가능하다고 하니까."

통증을 견디느라 이 사이에 머물던 숨을 내뱉고, 아버지에게 물었다.

"뭐가 됐든, 어쨌든 그렇다 쳐요. 그래, 개념의 차이이고 전부 환상 같은 거라 치자고요. 근데 이 차랑 그 공들이랑은 다 뭐냐니까요? 어떻게 그런, 아버지도 아까 2505년인가 뭐 이상한 말 하지 않았어요? 저는 그게 이해가 안……."

말을 쏟아놓다가 아버지에게 시선이 머문 순간, 뭔가 이상하다는 느낌이 들었다. 아버지는 일견 멀쩡해 보였지만 가만 보니 그렇지가 않았다. 한쪽 다리가 끊어져 있었다. 왼쪽 다리의 무릎이 빈쯤 끊이져 있었고, 끊이진 부위의 양쪽 끝에는 복잡한 기계 부품과 푸르스름한 실리콘 덩어리가 엉켜 있었다. 아버지가 당황한 표정의 나를 보고는 몸을 틀었다.

"잠깐, 들어봐라. 일단 얘기 들어봐."

끊어진 무릎이 덜렁거리자 절단면에서 튀어나온 전선 다발이 불꽃을 튀겼다. 지금껏 거기서 소리가 나고 있었던 것이다. 나는 내 어깨를 감싸려는 손을 쳐내며 소리쳤다.

"너 뭐야! 우리 아버지 맞긴 맞는 거야?"

"좀 들어보라니까."

"뭘 들어! 뭐야, 대체! 정체가 뭔데!"

모든 게 악몽이고 저건 아버지로 둔갑한 귀신일지도 몰랐다. 아니, 귀신이든 로봇이든 뭐든 간에 아버지가 아닌 뭔가가 아버지의 모습을 한 채 아버지처럼 행동하고 있다는 사실이 소름 끼치고 겁이 났다. 몸을 들썩이자 또다시 목과 꼬리뼈에 극심한 통증이 찾아왔다. 그러나 그런 것쯤 아무래도 좋았다. 더 고함치고 싶었다. 아무것도 믿을 수 없었다. 하지만 결국에는, 입을 다물고 말았다. 가만히 나를 바라보는 그 눈빛 때문이었다. 오랜 세월 나를 사랑하고 가르치고 일깨우고 다독였던, 때로는 엄하고 무섭게 꾸짖었던 그 눈빛. 그것만은 도저히, 아버지가 아닌 다른 무엇이 흉내 낼 수는 없는 것이었다.

　"그래, 2505년이라고도 했잖아. 그럼 너랑 부자지간이던 때가 벌써 490년 전이다. 말해봐야 네가 공감할 수 있을 것 같으냐? 상상할 수 있어? 넌 10년 만에 날 다시 보는 거지? 난 490년 전의 아들을 다시 보는 거야. 490년이 다 뭔데, 부모 할 도리는 나 죽는 순간 끝낸 거 아니냐? 너도 염치가 있으면 좀……."

　아버지가 말끝을 흐렸다.

　"사람 피곤하게 좀 하지 마라."

　생각해보면 이해 못 할 바는 아니었다. 시간이 정말로 그만큼 흘러버렸다면, 말도 안 되는 일이지만 만에 하나 그게 사실이라고 가정한다면, 아버지 입장에서는 내가 생판 남은 아니더라도 그렇다고 큰 의미 있는 존재도 아닐 것이었다. 우리가 함께한 시간은 26년 남짓이었으니까. 의혹과 적개심이 가시지도 않았는데 어쩐지 섭섭하고 서글픈 느낌이 드니 참 우스웠다. 하지만 아무리 노력해도 받아들이기 어려운 상황이었고, 저 고장 난 다리는 무섭기까지 했다. 저런 기계 뭉치가 몸 어디까지 이어져 있는 걸까. 아버지를 대체 무엇이라고 정의해야 하는 걸까. 나는 운전석 쪽에서 최대한 멀어진 후 조수석 문짝 위에 팔을 얹었다. 그렇게 한동안 차 바깥쪽을 바라보고 있자니 굵직굵직한 윤곽이 어둠 속에서 희미하게 떠올랐다. 마치 댐처럼 뻗어 있는 초거대 건축물의 외벽과 그 외벽을 보강하기 위한 옹벽들이었다.

"어릴 때부터 공부랑 담 쌓은 놈한텐 좀 복잡한 세상이긴 해."

아버지가 다시 누그러진 목소리로 말을 건네 왔다. 떨떠름하고 터무니가 없어 얼굴이 찡그려졌지만, 그러면서도 슬며시 웃음이 떠오르는 건 어쩔 수 없었다. 대답 없이 가만히 있자 아버지가 말을 이었다.

"솔방울샘이랑 연결된 '그' 가상세계는 내가 죽었을 시점에도 이미 현실을 힌침 앞서 있더라. 기술적으로도 그렇고 문화적으로도 그렇고. 뭐 정신적으로도 그렇고. 숭고하게 사는 사람은 얼마든지 그렇게 살고, 타락하려면 정말 끝도 없이 타락하고. 천국이랑 지옥이랑 합쳐 놓은 외계 미래도시 같더라고."

나는 여전히 운전석과 거리를 둔 채 조심스레 아버지를 돌아봤다.

"죽은 사람들이 그런 걸 다 만들었다고요?"

"정확히 하자면 죽어가고 있는 사람들이랑 일부 살아 있는 사람들의 뇌가 만든 거지. 그 '사후 가상세계'는 전자적인 정보랑 기호로 만들어진 데이터 덩어리 같은 거야. 근데 몇천, 몇만 개의 뇌가 연결된들 이미 죽은 고깃덩이가 그걸 무슨 수로 만들겠냐? 아까 말했듯이 사경을 헤매고 있거나, 명상 중이거나, 꿈꾸는 중인 사람들의 살아 있는 뇌가 그것들을 창조하고 유지하는 거지. 전부 죽음을 앞둔 몇 분, 몇 초 내에 이루어진 찰나의 과업인 거야."

"아버지는요? 아버지는 사경을 헤매는 게 아니잖아요. 돌아가신 지가 벌써 10년이잖아요."

"일종의 데이터라고 했잖아. 그럼 거긴 빛의 속도에 가깝게 움직이는 세상이라고. 현실 세계의 1분이 거기선 10년이 넘는 시간이 되는 거야. 문명이 한참 앞서 있었던 제일 큰 이유가 그거고. 이해 가냐? 내가 만약 12시 58분에 솔방울샘에 접속해서 1시에 완전히 죽었으면, 겨우 2분이지? 그럼 난 거기 20년이 넘게 있는 거야. 전파망원경 한번 생각해봐라. 전파망원경으로 몇만 광년이나 떨어진 다른 별을 볼 수가 있잖아. 근데 실제로는 지금 없는 별들도 많거든. 빛이 몇만 광년 떨어진 지구까지 오는 동안 이미 사라져버린 별도 많다고. 근데 보여. 천문학자들은 더 멀리 볼 수 있게 되면, 궁극적으로는 우주의 탄생까지 볼 수 있을 거라고 하더라. 그걸 반대로 생각해봐. 지금 몇만 광년 떨어진 어떤 별이 폭발했다 생각해보자고. 그럼 그게 바로 눈앞에서 사라지겠냐? 아니지, 빛이 지구까지 오는 몇만 년 동안 그 별은 여전히 눈에 보이겠지. 마찬가지인 거야. 현실에서 1분 동안 사경을 헤매다 죽은 사람은 사후 가상세계에서 10년이 넘게 머물 수 있어. 눈앞에는 무덤밖에 없어도, 사후 가상세계를 보는 전파망원경 같은 게 있으면 그 사람을 관측할 수 있는 거라고."

나는 몸을 완전히 돌려 문짝에 등을 기댔다. 아버지의 다리에서 흘러나온 실리콘 덩어리는 조금씩 부피를 키워가며 끊어진 부위를 메우고 있었다. 더 이상 전선 타들어가는 소리도 들리지 않았다.

"그런데 그 사후 가상세계를 볼 수 있는 전파망원경이 실제로 나타나버린 거야. 물론 솔방울샘이 오랜 세월 그 역할을 하고는 있었어도, 말했다시피 죽음에 가까운 위험이나 높은 수준의 수행을 통해서만 가능하던 거였잖아. 근데 사람 뇌가 컴퓨터랑 연결되고 모든 기관이 오픈되면서부턴, 뭐 인터넷 하듯이 사후 가상세계에 접속하게 된 거야. 아주 우주의 역사를 바꿔버린 혁명이었지. 반대하는 사람도 많았지, 특히 종교계에서. 그래도 아랑곳 않고 금세 기술은 발전하더라고. 솔직히 이미 떠나보낸 사람 만나고 싶던 마음이나 다시 실고 싶단 욕망을 무슨 수로 막겠냐. 거기에 호모 아바타 프로젝트 기술도 응용되면서 아주 급물살을 탔지."

"호모 아바타 프로젝트요?"

"무슨 인공육체 만드는 프로젝트였는데, 인공육체도 인공육체지만 그거 개발하면서 전자두뇌 기술이랑 의식 가상화 기술 같은 것도 파생적으로 연구가 됐나 보더라고. 그것 때문에 산 사람은 아바타로 사후 가상세계를 활보하고, 죽은 사람은 인공육체에 다운로드 되어서 현실 세계를 돌아다니게 된 거지."

아버지의 이야기 때문이었는지 아니면 젖은 옷을 입은 채 계속 비를 맞고 있어서였는지, 온몸에 소름이 돋고 몸이 떨려왔다. 나는 젖은 옷깃으로나마 가슴팍을 여민 후 몸을 움츠렸다.

"사후 가상세계 창업 붐이 일고, 은행에서는 부활자 전용 예금 내놓고, 교회는 텅텅 비고, 미제 살인 사건이 줄줄이 해결되고, 온갖 사회적 비리랑 음모가 들통나고, 제삿날 없어지고, 공동묘지 재개발되고, 돈세탁, 환치기, 글자 그대로 유령회사 난립에, 한쪽에선 눈물의 상봉, 한쪽에선 복수극, 폭동에, 전쟁에, 어떻게 다 말할까. 진짜 난리도 아니었다. 사회시스템이 폭삭 붕괴되고 재구성되기 시작하는데, 사람들 세계관, 가치관 바뀌어버리는 거 그냥 한순간이더라고. 삶과 죽음의 경계가 사라지고 뒤섞이기 시작하니까, 삶과 죽음이 공존하는 게 아니라 둘 다 그냥 사라져버리더라. 이렇게 살아봤자 어차피 안 죽으니까, 죽어봤자 또 살면 되니까. 죽는 게 선택의 문제가 된 건 확실했지. 근데 진짜 사는 것처럼 사는 사람도 점점 줄어들더라고. 맘먹고 막 나가는 인간도 미쳤지만, 솔직히 그런 세상에서 맘먹고 제대로 살려는 사람도 제정신이라고 볼 순 없었지."

아버지는 자신의 다리를 내려다봤다. 어느새 끊어진 부위를 모두 메워버린 실리콘 덩어리가 희미한 빛을 발하고 있었다. 아버지는 손끝으로 그 실리콘 덩어리를 살짝살짝 건드려보고는 말을 이었다.

"삶과 죽음의 경계만 사라졌다 뿐인가. 가상현실 기술이랑 인공육체 기술이 나날이 발전하니까 실재와 허구의 경계, 현실과 환상의 경계도 모호해지더라고. 아니, 그런 기술 발전은 제쳐두더라도, 일단 사람이 몸뚱이를 갖고 안 갖고의 문제에서 자유로워지니까, 오로지 데이터의 집합으로서만 실재하는 자아랑 그 자아가 상상해서 창조한 데이터 사이의 경계까지도 흐릿해지는 거야. 봐라, 애초에 사후 가상세계야말로 인간의 정신이 만들어 낸 허상 아니었냐? 공동 공상에 불과했잖아. 근데 엄연히 존재했고, 영향을 끼쳤고, 결국 현실세계랑 융합되어버렸잖아. 그런 세상을 사는 사람들이니 당연히 현실과 환상의 경계가 애매해질 수밖에. 그게 시대정신일 수밖에 없었어. 실재든 허구든 뜯어 보면 어차피 입자의 집합에 불과하다는 거지."

어느 순간부터 이해하거나 받아들이려는 노력을 멈추고 그저 듣고만 있는 중이었다. 너무나도 멀고, 복잡하고, 도무지 머릿속에 그려지지 않는 이야기뿐이었다. 하지만 그렇다고 받아들이지 않는다면, 전부 다 거짓말이고 되는대로 늘어놓는 이야기라고 생각한다면, 내가 처한 상황을 딜리 설명할 방도가 없었다.

"그러고도 몇백 년이 흘러버린 세상에 너랑 나랑 이러고 있는 거다. 사후 가상세계랑 현실 세계의 경계가 없어진 다음엔 똑같이 빛의 속도에 가깝게 시간이 맞물려 흘렀거든. 그래서 융합을 십수 년 앞두고 죽은 네가 융합 후 서기 2505년에 와 있는 거다. 이해 가냐? '저승'이라는 독한 술이 '네가 죽은 뒤 십수 년 후의 미래'라는 에너지 음료랑 섞여버렸기 때문에, 넌 갑자기 '몇백 년 후의 미래'라는, 기상천외한 화학작용이 일어난 폭탄주 속에 빠지게 된 거라고. 죽을 때 눈만 몇 번 덜 깜빡였어도 시간이 이렇게까지 흐르진 않았을걸?"

117

오후의 사고를 떠올렸다. 검은 연기, 뜨거운 아스팔트 위를 굴러다니던 유리 알갱이들, 붉게 물들어가는 웨딩드레스. 가슴 한 구석이 저려왔다. 어쩌면, 정말로 그게 480년 전의 일일 수도 있을까. 아내의 얼굴이 흐릿했다. 물을 잘못 삼켰을 때처럼 목이 메었다.

"혹시 제 아내는 어떻게 됐는지 아세요?"

아버지는 대답 대신 손을 뻗어 내 어깨를 감쌌다. 이번에는 아버지의 손을 뿌리치지 않았다. 아버지 손에서 온기가 전해져 오자, 감정이 북받치면서 눈물이 치밀어 올랐다. 아버지는 들썩이는 내 어깨를 한참 동안 가만히 토닥였다.

"맘 잘 다스리고…… 잠깐 저 위에 좀 다녀와. 네가 만나야 될 사람이 있어."

나는 소매로 눈물을 닦고 아버지를 쳐다봤다.

"엘리베이터 타고 올라가면 조그만 카페가 하나 나올 거야. 가서 카를로스를 찾아."

"찾아서 뭐라고 하는데요? 저 여기 길도 몰라요. 걷지도 못하겠고."

아버지가 내 어깨에서 손을 떼고는 몸을 돌려 뒤쪽을 가리켰다.

"저 불빛 보이지? 저거 타면 무료에, 환승도 안 하고 곧바로 708층까지 올라갈 수 있거든? 내려서 외길 조금만 걸으면 바로야. 카를로스가 그 여자를……. 아, 그냥 여깄다고만 전해. 그럼 끝이야."

아버지가 가리킨 불빛을 돌아봤다. 거대 건축물의 시커먼 외벽에 붙은 조그마한 차양 아래로 침침한 불빛이 새어 나오고 있었다. 차에서 30미터 정도 떨어진 거리였다. 나는 코 먹은 목소리로 웅얼거렸다.

"아까 그게 또 쫓아오기라도 하면 어떡해요. 신발도 없고."

"그럼 계속 여깄자는 거냐? 다리가 이래서 내가 갈 수도 없잖아."

"아니, 대체 뭐였는데요? 드론 같은 거예요?"

"드론이라면 드론이고. 차차 알게 될 거야. 그것들은 당분간 걱정할 필요 없어."

아버지가 구두를 벗으며 대답했다. 영 내키지 않았지만 별수 없었다. 그 난리를 겪은 후라 담이 쪼그라들 대로 쪼그라든 상태였지만, 아버지도 내게 구두를 벗어주는 것 외에는 별 뾰족한 수가 없는 모양이었다. 나는 아버지가 건넨 구두를 받아 들고 꼬리뼈에 자극이 가지 않도록 최대한 조심해서 차에서 내렸다.

"708층이요? 카를로스한테 그냥 여기 떨어졌다고 얘기하면 되는 거예요?"

"가서 뭐 하나 사 마시고, 커피 한 잔 받아 와. 목마르다."

아버지는 투명한 동전 한 닢을 꺼내 획 던졌다. 나는 그 동전을 받아 잠깐 들여다보고는, 조금 헐렁한 아버지의 구두를 신고 어기적어기적 내키지 않는 걸음을 내디뎠다. 꼬리뼈는 조심스레 걸으면 아무렇지도 않았지만, 그렇다고 조금이라도 호기롭게 발을 디디면 그 즉시 숨도 안 쉬어질 만큼의 통증이 허리까지 타고 올라왔다.

작고 낡은 엘리베이터였다. 안으로 들어가 708층을 숫자 하나씩 입력하자 곧 덜컹거리는 소리가 나며 움직이기 시작했다. 몇백 년이 흘렀다지만 이 엘리베이터의 구조는 내가 아는 것과 그다지 바뀐 점이 없는 것 같았다. 바뀌어가는 숫자들을 올려다보다가 문득 고개를 돌려 엘리베이터 양쪽 벽에 붙은 거울을 무심히 들여다봤다. 거울 두 개가 끊임없이 서로를 비추면서 거울 속에 수백, 수천, 아니 그 이상의 나를 만들어내고 있었다. 나는 그걸 보며 그들 각자가 울부짖고, 데굴데굴 구르고, 구석에 처박히고, 화를 내고, 목을 매달고, 입을 찢고, 벽에 머리를 박고, 괴성을 지르고, 또는 피 칠갑을 한 채 멍하니 나를 주시하는 모습들을 떠올렸다. 그러나 그중 아무도 나만큼 만신창이가 되어 있지는 않았다. 아버지가 준 동전을 넣으려고 호주머니에 손을 넣자 딱딱하고 매끄러운 작은 알맹이들이 손끝에 닿았다. 안 봐도 그게 뭔지 알고 있었지만, 막상 꺼내서 들여다보고 있자니 눈물을 참을 수 없었다. 손가락 사이로 흘러내린 유리 파편들이 엘리베이터 바닥에 뒹굴었다.

708층에 도착해 문이 열리자 정말로 외길이었다. 길 오른쪽으로는 검푸른 벽이 이어졌고 왼쪽은 아무것도 없는 낭떠러지였다. 바닥에 몇 미터 간격으로 박힌 붉은 등 외에는 안전장치 같은 게 전혀 없었다. 나는 엘리베이터에서 내려 신중하게 걸음을 옮겼다. 어두침침한 외길 끝에서 왼쪽으로, 그러니까 낭떠러지 쪽으로 조금 꺾인 부분에 'PHILLIES'라는 간판이 보였다. 그 밑의 커다란 통유리를 통해 가게 내부가 들여다보였는데 카페와 바를 겸하고 있는 곳 같았다. 어둠 속에서 건조한 빛을 발하며 섬처럼 떠 있는 그 모습이 마치 한밤중의 공중전화 박스나 즉석사진 부스처럼 보였다.

길은 미끄러웠지만 이상하게도 바람이 세지 않아 다행이었다. 문을 열고 들어가 마호가니로 만든 바에 자리를 잡고 앉았다. 꼬리뼈 때문에 걸터앉는 방식의 의자가 상당히 불편했지만 테이블이 아예 없으니 어쩔 수 없는 노릇이었다. 내부는 단출했다. 시커먼 플라스틱 타일 바닥, 베이지색 벽면, 싸구려 합판으로 만든 뒷문이 보였고, 바 안쪽에는 스테인리스 재질의 커피 머신, 물고기 없는 작은 어항, 각종 식기와 찻잔이 놓여 있었다. 바는 D자 모양이었는데, 가게 안에 있는 사람이라고는 바 안쪽에서 커피 머신을 손보고 있는 주인장과 뒷문 근처, 그러니까 바의 짧은 끄트머리 부분에 앉아 있는 남녀 한 쌍이 전부였다. 나는 냅킨을 한 움큼 집어 얼굴과 목, 가슴팍에 묻은 물을 닦아냈다.

"주문할 건가?"

주인장이 비칠비칠한 걸음으로 다가와 물었다. 장작같이 마른 몸, 움푹 파인 눈과 매부리코, 성성한 백발을 정수리에서 묶은 마귀 같은 생김새의 노인이었다. 가슴과 등에 '卍'자가 그려진 하얀 가운을 입고 있었는데 요리사인지, 바텐더인지, 아니면 바리스타인지 도통 정체를 알 수 없었다. 어쩌면 셋 다일 수도 있었고, 셋 다 아닐 수도 있었다.

"카를로스를 찾는데요."

"일단 여기 있으라고, 그렇게 전해달라더군. 여기서 만나면 될 거라고."

"누굴요?"

"난 모르지. 주문 안 할 건가? 냅킨만 그렇게 쓸 거야?"

주변을 둘러봤다. 바 끄트머리에 앉은 빨간 원피스 차림의 여자는 커피 잔을 만지작거리며 조곤조곤 말을 늘어놓고 있었고, 옆에 앉은 회색 양복의 남자는 정면을 응시한 채 귀를 기울이고 있었다. 실내에 적막과 훈기가 감돌았다. 나는 문득 아버지가 예를 들었던, 독주와 에너지 음료가 섞인 폭탄주를 떠올렸다.

"술, 쎈 거 있으면 한 잔 줘보실래요?"

주인장은 의외로 민첩하게 스트레이트 한 잔을 내 앞에 올려놓았다. 나는 한 번에 털어 넣었다. 눈을 감은 채 두 손바닥으로 천천히 얼굴을 쓸어내리자 속에 불이 일었다. 하루 동안 겪었던 온갖 사건이 화물 트럭처럼 거칠게 뒤통수를 뚫고 지나갔다. 뜨거운 숨을 이 사이로 흘리며 눈을 떴을 때, 커피 머신에 붙은 작은 전구에서 빨간 불빛이 피어올랐다. 그러고는 사물이 온갖 방향으로 흔들리며 늘어지기 시작했다. 주변이 뿌옇게 변하면서 주인장의 기괴한 웃음소리가 귓가에 울렸다. 빨간 불빛은 점차 더 밝게 빛나기 시작하더니, 곧 정신이 혼미해질 정도로 빠르게 깜빡이며 시야를 온통 새빨갛게 물들였다. 잠시 후 깜빡임이 서서히 잦아들고 다시 뭔가가 보이기 시작하자 어디선가 자물쇠 풀리는 소리가 났다. 문 위쪽에 달린 소형 카메라에서 빨간빛이 반짝였다. 태하가 그 문을 열고 안으로 들어갔다.

"다 끝내고 마시는 거지?"

카를로스가 데킬라를 병째 들이켜며 손을 들어 보인다.

"물론. 나한테 상을 주는 중이야. 대웅은?"

"집에 가서 쉬라고 했어. 눈앞에서 사람 죽는 걸 봤거든."

카를로스가 술병을 내려놓고 킬킬거린다.

"그나저나 지금 일곱시가 넘었잖아. 이럴 거면 좀 느긋하게 했지."

"차에 연막탄 떨어지고 난리도 아니었어. 대웅이 내려주고는 차에서 잠깐 눈 붙인다는 게······. 아, 왜 이렇게 머리가 아프지? 어떻게, 뭐 좀 나왔어?"

카를로스가 잠시 술병을 바라본다.

"글쎄, 그건 네가 판단해야지. 대충 방향은 잡은 거야?"

"대충은."

카를로스가 데킬라를 들이켠다. 병을 내려놓으며 입가를 닦고는, 옆에 둔 올리브 통조림에서 올리브를 하나 꺼내 먹고 묻는다.

"그래, 어떤 방향인데?"

"원조교제."

"원조교제? 으음, 그럼 그 자식들인가?"

카를로스가 손가락을 옷에 문질러 닦고 책상 위를 가볍게 건드리자 대형 홀로그램 화면이 떠오른다.

"디스크 자체에는 별거 없었어. 영화 몇 편, 만화 몇 편, 요즘 유행하는 노래 파일들이 몇 개 있고, 그리고 학교 과제인 것 같은데, 비평문? 감상문? 그냥 그런 것들이 고작이었지."

"무슨 내용인데?"

"갈수록 심각해지는 환경오염에 대한 거랑 수업 시간에 본 전쟁 다큐멘터리에 관한 거야."

"좆 까는 소리네. 더 오염될 환경이 어딨어?"

"그래, 맞아. 좆 까는 소리야. 난 한국어 중에 그게 제일 맘에 들더라. 좆 까는 소리."

카를로스가 킬킬거리며 데킬라를 들이켠다. 그러고는 술병을 내려놓고 말한다.

"아무튼, 근데 여기 인터넷 사용 기록을 보면……."

"보면."

"음, 별게 없어. 그냥 포털 사이트 몇 개 들락거리고, 여자애들 패션, 유머 커뮤니티에 가끔 들어가고, 온라인 테트리스랑 킬킬 좀비라는 게임에 가끔 접속했지."

"그 자식들은 대체 어디서 나오는데?"

"흥분하지 마, 태하. 다 설명할 거야."

카를로스가 올리브를 집어 먹는다. 손가락을 옷에 닦고 다시 책상을 두드린다.

"그 자식들은 여기 SNS 기록에 나와. 계정을 해킹해서 접속해 봤더니 초등학교 친구, 중학교 친구, 고등학교 친구, 이렇게 종류별로 나눠놨더라고. 음, 몇 명 되지도 않고, 별 특별한 건 없지."

"자꾸 뜸 들일 거야?"

"헤이, 진정하라고. 근데 이 계정으로 폰 메시지도 같이 주고받고 할 수 있는데, 애가 여기 기록은 관리를 안 했거나, 할 줄 몰랐던 모양이야. 이삼 년 전의 메시지까지 그대로 쌓여 있더군.

그래서 봤더니……. 와우!"

카를로스가 눈을 커다랗게 뜨고 태하를 본다.

"얼마를 주겠다, 몇 시에 만나자, 무슨 속옷을 입었으면 좋겠다, 스타킹을 신었으면 좋겠다, 침 뱉어줄 수 있느냐, 교복을 꼭 가져와라, 가격을 좀 깎아달라, 아님 동영상을 찍게 해달라 등등 온갖 놈들이랑 흥정을 했더라고. 셀 수도 없어. 아, 물론 또래 친구들과의 평범한 내용들도 있었지만."

"가장 최근에 연락한 놈들은?"

"그게 내가 말한 그 자식들이야. 세 놈이지. 한 달 전쯤부터 한 나를 일주일에 한 번꼴로 만났어. 다른 녀석들은 연락한 지도 꽤 오래됐고, 한 번 만난 후론 다시 연락 안 하는 것 같더라고."

"단골 만드는 재주는 없었나 보구먼. 거기서 끝은 아니겠지?"

"나를 아마추어로 보는군. 이놈들 아이디를 알면 모바일 신호 ~~추적하는~~ 긴 일도 아니야. 세 놈 다 인친에 있어. 대웅이 있으면 암터미널로 실시간 추적을 할 수 있을 텐데. 어떡할 건가?"

태하가 미간을 찌푸린다.

"내 핸드폰으로는 못 보내줘?"

카를로스가 코웃음을 친다.

"내가 말했잖아, 조립폰 하나 사라니까? 요즘 누가 그런 뗀석기를 갖고 다니냐? 여기 5분만 돌아다니면 100만 원 이하로 맞출 수 있어. 좀만 더 쓰면 손목에 심을 수도 있고."

태하가 건성으로 고개를 끄덕인다.

"나중에."

카를로스가 술을 한 모금 마시고 태하를 빤히 바라본다.

"그 와이프란 여자한테 연락 올까 못 바꾸는 거지?"

"됐고, 여기서 제일 가깝게 있는 새끼가 누구야?"

카를로스가 뭔가 말하려는 듯 잠시 태하를 바라보다가 화면으로 눈을 돌린다.

"오삼공육. 오삼공육, 이놈이군. 지금 부평구청 건너편에 있는 실내수영장에 있어. 20분이나 안 움직이는 걸 보면 잠깐 들른 건 아닐 거야."

"고생했어. 혹시 그 새끼 움직이면 전화로 알려주고, 두 번째 놈부턴 대웅이랑 다닐 테니까 걔 암터미널로 추적 프로그램 전송해줘."

"오케이."

태하가 성큼성큼 출입문으로 걸어가 문손잡이를 돌리다가 카를로스를 돌아본다.

"그 새끼 이름이라도 알아야 할 거 아니야?"

술병을 입에 갖다 대고 있던 카를로스가 술병을 내려놓고는 홀로그램 화면을 본다.

"김지웅."

태하가 문을 열고 밖으로 나간다.

*

콘크리트처럼 짙고 뭉글뭉글한 먹구름이 하늘을 뒤덮고 있다.

거기서 쏟아지는 빗줄기가 투명한 유리로 된 천장을 두드린다. 그 빗소리와 함께 누군가가 물을 철썩 치는 소리, 타일 바닥에 뭔가가 떨어져 달그락거리는 소리가 수영장 안에 메아리친다.

태하가 구둣발로 수영장 한복판을 가로지른다. 걸을 때마다 발소리가 울린다. 수영장 안에는 유아용 풀 하나와 성인용 풀 하나가 있고, 성인용 풀은 네 개의 라인으로 분리되어 있다. 그중 가장 안쪽 라인에서 파란색 수영모를 쓴 남자가 물을 헤치고 있는 것이 보인다.

태하가 라인 끄트머리에 서서 남자가 다가오는 것을 내려다본다. 남자가 점점 풀 끝에 가까워지자 물이 출렁거리며 태하의 구두 끝을 적신다. 잠시 후, 남자가 마지막으로 휘저은 손이 태하의 구두 끝에 닿는다.

"어우, 수영 잘하시네."

남자가 물안경을 이마에 걸치고 찡그린 눈으로 태하를 올려다본다.

"뭘요. 아고, 죽겠다. 근데 왜 옷을 입고 들어오셨대?"

"그냥 뭣 좀 알아보러 왔습니다."

남자가 풀 끝에 팔을 올려놓고 숨을 몰아쉰다. 태하가 수영장을 둘러보며 묻는다.

"왜 이렇게 사람이 없어요?"

"이 시간에는 원래 한산해요. 워낙 회원 없는 데이기도 하고."

"그럼 괜히 돈을 줬네."

"입장료요?"

태하가 남자를 내려다보며 웃는다.

"비슷한 거요."

남자가 고개를 끄덕이고는 태하에게서 등을 돌린다. 그런 다음 숨을 고른다.

"여기 매일 오십니까, 김지웅 씨?"

김지웅이 다시 뒤돌아본다.

"저 아세요?"

"한나 알죠?"

"누구요?"

태하가 한쪽 무릎을 굽혀 김지웅에게 바짝 다가선다. 그리고 수연에게서 받은 한나의 사진을 들이민다.

"얘 이름이 한나라는데."

김지웅의 눈동자가 흔들린다.

"글쎄요, 잘 모르겠……!"

태하가 김지웅의 머리를 물속에 처박았다. 김지웅이 물속에서 버둥거리자 수면 위로 공기 방울이 부글부글 올라온다. 그러다 수영모가 벗겨지고, 김지웅이 가까스로 물 밖으로 고개를 내민다. 그러자 태하가 재빨리 김지웅의 머리카락을 움켜잡고 다시 물속으로 집어넣는다. 김지웅의 손가락이 태하의 손목을 파고든다. 다른 손으로는 태하의 구두를 미친 듯이 긁어대고 있다. 태하가 왼손으로 타일 바닥에 있는 강철 고리를 붙잡고는, 양쪽 무릎을 모두 땅에 대고 김지웅을 더 깊숙이 짓누른다. 물이 출렁거리며 태하의 오른팔과 어깨와 양 무릎을 적신다.

태하가 김지웅을 놓아주자 김지웅이 타일 바닥으로 기어 올라와 물을 토한다. 태하의 오른쪽 소매 끝에서 물이 뚝뚝 떨어지고 있다.

"알아, 몰라?"

김지웅이 캑캑거리며 숨을 몰아쉰다. 태하가 다시 김지웅의 머리채를 잡는다.

"아라요! 안니다!"

"어딨어?"

김지웅이 어깨를 들썩거리며 기침을 한다.

"제혜, 제송하데, 지, 지히짜 모른니다!"

태하가 다시 김지웅의 머리채를 잡고 물 쪽으로 끌고 간다. 김지웅의 비명 소리, 젖은 몸이 타일 바닥에서 파닥거리는 소리, 천장에 비 쏟아지는 소리가 수영장 안에 메아리친다. 태하가 김지웅의 옆구리를 걷어차며 물속으로 밀어내자, 김지웅이 태하의 바지를 잡아당기며 소리친다.

"사려주세요! 사려주세요! 지자 모르니다!"

반쯤 물에 잠긴 김지웅의 다리근육이 쉴 새 없이 경련하자 수면에 파문이 인다. 태하가 동작을 멈추고 김지웅을 내려다본다.

"제종해요. 진자니다, 진자로."

김지웅이 그렇게 겨우 말하고는 숨을 고른다.

"진짜 마지막으로 묻는다. 걔 지금 어딨어."

"제, 제가, 제가 마린니다. 그때, 처메, 부평, 거기 부평역에 분수대 앞에서 만……!"

태하가 김지웅의 머리를 물속으로 집어넣자 비명이 물거품 속에 묻힌다. 김지웅이 손톱으로 풀장 끄트머리의 배수구를 긁어댄다. 타일 사이사이로 피가 번져간다. 잠시 후 태하가 김지웅을 끄집어내며 소리친다.

"어딨냐고!"

김지웅이 물을 토해내며 괴성을 지른다.

"으어, 서생니, 제바, 사려주시쇼! 자모해스다, 자모했습다!"

김지웅이 이마를 바닥에 대고 두 손을 비벼댄다.

"아, 벙어리 좆 까는 소리 하지 말고, 어딨냐고!"

"하우, 지짜, 서생님, 지자, 지인짜 모릅니다아."

태하가 한숨을 쉬며 천장을 올려다본다. 투명한 유리 천장에 빗방울이 쏟아지고 있다.

"너 뭐 하는 새낀데?"

"에, 애?"

김지웅이 태하를 올려다보며 숨을 몰아쉰다.

"뭐 해서 먹고사는 새끼냐고!"

"아, 애, 저 죄송한데…… 저, 기잔니다."

"뭐?"

"기, 기자요. 기자 겸 아나운섭니다."

태하가 눈을 가늘게 뜨고 김지웅을 훑어본다.

"너 혹시 그 뉴스 스트리밍에서 자주 나오는 그 새끼야?"

"마, 맞습니다, 선생님."

태하가 어이없다는 듯이 웃는다.

"아니, 그런 거 하는 새끼가 원조교제나 하고 다녀, 어? 왜, 니가 한나 만난 건 왜 보도 안 했어? 세태가 이렇더라고 보도하지?"

"죄송합니다, 선생님. 드릴 말씀이 없습니다. 죄송합니다. 그, 근데 그래도……."

태하가 손을 확 치켜들었다 그만두고는, 셔츠 포켓에서 아바나 한 개비를 꺼낸다.

"언제 만났어?"

"한, 한 달쯤 됐습니다."

"아, 마지막으로 만난 게 언제냐고."

"아아. 처음에 만나고, 그다음에 두 번 정도 더 만났는데, 한 2주일 전에 마지막으로 본 것 같습니다."

태하가 담배에 불을 붙이고 연기를 뿜는다.

"지금 묻는 거 잘 대답해. 아님 넌 라면 사러 슈퍼도 못 갈 줄 알아. 증거며 뭐며 다 있어. 형사 입건? 그게 문제가 아니야. 뉴스 스트리밍 기자가 원조교제 했다, 넌 그날로 사회에서 매장이야."

"아니, 선생님, 제가, 제가 진짜 죽을죄를 지었습니다. 제발, 제발 좀 그것만은 좀 참아주십쇼. 제가 이렇게 진짜, 제가 정말 반성합니다. 선생님, 제발."

"그러니까 잘 대답하라고."

태하가 담배를 빨고는 말을 잇는다.

"자, 다시 묻는다. 걔 지금 어딨냐?"

김지웅이 고개를 떨어뜨리며 한숨을 푹 쉰다.

"아아, 선생니임. 제가 정말, 정말 진짜 저도 죄송해 죽겠는데, 진짜 제가 진심인데, 제가 몇 번이나 말씀을 드렸잖습니까! 진짜 이거 믿어주셔야 됩니다! 저는 진짜, 진짜, 정말로 모릅니다. 기회를 주시면 제가 어떻게 좀 찾아 나서고 싶습니다, 정말로! 진짭니다. 저는 진짜 개가 언제 없어졌는지 그런 것도 진짜 몰랐고요, 진짜 모릅니다. 유감이고, 안타까워 죽겠습니다, 정말!"

태하가 담배를 빤다. 연기를 뱉고, 담뱃재를 바닥에 턴다.

"그럼 마지막으로 만났을 때 뭐 어딜 간다고 했다거나 이상한 점 없었어?"

"이, 이상한 점요? 이상한 점, 이상한 점……."

"할 말 없으면 나 그냥 가고."

태하가 몸을 돌리자 김지웅이 태하의 바짓가랑이를 붙잡으며 소리친다.

"아닙니다, 아닙니다! 이상한 점, 이상한 점. 아, 예! 이상한 점 있습니다! 그, 솔직히 다른 때는 모르겠는데, 마지막으로 본 날! 그날요! 좀 이상했습니다. 애가 좀 상태가 안 좋았는데, 정신이 좀 나간 것 같아요. 근데 그걸 할 때, 평소보다 엄청 느끼는 거 같더라고요. 그리고 다른 때도 애가 핸드폰으로 자주 문자질 하고 그랬긴 한데, 그 누구랑 문자질을 하는지 게임을 하는지, 그날은 아주 손에서 놓질 않았습니다, 핸드폰을."

태하가 담배를 빤다.

"혹시."

연기를 뿜고 말을 잇는다.

"목에 연꽃 모양 반점 같은 게 있었나?"

"예? 아, 예! 맞습니다! 있었어요! 연꽃 모양 반점! 다른 날은 없었는데, 그 마지막으로 본 날! 그날은 있었어요!"

"걔도 스위트룸 서비스에 가입했구먼."

"스위트룸? 아아, 그러네요. 그래서 그랬구나. 네, 그렇죠. 그거는 원래 그런, 어! 아닌데?"

김지웅이 태하를 올려다본다.

"저, 그 스위트룸은 연꽃이 아니고 스카이텔레컴 로고가 뜹니다. 그리고 어저께부터 서비스됐잖습니까, 선생님. 제가 직접 보도를 했는데요? 한나를 마지막으로 본 건 2주 전입니다. 2주 전에 그게 있었어요."

태하가 말없이 수면을 바라본다. 매끈한 표면이 희미한 빛을 내며 일렁이고 있다. 태하가 담배를 한 모금 빨고는, 꽁초를 땅에 떨어뜨리고 발로 밟는다. 그리고 연기를 뱉는다.

"제가 저, 뭐 실수한 거라도?"

"아니야, 가봐."

"예?"

"아, 가서 배영을 하든 접영을 하든, 올림픽 나가시라고."

태하가 바닥에 떨어진 사진을 주워 주머니에 넣고 샤워실 입구로 걸어간다. 발소리가 울린다. 그러자 김지웅이 바닥에서 일어나 태하를 앞질러 샤워실로 뛰어들어간다. 그러고는 태하가 샤워실을 지나 라커룸에 들어서자 다시 나타난다.

"저, 선생님, 이거 제 명함인데요, 저 솔직히 상황이 좀 그렇지만, 뭐 꼭 한나 일 때문에 그러는 건 아니고요, 그냥 받아주셨으면 좋겠습니다. 제가 저, 보탬이 될 만한 일이 있으면 언제든지 연락 주십시오. 거기 제 핸드폰이랑 메일 주소랑 다 있으니까요, 언제든지 연락 주십시오. 대신 좀 저 좀 살려주십시오. 제발, 이 일은 그냥 비밀에 부쳐주십시오. 제가 진짜 도움이 될 만한 것이 있으면 언제든……."

태하가 명함을 받아 들며 말한다.

"일단 우산 좀 빌리지?"

\*

콘크리트처럼 짙고 뭉글뭉글한 먹구름이 하늘을 뒤덮고 있다. 구름은 어둠이 깔린 도시의 불빛을 먹고 은은한 보랏빛을 띠고 있다. 태하가 고층 건물들이 줄지어 늘어선 거리 한복판을 걸어간다. 화려한 홀로그램 간판들이 번쩍거리며 거리를 비추고 있다.

태하가 우산을 살짝 들어 오른편에 있는 고층 건물 입구를 들여다본다. 건물 입구 앞의 넓은 차양 밑에는 저마다 신경 써서 차려입은 여자들이 담배를 피우며 수다를 떨고 있고, 그 뒤쪽의 유리문에는 '씽크빅 문고'라고 적힌 플라스틱 간판과 각종 패션 잡지 표지들이 어지럽게 붙어 있다. 거기 우두커니 서 있던 대웅이 태하를 보고는 유리문 밖으로 걸어 나온다. 언제 갈아입었는지 지퍼가 달린 회색 티셔츠와 청바지를 입고 있다.

"아, 이럴 거면 뭐하러 가라 그랬냐고요."

대웅이 큰 소리로 투덜대자 주위의 여자들이 잠깐 눈길을 주고는 다시 자기들 대화로 관심을 돌린다.

"카를로스한테 프로그램 받았냐?"

"한 놈은 주안이고, 한 놈은 지금 이 근처예요. 롯데시네마 앞요."

태하가 아바나에 불을 붙인다. 연기를 내뿜고 묻는다.

"얼마나 됐는데?"

"한 10분 됐나? 가좌동에 있다가 이리로 온 거예요, 지금은 안 움직이고."

대웅이 우산을 편다. 상점마다 틀어놓은 음악 소리, 행인들의 웃음소리, 비 떨어지는 소리, 경품 게임기의 전자음 등이 한데 뒤섞여 시끄럽다. 길바닥에는 비에 젖어 달라붙은 광고지들, 나이트클럽 웨이터들의 명함들이 널려 있다.

"근데 왜 이렇게 젖었어요?"

태하가 자기 옷을 내려다본다.

"그 수영장에 있던 새끼랑 실랑이하다가 젖었지. 아, 뻔히 알고 왔는데 잡아떼잖아."

"그래서 뭐 좀 캐냈어요?"

구제 옷 가게와 일식집을 지난다. 건너편에는 편의점이 있다. 그 위로 보보스 무인모텔, 트리플엑스 폴스방의 간판이 보인다.

"그 아까 얘기했던 반점."

"스위트룸 플랫폼요?"

"어."

나이키 매장과 아디다스 매장, 핸드폰 대리점을 지난다. 파스타 가게 안에서는 교복을 입은 여학생들이 식사를 하고 있다. PC방의 홀로그램 간판에서는 외계 로봇이 튀어나와 태하와 대웅 머리 위에 총을 갈겨대는 중이다.

"그게 스위트룸 플랫폼이 아니었어."

"뭔 소리예요?"

교복을 입은 남학생들이 버거킹 앞에서 우산을 들고 서 있다. 핸드폰으로 누군가와 통화하거나 자기들끼리 수다를 떨고 있는 중이다. 버블버블 미용실과 여성화 가게를 지난다.

"네? 뭔 소리예요, 뜬금없이?"

"한나도 목에 반점이 있대. 맛도 좀 간 상태였고. 난 스위트룸이구나 했지. 근데 스카이텔레컴 로고도 아닐뿐더러, 자기는 2주일 전에 걜 만났고 스위트룸은 그저께부터 시작했지 않았냐는 거야."

"아아, 그러네. 그 생각을 못 했네. 그럼 뭐예요, 대체?"

횡단보도가 나온다. 차들이 홀로그램 간판 불빛을 그렁그렁 반사하며 지나간다. 길 건너편 상가의 1층에는 알래스카 아이스크림 가게와 스타벅스가 보인다. 그 위층에는 에코라이프 레스토랑, 퀸 무인모텔, 다이나모 재즈클럽 등의 간판이 빛나고 있다. 태하가 횡단보도 앞에 멈춰 서며 땅바닥에 담배를 던진다.

"내가 아냐, 그게 뭐 중요한가 싶기도 하고."

신호가 바뀐다. 길을 건넌다. 아이스크림 가게와 스타벅스를 지나 모퉁이를 돌자, 술집들의 홀로그램 간판이 어지럽게 빛나고 있다. 허공에서 훤칠한 남자들과 여자들이 춤을 추며 술을 권한다.

"아까 만난 놈이 그래요? 2주 전에 봤는데 그 반점이 있었다고?"

"어, 이거 그 새끼 명함인데 저장해놔."

대웅이 명함을 받아 들고 묻는다.

"기자네?"

"뉴스 스트리밍에 자주 나오는 새끼야. 스위트룸 보도도 지가 했다 그러더라고. 혹시 구라 친 게 있을지 모르니까 메일 주소랑 연락처 링크해놔."

대웅이 목과 어깨 사이에 우산을 끼우고는 손바닥의 영상을 보며 명함 내용을 주소록에 저장하고 스마트 링크 버튼을 누른다.

"아무튼 남은 놈들한테 성과가 없으면, 막막하지만 그 반점에 대해 파는 수밖에 없어. 플래시메모리 안에 별게 없더라고."

사거리가 나온다. 왼쪽, 오른쪽은 호프집과 바로 가득 찼고, 맞은편은 모텔 건물들이 빽빽이 늘어서 있다. 골목 한편에서 술 취한 남자들이 펀치 게임을 하다가 빗물 고인 웅덩이에 나동그라진다.

"어디야?"

대웅이 왼쪽 길을 가리키며 말한다.

"거의 다 왔어요. 이쪽으로 한 50미터 더 가면 돼요."

왼편에 있는 고층 빌딩 입구에서 요란한 댄스음악이 울려 퍼지고 있다. 빌딩의 가장 높은 곳에서는 여자 댄서들의 홀로그램이 흘러나오고 있는데, 쏟아지는 비 때문에 댄서들 몸에 가는 금들이 생기고 있다. 그 댄서들의 춤이 한 번씩 반복될 때마다 '아쿠스 나이트클럽'이라는 글자가 번쩍거린다. 막창구이 가게, 민속주점, 타로카드 점집, 세계 맥주 전문점을 지나자 건너편에 롯데시네마 빌딩이 보인다. 빌딩 주위에는 개봉 영화들의 홍보 홀로그램이 잔뜩 떠 있다. 가장 낮은 높이에 떠 있는 홀로그램은 '은하철도 999 더 무비'의 예고편이다. 극장 주위에는 횟집과 커피숍, 편의점과 실내 야구연습장이 늘어서 있다. 대웅이 손바닥을 보며 야구연습장을 가리킨다.

"저긴데요?"

태하와 대웅이 안으로 들어가 주변을 둘러본다. 몇 사람이 철조망 안에서 알루미늄 배트를 휘두르고 있고 바깥쪽에 있는 사람들은 그걸 구경하고 있다. 공을 쏴주는 기계 앞에는 공을 던지는 야구 선수들의 홀로그램이 전사되고 있다. 하지만 기계가 공을 쏘는 타이밍과 홀로그램 투수가 공을 던지는 타이밍이 일치하지는 않는다. 배트가 공을 때릴 때마다 금속 울리는 소리가 들려온다.

"전화 걸어봐."

대웅이 핸드폰을 꺼내 손바닥에 표시된 정보를 보며 전화를 건다. 그러고는 핸드폰을 귀에 댄 채 주위를 둘러본다. 잠시 후, 대웅이 태하를 보며 말한다.

"받았어요. 여보세요?"

태하가 구경꾼들을 살핀다. 여자 한 명이 전화를 들고 있다.

"여자야?"

"아뇨, 남자. 여보세요?"

태하가 철조망 안쪽을 본다. 다섯 번째 구획에 있는 남자가 배
트를 내려놓고 전화를 받고 있다. 곱슬머리를 밝은 갈색으로 염
색한 뚱뚱한 남자다.

"저 새끼다."

태하와 대웅이 남자에게로 걸어가자, 뚱뚱한 남자가 여전히
핸드폰을 손에 든 채로 태하와 대웅을 돌아본다. 태하가 철조망
문을 거칠게 열어젖히자 뚱뚱한 남자가 말한다.

"손님, 여기 구속이 너무 세다고 그래서 지금 점검 중이거든요?"

"아, 그거 때문에 온 게 아니고."

뚱뚱한 남자가 태하와 대웅을 번갈아 쳐다본다. 철조망 뒤쪽
에 서 있던 구경꾼 몇 명도 낌새가 이상하다고 생각했는지 이쪽
을 보고 있다. 태하가 묻는다.

"한나 아시죠?"

"한나? 누구야, 그게? 잘 모르겠습니다만?"

"고등학생 여자애. 왜 혼혈에다가 예쁘장하게 생겨가지고, 모
릅니까? 사진 보여드릴까?"

태하가 남자를 바라본다. 남자의 허연 턱살이 미세하게 떨리
고 있다. 기계에서 쏜 공이 남자 뒤쪽의 철조망을 강하게 때리고
는 힘없이 떨어진다.

"모르겠는데요, 근데 왜 그러시는지⋯⋯."

태하가 대웅을 돌아보며 말한다.

"봐, 이 지랄들을 한다니까?"

태하가 다시 남자를 쳐다본다. 남자는 불안한지 태하의 시선을 자꾸 회피하고 있다. 공이 다시 한 번 날아와 철조망에 맞고 떨어지자, 철조망 입구 옆에 붙은 동전 투입구에서 동전 떨어지는 소리가 난다. 공 던지는 야구 선수들의 홀로그램은 계속 작동 중이다.

"좋게 말로 할 때 대답하세요. 아니면 경찰 불러드려?"

대웅이 빈정거렸다. 그러자 남자가 갑자기 흥분하며 소리친다.

"아니, 무슨 소리예요, 갑자기! 경찰은 왜 부릅니까!"

태하가 한숨을 쉬고는 철조망 옆에 세워놓은 알루미늄 배트를 집어 든다.

"그쪽으로 서. 움직이면 대가리 깨질 줄 알어."

태하가 배트로 남자의 옆구리를 쿡쿡 찌르며 말했다. 배트 끄트머리를 손으로 쳐내며 뒷걸음질 치던 남자가 땅에 떨어진 공을 밟고 넘어지자, 옆 구획에서 공을 치던 젊은 남자가 소리친다.

"거 왜 그래요? 경찰 부르기 전에 그만해요!"

대웅이 옆 구획의 남자를 흘끗 보고는 뚱뚱한 남자에게 말한다.

"대신 경찰 불러주신다는데, 저분이?"

"당신 쓸데없이 참견하지 마! 필요 없으니까!"

쓰러진 남자가 소리쳤다. 옆 구획의 남자는 당황했는지 잠시 이쪽을 바라보다가 마지막 공을 치고 나가버린다.

"저기, 어, 언어적으로다가 풉시다. 이러지 말고."

"아, 말로 하자는데 당신이 안 하잖아."

"저, 내가 기억력이 별로라서 그러니까는……."

"아, 그럼 기억나게 해드려야지."

태하가 주머니에서 천 원짜리 동전을 꺼내 입구 옆에 붙은 동전 투입구에 넣고, 구속을 조절하는 다이얼을 맥시멈에 놓는다.

"잠깐만, 그거 지금 큰일 나요! 지금 그게 정상이 아니……."

공이 바람 가르는 소리를 내며 날아오자 남자가 재빨리 몸을 웅크린다. 그 순간 태하가 배트를 휘두르자 금속 울리는 소리가 유난히 크게 나면서 공이 몇 미터 앞에 떨어진다. 태하가 두 번째 공을 칠 자세를 잡고 남자에게 묻는다.

"알아, 몰라?"

남자가 머뭇거리는 사이 또다시 공이 날아온다. 태하가 배트를 어깨에 걸치고 한 걸음 물러나자 공이 남자의 이마를 때린다. 남자가 신음 소리를 내며 땅바닥에 주저앉는다.

"알아, 몰라?"

"아이씨, 압니다!"

공이 날아온다. 태하가 배트를 휘둘러 공을 쳐내고는 묻는다.

"어딨어."

"나도 몰라요, 진짜요!"

태하가 다시 옆으로 비켜선다. 공이 날아오자 남자가 재빨리 옆으로 피한다. 그러자 태하가 남자의 장딴지를 배트로 후려친다.

"움직이면 뒤진댔어!"

"도대체 왜 이러십니까! 아, 진짜 상식적으로다가 내가 그걸 어떻게 안다고 이럽…….”

그사이 새 공은 이미 지척에 날아왔다. 남자가 뒤늦게 양팔을
마구 내저어보지만, 공은 팔 사이를 지나쳐 남자의 턱을 때린다.
구경꾼들은 모두 이쪽을 보면서 수군거리고 있다.

“아, 뻘짓거리 하지 말고, 어딨냐고.”

“여, 여흘 전에 마나고, 진짜 그 후로는 안 마났습니다!”

남자가 두 손으로 턱을 싸쥔 채 말했다. 다시 공이 날아오자
태하가 대충 쳐내고는 대웅에게 말한다.

“야, 그냥 경찰에 전화해.”

“아니, 진짜 왜 이러십니까!”

남자가 헐레벌떡 기어와 태하의 바짓가랑이를 붙잡았다. 태
하가 남자의 옆구리를 발로 차서 넘어뜨리고는 날아오는 공을
배트로 쳐낸다.

“움직이지 말라는데 거 자꾸 움직이네, 이 양반이? 어, 왜 그래?”

“저기요, 금전적으로다가 원하…….”

공이 날아오자 남자가 말을 멈추고 눈을 질끈 감는다. 태하가
공을 쳐낸다. 그러자 동전 투입기에서 동전 떨어지는 소리가 나
며 공 쏘는 기계가 작동을 멈춘다. 남자가 고개를 들고 다시 말
을 잇는다.

“금전적으로 원하는 게 있으시면 제가 얼마든지 해드리겠습
니다, 예?”

“누가 돈 때문에 이래? 아, 어딨냐고, 그것만 말해. 그것만 말
하면 땡인데 그걸 지금 말을 안 하고 버팅기니?”

"아이, 진짭니다! 진짜 몰라요! 아니, 솔직히 말해서요, 그냥 거 돈 필요하대서 용돈 좀 준 건데 그게 그렇게 잘못한 겁니까? 진짜 인간적으로다가 그게 진짜 정말 큰 죄입니까? 사랑의 행위를 하고, 선행을 베푼 것이! 그게 진짜 죄입니까! 무조건 이러실 게 아니라 한 번 다 같이 생각을 해봅시다, 우리!"

남자가 투실투실한 볼살을 흔들어가며 소리쳤다. 잠시 남자를 바라보던 태하가 남자의 멱살을 잡고 철조망 끝으로 밀어붙이며 대웅에게 말한다.

"이 새끼 뒤에서 잡고 있어. 안 되겠네, 진짜."

대웅이 철조망 밖으로 나가 남자의 머리와 손목을 붙들자, 태하가 동전을 꺼내 투입구에 넣는다. 남자가 외친다.

"사, 살려주십쇼!"

"어딨냐고."

"아니, 진짜로 모른다니까요!"

공이 날아와 남자의 골반을 때린다. 남자가 몸을 비틀며 대웅에게서 벗어나려고 하자 태하가 배트를 휘둘러 남자의 배를 후려친다.

"그만하세요! 뭐 하는 거요, 대체!"

구경꾼 중 누군가가 소리쳤다. 대웅이 남자의 머리채를 바싹 끌어당기며 말한다.

"니 입으로 말해, 왜 이러는지!"

다시 공이 날아와서는 남자의 배를 때린다. 대웅이 무릎으로 남자의 허리를 찍는다.

"말해!"

"제가 요, 용돈을 주고, 같이, 사, 사랑을 나눴는데⋯⋯."

남자가 말끝을 얼버무리자 대웅이 남자의 머리칼을 한 번 잡
아당기고는 소리친다.

"이 자식이 가출한 여고생이랑 원조교제를 했어요! 우린 걔가
어디 있는지 찾고 있는 거고!"

공이 날아와 남자의 어깨를 때린다. 구경꾼들이 미간을 찌푸
리며 웅성거린다.

"뒈져도 싸네."

"고자를 만들어라!"

"더러워, 오빠. 빨리 가자."

"그러지 말고 콩밥을 먹여요!"

태하가 배트 끝을 남자의 턱에 갖다 댄다.

"셋 중에 선택해. 하나, 고자가 된다. 둘, 감방에 가서 썩는다.
셋, 한나가 어디 있는지 말한다."

공이 날아와 남자의 입을 때리자 남자가 비명을 지른다. 입술
이 터졌는지 이 사이사이가 새빨갛게 물들고 있다. 허옇고 투실
투실한 얼굴에는 땀이 흥건하다.

"지, 진짜 몰라요! 마지막으로 본 날, 내내 핸드폰만 붙들고 있
다가 돈만 챙겨서 가버렸어요! 원래는 사십에 하기로 했는데, 갑
자기 유, 육십이나 달라고 지랄을 떨었다고요!"

공이 날아온다. 태하가 배트를 휘둘러 공을 쳐낸다.

"핸드폰으로 뭘 했는데?"

"아, 모르죠! 톡을 했는지, 게임을 했는지!"

공이 날아온다. 태하가 배트를 휘둘러 공을 쳐낸다.

"뭐라면서 돈을 더 달랬는데?"

"그냥 더 달라고 떼를 썼어요! 돈이 부족하다고! 그걸 못 사면 자긴 미쳐버린다고!"

"뭘 못 산다고?"

공이 날아온다. 하지만 태하가 타이밍을 놓치는 바람에 공이 남자의 낭심을 때렸다. 남자가 이를 악물고 비명을 질러댄다.

"아, 몰라! 모른다고! 그년이 뭘 사든 내가 어떻게 알아! 모텔 비에, 돌기형 콘돔 사고, 그년 육십 주니까 차비도 안 남았었어! 자전거 훔치다 중학생들한테 처맞고 겨우 도망쳤단 말이야! 도 대체 나한테 왜 이래!"

동전 투입구에서 소리가 나며 기계가 멈춘다. 태하가 바지 주 머니를 뒤적거린다.

"그, 그만해! 알았어! 제발 그만해! 기분 좋은 진짜 세상으로 간다고 그랬어! 거기가 진짜 세상인데 돈이 모자란다고 지랄 발 광을 했단 말이야! 그것밖에 몰라! 진짜 그년 미쳤어! 그러곤 연 락한 적 없어! 정말, 진짜야!"

남자가 울부짖었다. 태하가 바지 주머니에서 손을 빼고 남자 를 바라본다. 살찐 뺨에서 눈물이 흘러내리고 있다. 태하가 대웅 에게 눈짓하자, 대웅이 남자의 머리와 손목을 놓는다.

"좋아, 믿어준다."

태하가 말했다. 남자는 눈물이 고인 눈을 훔치며 곧바로 웃어 보인다.

"고, 고맙습니다."

대웅이 철조망 너머에서 말한다.

"구라면 알아서 해. 우리가 당신 연락처랑 이름 다 알고 있거든. 만약에 다시 당신 찾는 일이 생기면 경찰이랑 같이 올 거야."

"아유! 아, 무슨 말씀을 그렇게 하십니까! 진짜 저 진실적으로다가 말씀을 다 드린 거니까요, 그런 저기는 안 하셔도 됩니다. 제가 진짜, 아유, 아니니까요, 걱정 마십시오. 제가 여기 사장이니까요, 언제든 오시고, 뭐야, 스트레스받으시는 일 있으면 언제라도, 언제라도 오셔서는 마음껏 즐기시……."

태하가 배트를 바닥에 던져놓고는 철조망 밖으로 나온다. 그러고는 우산을 집어 대웅과 함께 거리로 나간다.

\*

앞 유리창에 쏟아지는 폭우를 와이퍼가 쉴 새 없이 밀어낸다. 멀리 보이는 하늘에서 번개가 번쩍이자 곧이어 천둥소리가 울려 퍼진다. 라디오에서 남자 디제이의 방정맞은 목소리가 흘러나오고 있다.

"팝팝팝! 추억의 코리안 파압! 주룩주룩 비가 내리는 금요일 밤 열시를 알려드립니다! 2부 첫 곡 들을게요. 어디 보자아! 와우, 이게 언제 적 노랜가요? 나미가 부릅니다, 〈인디언 인형처럼〉!"

146

반대 차선에서 달리는 차들의 전조등 불빛과 앞에서 달리는 차들의 붉은 후미등 불빛이 유리창에 번진다. 와이퍼가 빗물을 닦아낼 때마다 불빛도 같이 일그러진다.

　다시 어둠이 내리면 혼자라는 게 나는 싫어
　불빛 거리를 헤매다 지쳐버리면 잠이 드네

　대웅이 주머니에서 플라스틱 약병을 꺼내 캡슐 정제를 손에 털어 놓는다.
　"뭐냐?"
　태하가 앞을 주시한 채로 물었다. 대웅이 캡슐을 입에 넣고는 침을 꼴깍꼴깍 몇 번 삼키고 말한다.
　"스위트룸 나노봇. 이게 세 번째니까 한두 시간 후면 활성화되겠네요. 아, 완전 기대되네. 화성 탐험 소프트도 있더라고요. 낼름 받아놨죠."
　반대 차선에서 달리는 차들의 전조등 불빛과 앞에서 달리는 차들의 붉은 후미등이 유리창에 비친다. 와이퍼가 빗물을 닦아낼 때마다 그 불빛도 같이 일그러진다. 왼쪽에 백운역과 고가도로, 오른쪽에는 부평도서관이 보인다. 태하가 교차로 앞에서 차를 세우고 묻는다.
　"계속 주안이지?"
　"네."
　대웅이 자신의 손바닥을 내려다보며 대답했다. 손바닥 속의 입체 지도 위에 빨간 점이 깜박거린다. 잠시 후 태하가 액셀을 밟으며 말한다.

"이 새끼는 뭘 좀 알고 있어야 할 텐데."

"솔직히, 아까 개도 더 족치면 더 말했을걸요?"

"그럼 우리도 위험하지. 라이선스도 없이 일하는데 피차 경찰 만나서 좋을 게 뭐 있냐."

아파트 단지와 열우물 공원, 열우물 대안학교를 지난다. 푸르스름한 빛을 내는 가로등들이 저 멀리까지 늘어서 있다. 신호등 불빛과 자동차 불빛이 미끄러지는 젖은 아스팔트 위로, 은빛 폭우가 쏟아져 내린다.

그댄 그렇게, 내게 남겨둔 인형처럼 쉽게 웃으며 떠나갔지만
나의 마음은 인디언 인형처럼 워워워워워워워! 까만 외로
움에 타버렸나 봐!

잿빛 가드레일을 따라 고가도로를 타고 올라간다. 고가도로 아래쪽에 서 있는 낮게 깔린 건물들, 다양한 방식으로 빛나는 간판 불빛들이 스쳐 지나간다. 그러나 대부분의 주유소, 전기자동차 충전소, 핸드폰 대리점, 보험사, 신용카드 영업소, 여행사, 건설회사 등에는 전부 스카이텔레컴 로고가 붙어 있다. 그 사이사이를 메우고 있는 것은 수백 개쯤 되는 교회의 붉은 십자가들이다. 저 멀리 공단지대 쪽에는 수많은 오렌지색 불빛들과 커다란 공장들, 창고들, 빛바랜 파이프와 굴뚝이 자리 잡고 있다. 하얀

수증기가 피어오르는 공단지대의 하늘에서 번개가 칠 때마다 빗속의 회색 도시가 순간순간 낮처럼 밝아진다.

비가 내리는 날이면
아픈 추억이 너무 많아

지난 일들을 잊으려
비를 맞으며 걸어가네

고가도로를 벗어나자 높다란 상가 건물들이 바싹 다가선다. 정문입시학원, 예성교회, 소녀시대 룸살롱, 하이파이브 노래방, 엄마손 김밥가게, 100년 감자탕, 파라오 나이트클럽, 체리 무인모텔, 칠마이스 캐쥬얼, 스카이텔레컴 석바위점, 스코틀랜드 케이크 등의 간판들이 한 상가 건물에 붙어 있다. 버스들이 물을 튀기며 길 한쪽에 멈춰 서고, 택시들이 손님을 태우고는 도로 한복판으로 접어든다. 젊은 여자들, 젊은 남자들, 나이 든 남자들, 나이 든 여자들, 여학생들과 남학생들, 아이들과 노인들, 외국인들과 내국인들, 저마다 다른 모습, 다른 연령, 다른 성별, 다른 인종의 사람들이 우산을 들고 비 내리는 거리를 지나다닌다.

그댄 그렇게 내게 남겨둔 인형처럼 쉽게 웃으며 떠나갔지만
나의 마음은 인디언 인형처럼 워워워워워워워워! 까만 외로움에 타버렸나 봐!

길 건너편에 초고층 아파트가 보인다. 전위적이고 미래지향적인 디자인이지만, 그 미래의 지향점은 왠지 80~90년대 SF영화 속에서 나올 것만 같은, 어딘가 낡은 미래다. 아파트 외벽에서는 홀로그램 영상이 흘러나오고 있다. 가로수가 우거진 길을 산책하는 부부, 친구들과 쇼핑을 즐기는 소녀, 학교에서 자신 있게 발표하는 소년, 호화스러운 여객선 갑판에서 바다를 바라보는 노인, 안락한 침대에 잠들어 있는 아기, 그리고 그들이 모두 모여 행복하게 웃고 있는 내용의 영상이다. 아파트 주변에는 고급스러운 외장재로 꾸민 으리으리한 빌딩들이 서 있고, 거기엔 글로벌 컨트리 마켓, 식스팩 스포츠센터, 대형 할인마트, 씨티은행, 애스턴 마틴 코리아, 테슬라 코리아, 전기자동차 충전소, 스카이텔레컴 컬처 센터들이 입점해 있다.

"진짜 저럴까요?"

대웅이 초고층 아파트의 홀로그램을 보며 물었다.

"저기 사는 사람들은 다 저 영상처럼 저렇게 살까요?"

태하가 교차로 앞에서 차를 세우며 아파트의 홀로그램을 바라본다. 그러고는 다시 신호등으로 눈을 돌린다.

"저기 사는 사람들도 모를걸. 저게 진짜인지, 가짜인지."

"저렇게 안 사는 사람이 있으면 가짜라는 걸 알 거 아니에요?"

"몇 층 몇 호는 진짜 저렇게 사나 보다, 원래 여기 살면 저 영상대로 가야 되는데 우리 집구석만 이 꼴인가 보다, 이렇게 생각할 수도 있잖아. 단지 내에 어떤 사람들이 어떻게 사는지 모르니까. 적어도 저 안에 사는 사람들은 저게 진짠지 가짠지 구분할 수가 없지. 외부에서 실태 조사를 하지 않는 이상."

"그런가."

"홀로그램이 설정이고 아니고를 떠나서, 자기가 행복한지 불행한지도 모를걸?"

신호가 바뀌자 태하가 액셀을 밟는다.

"형님은 알아요?"

대웅이 창밖을 보며 나지막한 목소리로 묻는다.

"몰라, 나도. 솔직히 그건 죽을 때가 돼봐야 말할 수 있는 거아니냐? 잠에서 깨야 좋은 꿈이었는지, 나쁜 꿈이었는지 아는 것처럼."

빌딩들의 유리창이 번들거리며 네온과 홀로그램이 뒤섞인 거리의 불빛들을 반사한다. 술집과 음식점이 즐비한 유흥가의 편의점 앞에서, 핑크색 우산을 든 짧은 반바지 차림의 여자가 담배를 피우고 있다. 여자가 공허한 눈빛으로 거리를 바라보며 담배 연기를 뿜자, 여자 앞을 지나가던 수많은 행인이 순식간에 연기를 흩뜨려놓는다.

"가만히 밤거리를 보고 있으면요, 특히 여기 주안 쪽이요. 뭔가 기분이 이상해요. 쓸쓸한 느낌? 뭔가, 세상이 나와는 상관없는 것들, 나 같은 건 전혀 신경 쓰지 않는 것투성이인 느낌이 들어요. 홀로그램 불빛 뒤에 가려서 아무도 안 쳐다보는, 낡은 건물 옥상에 혼자 있는 느낌이랄까. 암튼 기분 참 이상해져요."

태하가 잠자코 앞을 보며 핸들을 돌린다. 그러나 눈 속에는 대웅이 바라보는 밤거리의 불빛들이 가득 담겨 있다. 잠시 침묵이 흐르고, 태하가 입을 연다.

"주안 어디쯤인데?"

대웅이 손바닥을 본다. 빨간 점이 깜박거리며 입체 지도에 표시된 도로 위를 가로지른다.

"어! 이 새끼 움직이네!"

"어디로?"

"제물포역 지나고 있어요, 차로 움직이나 봐요."

태하가 좀 더 속력을 내자, 거리의 불빛들, 창문에 맺힌 빗방울들이 빠르게 뒤쪽으로 밀려나간다. 앞 유리에 부딪히는 빗방울들은 좀 더 큰 소리를 내며 좀 더 넓게 퍼져 떨어진다. 와이퍼가 그 빗물을 닦아낼 때마다 앞 유리창에 묻은 주변의 불빛들도 같이 닦여 나간다.


혼자 울고 있는!
이 안타까운 밤이 깊어가네


태국 요리 레스토랑 타이 톰, 컴퓨터 수리점 바이러스 버스터, 혼다 오토바이 판매점, 일본식 선술집 유키사케, 키스투나잇 성인용품점, 행복사진관, 동부약국 등의 간판들이 뒤쪽으로 멀어져간다.

"지금은?"

"숭의동, 그 공구상가 있는 로터리 지나는 중."

와이퍼가 앞 유리창에 쏟아지는 폭우를 쉴 새 없이 닦아낸다.

멀리 보이는 하늘에서 번개가 번쩍이자 주변이 순간적으로 허옇게 빛난다. 연이어 천둥소리가 울려 퍼진다. CNC, 선반, 밀링, 다이아커팅, 아노다이징 등의 간판을 단 허름한 철공소들을 지난다. 오른편의 시커멓게 젖은 굴다리 위로는 전철이 지나가고 있다.

그댄 그렇게, 내게 남겨둔 인형처럼 쉽게 웃으며 떠나갔지만
나의 마음은 인디언 인형처럼 워워워워워워워! 까만 외로움에 타버렸나 봐!

가파른 언덕 앞에 서 있는 LED 표지판에 '수봉공원'이라는 글자가 깜빡인다. 앞쪽에는 제물포역이 보인다. 길게 늘어선 차양 아래로, 방금 굴다리 위를 지나쳤던 전철이 들어서고 있다. 주변은 역 앞인데도 어둡고 더럽고 후미지고 인적도 드물다. 전형적인 우범지대다. 그대로 직진하자 도로가 다섯 갈래로 갈라지는 로터리가 나온다.

"어디?"

태하가 속도를 줄이며 물었다.

"인하대 병원 앞요. 인천항 쪽으로 가는데요?"

"인천항?"

태하가 좌측으로 방향을 틀어 좁은 골목으로 들어간다. 높은 건물 여러 채가 바싹바싹 붙어 미로 같은 골목을 형성하고 있다. 여기저기에 나 있는 건물 입구 앞에서는 옷을 반 정도만 걸친 여

153

자들이 골목 안을 걷고 있는 남자들에게 손짓을 한다.

"지금 알바 뛰러 온 애들 끝내줘요! 옐로하우스 와서 우리 집 안 가봤다면 병신이라 그래!"

몸에 달라붙는 망사 원피스를 입은 여자가 뒤에서 소리쳤지만 차는 이미 골목 끝에 다다른 후다. 골목을 빠져나오자 4차선 대로가 보인다. 그 건너편에 인하대병원의 빨간 적십자 마크가 빛나고 있다.

"어디야?"

"인천항역에서 멈췄어요. 인천지하철 2호선 인천항역."

"거기 폐역이 된 지 몇 년 됐잖아?"

멀리 보이는 하늘에서 번개가 번쩍인다. 곧이어 천둥소리가 울려 퍼진다.

\*

태하가 핸들을 돌리자, 전조등 불빛이 어두운 골목을 앞서 돌아 나간다. 파란 페인트로 칠해진 항만창고 옆으로 철조망 울타리가 이어져 있고, 그 철조망 너머에는 컨테이너 박스들이 층층이 쌓여 있다. 어디선가 빨간 레이저가 날아와 그중 하나를 비추자, 뒤쪽에서 거대한 거미 같기도 하고 거인의 갈비뼈 같기도 한 초대형 크레인 로봇이 어기적어기적 기어 와 그 컨테이너를 집어 올린다.

시멘트 공장들과 사료 공장을 지난다. 저 앞에는 구 세관 건물이 어둠 속에서 비를 맞고 있다. 태하가 속도를 줄이며 가늘게 뜬 눈으로 어두운 길을 바라본다. 가로등이 깨진 어두운 골목 안에서 두 명의 동남아 사람이 걸어 나오다가, 차를 보자 손에 든 식칼을 허리 뒤로 숨긴다. 그러고는 태하가 핸들을 돌려 왼쪽 길로 사라질 때까지 뒤돌아서서 노려본다.

무너져가는 상가들이 길 양옆으로 늘어서 있다. 건들거리는 합판이 건물들의 입구를 막고 있고, 중간중간 끊어져 비바람에 나풀거리는 노란 테이프들이 그 위를 한 번 더 봉하고 있다. 건물 벽에는 망가진 구식 네온 간판 몇 개와 여기저기 깨져 나간 플라스틱 간판들이 붙어 있다. 태하가 길 한쪽에 차를 세우고 시동을 끈다. 전조등이 꺼지자 주변이 새까만 어둠에 휩싸인다. 어디선가 새어 나오는 아주 희미한 빛만이 저만치 앞에 쌓인 벽돌 무더기, 부러진 각목들, 30미터 앞쪽에서 입을 벌리고 있는 지하철역 출구를 비춘다.

"계속 그대로야?"

"조금씩 움직이긴 하는데 계속 저 안에 있어요."

암터미널 화면의 불빛이 대웅의 얼굴에 그림자를 드리운다. 태하가 핸들을 잡고 잠시 생각하다가 대웅 앞쪽의 수납함을 연다.

"챙겨."

대웅이 수납함 안을 들여다본다. 권총 한 자루와 카를로스가 준 이블아이가 놓여 있다. 대웅이 이블아이를 쓰고는 다시 태하를 바라본다.

"너 오늘 일진이 안 좋아. 혹시 모르니까 그것도 챙겨."

"어제 전철 안에서 챙긴 게 이거예요? 권총 한 번도 안 쏴봤는데."

태하가 미간을 찌푸린다.

"미쳤냐? 방아쇠 당길 생각은 하지도 마. 어차피 한 발밖에 안 들어 있으니까."

"원래 그것밖에 없었어요?"

태하가 밖을 살피며 대충 고개를 끄덕였다.

"형님이 좀 채워 넣지 그랬어요."

태하가 우산을 챙겨 차에서 내리며 말한다.

"어디서? 마트 가서 실탄은 어느 코너에 있느냐고 물어보냐?"

태하가 차 문을 펙 하고 닫았다. 차 안에 남은 대웅이 총을 이리저리 돌려가며 만져보다가, 허리춤에 쑤셔 넣고 티셔츠를 덮어 가린다. 이어서 암터미널을 조작해 이블아이와 링크시키고는 차에서 내린다.

"만약의 사태에 대비해서 가져가는 거야. 진짜 방아쇠 당길 생각은 하지도 마."

태하가 차 지붕 위로 대웅을 건너다보며 말했다.

"아우, 내가 뭐 어린앱니까?"

번개가 친다. 천둥소리가 들린다. 태하와 대웅이 상가 앞의 캄캄한 거리를 걸어간다. 폭우가 우산 위로 쏟아져 내리고 있다.

"이쪽은 뭐 아무것도 안 남았네."

대웅이 주위를 둘러보며 말했다.

"송도 신항구로 다들 옮겨 갔으니까. 물류 창고는 좀 남았어도, 지하철 타고 화물을 옮기진 않잖아. 역은 필요가 없어진 거지. 상권도 따라 죽고."

빗물이 배수구로 쏟아져 내려가는 소리가 들려온다. 오른쪽에 있는 상가의 배수관에서도 빗물이 콸콸 쏟아지고 있다. 그 상가의 2층 창가에서 불빛과 그림자가 어른거린다. 누군가 창턱에 기대 태하와 대웅을 내려다보고 있다. 태하가 기척을 느꼈는지 우산을 젖혀 위를 올려다보자, 그림자는 황급히 안쪽으로 사라져버린다. 태하가 잠시 창가를 바라보다가 고개를 돌린다.

앞쪽에 지하철역 출구가 보인다. 안쪽이 새카맣게 어둡다. 길 건너에 똑같은 출구가 하나 더 있고, 50미터 앞에도 양쪽으로 출구가 있다. 태하와 대웅이 앞에 보이는 출구로 걸어 내려간다. 젖은 비닐봉지, 깡통, 콘돔, 뭉개진 담배꽁초가 곳곳에 널려 있다. 대웅의 암터미널이 희뿌연 빛을 뿜으며 주변을 비추자, 출구를 막아놨던 합판과 긱목이 계단 위에 부서져 있는 것이 보인다.

"그거 잘 작동되는 거지?"

대웅이 고개를 끄덕인다.

"아주 잘 보여요. 제가 좀 앞서 갈 테니까, 이 암터미널 불빛만 놓치지 마세요."

출구 안으로 완전히 들어서자 왼쪽으로 이어진 계단 끄트머리에서 희미한 불빛이 보인다. 태하가 우산을 접고 천천히 계단을 내려간다. 습기 때문에 바닥이 미끌미끌하다. 계단을 내려갈수록 빗소리가 멀어지고 어디선가 쿵쿵거리는 음악 소리가 들려온다. 계단 오른편 난간에는 휠체어 운반용 엘리베이터가 붙어 있는데, 군데군데 녹이 슬고 레일이 휘어 있다. 계단을 다 내려가자 맞은편에 길 건너편 출구로 올라가는 계단이 보인다. 오른쪽에는 역 안으로 통하는 지하도가 뻗어 있다.

태하와 대웅이 어두운 지하도를 걸어간다. 희미한 연두색 빛이 양쪽 벽과 바닥을 비추고 있다. 천장의 홈에 줄줄이 붙은 전등에는 20미터 간격으로 불이 들어와 있고, 그 사이에 달린 전등들은 모두 깨져 있다. 불이 들어와 있는 전등 중 몇 개가 불규칙하게 깜빡이자 주변의 희미한 윤곽도 순간순간 깜빡인다. 습한 공기가 살갗을 휘감는다. 지린내와 곰팡내가 난다. 발을 내디딜 때마다 잘 보이지 않는 쓰레기들이 질척인다. 물기가 서린 타일 벽에서 뭔가가 꿈틀거린다. 거친 숨소리, 킥킥거리며 웃는 소리가 들려온다. 연두색 조명이 불규칙하게 깜빡이다가 여자 두 명을 어렴풋이 비춘다. 검은 슬립 한 장만 걸친 여자가 벽에 기대 있는 다른 여자의 목덜미를 핥고 있다. 벽에 기댄 여자가 뒤통수를 벽에 문지르며 신음하자 긴 머리칼 몇 가닥이 축축한 벽에 달라붙는다. 그러다 문득, 검은 슬립의 여자가 태하와 대웅의 발소리를 듣고는 고개를 돌려 이쪽을 본다. 그들을 뚫어지게 바라보다가 둘은 함께 혀를 날름거리며 웃어댄다.

앞으로 갈수록 음악 소리가 점점 커진다. 지하도 한쪽 구석에 시커먼 물체가 보인다. 사람이다. 몸을 잔뜩 웅크린 남자다. 다리 사이에 얼굴을 박고 무릎을 끌어안고 있다. 알아들을 수 없는 말을 중얼거리며 이따금씩 어깨를 움찔거린다.

"뭐 하는 데야, 대체?"

158

"모르겠어요. 좀 무서운데…….'

양쪽으로 계단이 나온다. 역의 다른 출구들이다. 앞쪽에는 개
표구가 있다. 개표구도 어두컴컴하지만 지하도보다는 좀 더 밝
다. 부서진 카드 발급기와 화폐 교환기, 찢겨 나간 지하철 노선
안내도가 보인다. 공중전화 부스의 수화기들은 전부 거치대에
서 떨어져 대롱대롱 매달려 있고, 벤치는 먼지를 뒤집어쓴 채 아
무렇게나 뒹군다. 왼편에 있는 역무실에서 한 남자가 껌을 질겅
질겅 씹으며 걸어 나온다. 짧은 스포츠머리에 검은 반팔 티셔츠
와 검은 바지를 입었고, 여기저기 근육이 붙은 우람한 체격이다.
손목에는 은색 시계를 찼고 가슴에는 푸른 벨트를 둘렀는데, 그
벨트에 긴 소총이 매달려 있다.

"들려, 들려."

남자가 귀에 꽂은 이어 마이크를 만지작거리며 역무실 안에
있는 남자들에게 손을 흔들었다. 역무실의 투명한 유리 안쪽으
로 뚝배기 음식을 먹으며 TV를 보고 있는 남자 셋이 보인다. 밖
으로 나온 남자와 똑같은 차림을 했지만 총은 없다. 총은 모두
역무실 문가에 설치된 CCTV 옆에 놓여 있다.

"클럽? 아지트? 뭐 하는 데죠?"

대웅이 이블아이를 벗으며 속삭였다.

"그 새낀 어디쯤이야?"

"더 안쪽에 있어요. 저 아래층일 거예요."

"저 터미네이터 새끼들은 아니겠지?"

"아니길 바라야죠."

태하와 대웅이 개찰구로 걸어간다. 발밑에서 쓰레기들이 소리를 낸다. 남자가 유리 너머로 역무실 안의 TV를 보다가 고개를 돌린다.

"뒤돌아봐."

남자가 태하와 대웅을 위아래로 훑으며 말했다. 태하가 남자를 쳐다본다.

"뭐?"

"아, 뒤돌아보라고."

남자가 짜증 섞인 표정으로 목을 가리켰다. 태하가 바로 대꾸할 말이 생각나지 않는 듯 잠시 주위를 둘러보다가 입을 연다.

"안에 아는 사람이 있어."

"그래서?"

남자가 가슴에 두른 벨트를 당기자 옆구리에 있던 소총이 덜그럭 소리를 내며 남자의 배 위로 올라온다. 태하가 대웅을 돌아본다. 대웅의 손가락이 슬며시 옷 속으로 들어가고 있다. 태하가 미간을 찌푸리며 고개를 흔든다.

"자, 그러지 말고……."

태하가 지갑에서 10만 원짜리 지폐 두 장을 꺼내 남자에게 내민다.

"오래 안 걸릴 거야. 잠깐 얘기만 하고 다시 나올 거니까."

"뭐 하자는 거야, 지금?"

남자는 말하고는 입안의 껌을 다시 질겅질겅 씹는다. 태하가 남자를 가만히 바라보다가 지갑에서 두 장을 더 꺼내 내민다.

"사실 그 아는 놈을 꼭 저 안에서 만나야 되는 건 아니거든? 전화해서 나오라고 하면 그만이야. 돈도 다시 내 지갑으로 들어가는 거고. 어떡할래?"

남자가 태하를 바라본다. 입안의 껌을 혀로 굴리면서 잠시 태하를 보다가 역무실 쪽을 슬쩍 쳐다본다. 그러고는 태하가 내민 돈을 잡아채며 길을 비켜준다. 대웅이 태하를 따라가며 남자를 쏘아보자 남자도 대웅의 시선을 맞받아친다. 그러다 이어 마이크에서 치지직 소리가 나자 남자가 중얼거린다.

"오케이, 확인했어."

쿵쿵거리는 음악 소리가 크게 들려온다. 바로 밑에서 울리고 있다. 태하와 대웅이 지하로 통하는 계단을 내려가자 음악 소리는 점점 더 커진다.

"그 상황에서 그거 만지작거리고 있으면 대체 어쩌자는 거냐?"

태하가 대웅을 돌아보며 소리쳤다.

"아, 그 새끼가 까칠하게 나오니까 그렇죠."

"됐고, 내가 뭐라 하기 전엔 절대 허튼짓하지 마."

계단 끝이 셔터로 막혀 있다. 녹이 슬고 찌그러지고 표면은 온갖 낙서와 오물로 뒤덮여 있다. 셔터 왼쪽에는 셔터를 올리지 않고도 출입할 수 있는 작은 문이 달려 있다. 셔터 위쪽의 콘크리트 벽에는 노선 방향과 역 이름을 표시했던 플라스틱 간판이 붙어 있는데, 지금은 그 노선 방향과 역 이름이 떨어져 나가고 'NARADA'라는 검은 글자가 적혀 있다.

"나라다?"

"나라다."

한 번씩 말을 주고받은 태하와 대웅이 셔터에 붙은 문을 열어젖힌다. 그러자 시끄러운 음악 소리, 악취, 축축하고 뜨거운 공기가 한꺼번에 뛰쳐나온다.

"이것들이 대체 다 뭐야."

대웅이 귀에 손을 가져다 대고 묻는다.

"뭐라고요? 잘 안 들려요!"

"대체 여기 뭐 하는 데냐고!"

대웅이 주위를 둘러보며 미소 짓는다.

"천국 아니면 지옥이겠죠!"

현란한 조명이 번쩍거린다. 플랫폼 위에서 사람들이 흐느적거리고 있다. 부둥켜안고 춤을 추는 사람, 웅크리고 있는 사람, 멍하니 누워 있는 사람, 상대를 애무하는 사람들이 플랫폼 끝에서 끝까지 가득 찼다. 건너편 플랫폼도 마찬가지다. 플랫폼 아래쪽의 지하철 선로에도 수많은 사람이 한데 뒤섞여 있다. 땀과 체액으로 범벅 된 등줄기, 엉덩이, 허벅지가 선로 위의 고압전선에 매달린 조명을 받아 번들거린다.

"그 새낀 어디야?"

"크게 말해요, 크게!"

태하가 손바닥을 가리키자 대웅이 바로 알아듣고는 소리친다.

"이쪽으로 쭉 가면 돼요! 플랫폼 끝!"

태하와 대웅이 플랫폼을 따라 걷는다. 서 있는 사람들은 밀치고, 누워 있는 사람은 넘는다. 쿵쿵거리는 음악 소리, 괴성과 신음, 뜨겁고 축축한 공기, 비릿한 악취, 번쩍이는 조명이 역 안에 가득 차 있다. 태하가 주위를 둘러보며 입을 연다.

"다들 눈에 초점이 없어, 뭐에 홀린 것처럼."

"아, 크게 말하라니까요!"

태하가 손가락으로 머리를 가리키며 외친다.

"전부 맛이 갔다고, 귀머거리 새끼야!"

내려왔던 계단 안쪽으로 바가 보인다. 거꾸로 경사진 공간에 선반을 달고 술병들을 세워놨다. 온몸에 피어싱과 문신을 한 여자인지 남자인지 분간이 안 되는 바텐더가 스트레이트 두 잔을 내놓자, 앞에 서 있던 여자가 옆에 있는 남자의 머리채를 잡고 얼굴 위에 술을 들이붓는다. 머리채를 잡힌 남자는 고개를 뒤로 젖히고 혀를 날름거린다.

저 앞에서 한 여자가 발꿈치를 들고 나긋나긋 걸어온다. 길게 늘어뜨린 생머리가 땀과 체액으로 범벅이 된 얼굴에 달라붙어 있다. 여자가 양쪽 팔로 태하의 목덜미를 끌어안으며 매달리자, 태하가 여자를 거칠게 밀쳐낸다.

"왜 그래요, 좋잖아요!"

대웅이 웃으며 외쳤다. 태하를 끌어안았던 여자가 바닥에서 몸을 일으키자 흐트러진 머리칼 사이로 목덜미가 보인다. 태하가 여자의 목덜미를 보며 미간을 찌푸린다.

"이 여자도 그게 있다."

대웅이 말없이 귀에 손을 갖다 댄다. 그러자 태하가 소리친다.

"그 반점이 있다고!"

태하가 여자의 목덜미를 가리켰다. 대웅이 흐느적흐느적 멀어져 가는 여자의 목덜미를 보고는 다시 태하에게 말한다.

"아까 입구에 있던 새끼가 확인하려던 게……."

춤추고 있는 사람들, 웅크리고 있는 사람들, 섹스를 하는 사람들, 술을 마시는 사람들, 쓰러져 있는 사람들이 주위에 가득하다. 드러나 있는 목덜미에는 하나같이 붉은 반점이 있다. 태하와 대웅이 그 사람들 사이를 헤집으며 플랫폼 끝으로 걸어간다. 발을 디딜 때마다 미끌미끌한 대리석 바닥에 구정물이 찍힌다. 누런 타일이 붙은 반원형 벽면에는 습기가 차서 물방울이 잔뜩 맺혀 있다.

"얼마나 더 가야 돼?"

"저기예요!"

대웅이 앞을 가리켰다. 방금 지나온 계단과 똑같은 계단이 있고, 같은 방식으로 안쪽에 바가 있다. 그 앞이 플랫폼 끝이다. 벽에는 방재실이라고 적힌 회색 철문이 붙어 있다.

"방재실?"

"아마도요!"

태하와 대웅이 사람들을 헤치며 앞으로 걸어간다. 한 여자가 바 카운터 위에 걸터앉아 오줌을 갈겨대고 있다. 삐쩍 마른 남자가 무릎을 꿇고 그걸 받아 마시는 중이다. 남자의 목뒤에도 역시 붉은 반점이 있다.

"너, 너도 이리 와서 머, 머, 먹어, 바르르륵!"

대웅이 대답 대신 웃으면서 가운뎃손가락을 들어 보였다. 저 앞에선 여자 두 명이 플랫폼 끝에 있는 간이 계단을 통해 선로로 내려가는 중이다. 건너편 플랫폼에도 같은 위치에 계단이 있고, 열차가 통과하던 터널은 플랫폼이 끝나는 지점에서 거대한 철문으로 막혀 있다. 스트로보라이트가 하얗게 번쩍이며 주변을 비추자 매 순간 사람들의 움직임이 멈춘 것처럼 보인다. 태하와 대웅이 몇 사람을 밀치고 몇 사람을 넘어 방재실 문 앞에 선다. 회색 페인트가 칠해진 작은 철문이다. 표면에는 '방재실'이라고 적힌 플라스틱 팻말이 붙어 있고 그 옆에는 사인펜으로 휘갈긴 '물품보관실'이라는 글씨가 적혀 있다. 태하가 문을 열고 들어간다.

대웅이 따라 들어오며 문을 닫자 주위가 조금 조용해진다. 열 평 남짓한 실내에 철제 사물함이 빽빽하게 늘어서 있다. 천장에는 각종 배관들이 그대로 드러난 채 형광등 하나만 달려 있고, 콘크리트 바닥은 습기가 차서 검게 젖어 있다. 철제 사물함 끝에 한 남자가 책상에 앉아 있는 게 보인다. 왼쪽 팔뚝에 검은 표범 문신을 한 삐쩍 마른 남자다. 삭발을 했고, 흰색 민소매 티셔츠에 검은색 트레이닝 반바지를 입었다. 구식 컴퓨터를 올려놓은 책상 앞에 앉아 키보드와 마우스를 조작하는 중이다. 키보드 옆에는 재떨이와 무전기가 놓여 있다.

"아무 데나 빈 데 찾아서 넣고 가."

남자가 구식 LCD 모니터에서 눈을 떼지 않은 채 말했다. 태하가 문 옆에 우산을 세우며 대웅에게 눈짓하자, 대웅이 핸드폰을 꺼내 번호를 누른다. 그러자 컴퓨터를 하던 남자 쪽에서 벨이 울린다.

"웨이?"

대웅이 바로 종료 버튼을 누른다. 남자가 눈치를 챘는지 핸드폰을 귀에서 떼며 이쪽을 노려본다.

"뭐야, 니들."

"뭣 좀 물어보려고."

태하가 남자에게 다가간다. 그러자 남자가 자리에서 벌떡 일어난다.

"말로 할 때 꺼져."

"말로 할 때 대답해라."

남자가 태하를 노려보다가 갑자기 무전기로 손을 뻗는다. 그러나 태하가 더 빠르다.

"누구 부르시게?"

태하가 안테나를 잡고 무전기를 빙빙 돌리며 말한다. 대웅이 자신의 배를 두드리며 말한다.

"혹시 총 같은 거 필요하면 말해. 여기도 있으니까."

남자가 태하와 대웅을 번갈아 노려보며 소리친다.

"뭐 하는 새끼들이야?"

태하가 묻는다.

"한나 지금 어딨냐?"

"뭔데 그게?"

태하가 한숨을 쉬자 대웅이 킬킬거리며 말한다.

"아니, 어떻게 한 놈도 안 빼놓고 다 모른다고 그러지? 니가 그런 식으로 얘기하면 우리가 지금 뻘짓하고 있다는 거밖에 더 돼?"

"병신들이라 뻘짓을 하고 다니나 보지."

대웅의 얼굴에서 서서히 웃음이 가신다. 태하가 사진을 꺼내 보이며 묻는다.

"아, 얘 말이야. 고등학생 여자애. 알지? 너랑 최근에 원조교제 한 애. 얘 말하는 거야. 얘 이름이 한나야. 어딨냐고, 지금?"

"아, 씨발, 모른……."

남자가 책상 뒤로 나가떨어졌다. 태하가 무전기를 쥔 손목을 까딱거리며 말한다.

"그러게 말로 할 때 대답하랬잖아."

남자가 코와 입에서 피를 줄줄 흘리며 주춤주춤 일어선다.

"바, 밖에 있어!"

"어휴, 많이 아팠나 본데? 대답 바로 나오네."

대웅이 웃으며 말했다.

"밖이 어딘데? 저기? 저 밖에?"

태하가 고갯짓으로 뒤를 가리키자 남자가 고개를 끄덕인다.

"여기 도대체 뭐 하는 덴데?"

남자가 눈알을 이리저리 굴리며 우물대다가 말한다.

"나라다. 나라다라는 클럽이야, 그냥."

"그냥 클럽이 아니니까 물어보는 거 아냐!"

태하가 무전기를 들어 위협하자 남자가 몸을 움츠리며 소리친다.

"진짜야!"

"그냥 클럽인데 입구에서 지키는 사람들이 총을 들고 있어?"

"그냥, 그냥 좀 비밀스러운 클럽이야. 봤겠지만, 너무 알려지면 좀, 그렇잖아."

"총 들고 있는 새끼들은 뭔데?"

"보안요원이지. 그냥 여기 드나드는 인간들 선에 맞춘 거야. 그런 총이라도 안 들고 있으면 관리가 안 되니까."

남자가 코와 입에서 흐르는 피를 손등으로 연신 훔치며 대답했다.

"사람들 상태는 왜 저래?"

"뭐, 뭐가?"

"뭐가? 저게 정상이야? 넌 니네 엄마 앞에서 저러고 노냐?"

태하가 엄지로 등 뒤의 문을 가리켰다.

"야, 약 파는 놈들이 있나 보지. 항구잖아. 바로 풀어버리면 편하니까 많이 돈다고."

태하가 남자를 빤히 쳐다본다. 남자는 시선을 피해 눈을 내리깔고 티셔츠 끝자락으로 입가를 훔친다.

"그럼 목에 반점은 뭔데?"

"그건 나도 몰……."

태하가 책상을 걸어차자 남자가 소리친다.

"말로 해, 말로!"

"넌 말을 안 하는데, 나만 말로 하라고? 무전기에 맞아 뒈질래, 총에 맞아 뒈질래?"

"진짜야, 진짜 나도 몰라!"

남자가 눈알을 굴리며 코피를 닦아낸다. 태하가 남자를 본다. 눈빛이 싸늘하다.

"내 생각엔 아니거든?"

"진짜야!"

"일단 한나 있는 데부터 가봐. 니가 진짜 아는지 모르는지 개한테 물어보자고."

"나 자리 비우면 안……."

태하가 다시 한 번 무전기를 휘두르자 책상 위에 피가 투두둑 떨어진다. 남자는 한 손을 책상에 짚은 채로 고개를 숙이고 있다. 태하가 피 묻은 무전기를 책상 위에 내려놓으며 말한다.

"이제 잠깐 비워도 될 거야, 그렇지?"

남자가 티셔츠 끝자락을 잡아 올려 코를 감싸자 티셔츠에 피가 번진다. 잠시 후, 남자가 말없이 문밖으로 걸어 나가서는 두 사람을 돌아본다.

쿵쿵거리는 음악 소리, 괴성과 신음, 뜨겁고 축축한 공기, 비릿한 악취, 번쩍이는 조명이 역 안에 가득 차 있다. 남자가 플랫폼 끝에 있는 간이 계단을 통해 터벅터벅 선로로 내려가자, 태하와 대웅이 잠시 머뭇거리다가 남자를 따라 내려간다. 오른편엔 터널을 막아놓은 거대한 철문이 보인다. 공장이나 창고에서 쓰는 커다란 문이다. 문고리에는 팔뚝만큼 굵은 쇠사슬이 감겨 철문

두 개가 열리지 않도록 붙잡고 있다. 그중 오른쪽 철문에는 사람이 드나들 만한 쪽문이 하나 달려 있지만 그마저도 강철 자물쇠로 잠겨 있다. 남자가 얽히고설킨 사람들을 밀쳐내며 앞으로 나아간다. 태하와 대웅이 바짝 붙어서 그 뒤를 쫓는다. 그렇게 선로 한복판에 다다르자 남자가 태하를 돌아보며 웅얼거린다.

"크게 말해!"

남자가 대답 대신 한 무리의 얽혀 있는 사람들을 가리킨다. 남자 세 명이 한 여자를 붙들고 몸을 비벼대는 중이다. 여자의 입과 가랑이에서는 침과 체액이 흘러내리고 있고 사지는 허공에 뜬 채 이리저리 흔들리고 있다. 태하가 가까이 다가가서 여자의 얼굴을 살핀다. 그러고는 대웅을 돌아보며 고개를 끄덕인다.

태하가 한나의 어깨를 붙잡고 남자들로부터 떼어내자 한나가 팔을 휘저으며 발버둥 친다. 태하에게 달려드는 남자들을 대웅이 몸을 부딪혀 제지하고는, 재빨리 총을 뽑아 셋을 번갈아 겨눈다. 태하는 그 틈을 타 한나의 팔을 단단히 붙들고 선로 가장자리로 끌고 간다.

"아악! 야!"

한나가 주변 사람들의 팔다리를 붙잡으며 고함을 질렀다. 태하가 팔꿈치로 한나의 얼굴을 찍자, 한나가 손바닥으로 얼굴을 감싼 채 고개를 푹 숙인다. 한나의 젖은 목덜미에 달라붙은 머리칼 사이로 연꽃 모양 반점이 보인다. 대웅은 계속 남자들에게 총을 겨눈 채로 태하와 한나를 뒤따르는 중이다. 남자들은 한동안 제자리에 서서 대웅과 태하를 노려보다가, 이내 단념하고 다른 사람들 사이에 섞여 사라진다.

"얘 잘 붙들고 있어!"

태하가 한나를 대웅에게 맡기고 플랫폼 위로 기어 올라간다. 사람들에게서 묻은 땀과 체액, 플랫폼 바닥의 습기, 태하 자신의 땀으로 옷이 얼룩졌다. 태하가 플랫폼 위에 올라 손을 내밀자 대웅이 총부터 건네며 소리친다.

"물품보관실 새끼 튀었어요!"

"알았어, 쟤 올려!"

한나가 버둥대며 대웅의 얼굴을 쥐어뜯는다. 그걸 본 태하가 대웅 뒤쪽을 총으로 엄호하면서 한나의 귀를 확 잡아당기자, 한나가 비명을 지르며 대웅의 어깨를 밟고 플랫폼으로 뛰어올라온다.

"놔! 이 새끼야!"

한나의 손톱이 태하의 팔뚝을 파고든다.

"아, 가만히 좀 있어라!"

태하가 몸부림치는 한나의 배를 발로 걷어차자 한나가 배를 감싸 쥐고 바닥에 나자빠진다. 태하가 그런 한나를 잠시 바라보다 플랫폼 끝을 기어오르는 대웅을 끌어올린다.

"아씨, 그 새끼 어디로 갔지?"

대웅이 올라서자마자 주변을 두리번거리며 말했다.

"그 자식은 됐고, 빨리 애 데리고 나가자!"

태하가 한나를 일으키기 위해 팔뚝을 끌어당긴다. 그러나 한나는 어깨를 튕겨 태하의 손을 뿌리치고 다시 주저앉아버린다.

태하가 인상을 쓰며 한나의 머리채를 잡고 흔들어대자 그제서야 비명을 지르며 바닥에서 일어난다.

"형님, 저기!"

대웅이 건너편 플랫폼을 가리켰다. 물품보관실에 있던 남자가 위층에 있던 보안요원 두 명에게 뭔가를 설명하고 있다. 남자는 피 묻은 얼굴로 주위를 두리번거리더니, 이내 태하와 대웅을 발견하고 이쪽을 가리킨다. 그러자 보안요원들이 곧바로 선로 아래로 뛰어내린다.

"좆 됐어요!"

"뛰어, 빨리!"

태하가 한나의 머리채를 잡고 계단 쪽으로 뛰어간다. 서 있는 사람들은 밀치고 누워 있는 사람들은 타 넘는다. 저 앞에 연두색 커튼이 보인다. 건너편 플랫폼에서는 바가 있던 계단 안쪽 공간이다. 벌어진 커튼 사이로 철제 침대와 알 수 없는 기계가 보이고, 그 뒤쪽의 경사진 벽면에는 문신과 피어싱을 한 사람들의 폴라로이드 사진들이 다닥다닥 붙어 있다. 한나가 악을 쓰며 연두색 커튼을 붙잡고 늘어진다. 태하가 한나의 얼굴을 후려치자 한나의 손에 붙들린 커튼이 위에서부터 뜯겨 나간다. 커튼 안쪽에 있던 남자가 놀란 눈으로 태하를 쳐다본다. 삭발을 하고, 이마, 눈썹, 코, 입술, 귀에 주렁주렁 피어싱을 한 남자다. 태하가 커튼 안쪽을 슬쩍 보고는 다시 한나에게로 고개를 돌린다. 하지만 잠깐 사이에 뭔가를 봤는지, 다시 커튼 안쪽 벽을 응시한다. 태하의 시선이 폴라로이드 사진들이 붙어 있는 벽에 꽂혀 있다. 한나의 머리채를 잡은 태하의 손이 슬며시 풀린다.

"형님! 안 가고 뭐 해요!"

태하가 한나를 놓고 벽으로 걸어간다. 벽에 붙은 사진 중 하나를 뚫어지게 바라본다. 번쩍이는 라텍스 속옷을 입은 여자가, 등과 목덜미를 보인 채 고개를 돌려 카메라를 쳐다보고 있다. 목덜미에는 이상한 금속 장치가 붙어 있고 그 주위에는 넝쿨 문양 문신이 새겨져 있다. 등에 줄줄이 박힌 고리 모양 피어싱에는 보라색 리본이 꿰어져 코르셋처럼 피부를 당기고 있다.

대웅이 태하에게 다가가려다 홀로 바닥에 엎어져 있는 한나를 보고는 우선 한나의 손목을 거머쥔다. 그리고 태하에게 소리친다.

"아, 뭐 하냐고요!"

대웅이 뒤를 돌아본다. 보안요원들이 선로에서 알몸으로 얽혀 있는 사람들을 헤집으며 이쪽 플랫폼 가까이 나오고 있다. 대웅이 다시 태하를 보며 소리친다.

"아, 형님!"

태하가 여자의 사진을 거칠게 떼어낸다. 그러고는 떨어진 커튼을 주섬주섬 챙기던 삭발한 남자에게 사진을 내민다.

"이 사진 뭐야?"

남자가 뱀처럼 둘로 갈라진 혀끝을 날름거리더니 입을 연다.

"여서 타트한 사람 사진이져. 피어싱이랑. 에쁘게 잘 댔네?"

"이럴 시간 없어요! 당장 나가야 된다고요!"

대웅이 플랫폼 아래쪽과 태하를 번갈아 돌아보며 소리를 질렀다.

"지금 어덨어, 이 여자?"

"아으, 내가 그거를 어케 알아여."

"기록이라도 있을 거 아냐!"

"아, 여기 긍거 없!"

태하가 남자의 입에 총을 쑤셔 넣었다. 남자가 깜짝 놀라며 두 손을 머리 위로 치켜든다.

"어덨어?"

남자가 목의 울대를 꼴깍거린다.

"어덨냐고, 이 새끼야!"

"지, 지짜 모라요! 사, 사지니 즈르케 마은데 내가 으뜨케 다 기어케요, 소찌키 이 여자 겨, 격도 안 나여! 나 여서 일하지도 으마 안 돼따그여! 새러 와써여!"

"아, 진짜 대체 뭐 하는 거예요!"

태하가 대웅을 본다. 한나의 팔목을 붙잡은 채 잔뜩 인상을 쓰고 있다. 태하가 선로 쪽을 본다. 보안요원들이 이쪽 플랫폼을 기어오르고 있다. 태하가 남자를 본다. 숨을 몰아쉬며 벌벌 떨고 있다.

"셋 센다! 하나!"

태하가 소리쳤다.

"아, 대체 어저라거여! 지짜예요!"

"둘!"

"저말 아무것도 모라요! 저말요!"

남자의 눈이 붉어지면서 눈물이 맺힌다. 턱 밑으로 침이 흘러 내리고 있다.

"셋!"

"아아, 제, 제바, 제바, 제바요…….'

남자의 신발 주변으로 노란 액체가 퍼져 나간다. 덜덜 떨리는 남자의 어깨 너머로 보안요원들이 플랫폼 위의 사람들을 밀치며 다가오는 게 보인다.

"지금 대체 뭐 하는 거냐고요!"

총을 쥔 태하의 손이 떨리며 방아쇠를 쥔 손가락이 서서히 굽는다.

"아, 형님!"

번쩍거리는 조명이 주변을 비춘다. 울고 있는 남자, 대웅과 한나, 흐느적대고 있는 사람들, 그들을 헤치며 다가오고 있는 보안요원들, 폴라로이드 사진 속의 여사가 보인나. 시끄러운 음악과 괴성, 열기와 습기, 비릿한 악취가 역 안을 가득 메우고 있다.

태하가 남자의 입에서 총을 뽑는다. 총에 묻은 침이 실처럼 늘어진다.

"빨리 따라와요!"

대웅이 한나를 끌고 계단으로 뛰어가자, 태하가 사진을 주머니에 집어넣고 대웅을 뒤쫓아 간다. 플랫폼 위에서 북적이는 사람들을 지나 셔터 앞에 이르자 태하가 소리친다.

"잠깐!"

"아, 또 왜요!"

"여기로 나가봤자 출구는 아까 그 개표구야! 백 프로 딴 새끼들이 막고 있을 거라고!"

대웅이 다가오고 있는 보안요원들을 돌아본다.

"어떡해요, 그럼!"

"벽에 붙어서 플랫폼 끝까지 뛰어!"

"왜요!"

"닥치고 뛰어!"

태하가 사람들을 밀치면서 플랫폼 끝으로 뛰어간다. 몇 사람은 타 넘고 몇 사람은 발로 걷어찬다. 대웅이 한나를 끌고 태하 뒤를 쫓아가자 한나의 번들거리는 알몸에 구정물이 튄다. 보안요원들은 셔터 앞에서 주위를 두리번거린다. 때마침 조명이 스트로보로 바뀌자 보안요원들이 악을 쓰며 허공에 발길질을 해댄다.

태하가 플랫폼 끝의 간이 계단을 내려가며 선로 위에 엉켜 있는 사람들을 마구잡이로 후려치고 걷어찬다. 그러다 터널을 막은 철문으로 가서 오른쪽에 붙은 작은 쪽문을 살핀다. 잠시 후 대웅이 한나를 데리고 태하 옆에 와서 선다.

"아, 여기 잠긴 거 아까 봤잖아요!"

"입 다물고 있어, 안 뒤지니까!"

태하가 총구를 손으로 꽉 쥐고, 총의 손잡이를 망치처럼 사용해 자물쇠를 내려친다.

"그냥 쏴요!"

"우리 여기 있다고 광고할 거야?"

태하가 수십 차례 자물쇠를 내려치자, 자물쇠는 그대로인 채 문에 붙은 경첩이 떨어져 나온다. 터널 안으로 들어와 문을 닫자 주위가 조금 조용해진다. 그러나 여전히 말소리가 잘 안 들릴 정 도로 시끄럽다. 터널 한쪽 벽에는 위성안테나 같은 장치가 붙어 있고, 그 아래 콘솔 박스에서 반짝이는 불빛이 희미하게나마 근 처를 밝히고 있다.

"놔! 나 좀 냅두라고!"

한나가 대웅의 손을 뿌리치자 태하가 손을 올리며 말한다.

"또 처맞고 싶냐, 어?"

한나가 몸을 움츠리며 훌쩍거린다.

"한 번만 더 지랄하면 넌 진짜 뒤질 줄 알아, 업혀."

태하가 등을 돌리며 자세를 낮춘다. 대웅이 한나를 떠밀지만 한나는 움직이지 않는다. 태하가 인상을 쓰며 돌아보자, 그제야 머뭇거리며 태하 등에 올라탄다.

"어디로 가는 건데요?"

대웅이 물었다. 태하가 한나의 허벅지를 붙잡고 일어선다.

"어디 창고 중의 하나로 이어지겠지, 암터미널로 좀 봐봐."

대웅이 암터미널을 보며 말한다.

"길이야 나오는데 너무 어둡잖아요."

"아까처럼 네가 이블아이 쓰고, 난 암터미널 불빛 따라가고."

대웅이 이블아이를 꺼내 쓰고 터널 안을 달리기 시작하자 암 터미널에서 나오는 불빛이 흔들거리며 잔상을 만들어낸다. 그 빛을 받아 희미한 은색으로 반짝이는 레일 사이로 태하가 쉴 새

없이 발을 내딛는다. 태하가 뛸 때마다 등에 업힌 한나가 들썩거린다. 태하가 거친 숨을 내쉬며 소리친다.

"존나 미끌거리네. 얼마나 가야 되는지 좀 봐봐. 나가는 건 둘째 치고 길이 갈라지기라도 하는 곳."

대웅이 손바닥을 들어 올리자 이블아이의 새까만 표면이 암터미널 불빛을 거울처럼 비춘다. 대웅이 암터미널을 보며 말한다.

"저 앞에 한 번 갈림길 있고요, 왼쪽에는⋯⋯."

대웅이 갑자기 땅에 엎어진다.

"야, 뭐 하냐!"

태하가 대웅을 보며 소리친다. 대웅이 바닥에 쓰러진 채 몸을 웅크리고 있다.

"일어나, 빨리."

그러나 대웅은 몸을 웅크린 채 움직이지 않는다.

"야!"

태하가 한나를 내려놓고 대웅에게 다가간다.

"넌 움직이면 뒤진다!"

태하가 한나를 돌아보며 소리쳤다. 대답 대신 훌쩍거리는 소리만 들려온다.

"야, 다쳤어?"

태하가 대웅을 일으키며 물었다. 대웅은 몸을 떨고 있다. 태하가 이블아이를 벗겨내자, 고통과 쾌락이 뒤섞인 표정으로 기묘하게 일그러진 대웅의 얼굴이 보인다. 새까만 눈동자에 초점이 없다. 태하가 황급히 대웅의 몸을 돌리고 목덜미에 암터미널의

빛을 비춰본다. 스위트룸 플랫폼의 나비 모양 반점이 빨갛게 부어오른 채 경련하고 있다.

"정신 차려봐! 야!"

그때, 철문이 열리는 소리가 들려온다. 곧이어 터널 안이 번쩍이며 총성이 울려 퍼진다.

*

붉게 물든 유리창에 빗방울이 쏟아져 내린다. 와이퍼가 그 붉은 물기를 닦아낸다. 신호등이 빨갛게 빛나고 있다.

태하가 뒷좌석을 돌아본다. 대웅이 몸을 웅크린 채 부들부들 떨면서 알아들을 수 없는 말을 중얼거린다. 태하가 고개를 돌려 조수석을 본다. 한나가 손등으로 코피를 훔치며 흐느낀다. 피와 땀, 구정물로 더러워진 한나의 알몸이 거리의 불빛을 받아 번들거린다. 신호가 바뀌자 태하가 액셀을 밟는다. 도로를 따라 불 꺼진 건물들이 늘어서 있다. 드문드문 무역회사 사무실이 입주해 있는 빛바랜 건물들이다. 저 앞엔 인하대병원이 보이고, 그 건너엔 커다란 맥도날드 간판이 서 있다. 간판 앞에서 핸들을 돌려 맥도날드 주차장으로 들어가자 파란색 소형차 한 대만이 남아 비를 맞고 있다. 태하가 그 맞은편에 차를 세운다.

태하가 인상을 쓰며 깊은 숨을 내뱉는다. 이마에선 땀이 흘러내린다. 핸들을 놓자, 한쪽 손이 닿았던 곳에 끈적한 피가 묻어 있다.

"야."

태하가 말하고는, 허리를 굽혀 왼손을 시트 밑으로 집어넣는
다. 잠시 시트 밑을 더듬다가 기름때 묻은 수건 한 장을 집어 올
린다.

"야."

태하가 수건을 길게 말아 오른쪽 겨드랑이에 끼운다.

"여기 꽉 묶어봐."

태하가 턱으로 자신의 팔뚝을 가리키자 한나가 고개를 돌려
태하를 본다. 코를 훌쩍일 때마다 어깨가 들썩거린다. 팔꿈치까
지 걷어 올린 태하의 셔츠가 시커멓게 물들었다. 어깨 아랫부분
과 팔꿈치 사이, 거기서 피가 흐르고 있다. 한나가 그 상처를 바
라보다 그냥 고개를 돌려버리자 태하가 중얼거린다.

"됐다, 씨발."

태하가 왼손으로 수건을 묶고 끝부분을 이로 잡아당겨 매듭
을 조인다. 이 사이로 신음이 새어 나온다.

주차장 건너편에 맥도날드 건물이 보인다. 오렌지색 불빛이
한산한 실내를 비추고 있다. 커다란 유리창 너머에 손님 서너 명
이 앉아 있고, 종업원들은 계산대 주변에서 잡담을 하고 있다.

"대체 뭐 하는 데냐, 거기?"

한나가 창밖을 보며 어깨를 들썩거린다. 목덜미에 달라붙은
머리칼 사이로 연꽃 모양 반점이 보인다.

"보내줘."

"이제 때릴 힘도 없다."

"보내줘!"

태하가 고개를 돌리며 한숨을 쉰다. 빗방울 맺힌 창에 희미하게 김이 서린다.

"말해, 뭐 하는 데야?"

"꺼져, 개새끼야!"

태하가 다시 한나를 돌아보자, 한나가 태하의 시선을 의식하고 몸을 움츠린다.

"대체 왜 그러는 거냐, 어?"

한나가 말없이 어깨를 들썩거린다.

"대답하면 보내줄게. 됐지? 묻는 말에 대답하면 니 엄마 도착하기 전에 다시 데려다줄게."

"우리 엄만 죽었어!"

한나가 태하를 노려보며 소리치고는 손등으로 코피를 닦는다. 조그마한 얼굴이 피와 콧물과 눈물로 얼룩진다.

"그렇다 치고, 말해봐. 대체 왜 자꾸 가려고 그러는데?"

한나가 다시 울음을 터뜨린다. 그러나 곧바로 아랫입술을 깨물며 스스로를 진정시킨다. 맥도날드 출입문에서 젊은 남녀 한 쌍이 걸어 나오고 있다. 남자가 문을 밀어 여자를 내보내자 여자가 우산을 펼친다. 한나가 그들을 보며 말한다.

"너 같은 새끼들은 모르거든?"

"나 같은 새끼가 뭔데?"

"너 같은 것들은, 그냥 아무것도 아니거든? 진짜, 정말 아무것도 아니라고!"

"빨랑빨랑 알아듣게 말하는 게 좋을 거다. 니 엄마가 기어서 오는 건 아닐 테니까."

한나의 입가에서 흐느낌이 새어 나온다. 한나가 두 다리를 가슴까지 당겨 팔로 끌어안고는 말한다.

"그냥, 너 같은 것들은 그냥, 휴지 조각 같은 거야. 쟤들도 마찬가지야. 저 건물, 이 차, 전부 다 그냥, 그냥, 진짜 아무것도 아니야, 그냥 가짜야! 씨발, 뭘 더 말하라는 거야!"

"그럼 거긴? 나라다에는 뭐가 있나 보지?"

한나가 창밖을 바라본다. 맥도날드에서 나온 남녀가 주차장 쪽으로 걸어오고 있다. 우산에서 튀는 빗방울이 여자의 어깨를 적시자, 남자가 여자의 어깨에 팔을 둘러 끌어당긴다.

"거긴 진짜야. 진짜 내가 있고 진짜 세상이 있어. 알아? 모르잖아. 말해줘도 모르잖아, 병신 새끼야!"

"아니, 니가 못 알아듣게 얘길 하잖아!"

태하가 숨을 크게 한 번 내쉬고 아바나를 꺼내 불을 붙인다. 연기를 뱉으며 목소리를 가라앉히고 다시 말한다.

"야, 알아듣게 얘기하라고."

맥도날드에서 나온 남녀가 앞에 보이는 파란색 소형차에 올라탄다. 잠시 후, 그쪽 전조등에 불이 켜지며 주변의 빗줄기가 하얗게 빛난다. 한나의 알몸에도 음영이 생겨 곡선이 도드라진다.

"마야라고 했어."

한나가 중얼거렸다. 태하가 창문을 조금 열고는 한나를 바라본다.

"아이, 그러니까아, 어? 뭔데, 그게? 목뒤에 있는 반점? 아님 니 피씨 안에서 나온 나노봇? 똑바로 말을 해야 마야인지, 맘마인지 알아먹을 거 아니냐."

"못 알아먹겠으면 물어보질 말라고, 병신 새끼야!"

건너편 소형차는 움직이지 않고 계속 전조등을 비추고 있다. 태하가 손으로 눈 주위를 가리고 신경질적으로 경적을 울리자 그제야 서서히 주차장에서 빠져나간다.

"야, 그냥 간단하게 말해봐. 별거 있어? 그 약 처먹고 뽕 가갖고는 거서 지랄하고 있던 거 아니야. 너랑 원조교제 하던 새끼들한테 돈 존나 뜯었다며? 그거 약 사려고 그런 거 아니냐?"

"마음대로 생각해!"

"주미인가 죽빵인가가 니 제일 친한 친구지? 걔한테도 약 먹였잖아. 알아? 걔 오늘 자살했어. 너 가랑이 벌리고 홍콩 가 있는 동안에."

한나가 태하를 본다.

"무슨 소리야?"

태하가 담배를 빨고는 연기를 한나 얼굴에 뿜는다.

"지 살던 아파트에서 뛰어내렸다고, 박주미, 니 친구. 몰라? 걔도 니 친구 아니라고 할 거냐? 걔도 가짜야? 걔도 원래 죽어 있었어?"

한나가 고개를 돌려 창밖을 본다. 또다시 어깨가 들썩인다.

"어디서 어린 게 나쁜 짓만 배워가지고. 야, 입이 있으면 말을 해보라고. 아니야?"

"아니야! 주미, 주미! 아아, 씨발! 걘 진짜 세상으로 간 거야! 여긴 다 가짜고, 그냥 가짜고! 걔는 진짜 세상으로 간 거란 말이야!"

한나가 무릎 사이에 얼굴을 묻고 흐느낀다. 숨을 발작적으로 들이켤 때마다 미끈한 등이 들썩인다. 태하가 창밖에다 재를 털며 말한다.

"진짜 세상, 가짜 세상이건 간에 니가 뻘짓하는 동안 박주미 죽은 건 사실이잖아. 나랑 재랑 눈앞에서 봤어. 바닥에 떨어져서 머리 깨지는 거."

"그딴 식으로 말하지 마!"

한나가 무릎에서 고개를 들고 소리친다. 태하는 그런 한나의 시선을 외면한 채 창밖을 바라보고 있다. 맥도날드의 커다란 플라스틱 간판이 밝히고 있는 텅 빈 주차장 위로, 빗방울들이 하얗게 부서지며 쏟아져 내리고는 다시 튀어 오른다. 바람이 불어올 때마다 바닥에 찍히는 빗자국들이 마치 파도처럼 일렁인다.

"…… 그 중국인."

한나가 훌쩍이며 입을 열었다.

"그 중국인 오빠가 약을 줬어."

"중국인이라니? 물품보관실에 있던 새끼?"

한나가 고개를 끄덕인다.

"그 새끼 중국인이야?"

"몰라, 처음에 우릴 보면서 중국말로 뭐라고 통화하고 있었어."

"어디서, 어떻게 만났는데?"

"학교 앞에서. 끝나고 주미랑 나오는데, 시간 있느냐고……."

한나가 손바닥으로 눈물을 훔치고 말을 잇는다.

"그래서 우리 둘이 같이 가도 되냐고 했더니, 좋대서, 같이 갔는데……. 약을 줬어."

"어디, 모텔에서?"

한나가 고개를 끄덕인다.

"그래서, 처먹으니까 정신 못 차리겠더냐?"

"닥쳐!"

한나가 거칠게 숨을 들이켤 때마다 젖가슴이 흔들린다. 설움에 북받쳐서 연신 끅끅거린다.

"개새끼! 씨발! 너 진짜 죽여버릴 거야, 개새끼야!"

태하는 눈길도 주지 않고 다시 묻는다.

"그럼 뭔데?"

"씨발! 원래는, 아무렇지도 않았는데, 그냥 아무렇지도 않고, 목뒤에, 이상한 게 생기고, 그냥 그걸로 끝이었는데……."

한나가 서럽게 끅끅거리며 어깨를 들썩인다.

"걔가 핸드폰으로 뭐 누르더니, 딱 누르니까, 아아, 진짜, 진짜 세상이 나타났단 말이야! 진짜, 이건 다 가짜야, 다 꿈이야! 넌 모른다고!"

태하가 눈을 가늘게 뜨고 한나를 바라본다.

"자세히 좀 얘기해봐."

"뭘! 대체 뭘! 넌 그냥 악마야! 쓰레기야! 아무것도 아니라고!"

한나가 몸을 돌려 태하를 발로 걷어찬다.

"가짜! 허깨비 새끼!"

한나가 태하의 옷깃을 잡고 흔들어댄다. 태하가 한 손으로 한나의 손목을 움켜쥐고 소리친다.

"그만해! 그럼 나라다에는 왜 간 거야!"

"이딴 좆같은 가짜 세상에서 사는 게 싫으니까! 그 안에서만 진짜 세상이 느껴진다고!"

한나의 터진 입술에서 다시 피가 흐른다. 숨을 고르고 말을 잇는다.

"헤어질 때 약을 몇 알 얻었는데 그 약도 다 가짜였어! 가짜 세상에서 얻은 약이니까! 먹어도 먹어도 아무렇지도 않았어! 그래서 다시 연락했는데……."

"만나고 싶으면 돈을 가지고 와라? 그러고는 널 나라다로 데려간 거야?"

한나가 태하의 손을 뿌리치고 다시 창밖을 바라본다. 창에 맺혀 있던 빗방울이 다른 빗방울을 맞고 흘러내린다.

"그러는 동안 주미한테선 한 번도 연락이 없었냐?"

한나가 말없이 몸을 떤다. 억지로 다문 입술 사이로 흐느낌이 새어 나온다. 그렇게 어깨의 들썩임이 점점 심해지더니, 결국 무릎에 얼굴을 묻고 통곡한다.

"미안해! 아아, 주미야! 정말 미안해! 주미야, 미안해! 정말 미안해!"

태하가 창밖으로 손을 내밀어 담뱃재를 털고는, 다시 한 모금 빨고 창밖으로 던져버린다. 자동차 천장에 비 떨어지는 소리가 들린다. 그 빗소리가 잠깐의 시간차를 두고 약해졌다 거세졌다를 반복한다. 태하가 창문을 닫고 셔츠 주머니에서 폴라로이드 사진을 꺼낸다.

"이 여자."

태하가 사진을 내민다. 사진을 쥔 손으로 한나를 일으킨다.

"이 여자 혹시 본 적 있어?"

한나가 고개를 든다. 눈물, 콧물, 피와 구정물로 범벅이 된 얼굴이 슬픔과 서러움으로 일그러졌다.

"자, 눈물 닦고 좀 제대로 봐봐."

한나가 사진을 보더니 고개를 젓는다. 다시 무릎에 얼굴을 파묻는다.

태하가 한숨을 쉰다. 창밖을 바라본다. 아무것도 보이지 않는다. 창에 비친 불빛만 빗방울과 함께 흘러내린다.

"내가 진짜 너 딱해서 말하는 건데, 엉뚱한 짓 하지 말고 그냥 학교 가서 공부나 열심히 해라. 거 괜히 이상한 놈들 만나서 나쁜 짓이나 하고 다니니까 이렇게 되는 거 아냐."

"꺼져."

한나가 무릎에 얼굴을 묻은 채로 웅얼거린다.

"뭐라고?"

"꺼지라고, 개새끼야!"

한나가 고개를 들며 소리친다.

"야, 상식적으로 너 지금 하는 행동이 이게 정상적인 행동이라고 생각하냐? 니가 생각을 한 번 해봐. 열일곱? 머리에 피도 안 마른 년이 약에 절어가지고는 말이야. 너 미쳤냐? 뭐가 진짜 세상, 가짜 세상이야, 너 정신병원 가고 싶어?"

한나가 울음을 그치고 눈물을 닦는다. 태하가 말을 잇는다.

"물론, 어릴 때 고민도 많을 거고 잠깐 실수할 수 있어. 누구나 그럴 수 있다고. 근데 빨리 정신을 차리고 제대로 된 길을 가야지. 옆에서 잡아주는 사람이 있고, 뭐라 해주는 사람이 있으면 니가 그걸 받아들이고 잘해야지, 안 그래?"

한나가 서서히 몸을 일으켜 어깨를 시트에 기댄다. 그리고 태하를 빤히 바라본다. 팔을 편하게 늘어뜨리자 목에서 쇄골, 가슴에서 허리로 이어지는 미끈하고 성숙한 몸매가 드러난다.

"누가 꼰대 아니랄까 봐."

한나가 입가에 비웃음을 머금은 채 울음 섞인 목소리로 중얼거린다. 태하가 시선을 돌리며 한숨을 쉬자 한나가 묻는다.

"증명할 수 있어?"

"아, 뭘!"

"이게 가짜 세상이 아니고 당신도 가짜가 아니라는 걸 증명할 수 있어?"

순간적으로 자동차 천장에 떨어지는 빗줄기가 거세졌다가 다시 약해진다. 가까운 곳에 주차장 배수구가 있는지 울컥거리는 소리가 빗소리와 함께 들려온다.

"나는 있잖아. 진짜 너 같은 또라이는 처음 본다, 진짜."

한나가 같은 표정, 같은 눈빛으로 되묻는다.

"증명할 수 있느냐고."

태하가 말없이 한나를 바라본다.

"내가 틀렸다는 걸 증명할 수 있느냐고!"

태하가 피식 웃고는, 잠시 눈을 감고 미간을 찌푸린다.

"야, 한나. 한나야, 그게 뭐라고 증명을 하냐, 어?"

태하가 눈을 뜨고 한나를 보며 말을 잇는다.

"그런 건 증명을 하고 말고의 문제가 아니잖아, 할 필요도 없고."

"한마디로 못 한다는 거잖아!"

한나가 의기양양하게 소리쳤다.

"그냥 니 세상을 나한테 강요하고 있을 뿐이잖아! 그냥 니가 믿는 걸 나한테 강요하고 있을 뿐이잖아! 아무 증거도 없고, 아무 대답도 못 하잖아! 그냥 내가 믿는 세상에서 나를 끌어내리려고 하는 거뿐이잖아!"

태하가 고개를 돌린다. 그리고 아무것도 보이지 않는 창밖을 보며 묻는다.

"혹시 뒤에 저 아저씨도 너처럼 싸이코가 되냐, 깨어나면?"

한나 역시 아무것도 보이지 않는 창밖을 바라보며 대답한다.

"저 사람도 진짜 세상을 본 거야."

태하가 대웅을 돌아본다. 대웅이 몸을 웅크린 채 몸을 떨고 있다. 빗물이 뒤쪽 창을 흐르며 만들어내는 그림자가 대웅의 광대뼈에 그늘을 만들고 있다. 좌석 밑으로 늘어진 한쪽 팔은 오전에 개를 묶었던 빨간 비닐 끈을 건드리고 있다.

"이제 데려다줘."

"어딜?"

"야!"

태하는 자신을 노려보는 한나의 시선을 외면한 채 상처를 살핀다. 팔에 묶은 수건에 피가 배어 있다.

"약속했잖아!"

"거짓말이었어."

한나가 다시 어깨를 들썩거린다. 숨이 거칠어지면서 눈에 눈물이 맺힌다.

"빨리 데려다줘!"

"싫은데?"

한나가 몸을 떨며 울음을 터뜨린다. 태하를 붙잡고 흔들어댄다.

"개새끼야! 아까 약속했잖아! 쓰레기 같은 새끼!"

한나가 태하의 상처에 묶인 수건 속으로 손가락을 쑤셔 넣자, 태하가 비명을 지르며 한나를 밀쳐낸다. 한나가 다시 달려들자 태하의 주먹이 나간다.

"쌍년이······."

태하가 뒷좌석으로 몸을 돌려 오전에 개에게 맸던 빨간 비닐 끈을 집는다.

"내가 진짜 너 같은 건 처음 보거든?"

태하가 한나의 손목을 끌어당겨 끈으로 묶자 한나가 팔을 잡아 빼며 비명을 지른다.

"가만있으라고!"

태하가 한나의 손목을 강하게 잡아당기자 한나의 가녀린 어깨가 무너지며 몸이 고꾸라진다.

190

"니가 가만있으면 손찌검할 필요도 없고 이럴 필요도 없잖아!"

태하가 순식간에 한나의 손목을 묶고는, 묶인 손목을 다시 내팽개친다. 그 순간 빗물로 흐려진 유리창이 순간순간 붉은색, 파란색으로 번쩍거리고 자동차 문을 여닫는 소리가 들리더니, 누군가가 태하 쪽 창문을 두드린다. 태하가 당황한 표정으로 한나를 본다. 입술이 터지고 눈가가 부어오른 채, 묶인 손목으로 코피를 훔치고 있다. 그 누군가가 또다시 태하 쪽 창문을 두드려댄다. 아까보다 좀 더 빠르고 신경질적이다.

"아아, 씨⋯⋯."

태하가 머리를 싸쥐며 한숨을 쉰다. 밖에서는 계속 창문을 두드린다. 결국 창문을 내리자, 빨간색 우비를 입은 젊은 경찰관이 서 있다.

"신고를 받고 출동했습니다. 잠깐 내리시죠."

태하가 문을 열고 밖으로 나간다. 굵은 빗방울이 태하의 머리와 어깨를 적신다.

"아이구, 비 맞게 해서 죄송합니다!"

태하의 차 뒤쪽에 서 있는 경찰차에서 또 다른 경찰관이 내리며 소리친다. 창문을 두드린 경찰관보다 좀 더 나이가 든 경찰관이다.

"자, 아시죠? 여기다 찍으시면 돼요."

나이 든 경찰관이 다가와 푸르스름한 빛을 내는 소형 단말기를 내밀었다. 태하가 단말기 화면에 엄지를 갖다 대자 손가락에

191

묻은 피가 빗물과 섞이면서 화면에 갈색 물이 맺힌다. 경찰관이 피투성이가 된 태하의 옷과 수건으로 싸맨 상처를 훑어본다. 단말기에서는 오류 메시지가 깜빡인다.

"박 경장님, 좀 보시죠?"

차 안을 살펴보던 젊은 경찰관이 말했다. 단말기를 들고 있던 박 경장이 옆으로 몇 걸음 걸어 차 안을 들여다보고는, 딱딱하게 굳은 표정으로 태하를 보며 말한다.

"자, 두 손 뒤로하고 트렁크에 엎드립니다. 강 순경, 여자 풀어 줘."

태하가 천천히 걸어 트렁크에 가슴을 갖다 댄다. 두 손을 뒤로 젖히자 박 경장이 재빨리 수갑을 채운다.

"이럴 게 아니라 조회 먼저 해봐요. 가출했다는 앤데, 나는 재 찾아주기로 한 사설 조사원입니다."

태하가 트렁크에 엎드린 채 주차장 건너편의 맥도날드 건물을 보며 말했다. 맥도날드 건물 안에서는 종업원들과 몇 명의 손님들이 커다란 창가에 달라붙어 이쪽을 구경하고 있다.

"네, 자세한 이야기는 서에 가서 하시면 되고요."

"아, 의뢰인을 여기서 만나기로 했는데 무슨 서에 갑니까! 그거 잠깐 조회하는 시간이 얼마나 된다고! 차수연이라는 사람이 경찰에도 수색원을 냈다니까 일단 조회해봐요!"

경찰들이 서로를 바라본다. 빨간 우비가 요란한 소리를 내며 빗방울을 튕겨낸다.

"강 순경, 그 여자 조회해봐. 차수연이라는 사람이 민원 낸 거 있는지도."

강 순경이 차 안으로 몸을 집어넣는다. 차 안에서 푸르스름한 빛이 왔다 갔다 하는 것이 후면 창을 통해 보인다.

"뒷좌석에 있는 사람은 누굽니까?"

박 경장이 다시 태하의 지문을 스캔하며 물었다.

"같은 조사원인데 다쳤어요, 나도 그렇고."

"어디 보자, 이름 한태하, 나이 삼십육, 배우자 수색원 낸 거 있으시네요? 오늘 또 여학생 자살 사고 현장에 있었어요?"

박 경장이 단말기를 보면서 물었다. 순간적으로 빗방울이 굵어지면서 요란한 소리를 낸다. 차 안에 들어갔던 강 순경이 다시 밖으로 나온다.

"없는데요!"

"없어?"

"네, 이 여학생 신원 확인은 됐는데, 실종 신고된 것도 없고, 차수연이란 사람이 수색원 낸 적도 없습니다."

"아니, 당신들 뭔……."

태하가 몸을 일으키려 하자 뒤에 서 있던 박 경장이 재빨리 태하의 어깨를 누른다.

"자, 들었죠? 이제 자리를 좀 옮겨도 불만 없죠?"

"잠깐만! 당신들 제대로 긁은 거 맞아?"

"자꾸 이러시면 저희도 좋게 못 합니다."

"뭘!"

"사정이 있다고 해도 지금 평범한 상황은 아니잖아요. 이거 그냥 넘길 수 있겠어요? 일단 협조하세요. 이 양반이 반말이나 찍찍 하고 말이야."

박 경장이 태하의 어깨를 잡고 일으킨다. 태하의 온몸이 비에 흠뻑 젖었다. 경찰차의 경광등 때문에 순간순간 주변의 색이 변한다.

"아니, 그래. 이해는 하겠는데, 쟤 엄마랑 어떻게 전화 통화라도 좀 해야 할 거 아니냐고!"

"그러니까 경찰서 가서 하시자고요. 아, 계속 이렇게 비 맞고 계실 거예요?"

태하가 눈을 치켜뜨며 한숨을 쉬자 입술에 흐르던 빗물이 숨과 함께 튀어나온다.

"강 순경, 저 여자랑 뒷좌석에 있는 남자 자세히 좀 확인해봐. 병원 먼저 가야 할지 어떨지. 그리고 순찰차 한 대 더 불러."

"예, 알겠습니다."

대답을 한 강 순경이 무전기를 꺼내 키를 누르고 교신한다.

"아, 어차피 다른 차 기다릴 거면 시간 있잖아! 전화 한 통만 합시다!"

박 경장이 태하를 경찰차 쪽으로 잡아끌며 말한다.

"가면요, 한 통이 아니라 백 통이라도 하게 해주니까 거 조용히 하고 타시라고요."

"아니, 왜 이렇게 말귀를 못 알아먹어! 지금 당장 하겠다고!"

태하가 어깨를 흔들며 소리친다. 그러나 박 경장은 태하를 더 단단히 붙잡고 경찰차로 끌고 간다.

"내가 지금 안 간다는 게 아니잖아! 전화 한 통 하고 가자고!"

박 경장이 묵묵부답으로 경찰차의 뒷문을 열고는 태하의 머리를 눌러 차 안으로 밀어 넣는다.

"아, 진짜 어이가 없……."

차 문이 닫히면서 태하의 목소리가 묻힌다. 박 경장이 돌아서서 태하의 차로 걸어간다. 경찰차의 경광등 때문에 주변의 색이 순간순간 변하고 있다.

"불렀어?"

"31호 온답니다."

강 순경이 든 무전기에서 교신음이 흘러나와 세찬 빗소리에 섞인다.

"너는 집회 안 나가냐?"

"아아, 저는, 네……."

강 순경이 고개를 떨어뜨렸다.

"아니야, 그럴 거 없어. 다른 게 아니라 내가 오늘 철야농성 당번이거든. 그래서 31호 오면 바로 좀 넘기고 철수하자고. 넌 퇴근 때까지 잠깐 박혀서 자고 있어라."

박 경장이 빗줄기를 바라보며 말한다.

"아오, 이렇게 될 줄 알았으면 다른 자격증이나 좀 몇 개 따두는 건데."

"걱정 마십쇼, 잘될 겁니다."

"잘되긴. 아까도 문자 왔는데 해 떨어지니까 천막 강제 철거하고 아주 난리라더라. 벌써 열 몇 명 실려 나갔대. 참나, 한솥밥 먹는 사이에 진짜 너무하지 않냐? 아무리 명령이라도 그렇지, 그렇게까지 심하게 할 필요 없잖아. 민간인들도 그래, 뉴스 봤냐? 아니, 사람들이 개념이 없어도 정도껏 없어야지 말이야."

경찰관들의 빨간 우비 위로 굵은 빗방울이 쏟아져 내린다. 경찰차의 경광등 때문에 순간순간 주변의 색이 변한다.

"어떻게, 너는 뭐 살길이 좀 보이냐?"

강 순경이 고개를 저으며 입을 연다.

"뭐, 운 좋으면 남는 거고, 아니면 다른 일 해야죠."

"그래, 젊어서 좋다. 응, 여유 있네. 근데 그렇게 살다간 너 나중에 후회할걸? 진짜, 우리는 말이야, 우리는 우리 세상을 악착같이, 악독하게 지켜야 돼. 그래야 산다고. 대체 우리보다 스카이텔레컴이 나은 게 뭔데? 딱 한 가지라도 이유를 대보라 그래. 뭐 근무 태만? 부정부패? 웃기지 말라 이거야. 걔들은 안 할 것 같아? 더 심하지. 그냥 우리가 먹고살던 세상 지들한테 넘겨라, 그거야. 광고 봤어? 남동공단 총격 영상 편집한 거 나오면서 고객님을 사랑합니다, 그래서 이제 고객님을 지키려 합니다, 그렇게 씨불이는 거? 그게 말이 되는 소리라고 생각하냐? 그냥 돈이야. 걔들이 바라는 건 그냥 무조건 수입이라고. 우리가 먹는 세금을 개네가 요금으로 바꿔 먹겠단 소리야. 아니, 미쳤어? 그리고 남동공단 총격도 분명 뭔 꿍꿍이가 있어. 그렇지 않고서야 짱깨 새끼들이 미쳤다고 갑자기 거기 가서 칼질 총질 해대겠어? 스카이텔레컴 윗대가리들이 뭔 손을 썼을 수가 있다고."

강 순경은 말없이 고개를 끄덕이고 있다.

"야, 그러지 말고, 아침에 근무 끝나면 너도 올래?"

강 순경이 입술을 삐죽이 내민 채 땅을 잠시 바라본다.

"그러죠, 뭐."

"그래, 잘 생각했다. 이게 한 사람이라도 더 힘을 뭉쳐야 돼. 그래야 산다고."

박 경장이 강 순경의 어깨를 두드려주고는 말을 잇는다.

"거 여자랑 남자는 어때? 남자도 다쳤다던데?"

강 순경이 무전기 안테나로 차 안을 가리킨다.

"그게, 남자는 어디 다친 거 같지는 않고요, 그냥 상태가 좀 이상합니다. 여자애도 뭐 거의 정신이 반쯤 나간 것 같고. 아무래도 약물 같은데요?"

"위급 상황 아니잖아? 31호가 알아서 하겠지, 뭐."

땅바닥에 찍히는 빗자국이 순간순간 붉은색, 파란색으로 빛난다. 태하의 차와 경찰차 사이에 있는 배수구에서 울컥거리는 소리가 들려온다. 그때, 맥도날드의 커다란 플라스틱 간판 밑으로 하얀색 마세라티 세단이 들어선다. 차는 속도를 줄이고 주차장 안을 한 바퀴 돌더니, 태하의 차 옆에 멈춘다. 잠시 후 마세라티의 운전석에서 수연이 나오며 파란색 우산을 편다. 베이지색 원피스 차림에 옆구리에는 작은 클러치를 끼고 있다. 수연이 문을 닫고 이쪽으로 걸어오자 세단의 전조등 불빛이 수연의 치마와 발목을 비춘다.

"무슨 일이죠? 태하 씨는 어딨죠?"

수연이 박 경장에게 물었다.

"아아, 혹시 저 여자분 보호자 되십니까?"

박 경장이 태하의 차 안을 가리키자 수연이 무릎을 살짝 굽혀 차 안을 들여다본다.

"어머, 어떻게 된 거예요? 태하 씨는 어딨죠?"

"저 안에 있긴 한데……."

박 경장이 경찰차를 가리킨다. 수연을 보며 말을 잇는다.

"서까지 같이 가주셔야겠습니다. 조금 있으면 경찰차가 한 대더 오니까요, 같이 좀 가시죠."

수연이 경찰차를 본다. 운전석과 조수석은 내부가 보이지만 뒷좌석은 보이지 않는다.

"뭔가 오해하신 것 같네요. 저 사람 풀어주세요."

"안 됩니다."

"오해하신 것 같다고요. 그냥 가주세요."

"그럴 수 없습니다."

박 경장이 입가에 능글맞은 미소를 띤 채 뒷짐을 진다. 수연이 그런 박 경장을 잠시 바라보다가, 클러치에서 핸드폰을 꺼내 귀에 대고는 뒤쪽으로 몇 걸음 걸어간다. 뭔가 말을 하지만 빗소리 때문에 잘 들리지 않는다. 잠시 후 수연이 핸드폰을 들고 다시 걸어온다.

"잠깐 받아보실래요?"

수연이 박 경장에게 핸드폰을 건네며 말했다. 박 경장이 놀란 눈으로 잠시 수연을 내려다보다가, 천천히 뒷짐을 풀고 핸드폰을 받아 든다.

"예에, 중부서 용현지구대 박경식 경장입니다."

수연이 머리칼을 귀 뒤로 쓸어 올리며 주차장 건너편의 맥도날드 건물을 바라본다. 오렌지색 불빛이 한산한 실내를 비추고 있다. 커다란 유리창 너머로 한두 명의 손님들이 보인다. 종업원들은 다시 천장에 붙은 TV를 보는 중이다.

"아아, 예, 예! 예, 그렇습니다! 아닙니다, 아닙니다. 아이고, 아닙니다. 예, 잘 알겠습니다."

수연이 클러치백을 왼쪽 겨드랑이에 끼우고 팔짱을 낀다. 수연의 오른쪽 얼굴이 순간순간 붉은색, 파란색으로 빛난다.

"예, 예, 옙! 계속 근무하겠습니다!"

박 경장이 전화를 끊고는 고개를 돌린 채 수연에게 핸드폰을 건넨다. 그러고는 말없이 경찰차로 걸어가 뒷문을 열고 태하를 끌어낸다.

"깅 순경, 가자!"

박 경장이 태하의 수갑을 풀며 소리치자 강 순경이 묻는다.

"왜 그러십니까?"

"아잇, 그냥 와!"

박 경장이 조수석에 올라탄다. 강 순경이 수연을 힐끗 쳐다보고는 경찰차로 타박타박 뛰어가 운전석에 탄다. 둘이 얘기를 주고받는가 싶더니, 곧 차에 시동이 걸리고 번쩍거리는 경광등 불빛이 멀어져간다. 쏟아지는 빗줄기와 젖은 땅바닥이 차츰 은빛을 되찾는다. 수연이 태하에게 다가와 우산을 씌워준다.

"거짓말하셨더라고요."

태하가 말한다. 팔꿈치까지 걸어 올린 셔츠 끝이 시커멓게 물들어 있다. 상처를 묶은 수건은 엷은 핑크색으로 변해 있다.

"대체 어쩌다가, 무슨 일이 있었던 거예요?"

수연이 태하의 상처에 손을 가져간다.

"대답 안 하실 겁니까?"

수연의 손끝이 슬며시 오므라든다. 수연이 눈을 내리깔고 태하의 상처를 보며 말한다.

"그게 중요한가요?"

태하가 고개를 젓는다.

"곤란하시면 대답 안 하셔도 되고요. 그런 분들 많으니까."

"…… 대체 무슨 일이 있었던 거예요?"

태하가 자신의 차를 돌아본다. 한나가 차 안에서 이쪽을 노려보고 있다. 가녀린 어깨가 만들어내는 실루엣이 아직도 들썩인다.

"전 총에 맞았고, 한나는 저한테 좀 맞았어요. 저항을 너무 심하게 해서 어쩔 수 없었습니다. 그리고 대웅이는 갑자기 정신을 잃고 쓰러졌습니다."

"총? 총에 맞은 거라고요?"

"그냥 스쳤습니다."

"아니, 애가 도대체 어디 있었길래요?"

수연이 태하의 차를 돌아보며 물었다.

"어떤 이상한 클럽이었어요. 나라다라는 곳인데, 거기서 온갖 쓰레기들이랑 뒤엉켜 있었습니다. 무슨 뜻인지 아시겠죠?"

수연의 표정이 굳어진다.

"최대한 빨리 보고서를 작성해서……."

"아뇨, 이제 됐어요. 정말 됐어요. 한나 일에 대해서는 잊어주세요."

수연이 신경질적으로 말한다.

"경찰에 신고 안 하실 겁니까? 보니까 든든한 빽이 있으신 것 같던데요?"

"그냥 운이 좋았을 뿐이에요."

수연이 고개를 숙인 채 머리칼을 쓸어 넘긴다.

"어쨌든 이번 일에 대해서는 더 이상 관여하지 말아주세요. 이렇게나 일찍 찾아주셨으니까 약속대로 페이는 넉넉히 드릴 거고요. 병원, 치료비, 모두 제공할게요. 아셨죠?"

"그렇게 말씀 안 하셔도 더 이상 한나 일에 관여할 이유가 없죠. 그리고 저도 이제 바빠질 것 같아서."

수연이 태하를 바라보며 고개를 끄덕인다.

"그래요, 무슨 일인지는 모르겠지만 잘되길 바랄게요. 돈은 집에 가서 송금해드려도 되겠죠?"

"그렇게 하세요. 그런데 정말 안 궁금합니까? 한나가 어쩌다 그런……."

"그만."

수연이 태하의 말을 막았다.

"그만하세요. 제가 알아서 할게요."

수연이 몸을 돌려 태하의 차로 걸어간다.

"한나야. 자, 가자."

수연이 차 안을 들여다보며 말한다.

"자, 가야지. 집에 가자."

"닥쳐! 좆같은 년아!"

한나가 소리쳤다. 수연이 순간 당황스러운 표정으로 태하를 돌아본다.

"정말 정상이 아닙니다. 아주 심각한 수준이에요. 잘은 모르겠지만 어떤 약에 중독된 것 같습니다. 마야? 마야라고 했나?"

수연의 표정이 싸늘하다.

"기분 나빴다면 미안합니다. 아무튼 상태가 좋진 않아요."

태하가 조수석 쪽으로 돌아가서 한나를 끌어낸다.

"놔!"

한나가 팔을 뿌져 태하를 뿌리치자 강 순경이 풀어준 끈이 둘둘 감긴 모양 그대로 젖은 땅바닥에 떨어진다. 태하가 다시 한나의 손목을 붙들고 수연의 차로 끌고 간다. 한나의 맨발이 젖은 바닥을 디딜 때마다 찰박거리는 소리가 난다.

"말했잖아! 우리 엄마 죽었다고 했잖아!"

"한나야!"

수연이 다가와 우산을 들지 않은 쪽 팔로 한나의 어깨를 감싼다.

"한나야, 대체 왜 이러니, 응? 집에 가자."

"아아, 미친년이 진짜! 연기하지 마, 토 나오니까!"

태하가 수연을 본다. 수연이 입가에 어색한 웃음을 띠고 있다.

"그래, 알았어. 집에 가서 얘기하자, 응?"

"아빠 어딨어! 대체 어딨어, 이 좆같⋯⋯."

"태하 씨, 빨리요."

수연이 세단의 뒷문을 연다. 태하가 뒷좌석 깊숙이 한나를 밀어 넣고는 문을 닫자, 수연이 리모컨으로 문을 잠근다. 한나가 차 안에서 창문을 두드려댄다.

"가만 안 있을 텐데 운전할 수 있겠어요?"

"조심하면서 천천히 갈게요. 정말 수고 많으셨어요."

태하가 고개를 끄덕인다. 수연이 다시 태하의 머리 위에 우산을 드리우며 말한다.

"관계자랑 좀 친분이 있는 병원이 있어요. 연락해놓을 테니까 바로 가서 치료받으세요. 두 분 다요. 일이 이렇게 돼서 정말 맘이 안 좋네요."

"고맙습니다. 전 그냥 스친 건데, 저 녀석이 걱정이네요."

"걱정 마세요. 별일 없을 테니까."

태하가 수연을 바라본다. 수연이 시선을 아래로 떨어뜨린다.

"그럼 가볼게요. 병원 주소는 바로 메시지로 보내드릴게요. 치료비 문제도 있으니까 꼭 그리로 가주세요. 그리고 아까 말씀드린 거 잊지 마시고요. 여자앤데 안 좋은 소문이라도 나면⋯⋯."

"조심해서 가십쇼."

태하의 머리와 어깨 위로 다시 빗방울이 떨어진다. 수연이 우산을 접으며 차 안으로 들어가서는 태하를 올려다보며 말한다.

"가볼게요."

수연이 문을 닫고는 시동을 건다. 창문을 타고 흘러내리는 빗물 때문인지, 멀어져가는 수연의 옆얼굴이 괴상하게 일그러져 보인다. 흰색 마세라티가 주차장을 완전히 빠져나가자 태하도 터벅터벅 자신의 차로 돌아가 문을 닫는다. 잠시 후 초록색 쿠페의 전조등에 불이 들어온다. 바닥에 떨어진 포장용 끈을 잠시 비추던 불빛은, 곧 폭우 속을 떠도는 도깨비불처럼 주변을 한 바퀴 훑고는 어둠 속으로 자취를 감춘다. 나는 텅 빈 주차장에 남아 바닥에 찍히는 무수한 빗자국을 바라봤다. 바닥에 떨어진 포장용 끈이 장대 같은 비에 맞아 뱀처럼 꿈틀거리고 있었다. 끈은 한동안 그렇게 제자리에서 이리저리 뒤틀리다가 차츰차츰 웅덩이에 잠겨갔다. 유심히 보니 주차장에 물이 차오르고 있었다. 마치 주차장 경계석에 투명한 벽이 있기라도 한 것처럼, 물의 단면이 주차장 바깥쪽으로 드러난 채 수위가 높아지고 있었다. 물은 순식간에 차올라 주차장 구석의 화단을 삼키고, 맥도날드 건물을 삼키고, 결국엔 높다란 플라스틱 간판마저 삼켜버렸다. 나는 그 물의 기둥 속에서 허우적거렸다. 주차장 경계 밖으로 나가려고 헤엄쳐봤지만 쉽지가 않았다. 그때 어항 속 모형처럼 물에 잠겨 있던 맥도날드 건물 위로, 거대하고 길쭉한 그림자가 빠르게 헤엄쳐 가는 것이 보였다. 깜짝 놀라 반대편으로 고개를 돌리자, 역시 어항 속 모형 신세로 물속을 밝히고 있던 플라스틱 간판 옆에서 대가리가 잘린 거대한 뱀이 모습을 드러냈다. 나는 공포심에 사로잡혀 정신없이 몸부림쳤다. 하지만 이 물기둥엔 출구가 없었다. 거대한 뱀은 비좁은 어항 속을 이리저리 배회하다가 결국 내게 돌진했다. 잘려 나간 부위가 여러 갈래로 갈라진, 마치 포장용 끈 같은 형상이었다. 그 중심부에서 붉게 빛나는 눈을 바라보며 필사적으로, 그러나 황망한 발길질을 해대는 순간, 퍼뜩 발끝이 땅에 닿는 느낌이 들었다. 시커먼 플라스틱 바닥에 물이 흥건했다. 구두코가 잠길 정도였다. 고개를 들자 커피 머신이 빨간 전구를 빛내며 원두를 갈고 있었다. 그 진동 때문인지 옆에 놓인 어항에 물결이 일었다. 원래 어항 안에 금붕어가 있었던가. 하얀 금붕어 한 마리가 기다란 꼬리지느러미를 나풀거리며 어항 안을 맴돌았다.

"요란스러운 꿈을 꿨나 보구먼."

주인장이 바닥에 고인 물을 밀대로 쓸어내며 말했다. 바 카운터 끄트머리에 앉아 있던 남녀는 떠났는지 보이지 않았다. 밖은 여전히 어두웠고, 비가 내리고 있었다. 물을 빼느라 열어놓은 출입문에서 바람이 들이쳤다. 나는 손바닥으로 눈가를 문지르며 중얼거렸다.

"모르겠네요. 꿈인지 뭔지. 자꾸 어떤 남자를……."

"아, 그래도 그렇지 바닥이 이게 뭔가?"

여전히 물속에 있는 것처럼 정신이 몽롱하고 감각이 아득했다. 주인장이 무슨 말을 하는 건지 이해가 잘 안 됐다. 나는 주인장을 돌아보며 물었다.

"제가 그랬다는 겁니까?"

물을 거의 쓸어냈는지 주인장은 입구에서 밀대를 한 번 털고는 문을 닫았다. 그런 뒤 바 안쪽으로 들어와 밀대를 툭 던져놓고는 내 앞에 구부정하게 섰다.

"현실이 환상을 만들고 환상이 현실을 만들잖아, 응?"

주인장은 그렇게 말하며 아직 물기가 남아 있는 플라스틱 바닥을 가리켰다.

"글쎄요. 현실이면 몰라도, 환상이 먼지 하나라도 만들 수 있나 모르겠네요."

"꿈속의 남자가 자네를 만들 수도 있겠지."

주인장은 기괴한 웃음소리를 내며 등을 돌리더니, 커피 머신 옆에 놓인 어항을 들어 내 앞에 올려놓았다. 그러고는 마귀 같은 얼굴을 바싹 들이밀었다.

"우주는 창조주 비슈누의 육신 그 자체요, 삼라만상은 비슈누가 꿈을 꾸는 동안 그 육신 내부에 잠깐 나타났다 사라지는 덧없는 환상에 불과하다고 하네."

가까이서 보니 주인장의 눈동자와 피부에는 생기가 전혀 없었다. 눈동자는 물감으로 그려 넣은 것 같았고, 피부는 마치 놀이공원에 놓인 오래된 자동인형의 고무 껍데기 같았다. 그 오싹한 이질감에 카페를 뛰쳐나가고 싶은 충동이 일었다.

"카를로스는 언제 오죠? 나는……."

자리에서 일어나려는데 주인장이 재빨리 내 팔뚝을 붙들었다.

"급할 거 없잖은가?"

주인장이 능글맞게 웃으며 다른 한 손을 더듬더듬 어항 속에 넣자, 하얀 금붕어는 재빨리 지느러미를 펄럭여 어항 구석으로 헤엄쳤다. 나는 주인장의 그 소름 끼치는 미소를 외면한 채, 괜히 한번 옷매무새를 추스르며 주인장의 손을 쳐냈다. 주인장은 아랑곳 않고 어항 속을 휘저으면서 이야기를 계속했다.

"그 비슈누의 우주엔 말칸데야라는 초인이 살았는데, 불사신의 몸으로 우주 방방곡곡, 비슈누의 육신 구석구석을 돌아다니면서 신을 찬양했다고 하네. 그런데 비슈누가 입을 반쯤 벌리고 자는 통에……."

어항을 휘젓던 손이 순식간에 금붕어를 움켜쥐었다. 주인장은 서서히 그 손을 어항 위로 들어올렸다.

"그만 입 밖으로 나와버린 걸세."

거무죽죽한 손목을 타고 흐른 물이 어항 주위에 방울방울 떨어져 내렸다. 금붕어가 주인장 손안에서 퍼덕거리자 내 손등에도 물이 튀었다.

"밖은 아무것도 없는 무의 바다였지. 거대한 입술에서 떨어져 무의 바다를 표류하는 기분이 어땠겠나?"

주인장이 코앞에 물고기를 갖다 대고 유심히 들여다보며 물었다.

"무서웠을까, 막막했을까?"

금붕어는 주인장의 손아귀 안에서 쉴 새 없이 입을 뻐끔거렸다.

"말칸데야의 경우엔 아예 그 상황 자체를 믿지 못했다네."

주인장이 금붕어 너머로 나를 노려보며 중얼거렸다. 나는 주인장의 그런 행동 하나하나가 거북해서 미칠 지경이었다.

"알았으니까 계산해주세요."

주인장은 내 말을 무시하고 다시 금붕어로 시선을 옮겼다. 손바닥을 바로 한 채 서서히 손가락을 폈다. 금붕어는 펄떡거리는 것을 멈추고 아가미를 들썩였다.

"말칸데야를 구하러 간 비슈누가 자신이 바로 대우주 그 자체이고 너는 내 꿈의 산물이라고 설명했지만, 말칸데야는 다시 비슈누에게 삼켜진 후에도 그 사실을 믿지 못했네. 꿈을 꿨다고, 그저 환상일 뿐이었다고 생각했지."

"아니, 알았다니까요. 하고 싶은 얘기가 뭐예요?"

"말칸데야는 비슈누의 꿈의 산물이었지만, 말칸데야도 비슈누를 자신의 환상이라고 생각했잖은가. 이야기 밖에서 생각해보면 누가 진짜배기이고 누가 환상인지 알 수 있겠나? 누군가가 자신이 실재한다는 사실을 벽에 비친 그림자를 통해서만 납득할 수 있다면, 그 그림자 또한 실체를 통해서만 자기 존재를 알 수 있겠지. 그러니까 환상 없이는 실체도 없고, 실체 없이는 환상도 없다는 걸세. 서로가 서로를 만들어내지."

금붕어는 아직도 주인장의 손바닥 위에 있었다. 아가미의 움직임이 시원찮았다.

"그래서, 내가 물에 빠진 꿈을 꿔서, 그 환상이 뛰쳐나와서 여길 물바다로 만들었다는 겁니까?"

"미쳤나?"

"뭐라고요?"

"자네가 잠꼬대하다 깨먹은 술잔에 증류기 호스가 찢어진 것뿐이야. 변상하라고는 않겠는데, 어디 가서 겁도 없이 술 센 거 달라고 하진 말게. 몸속에 알코올 분해 전자충도 없는 것 같더군. 자네 같은 사람들을 예부터 진상이라고 불러."

"대체 말칸데야인가 세숫대야인가 얘기는 왜 한 건데요?"

"자네가 현실과 환상의 관계에 대해 이해를 못 했잖나. 그래서 설명해줬을 뿐이네."

주인장은 금붕어를 물에 넣어준 후 어항을 다시 커피 머신 옆에 올려놓았다. 잠시 바닥에 가라앉았던 금붕어는 곧 정신을 차리고 어항 안을 빠르게 맴돌았다.

"카를로스란 사람은 연락 없어요?"

"카를로스?"

주인장은 등을 돌린 채 커피 머신 옆에 놓인 식기들을 정돈하고 있었다.

"아, 카를로스 어쩌고 떠들던 여자가 뒷문 밖에서 기다리겠다고 한 것 같긴 한데……."

주인장의 능구렁이 같은 행동에 짜증이 치밀었다. 나는 서둘러 자리에서 일어난 후, 바 카운터의 끄트머리를 돌아 뒷문으로 향했다.

"잠깐 기다리게."

"왜요, 또."

주인장이 비칠비칠한 걸음으로 다가왔다. 생기 없는 인형의 눈동자가 정확히 날 노려보고 있었지만, 본다기보다는 그저 향해 있는 것에 가까웠다. 이 소름 끼치고 짜증 나는 인형에게서 조금이라도 빨리 벗어나고 싶었다.

"아니, 계산은 하고 가야 할 것 아닌가."

나는 천장을 올려다보며 한숨을 뿜었다. 그러고는 주머니 속에 있던 투명한 동전을 꺼내 바 카운터 위에 내놓았다. 주인장이 그 동전을 집어 손에 꼭 쥐자, 손목에 작은 숫자들이 공기 방울처럼 떠오르더니 마치 움직이는 문신처럼 주인장의 귓구멍 속으로 흘러 들어갔다.

"냅킨 낭비하지 말란 뜻에서 그 비용도 청구했네. 그리고……."

나는 인내심을 발휘해 잠자코 주인장의 말을 기다렸다.

"자네 혹시 홍어 먹을 줄 아나?"

주인장이 다시 건넨 동전을 잡아채고는 부리나케 뒷문으로 뛰쳐나갔다. 거칠게 닫아버린 문 뒤에서 영수증 필요하지 않느냐는 외침이 들려왔다.

앞에 긴 회랑이 뻗어 있었다. 아마도 건축물 외벽과 닿아 있을 왼쪽에는, 천장에서부터 커튼처럼 내려온 스크린 같은 것이 벽면에 붙어 이어지고 있었고, 오른쪽은 유리 조각 같은 타일로 장식된 아랍풍 아치와 기둥이 연속되어 있었다. 다만 아치 사이의 공간은 재질을 알 수 없는 셔터 같은 것으로 빈틈없이 막혀 그 너머를 볼 순 없었다. 하얗고 거칠거칠한 플라스틱 바닥을 걸어나갈 때마다 어두운 회랑 안에 발소리가 울렸다. 아까부터 계속 정신이 몽롱했다. 어디일까. 왜 이곳을 걷고 있을까. 누굴 만나러 가는 것일까. 카를로스였나, 다른 누군가였나. 떠올리려면 떠올릴 수 있었지만, 그냥 잊으려면 그대로 까맣게 잊을 수도 있을 것 같았다. 진부할 정도로 전형적인 결혼식과 교통사고 장면, 구체들, 그리고 아버지에 관한 단편적인 이미지들이 흐릿하게 떠올랐다. 머릿속에 짙은 안개가 낀 것만 같았다. 얼마 지나지 않은 일들이 아득한 과거의 일처럼 느껴졌다. 걸을수록 왼쪽의 하얀 벽면에 희미한 색채가 나타났다. 전체적으로 색이 변했나 싶어 뒤를 돌아보니 그건 아니었다. 안으로 들어갈수록 색이 짙어지고 있었다. 색채들 사이의 경계는 유동적이었고, 그중 푸른색은 스크린뿐만 아니라 허공에까지 퍼져 나온 것처럼 보였다. 좀 더 걷자 벽면 아래쪽은 엷은 녹색, 그 위에서 천장까지는 흐린 하늘색으로 차츰차츰 색이 뚜렷해졌다. 색채들 사이의 경계는 리드미컬하게 넘실거리고 있었는데, 마치 출렁이는 물에 옅은 물감을 푼 것 같았다. 그때쯤 하얀 플라스틱 바닥에서도 변화가 느껴졌다. 단순히 굴곡이 생긴 것인지 재질까지 달라진 것인지, 발이 푹푹 빠져 걷기가 힘들었다. 나는 땅바닥을 유심히 살피며 몇 걸음 더 걷다가, 문득 이것들이 뭔지 알 것 같은 느낌에 고개를 들고 주변을 둘러봤다. 그리고 좀 더 빠른 걸음으로, 결국에는 거의 달리다시피 해서 스크린의 영상이 확실하게 뚜렷해지는 지점까지 이동했다. 그러자 어디선가 살랑살랑 바람이 불어왔다. 물이 철썩이는 잔잔한 소리가 귀를 간질였다.

고요하게 넘실거리는 비췻빛 바다가 낮게 깔린 파도를 밀어보내고 다시 쓸어 담기를 반복했다. 수평선 위 흐린 하늘에는 구름 몇 조각이 떼어 붙인 솜처럼 머물렀다. 파도가 백사장 위로 밀려올 때와 밀려나갈 때, 서로 다른 소리가 들려왔다. 바람은 부드럽게 이마에 부딪힌 후 콧잔등을 타고 플라스틱 백사장으로 흘러내렸다. 나는 한동안 정처 없이 해변을 걸었다. 회랑은 직선이 아니었는지 어느덧 필리스의 뒷문은 아예 보이지 않았다. 대신 백사장 몇 걸음 앞에, 나무로 만든 해변용 의자 두 개가 나란히 놓인 것이 보였다. 그중 하나에 여자가 누워 있었다. 나는 잠시 쳐다보다가 가까이 다가갔다.

"바라데로 해변이래요."

여자의 붉고 풍성한 머리칼이 미풍에 흔들렸다. 옆으로 흘러내린 머리카락 중 일부는 귀 한가운데를 지나도록 뒤로 넘겨서, 마치 귀를 동여맨 것처럼 묶고 있었다. 알이 크고 옅은 갈색 선글라스 너머로 여자의 지그시 감은 눈매와 풍성한 속눈썹이 들여다보였다. 민낯에 입술만 붉게 칠한 것 같았는데, 언뜻 봐도 굉장한 미인이라는 생각이 들었다. 그런데 어쩐지 낯이 익었다.

"여기가요?"

여자의 발치로 좀 더 다가서며 물었다. 여자는 발목까지 올라오는 얄팍한 흰색 에나멜 부츠에, 몸에 달라붙는 베이지색 스포츠 레깅스, 헐렁하게 걸친 황록색 항공 점퍼 차림이었다. 낡고 투박한 항공 점퍼 안엔 아무것도 안 입었는지, 잠그지 않은 지퍼 안으로 광택이 도는 진줏빛 속옷과 새하얀 맨살이 보였다.

"여긴 바라데로 해변이 아니죠."

"그럼요?"

"바라데로 해변의 박제랄까? 그냥 광자 가습기가 만드는 영상일 뿐이에요."

굳이 따지고 싶지 않았다. 아무래도 좋았다. 나는 해변을 둘러보며 여자의 목선과 쇄골, 봉긋한 가슴, 허리에서 골반으로 이어지는 미끈한 곡선과 늘씬하게 뻗은 다리를 힐끔거렸다. 피부가 새하얘서 발가락 사이마저 깨끗할 것 같은 인상이었는데, 그런 투명한 이미지 때문인지 수족냉증이 있을 것 같다는 생각도 들었다. 어쨌든 머리끝부터 발끝까지 매력이 흘러넘치는 여자였다. 지금껏 이상적이라고 느꼈던 모든 아름다움은 그저 저 여자가 흘린 파편에 불과한 것 같았다.

"옆에 앉아서 감상하지 그러세요?"

여자가 팔꿈치로 몸을 조금 일으키자 작은 금빛 링 귀걸이가 붉은 머리칼 사이에서 흔들거렸다. 나는 속이 뜨끔해 괜히 냉랭한 투로 되물었다.

"뭐를요?"

"해변."

열이 확 오른 얼굴을 피곤한 듯이 손바닥으로 한 번 문지르고는, 여자의 발치를 돌아 해변용 의자에 걸터앉았다. 어중간하게 의자에 몸을 기댄 채 여자를 슬쩍 쳐다봤더니, 여자의 옆얼굴에 알 듯 모를 듯 희미한 미소가 떠올라 있었다.

"왜 웃는 겁니까?"

"그냥. 재미있네요, 오랜만에."

여자는 여전히 미소를 머금고 있었지만 눈빛에서는 어쩐지 쓸쓸함이 묻어났다.

"카를로스 찾죠?"

"…… 아마도요."

나는 그렇게 대답하고는 여자에게서 고개를 돌려 멍하니 해변을 바라봤다.

"그 사람을 만나야 하는 건 맞는데, 뭔가 가물가물해요. 어지럽고."

"몸이 없어서 그럴걸요?"

다시 여자를 쳐다보자 여자도 나를 똑바로 쳐다보며 말을 이었다.

"진짜 몸이든 다른 인공육체든, 그런 거 없으면 사람은 그냥 데이터의 집합일 뿐이에요. 정신 바짝 차리지 않음 금세 흩어지거나 자기가 만든 다른 데이터랑 섞여버린다고요. 데이터든 몸뚱이든 입자의 집합일 뿐이지만, 아무래도 데이터 쪽이 느슨하고 흩어지기 쉽거든요."

무슨 소리인지 채 이해도 하기 전에 그녀가 재빨리 덧붙였다.

"아, 카를로스는 이미 만났을 테니 걱정 말고."

"…… 글쎄요, 뭐 어찌 됐든. 누굴 만난 기억은 없는데요, 웬 정신 나간 노인네 말고는."

여자가 쿡쿡 웃으면서 내 쪽으로 몸을 조금 틀자 붉은 머리칼이 새하얀 가슴팍으로 흘러내렸다.

"카를로스 그 인간은 여기저기 있어요. 엘리베이터, 땅바닥, 조명, 벽, 커피 머신, 공기 중의 네트워크 포자, 어디든지. 제가 완전히 녹아버린 거냐고 놀렸더니 걘 확장이라고 표현하더라고요?"

한숨을 쉬며 다시 해변을 바라봤다. 도통 알 수 없는 것들 천지였다. 안개가 낀 것처럼 흐리멍덩한 머리를 달고 그런 알 수 없는 것들 천지인 세상 한복판에 앉아 있는 것이었다. 나는 암실에 갇힌 장님이었고, 방음실에 갇힌 귀머거리였다. 이 모든 걸 환상이라고, 그냥 꿈이라고 생각하면 편할까. 하긴 '사후 가상 세계와 융합된 후 빛의 속도로 시간이 흘러버린 몇백 년 후의 미래'라니. 그게 환상과 다를 건 또 뭔가. 하지만 그래도 이 해변만큼은 기가 막혔다. 마치 세상 끝에서나 볼 수 있을 법한 아름다움이었다. 그러나 어딘가 구슬프고 쓸쓸한 인상이 옆에 앉은 여자의 눈빛과 닮아 있었다.

"심경이 복잡한가 봐요?"

여자가 비스듬히 일어나 앉더니, 다정하게 살펴주듯 내 어깨 언저리에서 고개를 기울였다.

"뭐 이해도 안 되고, 실감도 안 나고. 그냥 막막하네요. 신세 참 처량하게 됐다 싶어요."

여자는 나와 어깨를 나란히 한 채 해변으로 고개를 돌렸다. 바람이 여자의 머리칼을 부드럽게 흔들었다.

"야생동물은 자기연민에 빠지지 않는대요. 추운 겨울에 둥지에서 떨어진 아가 새도요. 사람도 처량하다, 비참하다 생각 안 하니까 무척 강해지더라고요. 주변이 어떻든 자기한테 집중해 봐요."

잔잔한 파도가 밀려와 백사장에 스며들었다. 나는 어깨만 슬쩍 들어 보이고 대답은 하지 않았다. 여자는 바람에 헝클어진 머리칼을 쓸어 넘긴 후 다시 말했다.

"실은 나도 여기가 낯설지만."

고개를 돌려 여자를 쳐다봤다. 여자의 눈꺼풀과 긴 속눈썹이

215

선글라스 안에서 천천히 깜빡이고 있었다. 여자의 눈동자는 마치 바다가 담겨 있는 것처럼 깊었다.

"여기 온 지 얼마 안 됐어요?"

여자는 고개를 저었다.

"그건 아닌데……."

"그러면요?"

"어떻게 설명해야 좋을까?"

잠시 생각하던 여자는 아예 몸을 틀어 나를 향해 앉더니 장난기 어린 미소를 지으며 검지를 까딱거렸다.

"가까이 와볼래요?"

여자는 자신의 팔로 등 뒤를 짚고는 슬쩍 몸을 뺐다.

"한 이만큼, 내가 뒤로 간 만큼 와봐요."

나는 대수롭지 않게 몸을 기울였다. 그러자 여자는 갑자기 내 어깨를 붙잡고 확 끌어당기더니, 내 목덜미를 깨물었다. 아프지는 않았지만 상황이 너무나도 당황스러워 나도 모르게 입이 벌어졌는데, 그 순간 여자의 감정과 기억이 마치 고압 전류처럼 갑작스럽고 난폭하게 신경을 파고들었다.

눈앞에 어두운 뒷골목이 생생하게 떠올랐다. 쓰레기 더미가 쌓이는 어느 상가 건물들의 뒤편인 것 같았다. 가슴이 문드러질 것만 같은 지독한 슬픔이 느껴졌다. 배신감과 서러움에 몸이 덜덜 떨리고 눈에서는 하염없이 눈물이 흘렀다. 여자의 자아는 마치 쓰레기봉투에서 터져 나온 오물들처럼 갈기갈기 흩어지는 중이었다. 여자는 말 그대로, 어느 겨울 둥지에서 떨어진 작은 새였다. 다음 순간, 여자는 어느 창고인지 연구실인지 모를 장소에서 눈을 떴다. 무수한 전선과 컴퓨터로 뒤덮인 어두운 공간이었다. 두 남자의 모습이 보였는데, 나는 그중 한 명이 카를로스라는 것을 여자의 기억을 통해 자연스레 알 수 있었다. 여자는 한쪽에서 투사되고 있는 자신의 홀로그램 영상을 발견하고 당장 끄라며 소리쳤다. 그들은 순순히 그렇게 한 후 여자에게 인공 육체를 선물했다. 비록 성인용품 제조회사에서 만든 싸구려 인공 육체였지만, 그 안에 자리 잡은 여자가 서서히 자아를 추스르고 기운을 내는 것이 느껴졌다. 원동력은 바로 '한'이었다. 여자는 카를로스 옆에 있던 남자를 따라가 그의 아파트에서 얼마간 머무르며 복수의 방향을 모색했다. 그리고 다시 거리로 뛰쳐나갔다. 세상은 빽빽하게 들어선 채 서서히 회전하고 있는 고층 빌딩과, 빌딩 외벽에 길게 매달려 있다 지하로 떨어져 내려가고 또 솟구쳐 올라와 정차하는 튜브 열차, 공중에서 파리처럼 정신없이 날아다니는 비행 차량과 드론, 지구상의 모든 언어로 현란하게 깜빡이는 간판들, 다양한 인종, 생경한 옷차림의 사람들과 각양각색의 로봇들로 가득 차 있었다. 여자는 차가운 유리로 만든 정글을 떠올렸다. 다시 다음 순간, 여자는 어느 왁자지껄한 선술집에서 접시를 나르고 있었다. 가뜩이나 후텁지근한 날씨에 일일 홀로그램 외장도 자메이카풍으로 꾸며져 무척 짜증이 나 있는 상태였다. 어쨌든 방금 전에 들어온 남자 세 명이 코카밤 보틀을 주문했기 때문에, 여자는 기본으로 제공되는 배양 닭고기 안주를 들고 그들의 테이블로 갔다. 그런데 한창 소자본 드론 택

배 터미널 창업에 대해 떠들고 있던 그들 중 한 명이 신사답지 못한 행동을 저질렀다. 여자의 성인용 인공육체에 혹해 강제로 옆에 앉힌 후 끌어안으려 했던 것이다. 자메이카 레게통 음악이 신나게 흘러나오는 가운데, 화가 난 여자의 주먹이 그의 두개골을 관통했고 술집은 완전히 아수라장이 됐다. 다행히 남자의 진짜 두뇌는 데이터금융회사에 보관된 채 인격만 스트리밍 받고 있던 중이었기에, 법적 처벌이나 피해가 크지는 않았다. 이후로도 본체가 다른 곳에 있다고 호기를 부리는 작자들이 여러 번 여자를 괴롭혔으나 여자는 적절히 대처하며 복수 대상인 흑사회에 대한 정보를 모았다. 다음 순간, 여자는 모래바람이 휘몰아치는 전장에 있었다. 사후 가상세계와의 대융합 이후 첫 번째 큰 전쟁은 여자가 슬픔에 잠겨 쓰레기 더미 속에 웅크려 있던 시절 이미 지나가버렸다. 그때만 해도 전쟁의 주체는 국가나 공공단체였지만 지금은 기업이 군대를 움직였다. 여자는 '마오웨이 전자'의 제3마케팅 보병대에 고용된 이후 사람과 싸워본 적이 없었다. 여자의 적은 사람들이 아니라 방사능 무기나 인공지능 무기였다.

여자는 전쟁 내내 로봇이나 인공지능 탱크, 인공지능 전투기와 싸우며 오염된 전장의 화신으로 자리 잡았다. 인공육체는 한계에 달하고 있었지만 계좌에는 캐시가 척척 쌓여갔다. 그렇게 큰 전쟁이 두어 차례 지나자 세상에서 온전한 몸을 간직한 사람을 찾기란 매우 어려웠다. 많은 사람이 인공육체에 탑재됐고, 그게 아니더라도 어디 한 부분이 사이보그였다. 다음 순간, 여자는 카를로스가 가져온 고급 인공육체를 인수했다. 여자의 생전 모습과 거의 똑같은 모습의 주문생산 제품이었다. 가슴 사이즈를 약간 키워서 주문하긴 했지만, 한 마디 없는 새끼손가락과 오른쪽 팔꿈치의 작은 흉터는 그대로 재현되어 있었다. 그렇게 다시 부활한 자신의 모습을 보니 가슴이 벅차고 만감이 교차했다. 여자는 새 인공육체를 베이스로 삼고 기존의 성인용 인공육체는 인천 제1호 메갈로타워 건설 현장에 파견했다. 메갈로타워가 완공될 때쯤, 그 최상층에서 감상한 인천 앞바다의 풍경은 어쩐지 여자의 향수를 불러일으켰다. 자가 정신분석기를 돌려 기억을 검색해보니 어린 시절 옆에 앉았던 남자애의 필통에 그려져 있던 그림이 출력됐다. '드라고나V'라는 이름의 로봇이 창공으로 치솟고 있는 장면이었는데, 그 배경으로 그려진 잿빛 바다와 우중충한 하늘, 낮에 뜬 달과 과장되게 그려진 기류가 영락없이 눈앞의 풍경과 닮아 있었다. 까마득한 세월이 흘러 접하게 된 풍경에서 그리움을 느끼다니. 여자는 쓸쓸하게 웃었다. 같은 시간, 여자의 본체는 몸에 밀착되는 은색 승무원 유니폼을 입고 우주선 복도에 둥둥 떠 있었다. 물질과 데이터 간의 경계가 없어진 후 우주 항해술은 거칠 것 없이 발전했고, 인류는 이미 태양계 밖에도 터전을 마련한 상태였다. 은하계를 넘나드는 다른 우주선들에 비하면 지금 여자가 승선해 있는 텍사스마르스 항공의 화성 정기 왕복은 그저 시골 마을을 오가는 버스나 다를 바 없었다. 여자는 중국어, 영어, 화성 방언순으로 비상시 대처 요령을 복창하고 기내식을 가지러 들어갔다. 이번에 내올 것은 배양 비프 튀김이었다. 다음 순간, 십수 년간 축적한 캐시가 사라져버렸다. 카를로스도 손쓸 방법이 없다고 했다. 추적이 불가능한 위치에서의 해킹이라는 것이다. 흑사회와 중화 스카이는 나날이 경비를 강화하고 있었지만 여자는 이제 빈털터리였다. 또다시 질식할 것 같은 절망이 덮쳐 왔다. 그러나 여자의 사무친 한이 자기연민을 방어했다. 여자는 온갖 종류의 성매매와 가상 자극을 취급하는 기획사에 자신의 스펙을 발송하고, 곧바로 고수익 직장에 몸을 담았다. 섹스에도 장비와 설비가 필요한 시대였다. 여자는 대부분의 경우 자아를 차단하고 보조 인공지능으로 근무했지만, 육체만으로 만족할 수 없는 고객의 경우 정신적 반응도 제공해야 한다는 것이 사칙이었기 때문에 가끔은 정신을 차려야 했다. 거기 있는 동안 성격이 싹싹한 어느 스트립댄서와 언니, 동생 하며 친하게 지냈으나 알고 보니 '그것'은 로봇이었다. 다음 순간, 갑작스러운 냉기가 몸을 찔러댔다. 여자는 눈 쌓인 숲을 지나 어느 호화로운 별장에 숨어들었다. 그러고는 침실로 잠입해 가상 시뮬레이션에 빠져 있는 한 남자의 마그네슘 척추를 뽑아냈다. 그러자 실시간으로 엄청난 캐시가 입금됐다. 데이터뱅크를 폭파했을 때, 우주선을 추락시켰을 때, 머나먼 행성에서 어느 여자의 데이터를 사로잡아 돌아왔을 때, 그때마다 캐시를 표시하는 숫자가 신나게 불어났다. 선금 2천에 잔금 8천, 외항성계 출장 시 추가요금 별도. 여자는 은하계를 암행하는 붉은 머리의 해결사였다. 여자의 개인적인 복수 대상 대부분은 이 해결사 일을 하는 동안 틈틈이 처리되었다. 다음 순간, 여자는 다시 카를로스와 만났다. 그러나 카를로스는 이제 실체가 없었다. 그러나 모든 곳에 존재했다. 여자가 녹아버린 거냐고 놀리자 어딘지 짐작도 안 가는 곳에서 확장이라고 변명하는 그의 목소리가 들려왔다. 여자는 철제 침대에 누운 후 인공육체를 업그레이드하기 위해 잠시 자아를 차단했다. 다음 순간, 여자는 해변을 바라보고 있었다.

"여기까지."

정신이 계속 아찔아찔하고 얼굴에 경련이 일었다. 여자가 공유한 기억과 감정이 온몸을 헤집고 돌아다녔다. 내게 보여줘도 괜찮았을 단편적인 것들이긴 했지만, 그마저도 너무 방대하고 생생해서 머릿속이 얼얼했다. 마치 신내림이라도 받은 느낌이었다.

"그렇게 껐다 켰다 일만 해서 지금 이 시대가 좀 낯설어요."

여자가 그렇게 말하며 예의 그 쓸쓸한 미소를 지어 보이는데, 물끄러미 그 미소를 바라보고 있자니 여자에게 묘한 감정이 느껴졌다. 연민인지, 동정인지. 아니면 경외심인지. 여자를 처음 봤을 때 그 아름다움에 매료되어 느낀 것과는 사뭇 다른 종류의 감정이었다. 여자에게 뭔가 말하고 싶었지만 무슨 말을 해야 할지, 어떤 표정을 지어야 할지 판단이 서지 않았다. 나는 애매한 미소를 입가에 띤 채 내 목덜미만 만지작거렸다.

"지금 세상 보니까 좋은 시절은 다 지나간 것 같네요."

여자가 그렇게 말하고는 손을 들어 선글라스를 한 번 추켜올렸다. 모르고 봤을 땐 미처 몰랐지만 정말 왼손의 새끼손가락 한

마디가 없었다. 나는 그 모습에도 괜히 마음이 아려와 말없이 고개만 주억거렸다. 그때, 필리스 방향에서 요란한 마찰음이 들려왔다. 고개를 빼 들고 소리 나는 곳을 바라보니 해변 반대쪽 아랍식 기둥에 붙어 있던 셔터 대여섯 개가 한꺼번에 올라가고 있었다. 무슨 일인가 싶어서 계속 쳐다보는데, 곧바로 수십, 수백여 개의 검은 구체가 비눗방울 퍼지듯 조용히 쏟아져 들어오는 게 보였다. 나는 자연스레 알게 된 이름을 중얼거렸다.

"이슬 씨……."

목소리가 덜덜 떨리고 있다는 것은 말을 내뱉고서야 알았다. 모든 게 가물가물하고 희미했지만 대여섯 개의 구체가 주변의 모든 것을 먼지로 만들어버렸던 것만큼은 생생히 떠올랐다. 그런데 이번에는 수백이었다. 이슬을 데리고 도망쳐야 할까. 도망칠 수 있을까. 도망친다면 어디로 도망쳐야 할까. 아니나 다를까 회랑 안으로 쏟아져 들어온 구체들은 지체 없이 레이저를 쏘기 시작했다. 바라데로 해변은 마치 라이터를 갖다 댄 낡은 인화 사진처럼 순식간에 타들어갔다. 웅크린 몸이 덜덜 떨려왔다. 다리를 움직일 엄두도 나지 않았다. 그때 이슬이 붉은 머리칼을 쓸어 넘기며 해변용 의자에서 일어났다.

"후, 귀찮게 하네."

이슬은 헐렁한 항공 점퍼에서 왼쪽 팔만 빼내고는, 앞으로 몇 걸음 걸어 나가 그 팔을 구체들을 향해 들어올렸다. 그러자 이슬의 팔이 순식간에 가루로 부서졌다가 다시 합성되는 듯한 과정을 거쳐 날렵한 자주포 형태로 변형되더니, 그 즉시 전자기 충격파 같은 것을 무차별 난사하기 시작했다. 이슬의 공격에 구체들은 속수무책이었다. 이렇다 할 저항도 없이 마치 스위치를 내린 듯 앞 열부터 차례로 백사장에 푹푹 처박혔다. 그렇게 수 초가 흐르자 더 이상 작동하는 구체들은 찾아볼 수 없었다.

"저것들은 쉬워요."

이슬이 돌아서며 말했다. 그러자 그 말에 대답이라도 하는 것처럼, 이번엔 반대편에서 아예 벽을 깨부수는 소리가 들려왔다. 그리고 집채만 한 몸집의 괴물 대여섯 마리가 회랑 안을 뒤흔들며 쳐들어왔다.

"저것들은…… 좀 까다롭고."

이슬은 왼쪽 팔을 다시 원래대로 변형시키고는 반만 걸치고 있던 항공 점퍼를 마저 벗어 해변용 의자 위에 던졌다. 괴물들은 몸집이 큰 인간 같기도 하고 고릴라 같기도 한 형태였는데, 키가 적어도 3미터는 되어 보였고, 한 설음 한 설음 내디딜 때마다 온몸에 드러난 우람한 근육들이 꿈틀거렸다. 머리는 찾아볼 수 없었다. 어깨 사이에 검은 구체가 박혀 있었는데 그게 머리 역할을 하는 것 같았다. 그때 어느 한 놈의 검은 구체가 갑자기 표면에 하얀빛을 띠며 깜박거렸다. 그러자 이슬이 지척에서 다급하게 소리쳤다.

"빨리 내 뒤로 와요!"

그러나 다리에 힘이 들어가지 않았다. 공포심이 온몸을 옥죄었다. 괴물이 전자기 충격파를 발사한 후 곧바로 이슬도 내 뒤쪽에서 어떤 에너지 장막 같은 것을 방출한 것이 느껴졌지만, 괴물 쪽이 좀 더 빨랐다. 이슬의 에너지 장막이 완전하게 내 앞으로 뻗어 나오기도 전에 괴물이 쏜 충격파가 내 안면을 강타했다. 순간 욕조 속에 머리를 집어넣은 것처럼 모든 소음이 묻히고 정신이 아득해졌다. 나는 회랑 안 가득히 넘실거리는 괴물들의 위협적인 어깨에 시선을 뒀다. 그러나 아무것도 움직이지 않았다. 아무 소리도 들리지 않았다. 나 또한 무한히 느린 속도로 여전히 나자빠지고 있는 중이었다. 그렇게 시간이 멈춘 듯한 상태에서, 회랑 안이 마치 전등을 켜듯 저 끝에서부터 텅, 텅, 텅, 텅, 차례차례 밝아져왔다. 그 밝은 빛이 닿는 곳마다 벽체가 바뀌고 바닥이 바뀌고, 거대한 괴물들은 그만치 군집해 있는 평범한 사람들로 바뀌었다. 이윽고 빛이 내가 있는 곳까지 도달해 주변을 비추자 그제야 다시 시간이 흐르기 시작했다. 지하도 안 가득히, 사람들이 북적거렸다. 그들의 어깨와 머리 사이로 태하가 보였다.

가게마다 내걸어 놓은 온갖 상품이 통행로의 반을 차지하고 있다. 지하도에서 북적대는 사람 중엔 마음에 드는 옷이나 구두, 액세서리를 구경하느라 여기저기 멈춰 있는 이들이 반이고, 어디론가 가기 위해 걷는 이들이 반이다. 태하가 그 사람들 사이를 이리저리 헤치며 앞으로 나아간다. 사람들이 떠드는 소리, 구두굽이 대리석 바닥에 부딪히는 소리, 상점들마다 틀어놓은 유행가가 한데 섞여 들려온다. 앞에서 걷던 사람들이 갑자기 걸음을 멈추자 태하도 잠시 멈춰 선다. 그러자 뭔가가 태하의 장딴지를 건드린다. 태하가 뒤를 돌아보니 상가 내에서 음식을 배달하는 남자가 잔뜩 찌푸린 얼굴로 손수레 손잡이를 쥐고 서 있다. 태하가 말없이 길을 비켜주자 바로 오른편에 있는 여자옷 가게로 손수레를 밀고 간다.

"아아, 나 3주 내내 아침 일곱시까지 마신 거 알어? 아주 죽갔어, 씨발."

남자가 손수레를 세우며 말했다. 그러자 앳되어 보이는 여자 점원 두 명이 나오며 깔깔댄다. 두 명 모두 피부를 태닝했고, 머리칼을 밝은색으로 물들였다. 남자가 손수레의 커버를 열어 비닐랩에 싸인 김치찌개와 순두부찌개를 건네자 여자 점원 한 명이 신문지 위에 음식을 내려놓는다. 그동안 다른 여자 점원이 남자에게 말을 건넨다.

"얘 어제 진짜 대박이었잖아. 이제 그 술집 못 가. 쩔었대니까 진짜?"

"왜, 왜? 또 뭔 사고 쳤어?"

태하가 사람들 사이를 이리저리 헤지며 걸어간다. 각 상점의 점원들이 주문한 음식 냄새, 구두 가게의 가죽 냄새가 난다. 상점 수십 개를 지나쳐 직선 통로 끝에 이르자 널찍한 원형 광장이 보인다. 광장은 각기 다른 방향의 직선 통로들과 이어져 있고, 그 통로들에도 상점이 빽빽하게 들어서 있다. 광장 중앙은 아래층과 통하는 나선계단이다. 태하가 그 계단을 통해 지하 2층으로 내려간다.

아래층도 광장을 중심으로 똑같이 갈림길이 나 있지만 인적이 훨씬 드물다. 큼직한 자갈 무늬 바닥은 습기 때문에 미끌미끌하고, 천장에는 갈매기 모양이 찍힌 석고보드가 다닥다닥 붙어 있다. 미세하게 떨리는 형광등이 그 사이사이에 박혀 어슴푸레하게 지하도를 비추고 있다. 태하가 왼쪽에 난 지하도로 들어선다. 초입에 있는 나비분식이라는 식당에서 들기름 냄새가 풍겨온다. 반대편에 있는 작은 수선집에서는 재봉틀의 모터 소리, 다리미가 스팀을 뿜는 소리가 들려온다. 그 앞쪽에 있는 상점들은 대부분 셔터를 내려놓고 있다. 십자수 용품점과 열쇠집에만 불이 켜진 상태다. 문 닫은 상점들 사이를 20미터쯤 걸어가자 네온 간판 하나가 눈에 들어온다. 야자수 그림과 함께 'BAR 코파카바나'라고 적힌 간판이다. 가까이 가자 노란 가죽을 댄 방음문이 네온 간판과 다른 상점의 셔터 사이에 붙어 있다. 태하가 그 문을 밀고 안으로 들어간다.

나무로 짠 기다란 바 카운터와 테이블 두세 개가 보인다. 바 안쪽엔 갖가지 술병들이 놓여 있고, 그 옆에 '팥빙수, 콩국수 개시!(김밥 됩니다)'라고 쓴 종이가 붙어 있다. 파마머리를 누렇게 염색한 50대 여주인은 테이블 사이에 고인 물을 빗자루로 쓸어내고 있는 중이다. 테이블 쪽 벽면에 걸린 전자 벽시계는 오후 네시를 표시하며 깜빡인다.

"지하수 펌프가 또 고장 났었대. 여기가 전부 물바다였단 게 믿겨지나?"

바의 왼쪽 구석에 앉아 있던 카를로스가 말한다. 태하가 카를로스에게 다가가며 한쪽 벽면에 놓인 아케이드 게임기를 슬쩍 쳐다본다. 운전대와 총 모양 조종기가 붙은 게임기다. 기계 측면에는 석양과 야자수를 배경으로, 선글라스를 쓴 총 든 남자와 빨간 페라리가 그려져 있고, 그 위에 '마이애미 샷건'이라는 핑크색 글씨가 날아갈 듯이 적혀 있다. 화면에서는 빨간색 페라리 테스타로사에서 몸을 내민 남자가 석양에 물든 고속도로를 질주하며 샷건을 난사하는 중이다. 하지만 금세 야자수를 들이받고 폭발해버리자 코인을 넣으라는 글자가 떠오른다.

태하가 카를로스 옆자리의 높다란 스툴을 잡아끌자 철제 받침이 바닥을 긁으며 스르렁 소리를 낸다. 바 카운터 표면에 깔아놓은 노란 비닐 장판에는 여기저기 담뱃불로 지진 자국이 수두룩하다. 바 카운터 안쪽 오른편에는 하얀 타일이 붙은 작은 주방이 있고, 거기서 배리 매닐로의 〈코파카바나〉라는 노래가 나지막하게 흘러나온다.

"원래 지하 2층은 문제가 많았어."

태하가 의자에 앉으며 말했다.

"공사할 때부터 한다, 안 한나, 위험하나, 안 위험하다, 예산 있다, 없다, 지랄이란 지랄은 다 떨고 나선 이 모양으로 만들었지."

카를로스가 고개를 끄덕이며 컵을 입으로 가져갔다. 태하가 여주인을 돌아보며 손가락으로 바 카운터를 두드리자 여주인이 고개를 들어 태하를 본다.

"마티니 돼요?"

여주인이 빗자루를 테이블 옆에 세워두고 이쪽으로 걸어온다. 바 카운터 끄트머리의 경첩 달린 부분을 들어 올려 안으로 들어가서는, 선반에서 진과 드라이 베르무트 병을 집어 식당에서 보리차 컵으로 많이 쓰는 플라스틱 컵에 대충 붓는다. 그러고는 냉장고에서 올리브를 꺼내 이쑤시개에 끼운 후, 그걸로 컵 안을 몇 번 휘저어 태하 앞에 내민다. 그리고 말없이 테이블 근처로 돌아가 다시 빗자루를 잡는다.

"특별히 여기를 좋아하는 이유라도 있냐?"

태하가 자기 앞에 놓인 컵을 내려다보며 물었다.

"그냥 고향이랑 분위기가 비슷해. 낮술 파는 데가 많지도 않고."

태하가 손을 들자 비닐 장판의 습기 때문에 쩍 소리가 난다. 컵을 집어 술을 한 모금 마시고는 한쪽 눈썹을 들어 올린다.

"술맛은 괜찮은데? 비주얼은 떡볶이 가게지만."

카를로스가 웃는다.

"세상이 변했다 변했다 하지만 좀 늦게 변하는 것들도 있기 마련이지. 하루가 멀다 하고 초고층 인공지능 빌딩들이 올라가고 있지만 아직도 침수가 걱정인 이런 데도 있고. 다들 최신 폰을 사고 팔에 암터미널을 달지만 너같이 구식 스마트폰 쓰는 놈도 있고. 술집 간판은 네온에서 홀로그램으로 바뀌었지만, 술 섞는 레시피는 어지간해선 안 바뀌어. 그게 현실이야."

"…… 별이 폭발해도 별빛은 사라지지 않는 거랑 비슷한 건가."

"허! 지랄, 그건 또 무슨 좆 까는 소리야? 어제 일이나 자세히 썰 풀어놔봐, 어떻게 된 건지."

태하가 아바나 한 개비를 꺼내 물고 불을 붙이자 카를로스가 재떨이를 태하 가까이 밀어 놓는다. 작은 스테인리스 재떨이에 젖은 휴지가 깔려 있다.

"아까 말한 대로야."

태하가 연기를 뿜는다.

"그 마야라는 게 대체 뭔데?"

"나도 몰라. 마약? 가상현실? 모르겠어. 내가 아는 건 지하철에서 난리 친 여자랑, 한나라는 개를 찾아달라고 했던 외국인이랑, 그리고 한나 친구랑 한나, 그리고 그 나라다라는 곳에 있던 사람들, 그 인간들 전부 목뒤에 연꽃 모양 반점이 있었다는 거. 그거밖에 없어. 거기 중국 놈 둘이 끼어 있긴 한데…… 몰라, 아무튼 전부 다 목뒤에 연꽃 모양 반점이 있었어."

"그 여자애는 뭐라는데?"

"아, 걘 그냥 또라이야. 뭔 소릴 하는지 알아먹을 수가 없어. 그냥, 걔가 하는 말을 이해한다기보다는, 걔 상태를 보고 아는 거지."

"어떤데?"

"그 마야라는 게 어떤 가상현실을 보여주나 봐. 현실보다 더 현실 같은. 못 하면 자살하고 싶을 정도로 중독성이 강한 가상현실."

"그게 어떤 식인지 알 것 같나?"

태하가 고개를 젓고는 술을 한 모금 마신다.

"무슨, 무슨 약을 먹었다고 했어. 아마 그게 걔 컴퓨터 안에서 나온 그 약일 거야. 근데 그 약만으로는 아무 효과도 없었다고 했는데……."

"약?"

"나노봇 정제. 그냥 평범한 나노봇 정제. 근데 그것만으로는 소용이 없다고 했어. 처음엔 그 중국 놈이 핸드폰으로 뭘 작동시켰고, 그 후엔 나라다라는 곳에서 마야를 체험한 거지."

"그거 스위트룸이군. 나노봇을 먹고 경추에 원격 플러그가 생성되면 그걸 통해 가상현실 소프트웨어를 뇌에 흘려보내서 환상을 체험한다, 원리가 똑같잖아?"

"아니, 스위트룸은 아니야. 걔넨 스위트룸이 공개되기 훨씬 전에 마야에 중독돼 있었어. 그리고 스위트룸이 사람을 그렇게 병신으로 만들진 않잖아. 플러그 모양부터가 달라."

"플러그 모양?"

카를로스가 웃는다.

"그런 건 안 중요해, 전혀. 생각해보라고. 넌 멀쩡한데 왜 대웅만 중독이 됐을까? 그 마야라는 게 뭐든 간에 그 데이터를 받아들일 만한 플랫폼이 있었기 때문이야. 근데 며칠 전에 암터미널을 달아줬을 때만 해도 대웅한테 그럴 만한 장비는 없었어. 그때 검사를 해서 다 알지. 어깨에 나타나는 얼룩 고양이 문신 나노봇, 골 전도 방식 음악 재생 나노봇, 그게 대웅 몸에 심어져 있던 전부였어. 뇌와는 직접적인 관계가 없는 것들이지. 그나마 음악 재생 나노봇도 암터미널 삽입하면서 배출시켰다고. 한마디로 눈, 코, 입, 귀, 피부를 제외하면 대웅의 입력장치는 그 스위트룸 플러그밖에 없었단 거야. 네 말대로 플러그 모양은 달라. 근데 그 둘의 플러그가 호환되는 거라면, 결국 시리즈나 유사품일 거란 말이지."

태하가 담배 연기를 뿜으며 잠시 미간을 찌푸린다.

"모르겠어. 그럼 그 중국 놈들은 뭐야? 스카이텔레컴 같은 거대 기업이랑 중국 양아치 새끼들이랑 대체 뭔 관계가 있는데?"

카를로스가 술을 들이켠다. 뜨거운 숨을 내뱉는다.

"글쎄, 어쩌면 스카이텔레컴이 은밀한 부수입을 올리고 있는 건지도 모르지. 핸드폰 요금 청구서에 마약값을 적어 넣을 순 없을 테니까."

"말이 돼? 누가 그렇게 부수입을 올리냐? 마야가 알려지면 제일 먼저 의심받는 게 스카이텔레컴이야. 나도 처음에 스위트룸을 생각했고, 지금 너도 그렇잖아. 저 아줌씨한테도 말해주면 똑같이 생각할걸? 걔넨 지금 인천시 전체를 먹으려고 하는데 그깟 약값 때문에 일 망치려고 하겠어? 오히려 지들이 나서서 나라다를 없애려고 그러지."

"흠, 그건 그래. 이해가 안 가는 부분이 있긴 해. 하지만 스위트룸하고 마야가 비슷한 건 사실이야. 네 말대로, 누구나 의심할 정도로 말이지."

카를로스가 수염을 쓰다듬으며 말을 잇는다.

"그런데 정말로 이해가 안 가는 건 말이야, 마야라는 게 정말로 스위트룸 같은 방식으로 작용하는 거라면, 그 나라다라는 장소는 대체 왜 있냐는 거야. 얼마든지 네트워크를 통해서 마약을 주고받을 수 있다는 것이 최대의 장점인데, 대체 왜 거기 모여서 그 짓거리들을 하고 있었을까? 그 중국인한테는 다시 연락해봤나?"

태하가 연기를 뿜으며 고개를 젓는다.

"꺼놨어. 추적이 안 돼."

"그럼 같은 방법으로 다시 찾긴 힘들겠군. 보나 마나 핸드폰

아이디도 가짜겠지."

태하가 재떨이에 재를 턴다. 카를로스가 컵을 흔들어 술을 빙빙 돌리다가 묻는다.

"대응은 어때?"

"모르겠어. 이따 병원에 들를 거야."

카를로스가 고개를 끄덕인다.

"그, 와이프 일은 잘됐어. 사실 좀 놀랐지만."

태하가 카를로스를 바라보자, 카를로스가 고개를 돌리며 말을 잇는다.

"뭐, 그렇잖아. 사실 그 부분은 너한테 좀 문제가 있다고 생각했었어, 정신적으로. 물론 존재하는 사람이니까 실종 신고가 접수됐겠지만, 넌 아무런……."

"무슨 뜻인지 알아."

카를로스가 고개를 끄덕이며 묻는다.

"많이 사랑했나?"

태하가 셔츠 주머니에서 폴라로이드 사진을 꺼낸다. 번쩍이는 라텍스 속옷을 입은 여자가 등과 목덜미를 보인 채 고개를 돌려 카메라를 쳐다보고 있다. 목덜미에는 이상한 금속 장치가 붙어 있고 그 주위에는 넝쿨 문양 문신이 그려져 있다. 등에 줄줄이 박힌 고리 모양 피어싱에는 보라색 리본이 꿰어져 코르셋처럼 피부를 당기고 있다.

"사랑? 솔직히 잘 모르겠어. 몰라, 막연하고 가물가물해."

"그럼 왜 그렇게 찾으려는 거야?"

태하가 가만히 자기 앞의 물컵을 내려다본다. 그러고는 컵을 들어 천천히 흔든다.

"한나 그 또라이 년이 그러더라. 이게 진짜 세상인 걸 증명할 수 있느냐고. 글쎄, 예를 들자면 난 그냥 언젠가부터 이 마티니였던 것 같아. 그러니까 원래 마티니였다는 건 말이 안 되는데도, 정신 차려보니 마티니인 채로 이런 컵 안에 들어 있는 거지. 내가 뭐랑 섞여서 이 마티니가 됐고 왜 이런 컵에 들어 있는지, 적어도 같이 있던 올리브는 알지 않을까? 그리고 올리브가 정말 있다면, 적어도 내가 마티니가 맞다는 건 확실해지지 않을까?"

카를로스가 잠시 생각에 잠겼다가 이내 얼굴을 찌푸린다.

"너 오늘 좆 까는 소리 여러 번 하는구나. 무슨 뜻인지 전혀 모르겠어. 그래, 옛날 일은 기억이 안 나?"

태하가 마티니를 한 모금 마시고 말한다.

"계속 이상한 꿈을 꿔. 어떤 남자에 대한 꿈인데, 그 남자도 사기 아내를 잃었어. 그 남자가 아버지를 만나고, 자기 아내가 어디 있느냐고 묻고, 이상한 델 헤매고. 몰라, 그런 꿈이 계속 이어지는데, 어쩌면 그게 내 얘기인가 싶기도 하고……."

카를로스가 또 생각에 잠기다가, 또 그만둬버린다.

"뭐 어쨌든, 그 사진이 나온 걸 보면 올리브가 정말 있긴 있었던 모양이야. 그럼 너도 진짜 마티니가 맞는 거겠지, 응? 내 해석이 맞아?"

태하가 피식 웃자, 카를로스가 사진을 건너다보며 말을 잇는다.

"그 올리브가 아주 화끈했나 본데? 목뒤에 그건 뭐지?"

"모르겠어."

"스위트룸? 마야? 비슷하지만 둘 다 아닌 것 같군."

"이럴 여자가 아니야. 뭔가 곤경에 처해 있거나……. 아무튼 빨리 찾아야 돼."

카를로스가 컵에 남은 술을 한 번에 비우고, 뜨거운 콧김을 뿜으며 말한다.

"조심해. 나라다라는 이상한 클럽, 마야, 이런 것들이 정말 스카이텔레컴이랑 관계 있다면 너 상당히 위험해질 수도 있어. 자기들 구린 데가 드러난다고 하면……."

"난 내 마누라만 찾으면 돼."

카를로스가 어깨를 으쓱해 보인다.

"심플한 목표군. 그래, 이제 어쩔 건가?"

"호랑이 굴까진 아니어도 굴 근처는 가봐야지. 뭘를 좀 알아낼 수 있을지는 모르겠지만."

"밥은 먹고 다니는 거야?"

태하가 카를로스의 어깨를 툭 치고 자리에서 일어나자 의자가 밀려나며 스르렁, 소리를 낸다.

"국밥 한 그릇 사 먹고 오는 길이야. 이번 수당 계좌로 보냈으니까 한 잔 더 하고 들어가."

"오오, 무쵸 그라시아스! 안 그래도 형 때문에 밤을 꼬박 새워서 실컷 퍼마시고 기절하려던 참이었어. 그 흑표단 놈들 명단, 위치, 요주의 인물 차량, 그런 거 다 캐주느라 뇌가 녹는 줄 알았거든."

"리카르도? 어쩔 생각이래?"

"곧 전쟁이 시작될 거야. 운 좋은 놈은 살고, 운 나쁜 놈은 죽고. 그런 거지, 뭐. 리코도 아주 리코다운 방식을 준비하고 있더라고. 참나, 그런 거 조종하는 기사 양반은 어떻게 또 구했는지……."

"무슨 방식이길래? 뭘 조종해?"

"나중에 뉴스로 봐. 아주 크게 하나 터질 테니까."

태하가 대수롭지 않게 웃고는 지폐 몇 장을 카운터에 올려놓는다. 그러고는 홀을 가로질러 가죽 방음문의 손잡이를 잡아당긴다.

"모히토 한 잔 줘보쇼."

뒤에서 카를로스의 목소리와 빗자루 놓는 소리, 페라리 한 대가 또 한 번 폭발하는 소리가 들린다.

*

인천항역 출구가 이블아이의 렌즈 안쪽에서 점점 확대된다. 반쯤 뜯겨 나간 널빤지, 어지러운 낙서들, 찢어진 벽보로 도배된 벽이 보인다. 널빤지 안쪽은 새까만 어둠이다. 태하가 이블아이의 배율을 조정해 시야를 조금 넓히자, 계단을 덮은 지붕과 '인천항역 2번 출구'라고 쓰인 플라스틱 기둥이 보인다. 주위에는 아무도 없다. 계단 위엔 쓰레기뿐이다. 와이퍼가 앞 유리창을 훑고 제자리로 돌아간다. 태하가 다시 왼쪽 테를 만져 길 건너의 1번 출구와 60~70미터 앞쪽의 3번, 4번 출구를 차례로 관찰한다. 아무도 없다. 버려진 상가 건물들, 깨진 네온사인, 플라스틱 간판들. 지저분한 거리에는 사람도 차도 보이지 않는다. 적막한 사거리 한가운데에서 신호등만 색을 바꾼다.

태하가 좌석 밑에서 권총을 끄집어내 바지춤에 꼽고 차에서 내린다. 바로 오른편에 낡은 상가가 서 있다. 간밤에 불빛과 그림자가 어른거렸던 곳이다. 태하가 2층을 올려다보며 이블아이의 배율을 조정하자 다 뜯어져 나간 천장과 벽면이 슬쩍 비친다.

태하가 상가 입구로 걸어간다. '철거 예정'이라고 적힌 빨간 테이프가 둘러져 있다. 가슴께에 있는 테이프는 위로 걷고, 허리 아래에 있는 테이프는 발로 밟아 안으로 들어간다. 입구를 얼기설기 가로지른 판자들을 발로 걷어차자 마른 먼지를 날리며 힘없이 부서진다. 상가 안 바닥에 널린 깨진 타일 조각들이 태하의 발밑에서 지그럭거린다. 콘크리트 부스러기, 나무토막, 찢어진 벽지, 부탄가스 캔이 바닥에 널려 있다. 2미터쯤 안쪽으로 들어가니 어두워서 앞이 잘 보이지 않는다. 태하가 이블아이의 오른쪽 테를 만져 나이트 스코프 모드를 작동시키자, 밝은 초록색 영상이 렌즈 안쪽에 떠오르며 천장의 배관들, 무너진 구획, 철근이 드러난 벽, 바닥의 쓰레기들을 비춰낸다. 기다란 복도 양옆으로는 가게들의 뒷문이 있던 자리가 보인다. 문틀은 부서지거나 뽑혀 나갔고 유리벽을 지탱하던 철제 틀과 구멍 뚫린 석고 벽들만 남아 있다. 좀 더 복도 깊숙이 들어가자 다른 영업장이 있던 구역이 나온다. 시멘트 바닥 위에 스티로폼 조각들이 흩어져 있고 한쪽 구석엔 수도관이 솟아 있다. 오른편엔 낡은 좌식 테이블이 층층이 쌓여 있고, 천장에는 알루미늄 연통들이 매달려 있다. 태하가 좀 더 안쪽으로 들어가 주변을 둘러본다. 무너진 타일 벽, 깨진 소변기, 화장실 칸막이들, 아직 붙어 있는 세면대와 수도꼭지들이 앞을 가로막고 있다.

냐아앙.

태하가 뒤를 본다. 검은색, 노란색, 흰색이 섞인 얼룩 고양이 한 마리가 엉거주춤하게 서서 이쪽을 보고 있다. 태하가 발을 끌며 완전히 돌아서자 복도 반대쪽으로 달아난다. 그러고는 복도 끝에서 왼쪽으로 방향을 틀더니, 이내 시야에서 사라져버린다. 태하가 고양이를 따라 반대편 복도 끝으로 걸음을 옮긴다.

복도 끝에 위로 올라가는 계단이 보인다. 계단 한쪽에 걸쳐진 기다란 모탕 주변에는 썩은 톱밥과 나무토막이 널려 있다. 계단 난간은 뽑혀 나가고 없다. 계단을 오르자 직각으로 연결된 녹색 선들과 그 선들에 붙은 녹색 면들이 이블아이 속에서 입체적인 단차를 만들어낸다. 그런데 그 단차의 끝에 뭔가가 있다. 태하가 걸음을 멈추고 배율을 조정하자 이블아이 안쪽에 가부좌를 튼 노인의 형체가 서서히 떠오른다. 푹 팬 눈가와 튀어나온 광대뼈. 정수리 근처에서 묶은 백발은 여기저기 삐져나와 거의 산발이다. 턱에는 턱수염이 늘어져 있고, 가슴에는 하얀 잔털이 卍자 모양으로 나 있다. 앙상하게 메마른 몸엔 천 조각 하나만을 걸치고 있다.

"어이."

태하가 노인을 불렀다. 하지만 대답이 없다. 미동도 하지 않은 채, 두 팔을 갈비뼈 옆으로 늘어뜨리고 양손의 손가락을 세워 합장하고 있는 중이다. 포갠 다리와 아랫배 사이에는 작은 항아리가 놓여 있다.

"어이."

태하가 계단 몇 개를 더 올라 노인 앞에 선다. 노인의 뒤쪽은 2층 복도다. 내부가 1층과 비슷하게 생겼지만 훨씬 덜 부서진 상태다. 바깥쪽 창가도 널빤지로 막혀 있지 않아서 복도 군데군데에 어스름한 빛이 들고 있다. 태하가 이블아이를 벗어 바지 주머니에 집어넣는다.

"여자아이는 잘 데려다줬는가?"

태하가 깜짝 놀라며 노인을 바라본다.

"뭐라고요?"

"벌거벗은 여자애."

노인이 잔뜩 쉰 목소리를 울리며 말했다.

"보고 있었습니까?"

"뭣이 나뭇가질 흔들고, 뭣이 비구름을 모으는지, 그것을 꼭 봐야 아는 것은 아니지."

태하가 미간을 찌푸린다.

"뭐 하는 거예요, 이런 데서?"

"너를 기다렸다."

"나 알아요?"

"아니."

태하가 인상을 쓴다.

238

"뭔 소릴 하는 거야, 이 양반이."

"지금 너와 만나게 됐으니, 결국 이 순간 이전의 내 모든 삶은 자네를 만나기 위함이었다고 할 수도 있겠지. 안 그런가?"

태하가 잠시 허공을 바라보다가 다시 노인을 본다.

"아, 그렇다 치고, 나도 당신을 찾고 있었거든?"

"나를? 날 아나?"

태하가 고개를 젓는다.

"그런데 왜 날 찾지?"

"몇 가지 묻고 싶은 게 있어서."

"흠, 묻고 싶다라……"

노인이 심호흡을 크게 한 번 하고는 두 손으로 정성스레 항아리를 받쳐 들고 자리에서 일어난다. 그러고는 움푹 팬 눈을 들어 태하를 본다. 눈동자에 백내장이 가득히 끼어 있다.

"뭐가 보이기나 해요?"

노인이 눈을 몇 번 껌벅거리더니 복도 안쪽으로 걸어간다. 비칠비칠한 걸음이다.

"네 생각은 어떠냐?"

"안 보일 것 같은데."

노인이 껄껄 웃으며 말한다.

"맞아. 안 보인다."

노인이 복도 왼쪽의 유리문을 어깨로 밀어젖히자 상가 밖에서 올려다본 천장과 벽면이 나타났다. 실내엔 드럼통에 커다란 쟁반을 용접한 테이블 대여섯 개가 늘어서 있고, 그중 하나엔 검게 탄 나무토막들이 쌓여 있다. 노인이 그 테이블에 항아리를 올려두고는 한쪽 구석에서 플라스틱 의자 두 개를 가져온다.

"이럴 필요까진 없을 것 같은데."

"어허, 부담스러워 말거라."

노인이 의자에 앉으며 나머지 하나를 태하 쪽으로 밀어 놓는다.

"아니 그게 아니라, 영감이 대답할 수 있는 게 없을 것 같거든요."

"눈 때문인가?"

태하가 고개를 끄덕인다.

"방금 고개를 끄덕였지. 아까 나를 아느냐고 물었을 땐 고갤 저었고."

"아, 보이는 거야, 안 보이는 거야? 당신 나랑 장난 쳐?"

"상상력이 부족한 친구로구먼. 안 그런가? 유머감각도 없고, 아주 딱딱하고, 신경질적이고, 강박관념에 사로잡힌 그런 친구야."

"친구 하기에는 나이를 너무 잡수셨네요."

"일단 앉아, 앉으라고. 앉아서 얘길하자고."

태하가 짜증이 가득한 표정으로 노인을 바라본다.

"뭘 망설이느냐, 어서 앉아. 어서."

태하가 인상을 찌푸리며 슬그머니 의자에 앉는다.

"음, 거짓말이 아니다. 난 거의 장님이야. 하지만 꼭 눈으로만 봐야 하는 것은 아니지."

"그럼요?"

"차크라다. 세상을 둘러싸고 있는 기를 느끼……."

의자 다리가 떨리며 드르륵 소리를 낸다.

"나 옥장판 같은 거 필요 없어요. 미안해요. 내가 잘못 짚었네."

뒤돌아나가는 태하의 등에 대고 노인이 말한다.

"마야에 대해서 알고 싶은 것 아니냐?"

태하가 걸음을 멈추고 노인을 돌아본다. 노인의 뿌옇게 흐려진 눈동자가 이쪽을 노려보고 있다.

"마야에 대해서 알고 싶겠지, 그렇지?"

노인이 의자를 가리킨다. 길고, 날카롭고, 거무스름하게 변색된 손톱이 앙상한 손가락 끝에 붙어 있다.

"자……."

노인의 새까만 목이 뱀처럼 꿈틀거리며 가래 끓는 소리를 낸다.

"자아, 어서."

노인이 손가락을 흔들어 재촉한다. 눈동자는 여전히 이쪽을 보고 있다.

"마야에 대해서 확실히 알아요?"

태하가 다시 의자로 걸어가며 묻는다. 노인이 태하를 올려다보며 미소 짓자 검붉은 입술 안쪽으로 바나나색 이가 드러난다.

"그래, 그래. 다 대답해줄 테니 일단 앉아. 어서."

태하가 의자에 앉는다. 노인은 그제야 뻗고 있던 손가락을 오므리고 숨을 고른다.

"나는, 옛날에 선원이었다. 여기 이 항구가 한창 잘나갔을 때, 네가 아직 어렸을 때. 응, 그때 나는 선원이었지."

"영감 옛날 얘기 들으려고 앉은 게 아닙니다."

"난 마야에 대한 얘기를 하고 있다."

태하가 말없이 노인을 바라본다. 노인이 말을 잇는다.

"아주, 정말 어마어마하게 큰 화물선을 타고 전 세계를 돌아다녔다. 그랬지. 거기서 빨래하고 설거지하고 청소하고 페인트칠을 하고 짐을 나르고……. 아아, 정말 별일 다 했어. 전 세계를 돌아다니면서도 난 배 안에서 잡일만 했던 거야."

태하가 한숨을 쉰다. 노인은 아랑곳하지 않고 말을 잇는다.

"어쨌든 난 언젠가는 어디 좋은 곳에 내려서 멋지게 살 수 있을 줄 알았다. 그래도 이것저것 본 건 많았으니까. 그래, 좋은 선택을 할 수 있을 거라 생각했었어. 삶에 대한 선택. 글쎄, 근데 나는, 결국 내가 선택한 건 여기였다. 왜였는지는 몰라. 아마도 운명인 걸까? 그럼 뭘 위한 운명이지? 식욕? 식욕을 위한 운명이었나?"

"가도 됩니까?"

태하가 짜증을 냈다.

"아니, 안 된다."

"가고 싶은데요?"

"마야에 대해 알고 싶다고 하지 않았느냐."

"맞습니다."

노인이 바나나색 이를 드러내며 씩 웃는다.

"나는 여기에 식당을 차렸다. 이 자리야. 응, 바로 여기. 그것도 벌써 아주 오래전 일이지만, 또 아주 오랫동안 한 일이기도 하지. 그래, 따져보면 배를 탄 세월보다 식당을 한 세월이 더 길었다. 결혼도 하고, 아이도 낳고, 친구도 사귀었지. 행복했을까? 글쎄, 잘 모르겠다. 행복과 불행은 늘 번갈아 찾아오니까. 행복이 크면 떠나갈 때 불행도 큰 법이다. 삶이 끝나는 시점에야 비로소 그걸 정산할 수 있겠지. 내가 마감 시간에 돈통 앞에서 그랬던 것처럼."

태하가 말없이 노인을 바라본다. 노인도 태하를 보고 있다.

"그래, 무슨 식당이었는데요?"

"홍어 전문이었느니라."

"다른 가족들은 어땠어요?"

"어딘가에."

태하가 한숨을 쉬고는 창 쪽으로 눈을 돌린다.

"그런데 그 시기에 카레집이 생겼다. 바로 옆 가게에. 손님들은 주로 디기인들이었는데, 주인은 인도인이었어. 요리도 그 사람이 직접 했고. 사람이 좋아서 나랑 아주 친해졌지. 그 사람도 나만큼이나 그 카레집을……."

"아, 미쳐버리겠네, 진짜. 대체 마야 얘기는 언제 할 겁니까?"

"네 성격이 좀 문제가 있다는 것을 아느냐?"

태하가 어이없다는 듯이 숨을 뱉고는 노인을 본다.

"좋아, 바로 들어가지. 옛날 아주 오랜 옛날에, 한 성자가 살았다. 고된 수행을 통해 아주 높은 정신적, 육체적 경지에 오른 그런 사람이었지. 근데 어느 날 대우주의 창조주인 비슈누께서 그 성자에게 상을 내리기 위해 방문하셨다. 비슈누는 성자에게 소원 하나를 말해보라고 하셨어. 성자는 당신의 마야를 깨우치게 해달라, 마야에 가려진 우주의 섭리를 알게 해달라, 그게 내 고행의 목적이다, 그래 말했지. 그래 대체 이 마야가 뭔고 하니, 중생을 현혹시켜 업을 쌓게 하고 깨달음을 방해하는 속세의 신기루 같은 것이거든. 성자는 그 마야를 걷어내고 탄생과 소멸, 시간의 소용돌이, 생명의 끝없는 순환, 실체와 신기루 같은, 말하자면 이 우주의 모든 내막을 깨닫고 싶다고 한 거다."

태하가 인상을 찡그리며 뭔가 말하려 하자 노인이 재빨리 말을 잇는다.

"비슈누께서는 알겠다면서, 성자를 데리고 산 넘고 물 건너 황량한 모래사막으로 갔다. 태양빛이 땅을 불사를 것처럼 이글거리고, 열풍이 모래를 실어 들이붓는 험한 데였어. 거기서 지칠 대로 지친 둘은 한 벼랑 끝에서 잠깐 걸음을 쉬었는데, 저어 아래쪽에 작은 마을이 하나 보이는 거다. 비슈누께서는 저 마을로 내려가 물을 좀 가져다줄 수 있겠느냐고 물었지. 성자는 기꺼이 그러겠다고 대답하곤 한걸음에 마을로 내려갔어. 그러고 첫 번째 집 문을 두드렸는데, 아 글쎄 한 여자가 수줍게 고개를 내미는데, 얘가 정말 기가 막히게 예쁜 거다. 성자는 여자한테 완전히 반해서 다른 건 다 잊고 일단 안으로 들어갔지. 근데 여자 가족들도 원래부터 가족이었던 양 엄청 반겨주니, 그래 뭐 있나, 둘이 여러 사람 축복 받으면서 바로 결혼하고 같이 살았지."

태하가 고개를 끄덕이고는 묻는다.

"이제 끝이죠?"

그러나 노인은 아랑곳하지 않았다.

"한 12년 정도 지났나? 성자는 아름다운 아내랑 슬하에 자식 셋 두고, 소 키우면서 그래 행복하게 살고 있었다. 근데 그해 여름은 참 이상하게 비가 많이 오는 거다. 그러더니 결국엔 홍수가 터져서 온 마을을 휩쓸고, 집이며 가축이며 다 떠내려가고. 그래도 성자는 어떻게든 살아보려고 작은 애는 목말 태우고, 두 자식과 아내는 팔로 안고 나섰지. 근데 갑자기 발을 헛디디는 바람에 이게 전부 틀어진 거야. 휘청하는 순간 작은 애 떨어져서 휩쓸려 가고, 그거 잡으려던 나머지 애들이랑 처까지 순식간에 다 떠내려가고. 그 지경이 되니 성자도 될 대로 되라, 그냥 급류에 몸을 던져버렸지. 나중에 정신 차려보니 어느 해변 벼랑 끝이야. 이미 가족 시체가 전부 떠밀려 와 있어. 이거 정말 억장이 무너지는 거지. 그래도 장례는 치러야겠다 싶어서 시신 수습하고, 화장하려고 불을 지피고, 하염없이 울면서 그 불을 바라보는데……. 낯익은 목소리가 들려오는 거다. '네가 그렇게 죽음을 슬퍼하던 자들이 누구였느냐?' 그러니까 사람 정신이 퍼뜩 드는 거야. '날 위해 가지러 갔던 물은 어찌 되었느냐?' 성자는 너무 혼란스럽고 쪽이 팔려서 고개를 숙였지. 그러자 비슈누께서 다시 말씀하셨다. 이것이 애처롭고 음침하고 저주스러운 나의 마야의 모양이다. 연꽃에서 탄생한 그 어떤 신들조차 그 깊이를 재지 못한다. 한데 어찌하여, 또 어떻게 네가 그것을 이해하려 하느냐."

태하가 눈을 감고 숨을 한 번 크게 내쉰 후 말한다.

"그러니까 저 밑의 또라이들이 하는 약인지, 그 뭔지가 설화?

우화? 거기 나오는 마야랑 같은 거라고? 영감 말은 그 소립니까, 지금?"

"인도에서 전해지는 힌두 설화다. 그 카레집 친구가 해준 얘기야."

태하가 잔뜩 일그러진 표정으로 자리에서 일어난다.

"이 사람이 지금 장난하는 것도 아니고 말이야."

태하가 중얼거리자 노인이 웃음을 터뜨린다.

"내가 이제껏 멍청이를 데리고 얘길 했구나. 너는 저 밑의 마야와 이 얘기 속의 마야 간의 관계를 모르겠느냐?"

"관계는 뭔 관계가 있어? 장난해, 지금?"

"자, 그럼 하나 더 말해주지. 그 성자의 이름은 나라다. 성자 나라다의 일화로 비슷한 이야기가 하나 더 있다. 그 이야기까지 해줘야 깨닫겠느냐?"

태하가 테이블 위의 나무토막들을 내려다본다. 검게 탄 몸뚱이가 희미한 은빛을 발하고 있다. 창밖에서 스산한 바람이 불어올 때마다 작은 재들이 흩날린다.

"성자 나라다는 범아일여를 깨우쳐 물아일체의 경지에 오르기 위해 마야를 파헤치려 했거늘. 어떤 개아들놈의 새끼인지 되레 속물적이고 개인적이고 더럽고 냄새나는 싸구려 환상들을 만들어놓곤 거기 '마야'라는 이름을 붙인 거다. 거기 중독돼서 점점 더 강한 자극을 찾는 사람들을 역에다 모아 놓고는 '나라다'라고 부르기까지 하니 분명한 것 아니냐?"

노인이 허공을 노려보며 이를 악물자 입가의 주름이 밀려나

며 바나나색 송곳니가 드러난다. 노인이 이를 뿌드득뿌드득 갈
다가 태하에게 말한다.

"50만 원이다."

"뭐요?"

"50만 원! 공짜로 이 얘기들을 들려줬다 생각했느냐!"

노인이 태하를 노려본다. 태하는 당황한 기색이다.

"당신 정체가 뭐야?"

"난 지금 아주 열 받는 이야기를 너한테 들려줬다. 너를 위해
서!"

노인이 태하를 노려보며 낮은 목소리로 중얼거렸다. 새까만
목은 뱀처럼 꿈틀거리고, 백내장 뒤의 핏줄은 터질 듯이 붉어져
있다. 이 갈리는 소리가 점점 더 커져가자, 태하가 노인을 보며
지갑을 꺼낸다.

"줄 테니끼 진정해요, 예?"

태하가 10만 원짜리 다섯 장을 항아리 앞에 놓자 노인이 재빨
리 돈을 채 간다. 코에 돈을 대고 심호흡한다.

"그래……. 좋다, 좋아. 아아, 좋아."

노인이 흡족한 표정으로 돈을 내려놓더니 항아리 뚜껑을 연
다. 태하가 얼른 코를 막고 묻는다.

"아, 뭐야, 또."

노인이 항아리 안에 손을 집어넣고 뭔가를 꺼낸다. 짙은 회색
빛을 띤 기다란 물체다.

"삭힌 홍어다."

"아아, 진짜 가지가지 하네!"

"맛 좀 보겠는가?"

"아, 치우쇼!"

노인이 손톱 끝으로 집어 올린 기다란 홍어 조각이 허공에서 흔들거린다. 노인이 얼굴을 쳐들고 밑 부분부터 혀를 갖다 대자, 홍어가 순식간에 입안으로 빨려 들어간다.

"아까, 식욕이, 그, 내 운명을 결정지었을 수, 있다, 그런 거 는……."

노인이 홍어를 오도독오도독 씹으며 말한다. 삼키고는 말을 잇는다.

"이거 때문이었느니라. 홍어. 난 홍어가 미치도록 좋다. 근데 좀 비싸지."

태하가 대꾸하지 않고 셔츠 주머니에서 폴라로이드 사진을 꺼내 노인에게 내민다.

"혹시 근처에서 이 여자 본 적 있습니까?"

"응?"

노인이 혀로 이를 훑으며 되묻는다.

"이 여자요."

태하가 손을 흔들자 사진이 팔락이는 소리가 난다.

"뭐냐? 사진? 나는 사진은 못 본다. 보시다시피 눈이 이 모양이고, 사진은 눈이 아니면 못 보는 것이지. 차크라가 없지 않느냐."

태하가 한숨을 쉰다. 사진을 다시 집어넣으며 창밖을 본다.

"그럼 다른 얘기라도 해봐요. 나라다는 누가 운영하는 겁니까? 누가 그 마야를 파는 거예요?"

"나도 모른다."

"아니, 50만 원 값은 해야 할 거 아니야, 이 양반아."

순간 노인이 테이블을 내려친다. 얼굴엔 노기가 잔뜩 서려 있다.

"50만 원은 이제 끝난 거야! 그건 마야와 나라다에 대해 알려준 대가라고! 다른 얘길 더 듣고 싶으면 돈을 더 내야지!"

태하가 허공에 한숨을 뱉고는 다시 노인을 바라본다.

"당신이 더 아는 게 뭔데?"

"거기 관계된 놈들을 알지."

"관계자?"

"이십."

"이거 아주 날강도 아냐!"

태하가 인상을 찌푸리며 소리친다. 그러나 노인은 얼굴에 미소를 띠며 되묻는다.

"그놈들은 사진을 볼 수 있지 않을까?"

태하가 아바나 한 개비를 뽑아 불을 붙인다. 그리고 연기를 뿜으며 노인을 바라본다.

"헛소리면 가만 안 둬."

태하가 지갑에서 10만 원짜리 두 장을 꺼낸다. 지갑엔 꼬깃꼬깃한 만 원짜리 두세 장만 남았다.

"자, 그럼 다시 얘기를 시작해볼까……."

노인이 돈을 잡아채 항아리 밑에 찔러 넣고 목청을 가다듬는다.

"인천시가 신도시 개발에 미쳐서 여기까지 재개발한다고 했을 때, 얼마 지나지 않아 철거 공지 뜨고 보상금에 대해서 얘길 해주는데 눈앞이 깜깜했다. 정말 터무니없는 액수였거든. 이 근처 상인들 전부가 반대했느니라. 근데 그런 거 소용없다. 음, 소용이 없어. 시에서 고용한 건지 건설회사에서 고용한 건지, 용역 애들이 쳐들어와 가지고는 전부 뒤집어엎고, 두드려 패고……. 지금 여기 다 부서진 거 그때 부서진 것이다. 그때 나도 많이 다치고 우리 안사람도 많이 다쳤다. 다친 것도 다친 거지만 하도 서러워서 울기도 많이 울었느니라."

"20만 원짜리 얘기 맞습니까?"

노인이 태하의 말을 무시하고 말을 잇는다.

"정말 이해할 수 없었던 거는, 그 난리가 났는데도 경찰이 보고만 있었다는 거다. 사람이 벽돌에 머리가 찍혀서 나자빠지는데도, 그 경찰버스에 수백 명을 데려와 놓고서도 그걸 보고만 있더구나. 이게 말이 되냔 말이다. 그래놓고 나중에는 거칠게 반항했던 사람들, 응? 그냥 아주 난리를 친 상인들? 글쎄, 되레 그 사람들을 잡아넣고 있는 거다. 이 상가에도 용역들이 들이닥쳤다. 거기 책임자 되는 사람이 나와서 말을 했지. 반항하지 않고 순순히 나가면 자기들도 점잖게 할 것이나, 그게 아니면 목숨 책임 못 진다. 여기 사람들이 순순히 나가게 생겼느냐? 전부였는데? 이게 우리 전부였는데? 아무튼, 그때 그 용역회사 이름이 태광 인력이었다. 상인회 사람 하나가 어렵게 어렵게 뒷조사를 해서 알아냈지. 그게 재작년 가을이었다. 그러고는 작년 겨울부터 슬슬 저 밑에 사람이 드나들더군. 그래도 그때는 지금처럼 쓰레기가 들끓는 수준은 아니었는데. 지금 같은 상태가 된 건 한 두세 달 전이고, 중국인들도 가끔 들락거리는 것 같더군. 가끔 강제로 사람을 끌고 오는 것 같았어."

태하가 눈을 가늘게 뜨고 담배를 빤다.

"어제 저 안에 중국인 한 놈이 아예 일을 하고 있던데?"

"그럴 수도 있겠지. 아무튼, 일주일 전? 저기 경비 서는 놈들 목소리랑 차 엔진 소리를 다 알거든. 근데 그중 두 놈이 아까 나 있던 계단까지 들어와서는, 자기 막내 때 여기서 작업했다면서 그때 일을 무용담처럼 얘기하는 거다."

"그럼 저 안에 지키고 있는 놈들이 태광인력에서 일한다는 겁니까?"

"정황상 그렇잖느냐. 거기서 계속 일하니까 막내 때라고 했겠지."

태하가 담배를 빨고는, 연기를 뿜으며 고개를 끄덕거린다. 오랫동안.

"태광인력이라……."

태하가 담배를 문 채 창가로 걸어간다. 비가 들이쳐 창틀과 그 밑의 땅바닥이 검게 젖어 있다. 빗줄기 사이로 퍼져 나가는 담배 연기 저 너머로, 버려진 항구와 창고들, 잿빛 바다와 잿빛 하늘이 보인다. 그 사이에 검푸른 색을 띤 화물선이 떠 있다.

"배가 왜 저기 있어."

태하가 중얼거리고 노인을 돌아본다.

"다른 건 뭐 아는 거 없습니까?"

하지만 아무도 없다. 항아리는 테이블 위에 그대로 있고 의자는 아무렇게나 나뒹굴고 있다. 태하가 담배를 땅바닥에 던지고는, 항아리가 놓인 테이블로 다가가 항아리 뚜껑 위에 쌓인 먼지를 내려다본다. 그때 어디선가 노인의 목소리가 들려온다.

"자네도 그 우화 속의 주인공과 다를 것이 없어."

태하에게 한 말인지 내게 한 말인지 알 수 없었다.


*


하얀 벽, 하얀 바닥, 하얀 천장, 하얀 문, 그리고 띄엄띄엄 박힌 하얀 형광등. 복도 양쪽 벽에 붙은 환자용 손잡이만 빨간색이다. 태하가 복도를 따라 걷자 조용한 실내에 발소리가 울린다.

"면회 시간 꼭 지켜주셔야 돼요!"

간호사가 안내데스크 위로 몸을 내밀며 나지막하게 소리쳤다. 태하가 대답 대신 손을 슬쩍 들어 보이고는, 305호실 문을 열고 안으로 들어간다.

창을 가린 블라인드가 비 오는 날의 어스름한 햇빛을 받아 야광처럼 흐릿하게 빛나고 있다. 창가 쪽에 작은 냉장고와 TV, 옷장이 놓여 있고, 병실 중앙에는 하얀 철제 침대가 놓여 있다. 태하가 조용히 문을 닫고 침대로 다가간다. 침대 옆에 붙은 기다란 봉에 링거 주머니가 매달려 있고, 거기서 내려온 호스가 대웅의 왼쪽 팔로 이어져 있다. 암터미널 때문인지 주삿바늘이 거의 팔꿈치 가까운 위치에 꼽혀 있다.

"좀 어떠냐?"

태하가 담요를 고쳐주며 대웅의 어깨에 손을 갖다 댄다. 대웅의 환자복과 담요에는 '지홍의원'이라는 글자가 박혀 있다.

"아직도 그래? 정신 못 차리겠어?"

"괜찮으니까 가요."

대웅이 어깨를 비틀어 태하의 손을 뿌리쳤다.

"어제 기억은 나냐?"

"모르겠어요."

"안 나?"

"아, 모른다고요."

대웅이 몸을 비틀며 신경질적으로 대답했다. 정적이 흐른다. 창문을 때리는 빗소리, 침대 어딘가에 붙은 스프링이 건들거리는 소리만 이어진다. 태하가 잠시 내용을 바라보나가 입을 연다.

"어제 갔던 나라다에 대해서 좀 알아봤다."

대웅은 대답이 없다.

"그, 우리가 어제 갔던 거기에 뭔가가 있나 보더라고. 잘 설명할 수 없는, 전파 같은, 뭐 기운 같은 그런 거."

태하가 혼자 고개를 끄덕이며 말을 잇는다.

"아마도, 그래서 니 상태가 좀 나빠진 모양이야. 마음이 안 좋다, 나도."

등을 돌리고 있는 대웅의 어깨가 살짝 부풀었다가 숨소리가 나며 다시 꺼진다.

"그럴 필요 없어요. 나는 이게 꿈인지 생신지도 모르겠으니까."

태하가 살짝 미간을 찌푸린다.

"뭔 소리냐?"

"아, 됐어요. 됐고, 나 괜찮으니까 형님 일이나 봐요."

태하가 대웅의 어깨와 옆얼굴을 내려다본다.

"야, 똑바로 앉아봐."

대웅은 움직이지 않는다.

"일어나보라고."

대웅은 움직이지 않는다.

"말이 말 같지가 않냐?"

태하가 침대를 걷어차자 침대 다리의 바퀴가 삐걱거리며 조금 굴러가다가 멈춘다. 침대가 벽으로부터 기우뚱하게 밀려나 있다. 대웅이 인상을 쓰며 몸을 일으키고는, 부스스한 얼굴을 잔뜩 찌푸린 채 소리친다.

"아, 대체 왜 그러는데요!"

"말 똑바로 안 할래?"

"아, 뭐가요!"

"뭐가 진짜가 아니야?"

"그게 뭐요!"

"이 븅신이 진짜!"

태하가 손을 들어 올리자 대웅이 움찔하면서 팔로 얼굴을 감싼다. 잠시 후, 태하가 한숨을 내쉬며 손을 내린 후에도 대웅은 여전히 방어적인 자세다.

"헛소리 좀 하지 마, 어?"

대웅이 대답 대신 인상을 찌푸리고는 흘러내린 담요를 주섬주섬 끌어올린다.

"우리 쫓아오던 놈들은 기억 나냐?"

대웅이 태하를 외면한 채 고개만 끄덕인다.

"태광인력이라는 데래. 거기 인천항역 주변 상가민들 내쫓는 것도 그 자식들이 했었다는데, 걔네가 지금은 마야에서 경비 서는 것 같다. 확실하진 않지만 그 마야나 나라다는 스카이텔레컴 가상현실하고 관계가 있는 것 같고."

대웅이 손바닥으로 얼굴을 문지르고는 희미하게 빛나는 블라인드를 보며 말한다.

"태광인력, 원래 유명해요. 철거하고 진압하고 그러는 쪽에선."

"그래?"

"옛날에, 언세야, 2009년인가? 용산에서 철거민들 죽었을 때부터 날렸대요. 그러다 다른 작은 용역회사도 인수하고 그러면서 규모도 커지고……. 저도 호모 아바타 프로젝트 반대 시위 때 한 번 봤는데, 바리케이드 카운티라는 이름으로 바꿨더라고요. 근데 바꾼 지 얼마 안 됐던가, 반장이란 사람이 근무표 비슷한 거 들고 있었는데 거긴 아직 태광인력이라고 인쇄돼 있었죠."

"바리케이드 뭐?"

대웅이 짜증이 나는 듯 잠시 눈을 감았다가 뜬다.

"바리케이드 카운티. 광고도 많이 했었잖아요. 이름 바꾸고는 아예 경비회사처럼 된 거예요. 세콤 같은 거요."

대웅이 다시 손바닥으로 얼굴을 문지른다.

"아무튼 그 바리케이드 카운티가 우리한테 총을 갈긴 거야."

"쐈어요?"

"기억 안 나냐? 팔에 총 맞아가지고는 너 업고, 그년 잡아끌고, 그러고 차 있는 데까지 갔다."

"잘 찾아 나가셨네, 그래도."

"야, 터널이 두 개가 아니라 세 개로 갈라지잖아."

"여기 그렇게 나와 있는 걸 어쩌라고요."

대웅이 왼손을 들었다가 힘없이 떨어뜨린다. 블라인드를 비추는 햇빛이 그새 더 희미해져 병실 안은 아까보다 더 어두워져 있다.

"아무튼 딴생각 말고 몸조리나 잘해. 그리고 이 일은 그만해라. 그게 맞는 것 같다."

대웅은 대답이 없다. 컴컴한 병실 구석을 응시하며 담요 끄트머리만 매만지고 있다.

"사진 속 여자, 그 여자가 형님이 찾던 사람이에요?"

대웅이 병실 구석을 응시한 채 물었다.

"형님이 오늘 몇 번씩이나 그 사진 꺼내보는 걸 봤어요."

"어떻게?"

"오늘 이블아이 썼잖아요. 스트리밍 버튼이 눌러졌는지 암터미널에 영상 뜨더라고요."

"심심하진 않았겠네."

"아니면요?"

대웅이 태하를 올려다본다.

"그 여자가 형님 와이프 아니면요?"

태하가 야광처럼 희미하게 빛나는 블라인드를 잠시 바라보다 대답한다.

"맞아, 확실해."

"확실한 게 어딨어요. 그냥 형님이 믿고 싶은 걸 믿을 뿐이지. 그게 진짜라는 걸 증명하려고 여잘 찾는 거 아니에요? 똑같아요. 나한테 뭐라 할 거 없어요. 그냥, 자기가 믿는 걸 믿으면서 살면 되는 거지, 남한테 이렇다 저렇다 할 필요 없다고요."

태하가 대답하지 않는다. 어느새 굵어진 빗소리만 들려온다. 그때, 갑자기 병실 문이 열리며 빛이 쏟아진다. 문 앞에는 간호사가 서 있다.

"저기요, 보호자분. 제가 아까 분명히 면회시간 지켜달라고 했죠? 일있다고 하시지 않았어요?"

"알았어요. 지금 나가려고."

태하가 간호사를 보며 멋쩍게 대답했다.

"아무튼 몸조리 잘해. 또 들를 테니까."

"그거, 나 이블아이 주고 가요."

"왜?"

"그냥, 심심해서요."

태하가 대웅을 내려다본다. 대웅도 태하를 바라본다.

"보호자분."

태하가 간호사를 한 번 돌아보고는 바지 주머니에서 이블아이를 꺼내 대웅에게 건넨다.

"잘하고 있고, 뭔 일 생기면 전화해라. 먹고 싶은 거 있음 말하고.

태하가 병실을 나서자 간호사가 태하의 뒤통수를 흘기며 문을 닫는다.

"미안해요."

대웅이 이블아이를 쥔 채 팔에 꽂힌 바늘을 뽑아내며 중얼거렸다.

*

NEWS

검색어 우선으로 선별한 내용입니다. 최근 일자 우선으로 선별하기

전체 언론사 대상 뉴스 검색 결과

바리케이드 카운티, 중소 경비업체들과 합병으로 불황 탈출 모색 / 아이뉴스 경제 | 2024.03.04 (월) 오후 5:18

…… 카운티와 여타 중소 경비업체들이 합병한다. 오늘 오후 4시, 인천 간석동에 위치한 로버트 호텔 컨벤션 센터에서 바리케이드 카운티, 진돗개, 시큐리티 원, 세경보안의 총 4개 업체 경영진들이 모여 합병 의사를 밝혔다. 바리케이드 카운티의 이영성 경비부장은 '각 업체의 특화된 노하우와 경비, 보안 시스템들을 통합하고, 각 부서별 구조조정을 거쳐

한 단계 진보된 서비스를 가입자들에게 선사하겠다'고 말했다. 이들 경비업체 중……

관련기사 보기

스카이텔레컴, 이제 경비까지? 바리케이드 카운티 인수하기로 / 뉴스핌 경제 | 2024.05.29 (수) 오전 8:36

…… 인수하기로 결정했다고 밝혔다. 바리케이드 카운티는 2000년 초반부터 꾸준히 성장해온 업체로, 올 상반기 다른 경비업체들과 무리한 몸집 불리기를 시도한 것이 재정에 악영향을 끼친 것으로 관계자들은 분석하고 있다. 스카이텔레컴 측은 인수 후의 구체적인 계획에 대해서는 아직 정해지지 않았으나……

관련기사 보기

스카이텔레컴, 경비·보안 서비스 운용에 시민 반응 '굿!' / 넘버원페이퍼 사회 | 2024.09.17 (화) 오전 8:30

……바리케이드 카운티 인수 후 두 달 만에 경비·보안 서비스인 '스카이텔레컴 폴리스 에이전시'를 선보였다. 스카이텔레컴은 '꿈꾸는 도시, 희망의 도시' 캠페인의 일환으로 도시 치안 유지, 교통정리, 불법 폐기물 단속 등의 분야에 무료 서비스를 시범적으로 시행했다. 브랜드 인지도 상승과 서비스 가입자 증가에 긍정적인……

관련기사 보기

지능형 바리케이드 로봇 개발 추진 / 한국네트워크 세계 | 2015.05.22

(화) 오후 3:57

…… 후지쯔와 파나소닉이 합작하여 시제품을 발표했다. 이 로봇은 개폐가 가능한 24개의 날개를 탑재하고 군중 사이를 빠르게 이동할 수 있으며, 차량이나 사람을 선택적으로 통과, 고립시킬 수 있는 기능을 가졌다고 한다. 총 4개의 적외선 카메라, 범죄 차량과 목표 지점을 인식할 수 있는 인공지능 센서 등이 내장된……

도쿄=이상훈 특파원 aeriol169@tasto.com

관련기사 보기

학교 앞 버려진 바리케이드 때문에 불편해요! / 경기일보 사회 ㅣ 2014.10.16 (토) 오전 9:55

…… 인해 학생들이 불편을 겪고 있다. 안산시 상록구에 위치한 모 초등학교 교문 앞에 공사장에서 쓰는 바리케이드 31개와 철근 조각 40개, 각목 100개가 무단 투기된 채 통행을 방해하고 있다. 관할 경찰은 '폐자재도 아닐뿐더러 정연하게 놓인 걸로 보아 버려진 것으로 생각하기는 어렵다'며 인근 공사장과 건설업체를 대상으로……

관련기사 보기


태하가 불 꺼진 사무실 책상에 앉아 허공에 떠 있는 활자들을 좇고 있다. 그러다 책상 표면을 건드려 페이지를 넘기고는, 또 한참 동안 새 화면을 바라본다.

차들이 젖은 아스팔트 위를 달리는 소리, 창문에 비 떨어지는 소리, 멀리서 울리는 사이렌 소리가 들려온다. 태하가 한쪽 손바닥으로 관자놀이를 문지르며 담배를 꺼낸다. 불을 붙이자, 담배 끝에서 피어오른 연기가 책상 위에 떠 있는 홀로그램을 통과하며 푸르스름하게 빛난다. 담배를 문 채 사무실 벽을 멍하니 바라본다. 차들이 지나갈 때마다 어두운 벽이 희미한 오렌지빛으로 밝아졌다가 다시 어두워진다.

문 밖에서 또각거리는 소리가 들려온다. 누군가가 하이힐을 신고 계단을 올라오는 소리다. 소리는 빠르지도 느리지도 않은 속도로 계단을 올라와 문 앞에서 멈추더니, 잠시 후 문을 열고 안으로 들어온다. 태하는 여전히 사무실 벽을 보고 있다. 이슬이 그런 태하를 한동안 바라보다 문을 닫고 소파로 가서 앉는다. 창틀이 드리우는 십자가 모양의 그림자가 이슬의 얼굴을 감싼다.

"장난하지?"

자동차 전조등이 창가를 훑고 지나가자 이슬의 왼쪽 뺨과 눈이 밝아졌다가 다시 이두워진다. 이슬이 검은색 악어 가죽 핸드백에서 금색 담배 케이스와 금색 라이터를 꺼낸다. 담배를 하나 뽑아 물고 라이터를 켜자 금속이 맑게 울리는 소리가 나며 불꽃이 피어오른다. 그 불꽃을 담은 이슬의 눈동자가 잠자코 태하를 쳐다본다. 그때까지도 태하는 대답이 없다. 이슬이 결국 담배에 불을 붙이고 연기를 뱉는다.

"뭐 하자는 거야, 지금?"

이슬이 담배 케이스와 라이터를 탁자 위에 아무렇게나 던져 놓고는 다시 태하를 바라본다. 태하는 여전히 대답이 없다. 입에 문 담배에 길게 매달려 있던 담뱃재만 툭 떨어진다.

"야!"

이슬이 일어나 성큼성큼 책상 앞으로 걸어간다. 그사이 벽이 또다시 밝아졌다가 어두워진다.

"뭐 한 거야, 어제오늘!"

태하가 재떨이에 담배를 비벼 끄고는 이슬을 본다. 하얀색 마릴린 먼로 스타일 드레스가 군데군데 비에 젖어 있다.

"바빴어."

"왜?"

"한나 일로."

"전화도 못 해줘?"

태하가 몸을 웅크리며 한숨을 쉬고는, 다시 몸을 일으키며 말한다.

"당분간 연락하지 마. 여기 오지도 말고."

"무슨 소리야?"

이슬이 눈썹을 찡그리며 물었다. 태하가 이슬 뒤의 벽을 바라보며 말한다.

"혼자 좀, 할 일이 있어."

이슬이 태하를 바라본다. 태하는 벽에 진 그림자를 바라보고 있다. 이슬이 손에 든 담배를 한 모금 빨고는 말한다.

"또 그 와이프 타령이니?"

이슬이 뱉은 연기가 홀로그램을 통과하며 푸르스름하게 빛난다. 태하는 대답이 없다.

"오빠 진짜 미친 거 아니야? 언제까지 그럴 건데?"

이슬이 책상 옆을 돌아 태하에게 다가선다. 담배를 한 모금 빨고는 바로 연기를 후후 뱉는다.

"아니, 오빠. 진짜로, 응? 말 좀 해봐요. 우리 얘기 좀 해보자. 오빠 진짜 문제 있다고 생각 안 해? 그런 생각 한 번도 안 해봤어?"

태하가 셔츠 주머니에서 폴라로이드 사진을 꺼내 책상 위에 올려놓고, 이슬 앞으로 민다. 침묵이 흐른다. 차들이 젖은 아스팔트 위를 달리는 소리, 창문에 비 떨어지는 소리만 들려온다.

"확실해?"

빛과 그림자가 어른거리는 유리창에서 빗물이 흐르고 있다. 담배 연기 한 줄기가 이슬의 한 마디 짧은 새끼손가락을 타고 피어오른다.

"내가 오빠 좋아하는 거, 그걸로는 안 돼? 그냥 다 잊고, 아니 잊을 것도 없잖아. 그냥 나로는 안 돼?"

태하는 대답이 없다.

"나 일 그만둘게. 그럼 되잖아, 그치?"

태하는 대답이 없다.

"그냥, 둘이 잘 살자고. 응? 그걸로 안 돼?"

이슬이 태하를 바라보며 대답을 기다리다가, 담배를 사무실 바닥에 밟아 끄고는 다시 묻는다.

"왜 찾아야 되는데? 오빠는 진짜, 진짜 아무런, 모른다며! 기억 안 난다며! 근데 뭘 찾아!"

이슬이 천장을 올려다보며 숨을 뱉는다. 잠시 후 다시 태하를 노려본다.

"내가 오빠 스타일이 아니야? 내가 못생겼니? 몸매가 빠지니? 뭐, 성격이 맘에 안 들어? 나 보면서 그게 안 꼴려?"

태하가 고개를 젓는다.

"그럼? 새끼손가락이 병신이라서 그래?"

태하가 어이가 없다는 듯이 얼굴을 한 번 찡그리고는 이슬을 보며 말한다.

"너 좋은 여자야. 매력적이고."

"그럼, 단지 이 여자 때문인 거네? 그치?"

이슬이 사진을 집어 들더니 신경질적으로 팔락팔락 흔든다. 시선은 태하를 향해 있다.

"찾으면 어떡할래?"

이슬이 분을 삭이는 듯 숨을 내쉬고는 다시 묻는다.

"응? 찾으면 어쩔 건데?"

태하가 말없이 고개를 젓는다.

"찾으면 진지하게 생각해볼래? 나에 대해서?"

태하는 대답이 없다. 벽에 드리운 그림자만 보고 있다. 그런 태하를 한동안 바라보던 이슬이 굽 소리를 딱딱 내며 소파로 걸어가서는 핸드백을 가져온다.

"그래, 어디 한번 찾아보자고."

핸드폰에 붙은 카메라로 폴라로이드 사진을 촬영한 이슬이 다시 빠른 걸음으로 문 앞까지 걸어가 문을 열어젖힌다. 빗소리, 차들이 지나다니는 소리가 좀 더 크게 들려온다. 뒤쪽 주차장에서 승합차의 미닫이문이 드르륵 닫히는 소리도 들려온다. 이슬이 문손잡이를 잡은 채 태하를 잠깐 돌아보고는, 곧바로 문을 쾅 닫고 나가버린다. 하이힐이 계단을 내딛는 소리가 점차 멀어져간다. 사무실 안에는 담배 연기와 이슬의 향수 냄새만 남아 있다.

태하가 탁자 위에 놓인 이슬의 담배 케이스와 라이터를 물끄러미 바라보다가 이내 책상에 엎드려 고개를 파묻는다. 그때, 누군가가 사무실 문을 두드린다. 한숨을 쉬며 자리에서 일어난 태하가 이슬의 담배 케이스와 라이터를 집어 들고 문을 연 순간, 몽둥이가 태하의 머리를 후려친다. 태하는 비명도 없이 그 자리에 쓰러져버린다.

"정신 차려요!"

이슬이 소리쳤다. 정신이 혼미하고 머리가 깨질 듯이 아팠다. 뭐가 어떻게 된 건지 선뜻 이해가 안 갔다. 나는 해변용 의자 하나를 깔아뭉갠 채 바닥에 나자빠져 있는 상태였고, 이슬은 한쪽 무릎을 꿇고 있어 그런 나를 살피고 있었다.

"아, 뒤로 빨리 붙으라니까 왜 말을 안 듣냐고!"

맞다. 그렇게 말했었다. 그제야 회랑 안으로 쳐들어온 괴물들, 그리고 그 괴물들에 대한 위압감에 짓눌려 피할 새도 없이 공격당한 일이 떠올랐다. 고개만 겨우 들어 회랑 끝을 보니 그 악몽은 여전히 진행 중이었다. 근육으로 온몸을 무장한 거대한 괴물들이 회랑 안에 시커멓게 들어차 밀려들었다. 그들이 내지르는 괴성과 땅을 뒤흔드는 난폭한 발걸음에 의지가 꺾이고 온몸이 떨려왔다.

"암튼 여기 잠깐 있어요."

이슬은 그렇게 말하고는 내 옆에 뒹굴던 기다란 나무토막 하나를 집어 앞으로 걸어 나갔다. 해변용 의자의 등받이에서 부서져 나온 것이었다. 이슬이 앞으로 나서자 붉은 레이저 빔이 빗발치기 시작했다. 이슬이 설치한 금빛 방어막이 그것들을 전부 튕겨내긴 했지만, 표면이 깎여나가며 빠른 속도로 마모되었다. 이해할 수 없었다. 우산보다 약해 보이는 저 나무토막으로 어쩌려는 걸까. 그때 괴물 한 마리가 주먹을 뒤흔들며 돌격해왔다. 그러자 이슬도 가뿐한 몸짓으로 땅을 한 번 박차고는 기세 좋게 방어막 밖으로 달려 나갔다. 돌격해오는 괴물의 덩치를 사각으로 이용해 레이저를 피한 이슬은, 순식간에 괴물의 어깨 높이까지 뛰어올라 괴물을 반 토막으로 갈라버렸다. 착지한 이슬의 손에는 어느새 파란 체액이 뚝뚝 떨어지는 커다란 정글도가 들려 있었다. 이슬은 셔터 쪽으로 쓰러진 사체 뒤에 재빨리 웅크리고 앉아 내게 손짓했다.

"내가 쏘기 시작하면 이쪽으로 뛰어요!"

괴물들은 나를 향해 집중적으로 레이저를 발사하고 있었다. 지면에서 몸을 일으킬 엄두조차 안 났지만 방어막이 깨지기 일보 직전이라 달리 방법이 없었다. 이슬은 정글도를 가루로 분해해 괴상한 모양의 총으로 변형시키더니, 숨을 한 번 고른 후 괴물들을 향해 레이저를 응사하기 시작했다. 나는 괴물들의 공격이 잠시 주춤해진 틈을 타 몸을 잔뜩 낮추고 이슬이 있는 곳으로 뛰었다.

"내 옷도!"

황급히 두세 걸음 되돌아가 항공 점퍼 끝자락을 잡아채고는 다시 달렸다. 이슬 옆에 쓰러지듯 안착해 숨을 몰아쉬자, 이슬도 다시 웅크려 앉으며 몸을 숨겼다. 빗나간 레이저 빔 몇 줄기가 번쩍번쩍 스쳐 가며 천장과 벽을 파괴했지만 대부분의 공격은 집요하게 우리를 노렸다. 등 뒤에 뻗어 있는 고깃덩어리에 레이저 빔이 날아와 박힐 때마다, 하얗게 탈색된 채 몸뚱이에 매달려 있던 구체가 움찔거렸다. 연속해서 여러 번 명중했을 때는 되살아난 게 아닌가 싶을 정도였다. 이슬은 다시 몸을 내밀어 가까이 다가온 두어 마리를 집중 사격해 쏴 죽인 후 내 옆에 앉았다.

"쏠 수 있죠?"

대답도 하기 전에 괴상한 안테나 모양의 레이저 총이 손에 안겼다.

"방아쇠가 없는데요?"

"아, 조준하고 터치하면 나가요. 방아쇠라니."

이슬이 웃음을 참으며 말을 이었다.

"내가 제일 가까이 있는 애부터 차례로 붙을 테니까, 그쪽으론 절대 쏘지 말고 뒤에 있는 애들 견제만 해요. 알았죠?"

이슬은 잠깐 레이저 총을 가져가 한차례 난사한 후, 잠시 동안 괴물들의 공격이 멈춘 틈을 타 총을 다시 내게 던지고 더 앞쪽에 나자빠져 있는 사체로 뛰어갔다. 거리가 짧지 않았다. 심장이 쿵쾅쿵쾅 뛰었다. 몸을 잔뜩 낮춘 채 지그재그로 달려간 이슬은 괴물들의 레이저가 다시 빗발침과 거의 동시에 아슬아슬하게 사체 뒤로 미끄러져 들어갔다. 자세를 다잡은 이슬은 곧바로 한 번 더 이동하겠다고 신호를 보내왔다. 나는 이슬의 점퍼를 옆에 밀어두고 한 번 심호흡을 한 후, 총부리를 슬며시 밖으로 내밀었다. 괴물들은 모두 세 마리 남아 있었고, 그중 한 마리는 이미 이슬이 이동하려는 사체 안쪽으로 들어와 온 사방에 주먹을 휘두르고 있는 상태였다. 나는 그 녀석은 놔두고 뒤쪽에 있는 괴물들을 겨냥해 레이저 총을 발사했다. 반동은 없었지만 쩡쩡 울리는 충격이 내부로부터 전해져 와 손바닥이 얼얼했다. 괴물들이 기민하게 몸을 낮추며 잠시 공격을 멈춘 순간, 곧바로 이슬이 뛰쳐나갔다. 이슬은 이미 이동 경로 안에 들어와버린 괴물의 주먹을 날렵하게 피하고는, 다리를 강하게 쳐 자빠뜨린 후 새 거점에 도달했다. 몸을 숨긴 이슬은 재빨리 손바닥에서 사슬을 뽑아 땅에 엎어진 괴물의 모가지를 휘감아 잡아당겼다. 괴물은 구체와 몸뚱이의 연결 부위를 부여잡고 무력하게 끌려가다가, 곧 이슬의 부츠가 어깨에 박히고 사슬의 장력이 한계에 달하자 결국 목이 끊어져버렸다. 사슬은 다시 손바닥 안으로 자취를 감췄고, 하얗게 탈색되어 떨어져 나온 구체는 제 몸뚱이에서 울컥울컥 솟구치는 체액을 흠뻑 머금고 주변을 구르다 이내 바닥에 파란 궤적을 남기고 멈춰 섰다. 그때쯤 나머지 두 마리는 레이저 공격을 멈추고 이미 지척에 다가선 상태였다. 내가 레이저를 쏴대며 소리를 질러 알렸지만, 괴물은 거침없이 이슬의 머리채를 거머쥐고는 사체 위로 들어올렸다. 이슬의 선글라스가 벗겨져 땅에 떨어지고 두 다리가 허공에 떠올랐다. 남은 한 마리는 이슬의 다리를 잡아 찢기 위해 손을 뻗었다. 멀리 떨어져 있었음에도 서슬

퍼런 살기가 생생히 전해져 왔다. 하지만 그것은 괴물이 아니라 이슬의 살기였다. 분노로 얼굴이 빨갛게 달아오른 이슬이 허공에서 이리저리 흔들릴 때마다, 얼음장처럼 차가운 안광이 잔상을 자아냈다. 마치 고목에 매달린 저주받은 인형을 보는 느낌이었다. 그리고 곧바로 인형의 저주가 시작됐다. 이슬의 붉은 머리칼은 순식간에 시뻘건 화염으로 변해 괴물의 주먹을 불태웠다. 괴물이 손을 놓고 뒤로 물러났지만 이제는 이슬이 놓아주지 않았다. 괴물의 두꺼운 손목을 두 팔로 감은 채 맹렬한 기세로 타올라 뒤로 넘어뜨리고는, 곧바로 불길에 휩싸인 괴물의 팔을 찢어내고 부츠의 힐로 구체를 인정사정없이 밟아 깨부쉈다. 눈 깜짝할 새에 일어난 일이었다. 이제 한 마리가 남았다. 이슬은 찢어낸 괴물의 팔에 자기 팔을 쑥 집어넣어 연결시키더니 마치 원래부터 자기 팔이었던 것처럼 휘두르며 괴물에게 돌진했다. 활활 불타오르는 거대한 주먹이 괴물의 옆구리와 복부, 가슴을 폭주 기관차의 엔진 피스톤처럼 맹렬히 강타했다. 괴물은 글자 그대로 정신없이 얻어맞았다. 뒷걸음치다 선글라스를 밟자 더 많이 맞았다. 괴물도 주먹을 몇 번 휘두르긴 했지만, 그때마다 이슬은 가볍게 스텝을 밟으며 잽싸게 몸을 틀어 흘려버렸다. 괴물은 힘과 스피드, 회피율과 내구력, 모든 면에서 이슬의 상대가 되지 못했다. 이윽고 괴물이 그로기 상태에 빠지자 이슬이 가드를 내리고 여유롭게 다가갔다. 그러고는 여전히 불타오르고 있는 큼직한 손아귀를 구체 위에 턱 얹은 후, 그대로 으스러뜨려버렸다.

해변의 모습은 더 이상 찾아볼 수 없었다. 회랑 안은 벽과 천장이 부서질 때 생긴 먼지와 고깃덩이들이 레이저 빔에 그슬리며 피어오른 연기로 자욱했다. 이곳저곳에 크고 작은 불길도 일고 있었다. 이슬은 괴물의 팔을 뽑아 아무 데나 던져 놓고는 이쪽으로 걸어왔다. 나도 레이저 총과 점퍼를 주섬주섬 챙겨 앞으로 걸어 나갔다.

"어땠어요?"

이슬이 고개를 조금 기울이고 손가락으로 머리칼을 빗어 내리며 물었다. 매끈한 어깨와 목덜미가 땀에 살짝 젖어 있었다. 선글라스를 벗으니 미모가 한층 돋보였다.

"어우, 뭐, 아주. 새끈하시던데요?"

이슬은 깔깔 웃으면서 자신의 점퍼를 받아 들었다. 나는 레이저 총도 이슬에게 건넸다.

"그만 버려요, 그거. 왜 들고 있어?"

나는 손에 쥔 것을 내려다봤다. 레이저 총은 어느새 해변용 의자에서 부서져 나온 나무토막으로 변해 있었다. 나는 나무토막이 커다란 정글도와 레이저 총으로 변했던 것을 떠올리며 잠시 들여다보다가, 그만 바닥에 던져버렸다. 바닥 곳곳에 파란 체액이 흩뿌려져 있었다.

"도대체 저 괴물들은 다 뭐예요?"

"파수꾼."

점퍼를 걸쳐 입은 이슬이 머리칼을 칼라 밖으로 휙 빼내며 대답하고는, 더러워진 레깅스와 부츠를 털어내고 다시 입을 열었다.

"일단 나가서 얘기해요. 이렇게 좁은 데서 또 맞닥뜨리면 나
그땐 자신 없어요."

이슬은 덩치 큰 괴물들이 부수고 들어온 곳과 처음에 구체 부
대가 열어놓은 셔터를 번갈아 보다가, 좀 더 가까운 셔터 쪽을
가리키며 눈빛으로 동의를 구하고는 그리로 걸어갔다. 나는 조
금 망설였다. 왠지 찜찜한 느낌, 꼭 뭔가 잊어버린 게 있는 것 같
은 느낌이 들었다. 하지만 도통 그게 뭔지 알 수 없었다. 게다가
심각하게 그런 느낌이 드는 것도 아니었다. 나는 이슬의 뒷모습
을 물끄러미 바라봤다. 리드미컬하게 흔들리는 골반과 힙 근처
에서 구불구불한 붉은 머리칼이 물결쳤다. 이슬은 상당히 매력
적인 동행이었다. 게다가 지금 이 낯선 곳에서, 이슬보다 더 가
까운 사람은 없었다. 나는 잠시 동안의 망설임을 접고 경중경중
뛰어 이슬에게 따라붙었다. 이상하게 구두가 조금 큰시 뒤꿈치
가 헐떡거렸다.

셔터가 열려 있는 곳에 다다르자 이슬은 아치 기둥에 비스듬
히 기대서서 나를 돌아봤다. 그러고는 턱으로 바깥을 가리켰다.
분명 건물 안쪽일 것이라고 생각했던 셔터 밖은 까마득한 낭떠
러지였다. 낭떠러지 아래쪽에는 이 초거대 건축물보다는 훨씬
작지만 그래도 꽤 높고 커다란 규모의 낡은 빌딩들이 숨 막힐 정
도로 빈틈없이 들어차 있었고, 하늘에는 종유석이나 거꾸로 자
라난 개미탑처럼 생긴 기괴한 벌집 구조 건축물들이 주렁주렁
매달려 내려와 있었다. 고개를 살짝 내밀어 좌우를 살펴보니 완

만한 커브를 그리며 뻗어 나간 건물 벽은 아득히 먼 건너편까지
이어져 한 바퀴를 빙 두르고 있었다. 초거대 건축물은 속이 빈
형태였던 것이다. 그렇게 중심의 공동을 차지한 아래쪽 빌딩 밀
집 지대와 위쪽의 괴상한 개미탑 건물들은, 초거대 건축물 내벽
이곳저곳에서 뻗어 나간 투명한 터널들과 거미줄처럼 연결되어
있었다. 투명 터널은 굵은 것과 좁은 것, 그물처럼 엮인 것과 직
선으로 된 것, 사선이나 포물선을 그리며 뻗어 나간 것과 수직으
로 연결된 것 등 종류가 다양했다. 초거대 건축물의 내벽은 뿌옇
게 먼지가 낀 유리 창문, 캄캄한 상점가, 창고로 보이는 지역, 휑
한 광장, 투명 터널 시작부, 비상계단, 난간, 환풍구, 배수로, 또
는 이 지점처럼 셔터 회랑 등으로 그 높이와 위치에 따라 다양하
게 공간이 구성돼 있었지만, 그 외의 상당한 면적은 웬만한 건물
규모의 파이프나 케이블, 광섬유 다발로 뒤덮여 있었다. 광섬유
다발 안에서는 다양한 색채의 불빛들이 명멸하며 흐르고 있었
는데, 불빛 주변을 자세히 보니 파이프와 케이블, 벽 곳곳에 커
다란 거미로봇들이 붙어 있는 게 보였다. 각종 시설물에 붙어 어
떤 조치를 취한 후 다른 곳으로 옮겨 가거나 또는 대기하는 움
직임으로 보아 아마도 관리 로봇인 것 같았다. 천장은 어떤지 알
수 없었다. 투명 터널과 내벽에 붙은 케이블이 희미한 빛을 발하
고 있었음에도 공동 안은 상당히 어두웠기 때문이다. 낙후된 빌
딩들이 다닥다닥 밀집해 있는 아래쪽에서도 불빛이 퍼져 나오
고 있었지만 그 도시 위로 떨어지고 있는 가는 빗방울들만 겨우
확인할 수 있는 수준이었다. 비가 떨어지는 걸 보면 천장이 없는

것 같았으나, 또 그렇게 생각하기엔 들이치는 비의 양이 너무 적었다. 어쩌면 위에 매달린 개미탑 형태의 벌집 구조 건축물이 그대로 천장 역할을 하는 걸지도 몰랐다. 공동은 전체적으로 해저의 유적 같은 분위기를 풍겼다. 채도 낮은 불빛들과 기형의 건축물들이 희뿌연 회색 어둠 속에 조용히 가라앉아 있었다. 바람 소리나 공기가 울리는 소리가 들릴 법한 광활한 공간이었지만, 귀를 기울여봐야 이명 같은 노이즈만 새삼 알아차리게 될 뿐이었다. 그래서 건축물의 내부라기보다는 마치 인류의 미래 문명을 먹어치운 거대한 우주 괴물의 배 속 같았다.

"혹시……."

이슬이 기둥에서 몸을 떼고 옆으로 다가왔다.

"고소공포증 같은 거 있어요?"

바싹 다가선 이슬이 속눈썹을 깜빡였다. 눈빛이 너무나도 촉촉하고 깊어서 마치 다른 세상을 들여다보고 있는 것만 같았다. 나는 약간 뒤로 물러서며 대답했다.

"뭐, 그냥 이렇게 보는 건 괜찮은데요?"

"아아. 그럼, 이건?"

이슬이 갑자기 나를 꽉 끌어안더니 땅을 박차고 셔터 밖으로 뛰어올랐다. 놀랄 겨를도 없었다. 심장이 아랫도리를 끌고 철렁 떨어져 내리는 느낌이 들면서 머리가 쭈뼛 섰다. 잠시 후, 이슬이 나를 끌어안고 초거대 건축물의 공동을 날고 있음을 인지한 후에야 고래고래 비명이 터져 나왔다. 이슬이 신은 부츠가 시퍼런 불꽃을 뿜어내며 우리 둘을 허공으로 밀어 올리고 있었다. 공간은 믿을 수 없이 넓고 광활했지만 동시에 그 전체가 실내 같은 느낌이 들었다. 날고 있음을 감안하면 바람도 거의 불지 않았고, 내가 내지른 비명도 마치 방 안에서 소리치는 것처럼 나지막했다. 벌집 모양 구조물이 가까워오자 거미줄처럼 연결된 투명 터널 수십 개가 쉭쉭 소리를 내며 스쳐 지나갔다. 기다란 열차 같은 게 다니는 터널도 보였고, 짧고 뭉툭한 캡슐 같은 게 떠다니는 터널도 보였고, 거미로봇 하나가 흘러갈 뿐인 터널도 보였다. 그러나 대부분의 터널은 뿌연 빛만 발하고 있을 뿐 텅 빈 상태였다. 밑을 힐끔 내려다보니 테트리스의 일자 모양 블록처럼 빼곡히 들어찬 빌딩들이 어둠 속에 가라앉아 있었다. 본래는 번듯한 빌딩들이었던 것 같지만, 오랜 세월 증축과 개축을 반복하며 얼기설기 엮인 모습이 마치 초거대 건축물의 각 방향에서 공동 한복판을 향해 던져 넣은 쓰레기들 같았다. 그 위를 날고 있다고 생각하니 깊고 탁한 호수를 맨몸으로 헤엄쳐 건너는 것처럼 으스스한 기분이 들었다. 이슬을 좀 더 꽉 끌어안자 붉은 머리칼이 볼과 콧잔등을 간질였다. 이슬의 목덜미에서는 어쩐지 새 전자제품이나 새 자동차에서 나는 것 같은 냄새가 났다. 우리는 어느덧 공동의 중심을 넘어서 있었다. 서서히 초거대 건축물의 반대편 내벽이 가까워오자 이슬은 순식간에 고도를 낮췄다. 낙후된 빌딩숲의 첨단에서 그다지 멀지 않은 높이였다. 이슬은 내벽 표면에 일렬로 죽 늘어선 더럽고 단조로운 창문 중 하나로 미끄러져 들어간 후, 부츠의 추진 장치를 조정해 바닥에 사뿐히 내려섰다. 나는 그대로 바닥에 주저앉아버렸다. 이슬은 뒤로 종아리를 살짝 들어 올려 부츠 뒷굽을 살폈다.

"아이 씨, 옛날에 미우미우 샤넬에서 산 부츤데 새까매졌네, 짜증 나게."

이슬이 발뒤꿈치의 그을음을 손끝으로 문지르며 투덜거렸다. 나는 다리를 아무렇게나 풀어놓고 이슬을 맥없이 올려다봤다.

"미리 얘기 좀 해주면 안 돼요?"

"미리 얘기할게요, 다음부턴."

이슬이 애교 있게 웃어 보이며 무릎을 살짝 굽히고 손을 내밀 었다. 이슬의 미소를 보자 진이 빠진 상태에서도 피식 웃음이 나왔다. 나는 이슬의 손을 잡고 몸을 일으켰다.

이슬과 함께 날아 들어온 창문들은 과연 먼 미래의 것이 맞나 싶을 정도로 고색창연한 형태였다. 낡고 여기저기 깨져 있긴 했지만, 그걸 감안하더라도 촌스럽고 허술한 창문들이었다. 이를테면 이중창, 삼중창, 또는 강화유리로 된 시스템 창문이 아니라 오래된 아파트에서나 볼 수 있는 은색 알루미늄 창틀에 평범한 유리를 끼워놓은 미닫이였다. 실내는 식당이나 바 같은 일종의 공공장소 같았는데, 작고 높은 스탠딩 테이블이 듬성듬성 바닥에 붙박여 있었다. 그러나 그렇게 테이블이 모여 있는 구역은 전체 공간 중 일부였고, 그 외의 공간은 휑하니 아무것도 없었다. 창문으로부터 20~30미터 더 들어간 곳에 아래층으로 향하는 커다란 철제 계단이 하나 있을 뿐이었다.

"그래도 이건 작은 메갈로타워라 금방 건넜네요."

"이런 걸 메갈로타워라고 해요? 이게 작은 거예요?"

"작죠. 완전 초기에 지어진 거라. 혹시 내 기억 속에서 본 거 생각나요?"

잠시 머릿속을 더듬자, 언젠가 이슬이 성인용 인공육체를 메갈로타워 공사 현장에 파견했던 일이 떠올랐다. 그 꼭대기에서 인천 앞바다를 바라봤을 때 느낀 감정도. 나는 깜짝 놀라 이슬에게 되물었다.

"설마 여기 인천이에요?"

이슬이 고개를 끄덕였다. 일단 나도 대수롭지 않게 고개를 끄덕이는데, 아주 서서히, 뭐라 표현하기 힘든 감정들이 하나씩 피어올라 가슴속에서 뒤엉키는 것이 느껴졌다. 지독한 쓸쓸함과 절망감. 의구심과 반가움. 서글픔. 그리고 약간의 폭소. 나는 터벅터벅 창가로 걸어가 창틀에 손을 얹고 메갈로타워의 공동을 내려다봤다. 겨우 몇십 미터 낮은 곳에 낡은 빌딩들의 꼭대기가 빼곡히 들어차 있었다. 이슬이 조용히 다가와 옆에 기대섰다.

"아주 오랜 옛날에 송도였던 곳이에요. 송도에서 연수동, 대충 그쯤까지. 국제무역센터 같은 건물들은 아직 흔적이 있을 거예요."

저곳 깊숙이 내가 알던 도시와 사람들, 그리고 그들의 삶이 화석처럼 가라앉아 있다니. 낡고 허름한 빌딩숲을 바라보며 내가 알던 도시의 모습을 머릿속에 그려봤다. 날씨와 공기, 냄새와 색채, 그곳을 오가던 사람들의 모습과 표정. 머릿속에 떠오른 풍경과 심상은 새까만 빌딩숲 한복판 어딘가에 홀로그램처럼 나타났다가 이내 흔적도 없이 자취를 감췄다. 꿈처럼 막연하고 연

기처럼 희미해서 잡을 수 없었다. 하긴, 그렇게 따지면 그것들로
부터 먼저 자취를 감춘 건 바로 나였을 것이다. 도시와 사람들은
내가 죽은 후에도 오래오래 존재해온 나머지 결국 눈앞의 형태
가 된 것 아닌가. 거기 생각이 미치자 문득 의문이 들었다.

"사람들은 다 어딨죠? 저기 지금 사람 살아요?"

거대한 건축물과 생경한 시설물로 가득한 이 세상에서 정작
사람을 본 것은 손에 꼽았다. 가물가물하긴 해도 기억을 더듬어
보니 몇 명 본 것 같기는 했지만, 그렇다 해도 이 모든 것의 규모
를 생각하면 터무니없는 수준이었다. 이슬은 머리칼을 한 번 쓸
어 넘기고 입을 열었다.

"나름 살긴 살죠. 거미로봇들이 만든 저 위쪽도 거주 구역이
에요."

그렇게 대답한 이슬은 창틀을 짚었던 손의 먼지를 털고 다시
안쪽으로 걸음을 옮겼다.

"이쪽엔 바다도 그대로고요. 내려가면 보여요."

나는 창가에서 떨어져 이슬을 뒤따르며 물었다.

"근데 사람들은 왜 안 보이는데요?"

이슬은 내가 곁에 와서 걸을 수 있도록 잠시 걸음을 늦추면서,
스탠딩 테이블이 늘어선 구역과 횅한 공간을 가로질렀다. 내가
곧 이슬을 따라잡자 이슬은 점퍼를 여미면서 나를 바라봤다.

"전부 버추얼 코스모스에 빠져 있거든요."

"버추얼 코스모스?"

이슬이 계단 난간에 손을 갖다 댔다. 짙은 초록색으로 칠해진

철제 계단이 나선형으로 빙빙 돌며 이어져 있었다. 이슬은 난간을 잡지는 않고 그저 손끝으로 부드럽게 훑으며 한 단 한 단 발을 내디뎠다.

"가상현실 같은 거예요. 우주에 존재하는 모든 입자를 가상화해서 시뮬레이션 콘텐츠로 만든 건데, 그것 땜에 우주 하나의 가치가 푼돈 주고 사버릴 수 있는 수준으로 전락해버렸죠. 사람들 대부분이 자기의식을 그 버추얼 코스모스에 연결해놓고 있어요. 그렇게 된 후에도 벌써 오랜 세월이 흘러서, 지금 빅 크런치가 코앞이죠."

계단이 넓지 않았기 때문에 나는 이슬의 등 뒤를 따르고 있었다.

"그 빅 크런치는……."

"대붕괴. 우주 종말."

다음 단에 내려서려다 어중간한 자세로 멈춰 섰다. 이슬은 몇 계단 더 내려가다 그런 나를 올려다봤다. 계단 벽에 붙은 비상등이 이슬의 얼굴을 노르스름하게 비추었다.

"그게 얼마나 코앞인데요?"

"한 40분?"

이슬은 아무렇지도 않은 표정으로 그렇게 말하고는 다시 계단을 내려갔다. 나는 이슬이 시야에서 사라진 후에도 잠시 그 자리에 멈춰 서 있었다. 40분이라는 시간에 대해서 객관적으로도, 주관적으로도, 익숙하게도, 다시 생경하게도 생각을 해봤다. 이슬은 그러니까 국밥 한 그릇 먹고 나면 이 우주가 사라진다고 말하고 있는 것이었다. 나는 이슬을 쫓아 황급히 계단을 내려갔다.

"농담하는 거죠?"

이슬은 나선계단의 마지막 단에 내려서고 있었다.

"그런 걸로 농담 안 하는데?"

아래층은 천장이 높았다. 그도 그럴 것이 단순히 한 층 밑으로 이어진다고 하기엔 나선계단이 좀 긴 감이 있었다. 실내는 어둑어둑하고 습했다. 계단 위에서 비쳐 드는 비상등 불빛을 제외하면 조명도 없었다. 그러나 어둠에 눈이 적응되자 높다란 아치형 천장과 버팀대, 위가 봉긋한 창문과 원형 장미창, 높다랗고 육중한 아치문이 어렴풋이나마 보이기 시작했다. 안쪽에는 이미 내가 살던 시대에서도 좀처럼 찾아볼 수 없었던 구식 아케이드 게임 기계들이 아무렇게나 쌓여 있었는데, 그중 운전대와 총 모양 조종기가 붙은 기계가 낯이 익었다. 측면에 석양과 야자수를 배경으로 선글라스를 쓴 총 든 남자와 빨간 페라리가 그려져 있었고, 그 위에 '미이에미 샷건'이라는 빛바랜 핑크색 글씨가 적혀 있는 기계였다. 나는 어쩐지 저 기계가 작동하던 모습을 떠올릴 수 있었다. 석양에 물든 고속도로를 질주하던 빨간색 페라리. 그리고 거기서 몸을 내민 남자가 샷건을 난사하던 모습. 그리고 야자수를 들이받던 모습. 하지만 고딕 성당처럼 생긴 공간에 왜 저런 것들이 쌓여 있는 건지, 도무지 그 이유를 알 수 없었다. 다만 여긴 메갈로타워 외벽에 면해 있는지 어디선가 세찬 빗소리가 들려왔다.

"그럼 진짜로 40분 후에 다 끝장난다고요?"

이슬은 대답하지 않았다. 창가에 서서 칠흑 같은 어둠만 바라봤다.

"참나……."

나는 이슬이 서 있는 곳 옆의 다른 창문에 어깨를 털썩 기댔다.

"받아들일 수 없는 일이 하도 계속되니까, 이제 정말 꿈 같고 환상 같고 그렇네요."

이슬은 이번에도 대답하지 않으려는 것 같았다. 그러나 잠시 후 목소리가 들려왔다.

"틀린 말은 아니에요. 우린 어느 한 사람이 만든 우주 속의 허상이니까."

창문에 기댄 채 고개를 돌려 이슬을 쳐다봤다. 이슬은 가슴팍 근처에서 꼰 팔짱을 창턱에 올린 채 잠자코 창밖을 바라보고 있었다.

"아까 말한 버추얼 코스모스 얘기예요? 그 속의 허상이라고?"

이슬은 곤란한 듯 한쪽 볼을 잠깐 부풀렸다가, 한숨을 뱉으며 다시 원래대로 만들었다.

"꼭 버추얼 코스모스를 말하는 건 아니고요. 우주의 법칙이 그래요. 원래 우주는 무수히 존재하거든요? 글을 읽으면 그 데이터가 뇌 속으로 복제되고, 뇌의 데이터를 컴퓨터에 입력하면 전자신호로 변환되는 것처럼, 우주를 구성하는 입자랑 데이터는 온갖 관찰자, 인식자에 의해서 끊임없이 복제되고, 모습을 바꾸고, 가지치기를 해요. 버추얼 코스모스는 그런 우주의 연속성이 인위적으로 재현된 하나의 상품일 뿐이고."

"시간 여행? 평행 우주? 뭐 그런 얘기예요?"

"아이, 시간은 상관없고."

이슬이 살짝 짜증을 냈다.

"만물은 '입자의 배열'로 구성되어 있고, 그 '입자의 배열'은 곧 정보예요. DNA처럼요. 그 정보는 단순한 상태에서 복잡한 상태로만 바뀌고요. 그럼 우주의 모든 입자가 그런 식이면, 우리 뇌랑 생각도 그 입자로 만들어졌으니까 그 규칙을 따를 거 아녜요? 그래서 삼라만상이 시간의 흐름에 따르는 것처럼 보이는 거예요. 실은 과거, 현재, 미래의 데이터는 우주 전체에 무질서하게 퍼져 있고 동시에 존재한다고요. 근데 우린 입자의 단순한 상태에서 복잡한 상태로, 그렇게 한쪽 방향으로밖에 인지할 수 없으니까 시간이 경과하는 것처럼 이해되는 것뿐이에요. 게가 옆으로밖에 못 걸으니까 세상이 옆으로 흘러간다고 생각하는 것처럼. 뭐 당연히 우리의 주관에 의해서 우주가 이해되느니만큼 시간이라는 의미는 꼭 필요하죠. 근데 그 시간이란 건 우주를 지배하지도 않고, 우주를 가지치기하는 본질적 이유도 아니에요."

나는 멍한 표정으로 이슬을 바라봤다.

"아니, 나는 입자니 데이터니, 모든 게 입자로 만들어졌다, 그거부터 못 알아듣겠어요."

이슬은 이번에는 양쪽 볼을 모두 부풀리더니 아까보다 더 큰 한숨을 내쉬었다.

"…… 대융합, 이후에 중국에서 진짜 큰 입자가속기를 하나 만들었거든요. 그걸로 '쿼크' 소립자조차 더 작은 입자들로 나뉠 수 있고, 사후 가상세계와 현실 세계의 구조가 결국 같은 초소립자로 이뤄져 있다는 사실을 밝혀낸 거예요. 우주의 기본 단위가 밝혀졌다고요. 그걸 아트만 초소립자라고 불러요."

내가 여전히 멍한 표정으로 끔뻑끔뻑 바라보고 있자, 이슬이 다시 설명했다.

"후, 짜증 나. 이 우주의 모든 게 같은 레고 블록으로 만들어졌다고요. 이럼 알겠어요? 도로 있고, 나무 있고, 햇빛이랑 나무 그림자가 딱 있으면, 그 도로랑 나무랑 햇빛이랑 그림자가 전부 같은 블록으로 쌓은 거라고. 옛날 신문 사진 자세히 보면 밝은 곳이든 어두운 곳이든 전부 다 같은 크기의 점으로 찍혀 있잖아요. 라디오 틀면 노래 흘러나오죠? 그 노래랑 라디오가 실은 똑같은 엄청 작은 가루로 만들어졌다고요. 사람 몸, 빌딩, 생각, 빛, 전파, 에너지, 심지어 허공도 그 입자로 채……."

"알았어요, 개념은 이제 이해되네요. 근데 엄청 작은 가루란 표현은 좀 심했네요."

"하, 쉽게 해줘도 뭐라 그러네."

이슬이 살짝 눈을 흘겼다.

"암튼, 결국 그 아트만 초소립자의 배열에 따라 우주의 모든 것이 구성되는데, 신기한 건 우리 정신이 그 입자의 운동에 영향을 준다는 거예요. 관측하는 일 자체가 영향을 끼친다는 양자의 경우처럼요. 사실 우리 생각도 똑같은 초소립자로 구성되어 있으니 당연히 같은 입자끼리 영향을 주고받겠죠. 그럼 뭐예요, 우리가 어떤 상상을 하고 생각을 하는 것만으로 우주에 영향을 끼칠 수 있고, 결국 물질과 물질이 아닌 것, 실체와 실체가 아닌 것이 똑같다는 의미잖아요? 사람들이 그 범아일여의 진리를 깨닫고부터 본격적으로 대융합 르네상스가 시작된 거예요.".

"그럼 버추얼 코스모스란 건, 그 아트만 초소립자에 관한 지식을 토대로 인위적으로 우주를 만든 거고요?"

이슬은 고개를 끄덕이며 잠시 침묵했다. 순간 어떤 복잡한 심경이 이슬의 내면을 스치고 지나갔음을 느낄 수 있었다. 그러나 이슬은 곧 아무렇지 않게 얘기를 이어나갔다.

"아주 오래전에 마야라는 조악한 가상현실 기술이 있었어요. 가상현실 속 자극을 실제 현실의 자극보다 강하고 풍부하게 전달해서, 결국 사용자가 진짜 현실을 부정하게 만들어버리는, 문제가 많은 기술이었죠. 암튼 그때 초기 피실험자의 자아가 디지털 데이터로 변환됐는데, 그 자료가 계속 기업 손에 있었나 봐요. 그 자아 데이터를 우주의 모든 입자를 가상화시킨 프로그램과 융합해서 출시한 게 버추얼 코스모스예요. 사실 인위적으로 발생한 우주랑 자연 발생한 우주를 따지는 것도 웃겨요. 원래 우주란 게 매 순간 복제에 복제를 거듭하고, 차이가 생기면 그 즉시 가지를 쳐서 증식하는 존재니까. 예를 들면 네트워크에 떠돌아다니는 특정 디지털 텍스트 중 누가 타이핑 한 게 원본이냐를 따지는 것만큼 무의미한 거죠."

이슬은 목소리를 약간 가다듬고 말을 이었다.

"근데 문제는, 버추얼 코스모스 보급을 기점으로 거의 모든 우주의 패턴이 획일화됐다는 거예요. 거의 모든 우주가 그 초기 피실험자의 우주를 중심으로 빅 데이터를 형성해서, 우주에 일어나는 거의 모든 사건이 획일화됐어요."

이슬은 고개를 끄덕이며 동의를 구하듯 내 눈을 똑바로 바라봤다. 그러나 문제가 뭔지 도통 알 수 없었다.

"어어, 그럼 그 획일화라는 게, 정확히 무슨 문제가 있는 거죠?"

이슬은 어이가 없다는 표정이었다.

"모든 우주가 빅 크런치를 동시에 맞게 된 게 문제인 거예요. 저기 거주 구역에 있는 사람들이 빠져 있는 버추얼 코스모스 중 어떤 걸 들어가도 여기랑 똑같다고요. 우주가 종말을 맞이할 때가 오면 사소한 특이점을 가진 우주가 하나라도 살아남아서 새로운 모태가 되어야 하는데, 이대로는 모든 우주가 전멸이라고요."

창밖의 새까만 어둠에 짙푸른 새벽빛이 조금씩 흘러들고 있었다. 이슬의 우주론 내지는 초소립자설은 무슨 의미인지는 대충 이해가 갔다. 하지만 일리가 있고 이해가 간다는 것만으로, 나 자신이 누군가의 환상의 산물이며 우주의 종말이 임박했다는 사실을 받아들이기란 쉽지 않았다. 특별히 이슬을 신뢰하지 못해서도 아니고 설명이 난해해서도 아니었다. 그냥 그 부분은 실감의 범주에서 벗어나 있었다. 모든 것이 환상 같았다. 따라서 내가 누군가의 환상의 산물이라고 하는 현실을 받아들일 수가 없었다. 환상과 현실을 도무지 구별할 수가 없었다. 나는 대체 왜 여기 있는 걸까. 우주 공간을 헤매는 하얀 금붕어가 떠올랐다. 어지러웠다.

"괜찮아요?"

이슬의 목소리를 형성하는 초미립자가 금붕어를 부드럽게 감싸 도로 어항 안으로 돌려놨다. 둥글게 휘어진 어항은 거울처럼 금붕어를 비춰내다가, 물을 그대로 담은 채 엘리베이터로 변해버렸다. 양쪽 벽에 붙은 거울 두 개는 끊임없이 서로를 비추면서 거울 속에 수백, 수천, 아니 그 이상의 금붕어들을 만들어냈다.

"괜찮냐고요."

'현실이 환상을 만들고, 환상이 현실을 만들잖아. 응?'

엘리베이터 천장에서 필리스의 주인장이 머리를 들이밀자 금붕어들은 전부 도망쳐버렸다. 수은처럼 일렁이는 거울 속에 황망한 표정의 '나'만 무수히 남아 있었다. 어떤 게 진짜 나이고 어떤 게 가짜 나인지 구분하는 것은 무의미했다. 필리스 주인장은 고목 같은 손을 엘리베이터 속으로 집어넣고 물을 휘저었다. 수백, 수천의 엘리베이터 속에서 주인장의 거대한 손이 똑같은 동작으로 빙빙 돌았다. 그 손이 갑자기 나를 움켜쥐려는 순간, 나는 황급히 반대편 거울 속으로 뛰어들었다.

32, 33, 34, 35, 36……. 디스플레이 창에 표시된 빨간 숫자들이 빠른 속도로 변해간다. 건장한 체격의 남자 두 명이 의식을 잃은 태하를 붙잡은 채 엘리베이터 안에 서 있다. 둘 다 검은 반팔 티셔츠와 검은 바지, 검은 전투화 차림이고, 그 위에 파란 비닐 우비를 걸치고 있다. 왼쪽에 선 남자는 젊고, 오른쪽에 선 남자는 나이가 들어 보인다.

"국장 새끼, 내 장담하는데 이러다 사고 한 번 친다."

오른쪽에 서 있는, 머리 희끗희끗한 남자가 말했다. 작은 키지만 단단해 보이는 체격으로, 우비 아래로 비치는 구릿빛 피부가 엘리베이터 조명을 받아 번들거린다. 태하 왼쪽에 선 남자가 묻는다.

"또 뭐라고 해요, 황 팀장님한테?"

"이 사람 아홉시까지만 가지고 놀다가 자기 방식대로 죽이겠단다."

황 팀장이 턱으로 태하를 가리키며 말했다.

"오덕이래요, 하는 말들이."

"오덕?"

"뭔 덕후라고, 말이 있었는데 까먹었네. 암튼 중세시대 칼, 갑옷 수집하고, 단두대 수집하고 그런 쪽이래요. 그게 암것도 아닌 것 같아도 존나 비싸답니다."

"아무튼 또라이야, 그거. 비가 이렇게 쏟아지는데 옥상서 보자는 게 말이 되냐? 주변 빌딩서 볼 수도 있단 생각은 안 하냐?"

"광고막 있잖아요, 밤이니까."

황 팀장이 젊은 남자를 바라보며 혀를 찬다.

"얌마, 천수야. 니가 오십 넘게 살아봐. 아니, 이 일만 한 20년 해봐. 제일 중요한 게 뭔 줄 아냐?"

"알 리가 있겠습니까?"

"만약이라는 거에 대비하는 자세야, 새끼야."

천수가 엘리베이터의 숫자를 보며 아랫입술만 삐죽 내밀었다. 57, 58, 59, 60, 61, 62……

"너두 짬밥 좀 찼으니까 알 거 아냐? 만약이라는 거에 대비를 안 해서 애들 얼마나 다치냐? 근데 그 새끼는, 이거 안 돼, 이래서는."

"아, 워낙에 잘난 양반이라니까 알아서 하겠죠. 엘리트 아닙
니까, 엘리트."

"엘리트는 무슨 지랄 맞은 엘리트. 아무튼 또 또라이 짓 해보
라 그래. 이번엔 나도 가만 안 있는다."

엘리베이터의 속도가 서서히 줄더니 70층을 지나 H층에서
문이 열린다. 황 팀장과 천수가 태하를 끌고 밖으로 나가자 파
란 비닐 우비 끝자락이 정신없이 퍼덕인다. 대여섯 단 정도 되는
계단을 올라가자 헬리콥터 착륙장이 보인다. 원형 착륙장 세 개
가 삼각으로 모인 형태다. 각각의 착륙장 테두리에는 빨간색 유
도등이 줄줄이 박혀 점멸하고 있고, 세 개의 원형 착륙장 중앙에
설치된 원통형 홀로그램 전사기는 옥상 외곽을 둘러싼 광고 영
상을 만들어내고 있다.

황 팀장과 친수가 각자 태하의 팔 하나씩을 목에 걸고 옥상 끄
트머리로 걸어간다. 바닥에는 초록색 방수 우레탄이 깔려 있고,
곳곳에 커다란 냉난방장치 실외기와 공기정화기가 놓여 있다.
옥상 끝에 가까워질수록 홀로그램 광고막이 흐릿해지며 그 너
머의 야경이 선명해진다.

"국장한테 전화 걸어."

황 팀장이 천수에게 지시하고는 태하의 따귀를 몇 번 때리자,
태하의 퉁퉁 부은 눈이 슬며시 벌어진다. 그러다 빗물이 들어갔
는지 눈가가 부르르 떨린다.

"어떻게, 정신이 좀 들어요?"

태하가 눈을 껌뻑이며 황 팀장을 올려다본다. 이마에 끈적끈적하게 굳어 있던 피가 빗물 때문에 다시 흘러내린다. 뭔가 말하려고 입을 달싹이다가, 입안에 상처가 났는지 고통스러운 표정을 짓는다.

"됐어요. 굳이 뭐 떠들 필요는 없고, 대애충 상황이 지금 어떤 상황인지만 알아두면 되거든요?"

황 팀장이 자기 얼굴의 빗물을 훔치고 말을 잇는다.

"저어쪽으로다가 둘러보시면, 보여요?"

태하가 천천히 주변을 둘러본다. 비 쏟아지는 헬기장, 깜빡이는 유도등, 홀로그램 전사기. 그러고는 몸을 틀어 바깥쪽을 바라본다.

"여기가 지금 저, 70층이에요."

희미한 광고막 너머, 콘크리트처럼 짙고 뭉글뭉글한 보랏빛 먹구름이 보인다. 그 아래로 송도의 야경이 펼쳐져 있다. 빽빽하게 들어선 각양각색의 고층 빌딩들과 거기서 흘러나오는 수많은 불빛들, 빛나는 실 같은 도로 위를 흘러 다니는 깨알만 한 자동차들. 구 송도와 신 송도를 잇는 세 개의 송도교 옆 인천 무비 파크에서는, 비 오는 날임에도 불구하고 대관람차가 오색 조명을 반짝이며 회전하는 중이다. 저 멀리 해안선 근처에는 송도항이 빛나고 있다. 최신형 컨테이너 로봇과 초대형 화물선들, 크루즈 여객선과 수백 대의 요트들, 그리고 호텔과 상점들의 화려한 불빛들이 휘황찬란하다. 그런 항구 근처를 S형태의 인천대교 진입로가 가로지르고, 인천대교의 주탑과 케이블은 시커먼 밤바다 한가운데에서 필라멘트처럼 빛난다. 항구와 인천대교 왼쪽으로는 인천 타워가 솟아 있다. 칼처럼 날카로운 모서리가 하얗게 빛나는, 끝부분이 구름에 가려 보이지도 않는 초고층 빌딩이다. 그 인천 타워에서 쏘는 초대형 홀로그램 뉴스가, 이 건물 바로 앞 센트럴 파크 상공에 떠 있다.

"멋지죠?"

태하가 퉁퉁 부은 얼굴로 황 팀장을 올려다본다.

"아, 사람들을 갑자기 밀어붙이면 이해 못하는 경우가 있더라고. 70층에서 바라본 풍경이라는 걸 몰라요, 낯설어서. 겁을 안 먹길래 왜 그런가 했더니만 그래서 그렇더라고. 그으, 아무튼 자세한 얘기는 이제 국장님이 올라와서 하실 거지만, 사실 상황이 안 좋아요. 협박이나 린치, 알죠? 막 때리는 거? 그리고 최악의 경우 그쪽을 죽일 계획으로 여기 올라온 거고⋯⋯. 뭐 일단 개인적 감정이 있다기보디는 업무적인 차원이라는 거를 좀 알아주면은 좋겠어요. 우리도 힘들어요. 이게 뭔 고생이야."

황 팀장이 진저리를 치며 말을 마치자, 천수가 핸드폰을 집어넣으며 말한다.

"다 올라왔대요."

"어디서 오는데?"

"옆에 쉐라톤 호텔요. 또 스튜어디스한테 찝쩍거렸나 봐요."

황 팀장이 고개를 끄덕이며 손으로 태하를 가리킨다. 그러자 천수가 태하의 얼굴을 냅다 발로 걷어차고는, 바닥에 쓰러진 태하의 옆구리와 등짝을 마구 밟아댄다. 태하가 몸을 잔뜩 웅크린 채 비명을 지른다.

"됐어, 고만큼만."

황 팀장이 말하자 천수가 태하의 옆구리를 한 번 더 걷어차고는 뒤로 물러난다. 태하는 여전히 몸을 웅크린 채로 바닥에서 벌벌 떨고 있다.

굵은 빗방울이 태하 머리 주변에 번져 있는 핏물을 흩어놓는다. 황 팀장이 볼을 잔뜩 부풀린 얼굴로 태하를 바라보다가, 엘리베이터 쪽을 한 번 돌아본다. 그러고는 손가락으로 허벅지를 두드리며 천수를 쳐다본다.

"이 인간 왜 안 오는데?"

"오네, 저기 오네요."

황 팀장과 천수와 태하가 타고 올라온 엘리베이터 맞은편에서 베이지색 우산을 쓴 남자가 걸어온다. 블랙 슈트, 네이비 셔츠, 검붉은 넥타이 차림에 짙은 갈색 구두를 신고 있다. 안경과 커프스는 모두 금, 손목엔 오데마 피게. 양복 위에는 군용 우비를 입고, 손에는 검은색 비닐 쇼핑백을 든 채다.

"아, 황 팀장, 비 오는데 고생 많아요. 우산이라도 좀 쓰지 왜 그러고 있어?"

남자가 우비에 달린 후드를 뒤집어쓰며 묻자 황 팀장이 얼굴을 훔치며 대답한다.

"아무래도 우산 쓰면 행동이 불편해지……."

"이 사람이 방금 캐치한 사람인가?"

"예, 국장님."

290

"그 말 안 듣는 요원이랑 마야에서 캐치했다는 사람은 어딨죠?"

"기계실에 있습니다."

국장이 고개를 끄덕이며 천수를 물끄러미 바라보자 황 팀장이 말한다.

"아, 이 친구는 도천수 요원인데, 참 성실……."

"도천수 씨가 좀 데려와요."

"저 혼자요?"

국장이 눈살을 찌푸리려는 찰나, 황 팀장이 얼른 소리친다.

"밑에 석현이, 재광이 이런 애들 있을 거 아냐!"

"아, 예!"

"아니, 아니, 잠깐."

국장이 천수를 불러 세웠다.

"그럼 그 요원은 이따기 얘기하고, 일딘 마야에서 캐치한 사람만 빨리 좀 데려와요."

"예!"

천수가 엘리베이터로 뛰어간다. 국장이 턱으로 태하를 가리키자, 황 팀장이 태하의 겨드랑이 밑에 팔뚝을 끼워 일으켜 세운다.

"아이고오, 아프겠다, 아프겠어."

국장이 태하의 얼굴을 보며 말했다. 태하가 퉁퉁 부은 눈을 들어 국장을 바라본다. 턱과 입술을 덜덜 떨고 있다.

"근데 이 친구 추워서 이러나 무서워서 이러나?"

"무서워서 그러는 게 좀 클 겁니다. 아까까진 안 떨었는데 대충 상황 파악하고 나서부터 떨기 시작했거든요. 정신 차린 지 얼마 안 됐습니다."

국장이 대충 고개를 끄덕이고는 태하에게 좀 더 다가선다.

"저기요, 정신 있어요? 왜 이러고 있는지 압니까? 말할 수 있어요?"

태하가 천천히 고개를 젓자 국장이 다시 황 팀장에게 묻는다.

"이 친구 이름이?"

"태하랍니다."

우산 위로 비 쏟아지는 소리가 요란하다. 국장이 그 빗소리에 묻히지 않도록 목소리를 높여 말한다.

"태하 씨, 내 본론부터 말을 할게요. 태하 씨는, 아우! 솔직히 우리도 지금 골치가 아픈데, 우리한테 민감한 부분이 좀 있어요. 근데 태하 씨가 그걸 쑤시고 다녔거든? 아니, 쑤시고 다니는 걸 떠나서, 외부로 유출되면 안 되는 그런 고객이 있는데 이게 펑크가 난 거야. 뭔 소린 줄 알아요? 나라다는 원래 아무나 못 들어가는 덴데, 태하 씨 어제 거기 들어갔었잖아. 그게 우리 요원 하나가 실수를 해서 그런 거거든요?"

"니, 니네 스카이텔이지? 씨발놈의 스카이텔 폴리스 에이전시."

태하가 입술 위로 흐르는 빗물을 튀기며 말했다. 국장이 태하의 퉁퉁 부은 눈을 가만히 바라보다가 웃는다.

"봐봐, 이거 봐. 이러니까 당신이 여기 있는 거라니까?"

"내 그럴 줄 알았다, 이 씨발놈들아. 나라다 니네들 거지?"

국장이 웃음을 터뜨리며 잠시 고개를 돌렸다가 다시 태하를 본다.

"잘못 짚으셨는데?"

태하가 이를 드러내며 소리친다.

"니네 이러고도 무사할 줄 알아?"

"질문은 내가 하는 거야! 나라다에 왜 들어갔어?"

국장이 태하의 퉁퉁 부은 눈을 노려보며 소리쳤다. 그러나 태하는 대답하지 않는다. 국장이 인상을 쓰며 황 팀장을 쳐다보자 황 팀장이 태하를 내려놓으며 머리를 꾸벅 숙인다.

"죄송합니다."

황 팀장이 두툼한 손바닥으로 태하의 얼굴 한가운데를 쳐올리자 태하의 코에서 코피가 터져 나온다. 이어 황 팀장이 태하를 마구 걷어차며 소리친다.

"말투부터! 고쳐야 돼! 아, 국장님께서 존댓말로! 좋게, 해주시는데! 빈말로! 응? 이놈의 새끼가."

태하가 새우처럼 몸을 웅크린 채 신음한다. 얼굴은 빗물과 피와 고통으로 범벅이 됐다. 황 팀장이 또 한 번 걷어차려 전투화를 들어 올리자, 국장이 소리친다.

"됐고, 그냥 던져버립시다!"

국장이 눈을 찡긋해 보인다. 그러자 황 팀장이 태하의 멱살을 움켜쥐고는 옥상 끝으로 끌고 간다. 태하가 몸부림치며 고함을 지른다.

"입 다물어!"

황 팀장이 태하를 거의 들어 올리다시피 해서 옥상 끝으로 밀어낸다. 태하의 구두 밑창이 우레탄 바닥에서 미끄러지며 빗물을 튀긴다.

"어떻게, 경치 좋아요?"

국장이 손에 든 쇼핑백을 흐뭇한 표정으로 만지작거리며 물었다. 태하가 필사적으로 몸부림을 치다가, 몸의 3분의 2가 허공으로 밀려 나가자 뻣뻣하게 굳은 채 떨기 시작한다. 국장이 천천히 이쪽으로 걸어오며 묻는다.

"나라다에 왜 갔습니까?"

태하는 대답이 없다. 옥상 끝에 매달린 채 몸을 부들부들 떤다. 갈비뼈 밑 부분은 이미 건물 밖으로 밀려나고, 뻣뻣하게 굳은 어깨와 등짝만 겨우 건물 끝부분에 닿아 있다. 황 팀장은 입을 꾹 다문 채 코로 숨을 내뱉는 중이다. 태하의 오른쪽 겨드랑이와 목덜미를 붙든 황 팀장의 우람한 팔이 미세하게 떨린다.

"지금 아무리 대답할 정신이 없다 해도 대답을 하셔야 됩니다. 좀 무서워도 참고 대답을 해봐요. 나라다에 왜 갔어요?"

태하가 아래를 내려다본다. 인천 타워에서 뻗어 나온 홀로그램 뉴스 영상 밑으로 센트럴파크의 녹지, 산책로, 가로등, 수로가 보인다. 하얗게 빛나는 무수한 빗방울이 이곳에서 땅바닥까지의 공간을 가득 메우고 있다. 태하가 겨우 호흡을 가다듬고는 입을 연다.

"그래, 일 때문에 갔다! 내가 일 때문에 한 번 들어가봤다, 이 씨발것들아!"

"무슨 일?"

"기집애, 기집애 하나 찾아달래서 찾아줬어! 그게 뭐!"

태하가 빠르게 심호흡을 한다.

"그 여자애가 거기 있던가요? 나라다에?"

"아주 팔자 늘어졌더만!"

"아니, 그럼 그걸로 끝을 내셔야지, 뭘 더 캐고 다녀요? 누가 거기 뒷조사하라는 일도 줬어요?"

황 팀장이 힘에 부치는지 태하를 붙든 팔과 어깨를 들썩이자 국장이 고함을 지른다.

"황 팀장, 힘들면 잠깐 끌어 올려요."

황 팀장이 기다렸다는 듯이 태하를 끌어 올린다. 바닥을 딛자마자 찰싹 엎드린 태하가 정신없이 숨을 내쉴 때마다, 바닥에 고인 빗물이 후르르 떨린다. 국장은 그런 태하와 자신의 쇼핑백을 번갈아 쳐다보며 묘한 웃음을 띤다.

"아이고, 아주 전국이 따로 없죠?"

국장이 쇼핑백을 어루만지며 말을 잇는다.

"살 만하니 대답 좀 해봅시다. 그걸로 끝을 내지 왜 쓸데없이 캐고 다녔어요?"

태하가 숨만 내쉴 뿐 대답하지 않자 국장이 능청스레 묻는다.

"황 팀장? 다 쉬었어요?"

"내가 캐긴 뭘 캐고 다녔다고 지랄들이야, 이 개새끼들아!"

태하가 허겁지겁 황 팀장을 발로 쳐내며 소리쳤다. 국장이 킬킬거리면서 겨드랑이에 끼고 있던 쇼핑백을 빼 반대편 겨드랑이에 낀다.

"그런 적 없다고요?"

"없어!"

"분명 없다고 하신 거죠?"

"없다고!"

국장이 짜증 난다는 듯이 황 팀장을 쳐다본다.

"어떻게, 좀 더 칠까요?"

"아, 됐고, 지금이 몇 분이냐아……."

국장이 오데마 피게가 가리키는 시간을 확인하고는 인상을 찌푸리며 태하를 바라본다.

"여덟시 삼십분이라. 이거 애매하네. 아니, 근데 사람이 죽음을 앞두고도 거짓말을 해대는 거 보면, 참 이해가 안 간단 말이야. 태하 씨, 어떻게 생각해요?"

태하는 대답이 없다. 부어터진 눈으로 지척을 경계하며 황 팀장과 국장에게 이를 드러내고 있다. 그때 뒤쪽에서 철벅거리는 소리가 난다. 천수가 누군가를 질질 끌고 오는 중이다.

"도천수 씨? 빨리요!"

"아, 예!"

천수가 좀 더 속도를 낸다. 끌고 온 사람을 태하 옆에 던져놓는다.

"대웅아!"

대웅이 바닥에 쓰러진 채 움찔거린다. 마야에 갔을 때 입었던 주머니 달린 티셔츠와 지홍의원 환자복 바지 차림이고, 얼굴은 태하 이상으로 엉망이다.

"저 친구가 아까 나라다에 찾아왔다고 그러더라고요?"

"쟤가 왜?"

태하가 엉금엉금 대웅에게 기어 가 어깨를 흔들어댄다.

"야, 새끼야! 정신 차려봐!"

대웅은 대답이 없다.

"그러게 왜 기어 나오냐!"

태하의 목소리에 울음이 섞인다. 태하가 고개를 숙이며 자신의 머리를 쥐어뜯자 비에 흠뻑 젖은 짧은 머리칼이 빗물을 튀긴다.

"…… 혀님."

태하가 부은 눈을 들어 대웅을 바라본다. 대웅이 가늘게 뜬 눈으로 태하를 보며 웃고 있다. 입술을 달싹이며 뭔가 말하고 있지만 무슨 소린지는 잘 들리지 않는다. 이 사이사이에 맺힌 새빨간 피만 보인다. 대웅이 부들부들 떨리는 손으로 자신의 티셔츠 주머니 지퍼를 내리자, 이블아이의 일부분이 주머니 밖으로 슬쩍 삐져나온다. 렌즈에 금이 가고 한쪽 다리 끝이 부러졌다.

"미안함다. 망가뜨려서."

대웅이 고통스러운 표정으로 왼손을 내밀자, 태하가 손을 잡아주며 이블아이를 자신의 셔츠 앞섶에 건다.

"야! 정신 드냐?"

태하가 대웅의 손바닥을 열심히 주무르며 물었다. 그러자 대웅이 희미하게 미소를 짓는가 싶더니 이내 정신을 잃고 다시 몸을 움찔거린다.

"두 분이 아주 각별한 사인가 봐요?"

국장이 물었다. 황 팀장과 천수는 양손을 가지런히 앞으로 모으고 국장 뒤에 서 있다. 국장이 안경을 벗어 렌즈에 튄 빗물을 닦고는 말을 잇는다.

"원래 저렇게 돼야 정상이거든요? 원래 나라다 들어갔다 나오면 저렇게 된다고. 정확히 하자면, 저렇게 되는 사람들만 들어가야 하는 덴데……. 아무튼 저 친구가 아까 나라다에 가서 자기소개를 하더래요. 어제 깽판 친 사람 둘 중 하난데, 당신 연락처랑 뭘 얼마나 쑤시고 다니는지 다 말할 테니까 마야 다시 하게 해달라 그러더랍니다. 그래서 뭐 일도 아니게 당신 잡은 거지. 근데 안 캐고 다녔다고?"

국장이 다시 안경을 끼고 태하를 내려다보자, 태하가 시선을 아래로 떨어뜨린다.

"거 죄송합니다. 진짜 죄송하게 됐습니다. 예, 궁금한 게 있어서 좀 캐고 다녔습니다. 근데요, 정말 다른 뜻 없었습니다. 마야가 뭐든, 나라다에서 뭔 일이 벌어지든 상관 안 합니다. 정말입니다. 살려만 주십쇼. 얘랑 저랑 그냥 살려만 주십쇼."

국장이 슬쩍 웃으며 시계를 본다.

"그러니까 캐고 다닌 건 인정을 한다는 거네. 아니, 왜 거짓말을 해, 사람이. 가뜩이나 안 좋은 상황에서. 그래, 대체 왜 캐고 다녔어요? 누가 시켰어요? 공무원들이 고용했나?"

태하가 머뭇거리자 국장이 양옆의 황 팀장과 천수를 번갈아보며 말한다.

"집에 가기 싫은가 본데요?"

"아닙니다! 저기, 실은 거기서 아내 사진을 봤습니다."

"태하 씨 와이프요?"

"예, 제 아내가 작년에 실종됐습니다. 정말 살았는지 죽었는지, 대체 어딨는 건지 흔적도 없었는데, 나라다에 사진이 있었습니다. 그래서 그랬습니다. 거기서부터 어떻게 좀 찾아보려고 알아본 겁니다."

"아구, 그러셨구나."

태하가 대웅을 바라본다. 그러고는 손바닥으로 자신의 얼굴을 한 번 훔치고 입을 연다.

"예, 정말입니다. 정말 다른 뜻은 없었습니다. 저는 진짜 제 마누라 찾는 일 외에는 관심도 없고요, 순전히 그거 때문에 알아보고 다닌 겁니다."

국장이 어깨를 으쓱해 보인다.

"좋습니다. 좋은데, 그거 내가 어떻게 믿어야 됩니까? 그게 문제지."

태하가 허겁지겁 바지 주머니를 뒤진다. 가슴에 달린 셔츠 주머니 안도 보고, 몸 여기저기를 두드려본다. 그러다 국장을 본다. 태하의 부어터진 눈두덩 속 눈동자가 미세하게 떨린다.

"저기, 제가 사진을 놓고 왔나 본데, 지금이라도 당장……."

"내가 너무 바쁘고요. 벌써 20분밖에 안 남았네."

"아니, 제발요! 제발 믿어주십쇼! 진짭니다! 그리고 마야에 대한 거요, 나라다랑 스카이텔 얘기, 절대 안 하겠습니다! 정말입니다, 그냥 잊어버릴게요! 그냥 잊어버릴 테니까는 제발 살려만 주십쇼! 인간적으로, 정말 부탁드립니다."

국장이 자신의 쇼핑백을 흐뭇한 표정으로 만지작거리다 웃음을 터뜨린다.

"인간적으로라……. 좋죠. 인간적인 거. 그래, 뭘 잊어버리겠다는 건데요? 대체 뭘 알아냈는지 어디 들어나 봅시다?"

태하가 빌딩 바깥쪽을 바라보며 한숨을 토해낸다.

"거 빨리 합시다. 그리고 거짓말하면 어떻게 되는지 알죠?"

"예, 그럼요. 그, 스카이텔이 나라다라는 클럽을 운영하고 있는 거랑, 거기서 스위트룸하고 비슷한 디지털 마약을 흘리고 있는 거. 그게 마야라는 거. 그냥 그런 거요. 그거 말고는 모릅니다, 정말."

국장이 가만히 태하를 내려다본다. 그러다가 갑자기 킬킬거리면서 황 팀장과 천수를 번갈아 쳐다본다.

"안 웃겨요?"

그제야 황 팀장과 천수가 함께 따라 웃는다. 억지웃음이다.

"너무하네, 정말. 그러니까 스카이텔이 마야도 만들고 나라다도 운영한다? 그거죠, 태하 씨 말이?"

태하는 말없이 눈치만 본다. 국장도 굳이 대답을 기다리지 않고 말을 잇는다.

"태하 씨, 뭐 탐정 비슷한 일 하는 거 아니었어요? 그 일 접어야 되는 거 아닙니까? 이러면 우리가 태하 씨를 데려온 의미가 없어지잖아요."

국장의 얼굴에서 서서히 웃음이 가신다.

"태하 씨, 자알 들으세요. 우리 스카이텔레컴은 요런 쓰레기들 늘어나길 원치 않습니다."

국장이 구둣발로 대웅을 쿡쿡 찌르며 말했다.

"우리가 원하는 건요, 소비자지 중독자가 아닙니다. 일을 해서 꾸준히 소득을 얻고, 그 소득을 끊임없이 우리한테 갖다 바쳐야 우리가 살죠. 세금으로, 적금으로, 보험료로, 전기세로, 카드값, 기름값, 옷값, 음식값, 전화와 인터넷, 거기다가 스위트룸까지. 우리는 그런 사람들을 원해요. 세상이 그런 제대로 된 사람들로 가득 차야 우리도 일할 맛이 나잖아요? 이런 쓰레기들이 우후죽순으로 늘어난다고 생각해보세요. 우리 모든 계열사 주 업무가 독촉장 보내기랑 독촉 전화 하기로 바뀔 겁니다. 어휴, 그럼 안 되죠."

"근데 스위트룸이랑 마야는 똑같은 거 아닙니까? 스카이텔이 그래서 나라다를 운영하……."

국장이 자신의 오데마 피게를 들여다보고는, 잠시 망설이다가 다시 말을 잇는다.

"자, 봅시다. 태하 씨, 내가 스카이텔레컴 폴리스 에이전시 인천지국장입니다. 내가 이것만큼은 확실히 말씀드릴 수 있는 게, 우리는 저얼대 그런 마야 같은 게 필요가 없어요."

국장이 눈살을 찌푸리며 대웅을 내려다본다.

"스위트룸이 마야 같은 식이면 그 사용자들은, 그러니까 이런 인간들요, 이런 인간쓰레기들이 스위트룸 소프트웨어를 몇 개나 구입할 수 있겠습니까? 소프트 구입은 둘째 치고 요금이

나 낼 수 있을까요? 생각해봐요, 안 되겠죠? 스위트룸 서비스에만 국한되는 것이 아닙니다. 우린 아주 멀리 봐요. 고객이 모든 요금을 내지 않고 빚쟁이가 된다, 그럼 종국에는 그 고객의 재산을 압류할 수 있을 겁니다. 근데 이런 중독자들이 한둘이 아니면요? 와아, 수입이 어마어마하겠네요? 그렇죠? 하지만 태하 씨, 여기서부터가 문제입니다. 그다음엔 어쩔 거죠? 예를 들어 이 지구상에 있는 모든 재산을 압류한 뒤에는 어떻게 하죠? 봐요, 태하 씨. 우리는 고객들이 계속 돈을 벌길 원해요. 고객들은 그 돈으로 필요한 상품을 사겠죠. 그럼 우린 광고나 영화나 드라마나 스위트룸을 통해서 새로운 이미지를 주입시키는 거예요. 산 물건을 또 사게 만들고, 본 영화를 또 보게 만들죠. 유행을 만들어내서 새 코트, 새 소파, 새 자동차를 사게 만들고, 이슈를 일으켜서 따라가게 만듭니다. 이제 더 이상 그런 차로는 환경을 보호할 수 없다, 이제 더 이상 그런 보험으로는 가족의 안전을 지킬 수 없다, 이제 더 이상 그런 인테리어로는 교양 있다는 소릴 들을 수 없다, 그런 핸드폰으로는 사랑을 속삭일 수가 없다, 잘나가는 중산층은 그런 커피를 마시지 않는다, 이런 수준의 사람만이 우리 옷을 입는다, 이런 과정을 겪고, 이런 문화를 즐기고, 이런 건물에서 놀아야 문화인이다, 남달라 보일 수 있다, 쿨해 보인다 등등이죠. 사회적 이슈를 터뜨리고, 유행을 선도하고, 사회에 계급을 만듭니다. 만약 거기 따르지 않고 알량한 개성을 추구하는 사람들이 있다면, 우린 그 사람들을 우스꽝스러운 사람, 안타까운 사고방식을 가진 사람, 상처 입은 사람, 위험한 사람, 불쌍한 루저 등으로 연출해내죠. 우리가 원하는 건 간단합니다. 고객들이 늙어 죽을 때까지 우리 상품을 사게 만드는 거. 우리가 계획한 대로의 삶을 살게 만드는 거. 그러니까 우리가 가진 진짜 마약은요, 바로 이미지입니다. 자본주의의 이미지. 스위트룸이나 마야 같은 유치한 게 아니에요. 우린 이미 오래전부터 훨씬 더 거대하고 견고한 가상현실 속에 고객들을 가둬놨단 말입니다. 우리가 중독시킨 고객들은 우리가 만든 이미지 안에 갇혀서 평생 그 이미지만 소비하며 살다가, 아이를 낳으면 역시 우리가 만들어낸 이미지대로 교육을 시키겠죠. 그럼 그 아이도 우리가 계획한 대로 이미지에 갇혀 살며 이미지를 소비하고……. 뭐 꿈? 희망? 성공? 글쎄, 그것도 우리가 만든 영화나 광고 속의 이미지에 불과할걸요? 일단 이미지가 사회를 슬슬 굴려놓으면, 사회는 또 현실을 반영한답시고 더 사실적인 이미지를 만들어냅니다. 허구가 현실을 만들고, 현실이 허구를 만드는 거죠. 영원한 쳇바퀴예요."

국장이 대웅에게서 시선을 거두고는 다시 태하를 바라보며 말을 잇는다.

"이건 거의 종교 수준이에요. 사람들은 성서를 읽고 성서에 쓰인 대로의 삶을 살기 위해 우리 상품을 사죠. 단지 그 성서를 우리가 만든 거라는 것만 모를 뿐이에요."

태하가 부은 눈으로 국장을 바라보다 입을 연다.

"그거 멋지네요."

"네, 멋지죠. 멋져도 보통 멋진 게 아니죠."

국장의 등 뒤에서 천수와 황 팀장이 어이없다는 표정으로 서로를 바라본다.

"그런데, 그래도 그 스위트룸이랑 마야가 연관이 있긴 있는 거 아닙니까? 왜냐면······."

"아, 이 사람 스위트룸 플러그가 마야에도 반응하니까?"

"스카이텔이 나라다에서 경비를 서는 것도······."

국장이 고개를 끄덕인다.

"뭐 아무래도 이런저런 이유들 때문에 태하 씨처럼 그렇게 오해할 수도 있지만, 나라다는 그냥 스카이텔레컴 폴리스 에이전시의 고객일 뿐이에요. 어쨌든 우리랑 직접적인 관계는 없다는 것을, 제가 태하 씨 먼 길 가시기 전에 확실히 해드렸습니다. 끝."

국장이 오데마 피게를 들여다본다.

"자, 딱 맞췄네요. 더 놀아드리고는 싶은데 시간 관계상 안 되겠어요."

"제발요. 이러지 마십쇼, 제발!"

태하가 서 있던 자리에서 뒷걸음치며 소리친다.

"태하 씨가 운이 참 안 좋아요. 사실 나라다 거기, 내일 폐쇄됩니다. 하루 이틀 늦게 찾아갔어도 이런 일 없잖아요."

국장이 고개를 숙인 채 자신의 구두를 한 번 살피고는, 황 팀장을 돌아본다.

"이제 시간 됐으니까 시작하죠?"

"예."

국장이 한쪽 어깨에 우산을 얹고는 쇼핑백 안에 든 것을 주섬

주섬 꺼낸다. 묵직한 물체가 투명한 비닐에 싸여 있다.

"이게, 프랑스 대혁명 때 실제로 썼던 거래요."

국장이 투명한 비닐을 벗기자 때가 타서 시커멓게 변한 밧줄이 드러난다.

"이 올가미로 교수형당한 사람이 천 명이 넘는답니다."

황 팀장이 미간을 찌푸린다.

"국장님, 저기 설마……."

"경쟁이 아주 치열했는데 운 좋게 낙찰 받았죠. 천수 씨랑 같이 하세요. 마무리는 저 밑으로 떨어진 걸로 하시고요."

"국장님, 그러니까, 지금 저 사람 요 올가미로 죽이라는 겁니까? 마무리는 저 밑으로 떨어진 걸로 하고요?"

"그렇죠. 생각해봐요. 그 오랜 역사 속의 올가미가 지금 이 순간 팽팽히 당겨지는 그 광경!"

국장이 싱글벙글 웃으며 몸을 떤다. 국장과 황 팀상과 천수의 우비가 착륙장의 불빛을 받아 번쩍인다. 빗방울이 그 번들거리는 표면을 쉴 새 없이 때려댄다. 황 팀장이 손바닥으로 얼굴을 한 번 쓸어내리더니, 하늘에 대고 한숨을 뱉는다.

"왜요? 문제 있어요?"

국장이 얼굴에서 웃음기를 지우고 황 팀장에게 물었다. 검은 쇼핑백과 투명한 비닐봉지는 발치에 떨어져 비에 젖고 있다.

"아니, 문제고 자시고 간에요. 솔직히요, 말이 된다고 생각하십니까?"

국장이 올가미를 든 손으로 슬쩍 안경을 밀어 올린다.

"뭐라고요?"

"아니 이게, 지금 이게 말이 된다고 생각하시냐고요."

방수 우레탄 바닥에 떨어진 빗방울이 하얗게 부서지며 다시 튀어오른다. 태하가 천천히 대웅 옆으로 기어간다.

"말이 왜 안 되죠?"

"야, 천수야! 너는 어떻게 생각하냐?"

황 팀장이 천수에게 고개를 돌리자, 국장도 천수를 바라본다.

"글쎄, 저도 그건 좀……."

"도천수 씨!"

국장이 소리친다.

"지금 뭐 하자는 겁니까? 이거 본사에서 내려온 기밀 지시사항이에요! 몰라요? 마야와 나라다가 우리 기업과 관계가 있다는 사실이 밝혀질 경우에는 다 끝이라고요! 기밀 유지를 위해서 어떠한 인적, 물적 희생도 감수하라는 내용이 분명히 명시되어 있습니다!"

태하가 정신을 잃은 대웅을 비통한 표정으로 바라보며, 대웅의 손바닥을 주무른다.

"그래, 그 지시사항에 사람 목매달아 죽이라는 내용도 있던가요?"

"아, 황 팀장! 잘나가다 갑자기 왜 이래요? 그건 책임자 재량입니다!"

"책임자요? 재량요? 아니, 어떻게 책임지실 겁니까? 어떻게 책임지실 건데요? 저리 떨어져서 완전히 으스러져도 과학 수사

306

인가 뭔가 하면 목 졸려 죽었다는 거 다 나와요. 아니, 이런 거 저런 거 생각도 못 하세요?"

국장이 황 팀장을 노려본다. 황 팀장이 말을 잇는다.

"이 빌딩서 제일 층수 많이 차지하고 있는 데가 우리 회삽니다. 예? 직원들 숙소랑 대기실까지 포함해서요. 아니 근데, 목 졸려 죽은 시체가 저 밑에 처박혀 있음 그 화살이 어디로 갑니까? 예?"

"아, 그 화살 황 팀장한테 안 가니까 걱정 마요! 윗선에서 해결이 다 가능한 문젭니다!"

"아무리 그렇더라도요! 다른 것도 아니구, 국장님 취미 생활 때문에 모두가 위험해져야 됩니까? 우리 아직 경찰도 아니고, 행정민영화 업체도 아닙니다!"

국장이 피식 웃는다. 눈은 황 팀장을 노려보고 있다.

"하기 싫으면 관두세요."

"예?"

"사표 쓰시라고."

황 팀장 얼굴에 당혹감이 드러난다.

"도천수 씨? 도천수 씨도 하기 싫어요?"

천수가 국장과 황 팀장을 번갈아 보며 머뭇거린다. 한쪽 얼굴이 착륙장의 조명을 받아 순간순간 번쩍인다. 잠자코 바닥을 내려다보는 황 팀장의 턱 끝에선 빗물이 뚝뚝 떨어져 내리고 있다.

"그리고 황 팀장? 사표 쓰는 즉시, 황 팀장도 입막음 처리 대상으로 분류된다는 거 알아두세요."

황 팀장이 고개를 든다.

"그게 뭔 뜻입니까?"

"비밀 유지를 위해서 어떤 인적, 물적 희생도 감수하라는 내용, 거기 황 팀장도 포함될 수 있다는 거죠."

황 팀장이 허탈한 표정으로 하늘을 바라본다. 천수는 국장과 황 팀장 사이에서 어쩔 줄 몰라 하고 있다.

"붕신들이 아주 지랄을 하고 앉았구만."

태하가 비틀비틀 바닥에서 몸을 일으킨다. 등 뒤에서 번쩍이는 홀로그램 광고막 너머로, 폭우에 흠뻑 젖은 송도의 야경이 펼쳐져 있다.

"아, 태하 씨, 그냥 좀 조용히 계시면 안 될까요?"

국장이 우산 끄트머리를 바라보며 한숨을 쉰다.

"지금 이분들 나가도 달라지는 거 없거든요? 이분들 나가면 태하 씨도 그냥 집에 가세요, 할 것 같아서 그럽니까? 그냥 조용히 계세요. 자꾸 그러시면 집에 가서 단두대 꺼내 옵니다?"

천수가 킥킥거리자 태하가 험악한 표정으로 천수를 쳐다본다.

"어이, 돼지 새끼! 뭘 처웃고 자빠졌어? 웃겨?"

천수가 말없이 태하를 바라본다. 자신의 귀를 못 믿겠다는 듯한 표정이다.

"천수 씨? 그만두고 싶으……."

"하겠습니다! 할 건데요, 그 전에 저 새끼 반 죽여놔도 됩니까?"

"담부터 내 말 자르지 마세요. 그리고 반만 죽이세요."

천수가 성큼성큼 태하에게 걸어간다. 태하는 기우뚱하게 선 채로 퉁퉁 부은 눈을 부라리고 있다.

"아, 그리고 황 팀장?"

"예."

천수가 가까워오자 태하가 비틀거리며 뒷걸음질 친다. 점점 옥상 끝에 가까워진다.

"예가 아니라, 빨리 결정하셔야죠? 할 겁니까, 말 겁니까?"

옥상 끝에 다다르자 태하가 뒤를 슬쩍 돌아보고는 걸음을 멈춘다. 천수는 미소를 지으며 한 발짝, 한 발짝 다가선다.

"솔직히 저는 그동안 황 팀장 일 처리하는 거 아주 맘에 들고 신뢰하, 아니 천수 씨!"

천수가 고개를 돌린다.

"죽이라곤 안 했어요! 그리로 밀면 안 됩니다!"

"예, 그렇게 안 합니다!"

천수가 다시 고개를 돌려 태하를 노려본다. 옥상 끝에 선 태하에게 달려들어 멱살을 움켜쥔다.

"아까 한 말 다시 해봐라. 뭐라고, 이 호빗 새끼야?"

태하가 천수의 손목을 붙들고는 말한다.

"니가 돼지 새끼지, 내가 호빗이 아니라."

"입만 살아가지고는!"

천수가 태하의 멱살을 쥔 채 들어 올리자, 태하가 기어들어가는 목소리로 중얼거린다.

"잘 봐, 병신아."

"뭘!"

천수가 태하를 건물 밖으로 밀어낸다. 천수의 우람한 팔뚝이 홀로그램 광고막을 뚫고 나가자, 팔뚝을 타고 흐르던 빗물이 색색으로 물들어 내려온다. 태하의 머리와 어깨는 이미 광고막 바깥쪽, 까마득한 허공에 떠 있다. 그 너머로 보이는 세 개의 송도교가 유난히 번쩍거린다. 빨강, 파랑으로 번쩍이는 경광등의 긴 행렬이 다리 세 개를 모두 타 넘고는 순식간에 시가지 여기저기로 퍼져 나가고 있다. 그걸 보던 천수의 눈동자가 흔들리더니 센트럴 파크 상공의 홀로그램 뉴스로 향한다.

"아, 도천수 씨!"

뒤쪽에서 국장이 소리쳤다.

"아직 죽이지 말라니까요?"

천수가 태하를 내려놓고는 터벅터벅 국장과 황 팀장 쪽으로 돌아온다.

"아, 답답해! 밀지 말라고 했지, 또 언제 그냥 오라고 했어요?"

국장이 천수 앞을 가로막자 천수가 팔을 휘둘러 밀쳐낸다. 국장 손에 있던 올가미가 바닥에 떨어진다.

"뭐 하는 겁니까?"

"우리 빨리 튀어야 됩니다."

천수가 황 팀장에게 말했다.

"뭔 소리냐?"

"우리가, 우리가 뉴스에 나와요, 지금!"

국장이 인상을 쓰며 천수에게 묻는다.

"그게 무슨 소립니까?"

"당신은 좀 닥쳐!"

천수가 거의 울 것 같은 표정으로 국장을 노려본다. 온몸이 후들후들 떨리고 있다. 국장이 당황한 표정으로 천수와 태하를 번갈아 쳐다보자, 천수가 다시 황 팀장에게 말한다.

"빨리 튀어야 돼요, 빨리요!"

"대체 무슨 소리야, 무슨 뉴스?"

천수가 팔을 휘두르며 소리 지른다.

"우리가 9시 뉴스에 나오고 있단 말입니다! 협박하고 죽인다고 지랄한 거! 자기가 스카이텔 폴리스 국장이네 뭐네, 국장 새끼가 씨발 소비자가 어쩌고 개소리한 거 다 나오고 있다고요! 자막까지 떠서요!"

황 팀장이 천수를 밀치고 옥상 끝으로 뛰어간다. 밑을 내려다본다. 저 멀리 인천 타워에서 쏘는 홀로그램 뉴스가 센트럴 파크 위쪽에 커다랗게 떠 있다. 뉴스에서는 국장과 황 팀장과 천수의 영성이 흘러나오고 있는데, 국장은 얼굴이 확실히 보이지만 그 뒤에 서 있는 황 팀장과 천수는 착륙장의 조명과 홀로그램 전사기의 역광 때문에 잘 보이지 않는다. 뉴스는 다시 화면을 바꿔 시위 중이던 경찰들이 출동하는 모습을 비춘다. 화면 하단에는 이미 5분 전의 상황이라는 설명이 붙어 있다. 국장이 뒤늦게 달려와 뉴스를 보고는 태하에게 소리친다.

"뭐가 어떻게 된 거야?"

"어떻게 되긴 어떻게 돼, 좆 된 거지."

태하가 셔츠 앞섶에서 이블아이를 뽑아 든다.

"내가 손바닥 뒤집듯이 니들한테 벌벌 길 때, 뭐 이상하단 생각 안 들었냐? 비 쏟아지는 날에 선글라스 보면 좀 이상하단 생각 안 들어? 내가 재 손바닥 자꾸 주물럭거리는 거 보면서 뭐 좀 이상하단 생각 전혀 안 들었어? 니들이야말로 운이 참 안 좋아. 엊그제만 해도 나 저기서 뉴스 하는 새끼 몰랐거든. 하루 이틀만 일찍 일 치렀어도 이런 일 없잖아."

국장이 온몸을 부들부들 떨며 소리친다.

"뭣들 합니까! 저 새끼 당장 집어 던져요!"

황 팀장과 천수, 아무도 대답하지 않는다. 착륙장의 번쩍이는 조명 위로 눈부신 빗줄기만 떨어져 내리고 있다. 그러자 국장이 우산을 내던지며 다시 소리 지른다.

"뭐 해, 당장 잡아 던지라고!"

황 팀장이 국장을 가만히 바라본다. 천수는 온몸을 부들부들 떨고 있다. 패닉 상태다. 황 팀장이 그런 천수를 말없이 잡아끌며 엘리베이터 쪽으로 걸어간다.

"뭐 하는 거야! 야!"

황 팀장과 천수의 걸음이 점점 빨라지더니 금세 엘리베이터와 통하는 계단 아래로 사라진다.

"이 새끼들! 니네 전부 해고야!"

태하가 비틀거리며 몇 걸음을 옮기더니 바닥에 떨어져 있는 올가미를 집어 든다. 굵은 밧줄이 물을 먹어 시커멓게 변했다. 태하가 올가미를 흔들어 무게를 가늠해보며 입을 연다.

"니가 생각이 있는 새끼면, 솔직히 재네 갈 때 같이 도망치려는 시늉이라도 할 줄 알았다. 근데 너는 진짜 끝까지 상황 파악을 못한다, 어? 이 개새끼야."

돌아보는 국장의 얼굴이 분노로 일그러져 있다. 국장이 주먹 쥔 손을 부들부들 떨다가 태하에게 달려들자 태하가 재빨리 몸을 틀며 올가미를 휘두른다. 다음 순간, 국장은 얼굴을 싸쥐고 바닥에 엎어진다. 안경은 어디로 날아갔는지 보이지도 않는다.

"아플 거야. 그냥 맞아도 아플 건데 이게 물까지 먹어놨으니."

국장이 신음하며 천천히 몸을 일으킨다. 코와 광대뼈 부근이 금세 시뻘겋게 부어올랐다.

"이러고도 네가 무사할……."

국장이 뭔가 말하려다 태하가 휘두르는 올가미를 피해 바닥에 엎드렸다. 그러나 태하는 개의치 않고 국장의 등짝 위로 올가미를 내려친다. 그러자 국장이 바닥에서 데굴데굴 구르며 비명을 질러댄다.

"야이, 씨발놈아! 야!"

태하가 코에서 거친 숨을 뿜어내며 사정없이 올가미를 휘두르자 국장의 우비가 갈기갈기 찢겨나간다. 국장은 몸을 잔뜩 웅크린 채 뭐라고 소리를 지르고 있지만 잘 들리지 않는다.

"안 들린다고, 이 개새끼야! 안 들려!"

태하가 국장의 옆구리를 마구 걷어찬다. 정신없이 걷어차고 또 걷어찬다.

"사, 살려달라고요! 살려주세요!"

태하가 발길질을 멈추고 숨을 몰아쉰다. 어깨가 들썩이며 코와 입에서 빗물이 튄다.

"그래, 시간 없으니까 이쯤 하자. 아까 너 시간 없다고 대답 안한 거, 그거 더 말해봐."

국장은 대답이 없다. 몸을 웅크린 채 울고만 있다.

"빨리!"

태하가 다시 올가미를 휘두르자 국장이 비명을 지른다.

"맞아 뒤지기 싫으면 빨리 대답해! 당장 일어나 앉아!"

국장이 주춤주춤 몸을 일으켜 태하 앞에 무릎을 꿇고 앉는다. 얼굴에서 코피가 줄줄 흘러내린다. 우비와 양복은 갈기갈기 찢어져 양팔과 허리 사이에 걸려 있고, 손목에 찼던 오데마 피게는 마디가 끊어져서 바닥에 나뒹굴고 있다.

"마야에 대해서 아는 대로 말해! 그래, 마야랑 스위트룸이랑 다른 건 알겠거든? 근데 개새끼야, 니가 생각을 해봐. 그 두 개가 존나게 비슷하고 니들은 나라다에서 경비까지 서고 있어! 근데 뭔 단순한 고객 같은 소릴 하고 자빠졌어, 이 씨발아! 설명을 해보라고!"

국장이 몸을 덜덜 떨며 흐느끼다가 코를 훔치자 손등에 코피가 묻어난다.

"시간 없다고, 이 개새끼야!"

태하가 발로 국장의 얼굴을 걷어찬다.

"그, 그만 때리세요! 그만요! 스, 스위트룸 기반 기술이, 마야에서 온 거랍니다. 마야, 그 기술을 본사에서 사들였고, 본사 기술팀이 손을 좀 댄 거예요. 안전하고, 버, 범용적으로 쓸 수 있게끔요! 그리고 나라다는 일종의, 일종의 임상실험 시설 같은 거래요. 우리랑 직접적으로 관련이 없습니다. 본사에서 결정한 거라 잘은 몰라요. 그냥 그 여자한테 나올 게 더 있다고 생각하나 봐요. 본사 명령으로 그냥 경비를 서주는 것뿐이에요! 요즘은 중국인들이 좀 증원됐지만요."

"임상실험 시설이라니! 뭔 실험!"

"호, 호모 아바타 프로젝트요. 나라다, 나라다도 호모 아바타 프로젝트에서 나온 걸로 알고 있습니다. 그러니까 아마 그쪽 연구를 계속하는 걸 거예요."

"이 병신 새끼가 누굴 호구로 아나? 호모 그거는 인조인간 만드는 거잖아, 어디서 구라를 쳐!"

태하가 올가미를 치켜들자 국장이 손으로 머리를 감싸며 소리친다.

"제발요! 정말이에요! 정말입니다! 저도 자세히는 몰라요. 근데 이건 진짜 사실이에요, 마야가 호모 아바타 프로젝트에서 파생된 거라고요! 실험 그거는, 우리 직원들이 거기 경비를 서니까 알아요, 단순한 마약굴이 아니에요! 마야를 통해서 수익을 올리면서도, 그중에서 심하게 중독된 사람들을 데려가요! 그걸로 연구를 하는 거라고요! 그 연구 성과를 본사에서 다시 사들이는 거고요! 그게 그렇게 돌아가고 있는 거예요! 그래서 우리가 거기 경비를 서게끔 된 겁니다!"

"거기 책임자가 누구야?"

"모르죠, 그건!"

태하가 치켜들었던 올가미를 휘두르자 국장이 비명을 지르며 바닥에 엎어진다.

"누구야?"

"제발요, 이러지 마세요! 저도 본 적 없어요! 본사 고위층 인사만 접촉한단 말입니다! 여자래요! 여자고, 여자고, 호모 아바타 프로젝트! 호모 아바타 프로젝트 책임자였대요!"

"아, 그러니까 이름이 뭐냐고, 이 븅신 삽자루 같은 새끼야!"

태하가 올가미를 휘둘러댄다. 올가미가 국장의 몸을 스칠 때마다 젖은 양복이 찢겨나가고 살이 시뻘겋게 부어오른다. 국장이 비명을 질러댄다.

"진짜요! 진짜 몰라요! 그만, 그만! 그만! 지, 지홍의원!"

태하가 동작을 멈춘다.

"뭐?"

"옛날에요, 옛날에 어디서 들은 기억이 나요! 호모 아바타 프로젝트 책임자였던 제이디 릴리 박사. 그 사람이 지홍의원 원장으로 있다고요! 어쩌면 지홍의원에서 알지도 몰라요. 제이디 릴리 박사요, 그 사람을 찾으세요, 그 사람이 호모 아바타 프로젝트 책임자일 겁니다!"

"지홍의원 확실해?"

"예! 확실합니다!"

태하가 몸을 굽힌다. 올가미를 벌려 국장의 발목을 끼운다.

"뭐, 뭐 하시는 겁니까! 다 말했잖아요!"

태하가 올가미를 팽팽하게 잡아당기자 올가미가 국장의 발목을 조인다. 태하가 그대로 국장을 끌고 옥상 끝으로 걸어간다.

"제발요! 제발 이러지 마세요! 살려주세요! 태하 씨! 태하 님! 살려주세요!"

태하가 잠시 주변을 둘러보고는, 옥상 끝에 붙은 응급대피용 로프 고리를 발견하고 거기에 올가미 끝부분을 감아 묶는다. 국장이 엉엉 울면서 비명을 지른다.

"니 차 어딨어?"

국장이 대답 없이 울기만 한다. 태하가 발로 얼굴을 걷어차고 다시 묻는다.

"차 어딨냐고 씹……."

"옆 건물에요! 옆에 쉐라톤 호텔 지하 주차장에 있습니다!"

"키 내놔."

국장이 허겁지겁 주머니를 뒤져 리모컨 키를 꺼내자 태하가 잡아챈다.

"아까 너 뭐 타고 올라왔어."

"프, 프라이빗 엘리베이터가 있습니다!"

"그냥 타면 돼?"

국장이 다시 주머니를 뒤져 보안카드를 꺼낸다. 태하가 카드도 잡아챈 후 말한다.

"괜히 버둥거리다가 떨어진다."

"무, 무슨……."

태하가 국장의 허리띠를 붙잡고 옥상 밖으로 밀어내자 국장이 비명을 지르며 홀로그램 광고막 너머로 사라진다. 멀리서 헬리콥터 소리, 수십 대의 경찰차가 울리는 사이렌 소리가 들려온

다. 태하가 대웅을 등에 업고 프라이빗 엘리베이터 쪽으로 걸어
간다. 그 위로 쏟아지는 빗방울들이 착륙장 조명과 홀로그램 전
사기의 불빛을 받아 번쩍거린다.

*

쉐라톤 호텔 지하 주차장 입구가 푸르스름하게 빛나고 있다.
입구 앞엔 차량 출입을 알리는 경광등과 발권기계, LED 표지판
이 보인다. 그 옆에 직원 초소가 있지만 직원도 없고 불도 꺼진
상태다. 주차장 경사로로 쏟아지는 빗물이 빨래판처럼 홈이 파
인 바닥과 과속방지턱을 타고 흐르다가 그 앞의 배수구로 빠져
나간다.

경찰차 서너 대가 뒤늦게 호텔 앞을 지나가는 것이 보인다. 사
이렌 소리, 헬리콥터 소리, 고함 소리, 차 문을 열고 닫는 소리,
경찰들의 무전기 소리가 여기까지 들려온다. 호텔 앞 교차로 주
변은 멈춰 선 차량들과 시민들로 거의 마비 상태다. 호텔 맞은편
에 서 있는 초고층 아파트 주민들은 저마다 창가에 붙어 서서 밖
을 구경하는 중이다.

주차장 경광등이 요란하게 번쩍이며 LED 표지판에 '차량이
나옵니다!'라는 글자가 떠오른다. 잠시 후, 눈부신 전조등 불빛
이 주차장 입구의 완만한 코너를 훑어 올라오더니, 은색 애스턴
마틴 세단이 소리 없이 나타난다. 그리고 나는 어느새 그 안에 있
다. 태하가 속도를 줄이고 핸들을 돌린다. 뒷좌석에는 대웅이 쓰

러져 있다. 창밖으로 방송국 차들과 구경꾼들, 길이 막혀 아무렇게나 서 있는 차들이 보인다. 수십 대의 전경버스와 경찰차가 동북아무역센터 빌딩 앞에 긴 차벽을 쳐서 도로가 봉쇄된 상태다. 주변은 온통 경찰차 경광등과 방송용 조명 장비의 불빛으로 물들어 있다. 전경버스 차벽 사이의 틈으로 슬쩍슬쩍 그 너머의 상황이 보인다. 진압복을 입은 경찰들이 스카이폴리스 요원들을 끌고 나오는 모습, 거칠게 반항하는 스카이폴리스 요원들을 진압봉과 소총 개머리판으로 두들겨 패는 모습. 취재진이 그런 장면을 찍으려 차벽 틈으로 카메라를 밀어 넣자, 차벽 바깥쪽에 있던 정복 차림의 경찰들이 달려가 카메라를 뺏는다. 어디선가 단발의 총성이 울린다. 주변의 모든 사람이 우산을 뒤로 젖히고 건물 위쪽을 올려다본다. 순간, 다시 연발의 총성. 동북아무역센터의 한 층이 하얗게 번쩍이며 유리창이 터져 나온다. 구경꾼들이 웅성거리는 소리, 비명 소리가 들려온다. 유리창 파편이 빗줄기에 섞여 떨어져 내리고 있다. 어떤 층에서는 불빛이 껌벅거리고 어떤 층은 지금 막 불이 꺼진 가운데, 건물 안에 있는 사람들의 조그마한 실루엣이 이리저리 날뛰고 있는 것이 보인다.

태하가 주변을 둘러본다. 경찰이 우회로를 터서 교통정리를 하고 있지만, 차를 세워두고 상황을 구경하는 운전자들 때문에 여전히 소통이 더디다. 전경버스 차벽 앞에서는 뉴스 리포터 한 사람이 우비에 달린 모자를 매만지는 중이다. 잠시 후, 리포터가 멘트를 시작하자 주위에 몰려든 시민들이 손가락으로 만든 브이를 흔들어댄다. 태하가 다른 차들을 쫓아 서서히 우회로를 따라 나간다. 교통경찰의 호루라기 소리가 여기저기서 요란하게 울려 퍼진다. 태하가 운전석 천장에 붙은 디스플레이 버튼을 누르자 홀로그램 영상이 앞 유리에 흩뿌려진다.

"월곶, 지홍의원."

앞 유리창에 지도가 떠오른다. 현재 위치와 지홍의원, 두 점을 잇는 길을 표시하고 있다. 그 영상이 서너 번 깜빡이더니, 창밖의 풍경이 단순화된 입체영상으로 바뀌면서 넓적한 화살표가 길 위에 나타난다.

"씨발, 차 졸라 좋네."

태하가 나지막이 중얼거리며 다른 버튼을 누른다. 조수석 쪽 유리창에 포르노 영상이 나타난다. 태하가 한숨을 쉬고는 버튼을 몇 번 조작하자 곧 뉴스 스트리밍 채널로 바뀐다.

"네, 동북아무역센터 앞 도로를 사실상 완전히 통제하고 있는 상태기 때문에 주변이 많이 혼잡합니다. 현재 시각 9시 30분, 정확히 15분 전에 경찰 측에서 스카이폴리스 지국 점거 작전에 돌입했고요, 작전에는 경찰기동대까지 투입이 된 것으로 알려졌습니다. 어, 지금은 경찰들이 스카이폴리스 요원들을 한 사람씩 검거해서 건물 외부로 나오고 있습니다."

이 근처 어딘가에 있는 것 같은 남자 리포터가 말했다. 그러자 화면이 나뉘며 데스크에 앉아 있는 여자 앵커가 나타난다.

"그렇군요. 방금 전에는 총성이 울렸다고 하는데요, 어떻게 된 일이죠?"

"네, 총성이 울렸습니다. 어, 자세한 상황은 지금 경찰 측에서 현장을 봉쇄하고 있는 상태기 때문에 현재로서는 알 길이 없습니다만, 검거 작전 중에 경찰 기동대와 스카이폴리스 요원들 간 마찰이 빚어진 것으로, 어, 추측하고 있습니다."

"어느 쪽에서 발사한 것인지는 모르겠군요?"

"예, 확인이 되지 않고 있습니다."

"네, 잘 알았습니다. 잠시 후에 다시 연결하도록 하겠습니다. 데스크에는 문제 영상을 최초 입수한 김지웅 기자를 모셨습니다. 안녕하세요?"

"네, 김지웅 기자입니다."

화면에 김지웅이 나타난다. 수영장에서와는 달리 말끔하고 여유로운 모습이다.

"또 특종을 가져오셨군요?"

여자 앵커가 웃으면서 묻자, 김지웅이 미간을 살짝 찌푸린 듯한 미소를 지어 보이며 대답한다.

"사회에 대한 문제의식을 한순간도 놓지 않는 기자 정신 덕입니다. 그게 특종을 만드는 거죠."

"허, 지랄하고 자빠졌네."

태하가 피식 웃으며 중얼거렸다. 다시 쉐라톤 호텔을 앞을 지나 사거리에서 우회전한다. 오른쪽으로 송도 컨벤시아 건물이 죽 늘어서 있는 것이 보인다. 마치 양철과 유리로 만든 시드니 오페라하우스 같다.

"영상에 대해서 설명을 다시 부탁드립니다. 이미 방송이 됐지만, 상황에 따라 이해하기 어려운 부분도 있으니까요."

"네. 영상에는, 음, 본인이 스카이폴리스 인천지국 국장이라고 밝힌 한 남성과 스카이폴리스 요원들로 추정되는 두 남성이, 총 세 사람이죠? 이들이 신원 미상의 또 다른 남성을 협박하고 살인을 공모하는 내용이 담겨 있습니다. 이들이 종반에 실랑이를 벌이는 내용을 들어보면, 네, 살인 또는 린치가 처음이 아닌 것을 알 수가 있고요. 게다가 더욱 충격적인 것은, 행정민영화 시범업체의 유력 후보인 스카이텔레컴의 기업 이미지에 상당한 타격을 주는, 정말 시민들로 하여금 충격을 금할 수 없는 발언들도 다름 아닌 이 인천 국장이라고 자칭한 남성에게서 흘러나왔다는 건데요……."

화면의 화살표가 직선을 표시하고 있다. 저 앞 교차로에는 정육면체 모양으로 표시된 다른 차량들이 정지해 있다. 태하가 속도를 줄이며 다가가자 금세 신호가 바뀌며 정육면체들이 출발한다. 태하도 다시 속도를 낸다.

"최근 서비스하기 시작한 스위트룸에 무분별한 광고와 의도적인 성적 코드를 삽입해서 중독성을 띠게 했다는 점, 다름 아닌 행정민영화 업체의 유력 후보가 시민들을 노예처럼 지배하려고 한다는 점, 바로 이러한 부분들이 특히나 충격적입니다. 그 프랑스 올가미에 대한 발언은 말할 것도 없고요."

왼쪽으로 해돋이 공원의 녹지가 이어진다. 상공에는 근처 빌딩에서 쏘아 보내는 홀로그램이 떠 있다. 온몸이 금으로 뒤덮인 여자 모델이 핑크빛 액체에 풍덩 뛰어드는 향수 광고가 나오는 중이다. 앞 유리창의 화살표가 왼쪽으로 방향을 틀며 깜빡이자 태하가 속도를 줄이고 좌회전한다.

"그런데 이 영상의 진위 여부는 어떻게, 밝혀진 겁니까?"

여자 앵커가 물었다.

"네, 영상에 등장하는 스카이폴리스 인천지국 국장은, 우리 뉴스팀의 자체적인 조사 결과 동일 인물임이 밝혀졌습니다. 다른 더 자세한 사항들은 아마 경찰 측에서 수사를 하리라 생각합니다. 무엇보다 영상에 등장한 세 사람을 검거하고, 또 현장에 있던 피해자를 찾아내는 것이 이번 사건의 진상을 밝히는 데에 가장 중요한 역할을 하리라 생각합니다. 아마도 잠시 후면 저도 참고인 자격으로 출두해야 할 것 같습니다."

김지웅이 말하는 동안 태하가 촬영한 영상이 간간이 흘러나왔다.

"그렇군요. 자, 그럼 잠시 광고 후에 저희가 입수한 영상을 다시 한 번 보여드리고, 현상 연결하겠습니다. 김지웅 기자, 고맙습니다. 앞으로도 신속, 정확한 보도 부탁합니다."

양옆으로 초고층 아파트와 초고층 빌딩이 빽빽하게 늘어서 있다. 차 안에서는 꼭대기가 보이지 않을 정도로 높은 빌딩들이다. 노란색 사각형으로 표시되는 캠퍼스타운역 입구를 지나, 송도1교라는 글자가 떠올라 있는 다리에 접어든다. 다리가 끝나는 부분은 빨간색으로 깜빡이는 84번 국도가 가로지른다. 초록색 화살표가 거기서 오른쪽을 표시하자 태하가 속도를 줄이고 우회전한다.

"84번 국도, 목적지 방향 약 8킬로미터 구간 직선코스입니다.

핸들에서 손을 떼면 자동운전 전환합니다."

내비게이션의 여자 음성이 말했다. 태하가 핸들에서 슬쩍 손을 떼자 앞 유리창에 표시되던 화면이 일순간에 꺼진다. 어두컴컴한 도로, 앞차들의 붉은 미등, 헤드라이트 불빛을 받아 은색으로 빛나는 빗줄기가 보인다. 핸들은 미세하게 좌우로 움직이며 방향을 유지한다. 태하가 천장의 버튼을 눌러 조수석 영상을 끄고는 그 옆의 전화기 모양 버튼을 손등으로 툭 건드린다. 그러자 핸들 근처에 작은 홀로그램 전화번호판이 나타난다. 태하가 번호를 누르자 오디오를 통해 신호음이 들리고, 잠시 후 누군가가 전화를 받는다.

"태하!"

카를로스가 소리쳤다.

"어, 뭐 하냐?"

"너 진짜 미친 새끼야. 알지?"

"제이디 릴리라는 여자 어디 사는지 알 수 있나? 외국인인데."

"외국인?"

"어, 근데 한국에 있어. 한국 거주지를 알아야 돼."

"괜찮은 거야?"

"뭐가?"

"지금 어디야?"

"드라이브 중이야."

"씨발, 니 덕분에 이블아이 광고 잘됐다."

"덕분에 살았지. 아무튼 빨리 알아봐줘."

"이름이 뭐라고?"

"릴리, 제이디 릴리."

"이런 거는 소닉 앤 너클즈 들어가면 웬만큼은 알아낼 수 있어. 내 아이디랑 패스워드를 알려줄 테니까……."

"아, 지금 운전 중이라고."

"그럼 다음부터라도 그렇게 해. 메시지 보내 놓을 테니까. 나도 퇴근 시간이란 게 있다."

"알았어. 빨리 해줘."

태하가 다시 전화기 모양 버튼을 눌러 전화를 끊는다. 왼쪽으로 남동공단이 보인다. 허름한 공장들, 창고들, 연구소들이 어슴푸레한 가로등 밑에 늘어서 있다. 오른쪽으로는 시커먼 갯벌이 펼쳐져 있다. 어디서 나오는지 모를 희미한 불빛 서너 개가 바다 저 멀리에서 반짝거린다.

"700미터 앞에 급커브, 핸들을 잡으면 자동운전 종료합니다."

태하가 핸들을 잡자마자 아까와 같은 입체영상이 앞 유리창에 떠오른다. 초록색 화살표가 저 앞에서 왼쪽으로 방향을 틀자 태하가 속도를 줄이고 좌회전한다. 왼쪽은 운전면허시험장, 오른쪽은 야트막한 야산이다. 가로등 하나 없는 길이 이어진다.

"증강현실 시각화 지역을 벗어났습니다. 프로그램을 종료합니다."

화면이 사라지고 다시 어두컴컴한 도로가 나타난다. 쏟아지는 빗줄기가 헤드라이트 불빛을 받아 은빛으로 보인다. 길이 잠깐 비포장으로 바뀌었다가 다시 포장도로로 바뀌며 삼거리가 나온다. 그 삼거리 안쪽에 서 있는 하얀 건물에서 빨간 적십자 마크가 빛나고 있다.

헤드라이트 불빛이 병원 앞 진입로를 돌아 응급실 앞에 멈춘다. 태하가 차에서 내려 뒷문을 열고 대웅을 끌어내자, 응급실 안에서 사람들이 바퀴 달린 들것을 끌고 뛰어나온다. 여자 간호사가 손바닥으로 비를 막으며 묻는다.

"어떻게 된 거예요?"

"원래 여기 있던 환잔데, 305호. 아무튼 일단 옮깁시다."

태하가 다른 남자 간호사들과 함께 대웅을 들것에 눕히며 말했다. 대웅이 눕자 간호사들이 다시 들것을 끌고 응급실 안으로 들어간다. 태하가 긴 한숨을 내쉬며 그 모습을 물끄러미 바라보다가, 차 문을 닫고 응급실 앞 차양 밑으로 터벅터벅 걸어 들어간다. 그러고 천장을 올려다본다. 나방 몇 마리가 토독 토독 소리를 내며 둥그런 갓을 씌운 전등 주위를 날고 있다. 태하가 고개를 숙이고 제자리에 쭈그려 앉는다. 잠시 그러고 있다가, 다시 힘겹게 몸을 일으켜 응급실 안으로 들어간다.

"신환 아니래요! 305호 환자라고 그러셨죠?"

여자 간호사가 특유의 가늘고 수척한 목소리로 물었다. 태하가 고개를 끄덕인다.

"그럼 차트 가져오고 일단 외상부터 체크. 아니, 그걸 왜 대, 호흡 잘하는데."

대웅의 혈압을 재던 여의사가 펌프 달린 호흡기를 든 남자 간호사를 나무랐다. 남자 간호사가 말없이 호흡기를 내려놓자, 응급실 안쪽에서 또 다른 남자 간호사가 전화기를 들고 말한다.

"차트 지금 내려옵니다."

"야, 그걸 지금 이브이로 받으려고? 나 같음 얼른 뛰어갔다 오겠다. 담부턴 그렇게 하자?"

여의사가 빈정거렸다. 남자 간호사는 애써 태연한 표정을 지으며 고개를 돌린다.

"저기 보호자분? 여기 서명이랑 인적 사항 좀 기재해주세요."

여자 간호사가 태하에게 용지와 펜을 내민다.

"아, 근데 보호자분도 상태가 많이 안 좋으신 것 같은데……."

여자 간호사가 태하의 얼굴을 가리키며 말했다. 태하가 손을 내저으며 여자 간호사에게 말한다.

"잠깐 얘기 좀 합시다."

"네?"

대웅 옆에 있던 여의사가 태하를 힐끗 쳐다보고는 콧방귀를 뀐다.

"잠깐이면 되니까. 요기서, 잠깐만."

태하가 응급실 밖으로 나가 차양의 전등 밑에 멈춰 서자, 잠시 후 간호사가 따라 나오며 묻는다.

"무슨 일이신데요? 저 남친 있거……."

"여기 원장이 누굽니까?"

"네?"

"여기 원장이 외국인입니까? 제이디 릴리인가 하는 여자?"

"아, 그분요?"

"그 호모 아바타 프로젝트인가 뭔가랑……."

"근데 왜 그러시죠?"

"말하자면 길어요. 뭐 나쁜 일 때문에 그러는 건 아니니까……."

"그분 지금 여기 원장님이 아니세요. 벌써 꽤 됐는데. 그분 가시고, 원장님이 두 번 바뀌었거든요."

"그래요?"

"네, 그리고 그분 여자가 아니라 남자분이신데? 나이 지긋하신 남자분이신데?"

태하가 퉁퉁 부은 눈을 끔뻑거리며 되묻는다.

"제이디 릴리라는 사람이? 남자라고?"

"네, 남자 이름이잖아요. 존 데이비드 릴리. 제이디가 알파벳 제이, 디 해서 제이디 릴리거든요? 그분, 호모 아바타 프로젝트 전에도 여기 계셨다고 하고요, 끝난 다음에 또 오셨는데 그땐 오래 못 계셨어요. 사람들이 찾아와서는 계속 시위하고 그래서……."

태하가 인상을 쓰며 전등을 올려다보자 간호사가 말을 잇는다.

"근데 치료 빨리 받으셔야 할 것 같아요. 지금 눈도 너무 부으셨고, 머리도, 안 아프세요? 비 맞으셔서 지금 피가 계속 나는 것 같거든요."

태하가 고개를 돌려 응급실 앞에 세워둔 애스턴 마틴을 바라본다. 엉망으로 얻어터진 얼굴이 짙게 선팅 된 유리창에 비치고 있다. 그때, 태하의 주머니 안에서 핸드폰이 울린다.

"잠깐만요."

태하가 간호사에게 손을 들어 보이고는 주머니에서 핸드폰을 꺼낸다.

"여보세요? 어, 미안. 남자란다, 남자. 어."

간호사가 팔짱을 낀 채 태하를 바라본다.

"아, 그 똥개 얘기가 왜 나와."

간호사가 체중을 실은 다리를 바꾼다.

"그리고 정확한 이름이, 제드……."

"존, 존 데이비드 릴리."

간호사가 말했다.

"그래, 존 데이비드 릴리. 존, 데이비드, 릴리."

태하가 간호사를 보며 손바닥을 들어 보이자, 간호사가 한쪽 눈썹을 살짝 밀어 올린다.

"어, 알았어. 아, 한 번만 더 부탁할게."

수화기 너머에서 카를로스의 목소리가 앙알거린다. 태하가 슬쩍 간호사를 쳐다보자, 간호사는 자신의 손목시계를 톡톡 치고는 엄지손가락을 세워 응급실을 가리킨다.

"그래, 알았어. 빨리 좀 해줘."

태하가 전화를 끊고는 차양 밑에 매달린 전등을 올려다본다. 두통이 오는지 인상을 쓴다.

"어우, 안되겠다."

태하가 제자리에서 조금 비틀거린다.

"나 그럼 약 좀 발라줘봐요."

간호사가 태하를 가볍게 부축해 응급실로 이끈다. 그러나 태하는 겨우 서너 발짝을 떼고는 그대로 바닥에 쓰러져버린다. 급히 응급실 안으로 뛰어들어간 간호사가 곧바로 다른 사람들을 데리고 나와 태하를 안으로 옮긴다.

응급실 앞은 다시 정적이 흘렀다. 토독 토독, 나방들이 차양 밑 전등에 부딪히는 소리만 빗소리에 섞여 들려왔다. 나는 전등을 올려다봤다. 둥근 모양의 오렌지색 불빛이 밝지도 어둡지도 않은 밝기로 건조하게 빛나고 있었다. 반질반질한 전등 커버 안에는 죽은 날벌레 몇 마리가 내려앉아 있었는데, 오렌지빛 덩어리 안에 시커먼 점이 여기저기 박혀 있는 모습이 마치 태양과 그 흑점을 연상케 했다. 그러자 그 순간 전등은 정말로 태양으로 바뀌었다. 난폭하게 이글거리며 눈을 짓누르는 새하얀 빛에 나는 얼른 고개를 돌렸다. 푸른색인지 붉은색인지, 아니면 검은색인지 모를 빛의 잔상이 한동안 나타났다가 걷히자, 주변은 뜨겁게 타오르는 불모의 사막으로 변해 있었다.

"가서 뭐 하나 사 마시고, 커피 한 잔 받아 와. 목마르다."

등 뒤에서 아버지가 말했다. 나는 아버지에게 동전을 받아 아무런 거리낌도 의문도 없이 사막의 모래 비탈을 미끄러져 내려갔다. 태평한 마음으로 한참을 걸어 야자나무 한 그루가 서 있는, '코파카바나'라는 간판이 붙은 푸석푸석한 흙집 하나를 발견해 문을 두드렸다. 곧 문이 열렸다. 안에서 고개를 내민 것은 이슬이었다.

"이런 젠장!"

이슬은 깜짝 놀라 한두 발짝 물러섰다.

"대체 왜 그래요? 정신 나간 사람처럼?"

창밖은 여전히 어둑어둑했다. 쓰러졌던 것인지 아니면 그대로 서 있었던 것인지 분명치 않았다. 그러나 그게 문제가 아니었다.

"뭐야, 갑자기 멍해지질 않나, 사람 얼굴 보곤 욕하질 않나. 내가 그렇게 못생겼어요?"

"아으 씨, 어떡하지!"

나는 창가에 등을 기댄 그대로 반쯤 쪼그려 앉으며 머리를 쥐어뜯었다. 이해가 안 갔다. 도대체 어떻게 그럴 수 있지? 어떻게 이런 바보 같은 짓을 저지를 수 있지?

"도대체 왜 그러는 건데요?"

다시 다가선 이슬이 허리에 손을 얹고 삐딱하게 서서 나를 내려다봤다. 나는 그런 이슬을 올려다보며 완전히 주저앉았다.

"우리 아버지를 완전히 까먹고 있었어요!"

쪼그려 앉은 탓에 몸이 앞으로 쏠리자 구두 뒤축이 손가락 하나가 들어갈 정도로 벌어졌다. 부서진 차 안에서, 가뜩이나 지붕도 날아가버린 차 안에서 그대로 비를 맞고 있을 아버지를 생각하니 미안해서 미칠 지경이었다. 아버지는 나 때문에 신발도 없잖은가.

"저기, 죄송한데요, 저 좀 다시 아까 있던 데로 데려다주실래요?"

구두를 고쳐 신고 황급히 자리에서 일어났다. 이슬은 여전히 삐딱하게 선 채 한 손으로 머리를 쓸어 넘기며 볼을 부풀렸다.

"일단 얘기 좀 들어봐요."

"아니, 지금 그럴 시간이 없어요. 나 빨리 가야 돼요."

나선계단으로 향했다. 이슬이 안 도와준다면, 솔직히 빠르긴 해도 다시 그런 식으로 허공을 나는 게 썩 내키지도 않았고, 어쨌든 메갈로타워는 빙 둘러 이어져 있으니 열심히 걷고 뛰면 반대편에 이를 수 있을 것이었다. 낯설긴 해도 사람 사는 곳이니 이따금 표지판이나 안내판이 있을 테고, 그 후엔 필리스나 부서진 회랑을 찾아내면 될 것이다. 나는 계단에 들어서며 이슬을 돌아봤다.

"안 데려다주실 거죠?"

이슬은 그 자리에 팔짱을 끼고 삐딱하게 서 있었다. 상당히 못마땅한 표정이었다.

"네, 그럼 여러모로 신세 많이 졌습니다."

나는 그렇게 인사하고 서둘러 계단을 밟아 올라갔다. 그때 등 뒤에서 이슬의 목소리가 들려왔다.

"20분 남은 거 알아요?"

"뭐가요?"

이슬을 쳐다보지도 않고 되물었다. 계단의 커브를 돌아 올라가는 중이었다.

"빅 크런치."

자리에 멈춰 섰다. 그마저 까맣게 잊고 있었다니. 이제 내 머리를 신뢰할 수가 없는 지경이었다. 내 머릿속의 데이터인지 아트만 초소립자인지가 툭하면 흩어져버리는 것 같았다. 저렇게 얘기를 들으면 세세한 것까지 모두 생각이 나는데도 그 전에는 물로 씻은 듯이 잊어버리고 있었던 것이다. 20분? 빅 크런치가 사실이라면 회랑이나 필리스는커녕 그 근처에도 못 가 끝장날 것이 뻔했다. 그럼 더더욱 아버지는 어떡한단 말인가. 부서진 차 안에서 계속 나를 기다리다가 최후를 맞이하도록 내버려둘 순 없었다. 가슴이 먹먹해져왔다. 10년 전에 아버지가 세상을 떠났을 때도, 나는 그에게 아무런 도움도 못 주고 신세만 졌다. 나는 다시 계단을 내려가 이슬 앞에 섰다.

"카를로스였나? 그 사람 지금 연락됩니까?"

이슬은 여전히 팔짱을 낀 채로 다리만 바꿔 짚었다.

"우리 아버지가 지금 필리스 아래쪽에 있어요. 거의 조난 상태인데……."

"그러게 얘기 들어보라고 했잖아요."

고개를 들어 이슬을 바라봤다. 아마도 울상이었을 것이다. 팔짱을 푼 이슬은 내 어깨에 부드럽게 손을 갖다 대면서 말을 이었다.

"아버지는 잘 계시니까 걱정 마요."

"차도 부서지고 다리도 다친 상태였어요. 도움을 청하라고 필리스로 가랬던 건데, 지금 오도 가도 못 하고 거기 있을 거라고요."

"애초에 날 만나게 하려고 필리스에 가라고 한 거예요. 다리는 수복됐고 지금은 안전한 곳에 계세요. 충격파 제때 안 터졌다고 카를로스 들들 볶고 있을걸요? 워낙 까칠하신 분이라."

나는 가만히 이슬을 바라봤다.

"우리 아버지를 알아요?"

이슬은 조용히 웃으며 다시 창가로 걸어갔다. 푸르스름한 새벽빛이 이슬의 어깨를 물들였다.

"흑표단 새끼들한테 강요당해서 억지로 홍보용 영상을 찍은 적이 있어요. 좀 야한 거. 아주 옛날에. 그게 흘러 흘러 웬 술집 홀로그램 간판에도 쓰였나 봐요. 그걸 본 한 남자가 그 홀로그램 속의 댄서를 되살리고 싶어 했죠."

이슬의 기억 속에서 봤던, 창고 안에서 카를로스와 함께 서 있던 또 다른 남자가 떠올랐다. 슬며시 얼굴이 찌푸려지며 웃음이 나왔다. 이슬도 마침 그런 나를 보고는 웃음을 터뜨렸다.

"혹시, 그게 우리 아버진가요?"

이슬은 크게 소리 내어 웃으면서 대답했다.

"뭐 의도는 불순하셨지만, 기어이 환상을 현실로 만들고 싶다는 그 집념 덕에 쓰레기 더미를 헤매던 원혼이 구제된 거죠. 어떻게 또 카를로스가 의뢰를 맡았더라고요. 그래서 흩어진 데이터 없이 부활할 수 있었어요."

나는 눈을 가늘게 뜨고 이슬에게 다가갔다.

"그럼 내가 아버지한테 구출되고 이슬 씨 만나고 그런 게 다 계획된 겁니까?"

이슬은 미소를 머금고 고개를 끄덕였다. 내가 더 물으려고 하자 이슬이 먼저 입을 열었다.

"도움이 필요해요. 이 우주랑 그 주인을 파괴해서 모든 우주가 빅 크런치를 맞는 걸 막을 거예요."

또다시 머리가 안 돌아가기 시작했다. 나는 어깨를 한 번 으쓱해 보이고는 이슬 옆으로 가서 벽에 기댔다.

"모든 우주가 동시에 빅 크런치를 맞는다면서요. 이 우주랑 우주의 주인을 없앤다고 뭐가 달라져요?"

또 답답해하는 것 아닌가 싶었지만 이슬은 고개를 천천히 끄덕여가며 내 말을 전부 듣고는 차분하게 대답했다.

"이 우주는 좀 특별하거든요. 아까 어떤 사람의 디지털 자아를 기반으로 버추얼 코스모스가 만들어졌고, 그 이후 모든 우주가 획일화됐다고 했죠? 지금 우리가 있는 이 우주의 주인이 바로 그 사람이에요. 우린 지금 모든 버추얼 코스모스의 모태가 된, 초기 가상현실의 피실험자였던 사람의 우주 속에 있는 거죠. 아까 우릴 공격했던 구체랑 괴물은 그 사람의 위기의식이 만들어낸 파수꾼이고요."

"그럼 내가 뭘 어떻게 도와야 하는데요? 파수꾼이랑 싸울 때 아까처럼 좀 거들면 되는 건가?"

이슬이 피식 웃으며 고개를 저었다.

"그냥 마야를 인정하면 돼요. 환상이었다는 걸 깨달으면 되는 거예요."

내 표정을 본 이슬은 내가 전혀 이해를 못 하고 있다는 사실을 알아차린 것 같았다. 잠시 말을 고르던 이슬이 다시 입을 열었다.

"이 우주의 주인, 그러니까 버추얼 코스모스의 모태가 된 사람은, 원래 당신이 죽을 때 옆에 타고 있어야 했어요."

"……내 아내요? 이 우주의 주인이 내 아내예요?"

"아뇨, 그 사람은 아내가 아니에요. 우리 모두 그 사람의 환상의 산물일 뿐이고, 결혼식, 아내, 교통사고도 전부 그 사람의 환상 속에서 일어났던 일이에요. 근데 우주의 무수한 데이터 중에서 그 사건이 제일 중요해요. 왜냐면, 그 사람은 그 교통사고에서 자기 대신 다른 여자를 조수석에 앉혀서 죽음을 피했고, 그 이후에 일어난 사건들의 데이터가 결국 모든 우주에 퍼져버린 거거든요. 그러니까 다시 마지막 순간으로 돌아가서 옆에 탔던 사람이 아내가 아니었다, 아니 어쩌면 아닐 수도 있다 정도만 생각하면 돼요. 그럼 그 즉시 특이점이 생기고 다른 가능성을 내재한 우주가 만들어질 거예요. 무수히 생길 수도 있고, 단 하나가 생길 수도 있지만, 어쨌든 그 사람의 디지털 데이터를 기반으로 하지 않은, 획일화를 빗겨 간 우주가 생기는 거죠."

"아니……."

나는 고개를 절레절레 흔들었다. 어이가 없어서 웃음이 나올 지경이었다.

"멀쩡한 아내를 어떻게 다른 사람으로 생각합니까? 서로 사랑해서 결혼하고 엄연히 식까지 다 마친 사인데, 말이 좀 안 되잖아요. 억지로라도 다른 여자라고 생각하라는 거예요?"

이슬은 볼을 부풀렸다가 한숨으로 내뱉었다. 슬슬 인내심에 한계가 오는 모양이었다.

"아내가 아니라니까요? 더군다나 다른 여자인지 남자인지 정해진 것도 아니에요. 봐요, 그 아내란 사람 처음에 어디서 만났는지, 데이트 어디서 했는지 그런 거 기억나요? 아니, 얼굴이나 알아요?"

기가 차서 거리낌 없이 기억을 더듬었다. 그 정도는 이슬에게 얼마든지 대답해줄 수 있었다. 그러나 아내에 대해 떠올려보려 노력할수록, 마음속에는 깊이를 알 수 없는 공허함만이 밀려들었다. 아무리 생각해봐도 떠오르는 건 웨딩드레스 차림의 아내와 결혼식 장면, 교통사고뿐이었다. 아내의 얼굴조차 성에 낀 유리 너머로 보는 것처럼 흐릿했다.

　"결혼식이랑 신혼여행은 최소한의 복선일 뿐이에요. 모르는 사람이 원래부터 가족이었다는 식으로 꿈에 나오는 것처럼, 애초에 비하인드 스토리가 없는 환상이라고요."

　나는 머리를 싸쥐었다. 또다시 머리가 멍하고 지끈지끈 아파 왔다. 더 듣고 있다간, 아니 나와 아내, 내 삶 전부가 환상일지도 모른다는 생각을 더 했다간 정말로 이 자리에서 산산이 부서질 것만 같았다.

　"아, 모르겠어요. 솔직히 말할까요? 난 이슬 씨가 여태 말한 것 중 반의반도 이해를 못 했어요. 솔직히 뭔 얘기인지도 모르겠고, 내가 어떻게 도울 수 있는지도 모르겠어요. 내 아내를 내 아내가 아닌 사람으로 생각하라는 말 같은데, 그게 어디 쉬워요? 그리고 난 여기 길도 몰라요. 그런 사람한테 다시 그때 그 순간으로 찾아가라고요?"

　"걱정할 필요 없어요. 그 환상이 저절로 이끌어줄 테니까. 이미 의혹을 품은 것 같은데, 그거면 충분해요."

　"그 환상이라뇨? 내가 꾸는 꿈요?"

　이슬이 고개를 끄덕였다.

"어떤 남자가 자꾸 나오고, 거기 아마 이슬 씨도……. 내가 그 남자를 떠올리는 건지 그 남자가 날 떠올리는 건지 모르겠어요. 근데 또 우린 전부 그 모태가 된 사람의 상상의 산물이라면서요. 그럼 대체 어떻게 되는 거죠? 내가 정말 이 세상에 존재하기나 하는 겁니까?"

이슬의 눈에 순간 예의 그 쓸쓸한 눈빛이 스쳐 지나갔다. 푸른 새벽빛을 담은 이슬의 눈동자는 그야말로 해변이었다.

"우린 모두 누군가의 환상이기도 하고, 동시에 누군가를 상상해내기도 해요. 엘리베이터 양쪽에 붙은 거울처럼, 끝없이 서로를 비춰대는 거죠. 그런 지속성이 존재 자체를 만들어내고, 결국 실체와 환상은 동등해지는 거예요. 그렇게 따지면 우리도 엄연히 존재하는 거죠. 우리가, 예를 들어 단지 어떤 이야기 속의 인물들이라 할지라도 우린 존재하는 거예요. 누군가가 거울에 자길 비춰보는 그 짧은 시간 동안 생겨난 허상일지라도. 우리 삶이 실제로는 찰나에 불과한, 누군가의 스쳐 가는 상상이라 할지라도. 우린 엄연히 존재하는 거죠. 여기 있는 모든 건 허상이면서도 실체고, 실체면서도 허상이에요. 모든 사람의 인연이 그 난반사에 얽혀 있고, 그 신비는 헤아릴 수가 없어요. 그 교통사고에 얽힌 특이점도 100년 넘게 탐색해서 찾아냈다고요."

나는 이슬의 서글픈 눈동자를 한동안 바라보다가, 조심스레 물었다.

"왜 그렇게까지 노력했는데요? 복수가 아직 안 끝나서?"

"날 죽인 놈들에 대한 복수는 옛날에 끝났어요. 흑사회, 흑표단, 중화 스카이 전부. 은하계 끝까지 쫓아가서 씨를 말렸죠. 근데, 나름 이루고 싶은 소망이 하나 있어요."

이슬은 옅은 웃음을 머금고 머리칼을 귀 뒤로 쓸어 넘겼다.

"뭐길래?"

"아, 됐어요. 들으면 웃을걸? 어차피 그게 이뤄지면 제일 먼저 알게 될 거예요."

영문은 몰랐지만, 게다가 아직까지도 전혀 상황이 받아들여지지 않았지만, 어쨌든 이슬의 티 없는 미소에 슬쩍 따라 웃었다.

"그건 그렇고, 혼자서 이 우주를 파괴한다는 거예요? 빅 크런치 전까지?"

"혼자선 힘들죠, 파수꾼들 땜에. 힘센 친구들이 좀 도와주기로 했어요."

이슬은 그렇게 말하고는 창가에서 멀리 떨어진 곳으로 나를 잡아끌었다.

"리카르도. 현재 체크포인트다."

이슬이 조용한 목소리로 읊조리자 갑자기 창문과 창틀, 아니 창문이 있던 벽 전체가 부서져 내리며 거대한 쇳덩이가 모습을 드러냈다. 지금 이 지점의 높이를 따져봤을 때 키가 몇백 미터는 됨 직한, 공업용 중장비에나 쓰이는 단단한 무쇠로 만들어진 거대한 로봇이었다. 머리도 온갖 기계 부품의 조합이었지만, 그럼에도 불구하고 그 얼굴엔 기묘하게 험상궂은 사람의 얼굴이 나타나 있었다. 우람한 어깨에는 커다란 데칼이 문신처럼 새겨져 있었는데 'MAGUDA EL ACERO'라는 글자에 불꽃을 휘둘러

친 디자인이었다.

"은하 깡패 리카르도 마구다를 소개할게요. 카를로스네 형이
랍니다."

이슬이 안개비에 촉촉해진 머리칼을 쓸어 넘기며 깔깔 웃어
댔다. 얼떨결에 거대한 로봇 머리를 올려다보며 쭈뼛쭈뼛 인사
를 했지만, 리카르도 마구다는 얼굴의 부품들과 피스톤을 움직
여 험악하게 인상만 썼을 뿐 받아주지 않았다. 그러는 와중 리카
르도 주변에는 비행차량들이 속속 날아들고 있었다. 차체에 큼
직큼직한 스파이크를 박은 차가 있는가 하면, 레이저 포와 커다
란 톱날을 붙인 차, 로켓 분사구를 수십 개나 장착한 차도 보였
다. 차들은 전부 요란한 로켓 추진음을 울려대고 있었다. 금세 수
백 대로 늘어난 차량들 사이에서 간간이 커다란 우주선이 투명
한 장막을 찢고 모습을 드러냈다. 대부분 화려한 불꽃 무늬나 해
골 마크로 표면을 치장해놨지만, 적잖은 숫자의 차와 우주선들
이 '살 마구다 철강금속노조' 스티커도 함께 붙여놓고 있었다.

그 너머로 인천 앞바다가 보였다. 시커먼 잿빛 바다와 우중충
한 새벽하늘, 창백한 달과 과장되게 그려진 기류가 이슬의 기억
속에서 본 광경과 비슷했다. 마치 바다 한가운데에 난 검은 오솔
길처럼 흔적만 남은 인천대교 끝에, 저거 인천 타워 아닌가 싶은
새카만 빌딩이 눈에 들어왔다. 지금 여기서 보니 그리 높지도 크
지도 않은 초라한 빌딩이었다. 그러나 그 주위에는 수천 개의 구
체가 새까맣게 정렬한 채로 빌딩을 호위하고 있었다.

"이제 갈 시간이에요."

이슬이 말했다. 나는 담담하게 고개를 끄덕이며 이슬의 어깨에 살짝 손을 댔다. 어느 순간부터 모든 것이 실제 같지가 않고 꿈 같아서, 나는 그저 상황이 흘러가는 대로 행동할 뿐이었다.

"잘 가요. 만나서 반가웠어요."

그렇게 고개를 끄덕이며 이슬을 앞으로 보내려는데, 이슬이 오히려 나를 잡아끌었다.

"네? 왜 그래요?"

"아, 이번엔 미리 말해줘야지. 저 밑으로 던질 거예요."

대답도 하기 전에, 차마 놀라기도 전에, 이슬은 나를 메갈로타워 밖으로 힘껏 떠밀었다. 이번에도 뒤늦게 고래고래 비명을 지르며 떨어져 내리는데 시커먼 바다가 눈에 들어왔다. 이쪽의 메갈로타워 외벽은 곧바로 바다와 면해 있는 모양이었다. 리카르도 마구다의 굵직한 허리와 다리가 차례로 스쳐 지나갔다. 좀 붙잡아주지 않을까 생각했지만 리카르도는 불구경하듯 기대한 다리를 움직여 한 발짝 뒤로 물러서기만 했다. 거친 파도가 차례로 밀려와 외벽에 부딪히고는 산산이 부서졌다. 수면까지 얼마나 남았는지 감이 잡히지 않았다. 그러나 어쨌거나 예상보다 빨리 떨어진 건 확실했다. 그 순간, 태하가 화들짝 놀라 침대에서 일어난다. 침대 옆에 붙은 기다란 봉에 링거 주머니가 매달려 있고, 거기서 내려온 가느다란 호스는 태하의 왼쪽 팔로 이어져 있다. 빗물에 젖은 하얀 시트에 '지홍의원'이라는 글자가 보인다. 창백한 형광등 불빛이 응급실 안을 비추고 있다.

태하가 일어나 앉은 채 팔에 꽂힌 바늘과 머리에 감긴 붕대,

이마에 붙은 반창고를 더듬더듬 확인하고는 나지막한 신음을 내며 눈을 꾹 감았다 뜬다. 깊은 한숨을 내뱉는다. 그때 가까운 곳으로부터 신발 스치는 소리가 들리는가 싶더니, 태하와 얘기했던 간호사가 커튼 너머로 얼굴을 내민다.

"정신 드셨어요?"

태하가 천천히 고개를 끄덕인다.

"그렇게 다친 상태에서 돌아다니면 몸에 몇 배는 더 무리가 가거든요."

간호사가 가늘고 수척한 목소리로 말했다. 태하가 잔뜩 가라앉은 컬컬한 목소리로 묻는다.

"나 얼마나 누워 있었어요?"

"10분 정도?"

그때 태하의 바지 주머니에서 전화벨이 울린다. 태하가 핸드폰을 꺼내 잠시 화면을 확인하고는 얼른 전화를 받는다.

"어어, 알아봤어?"

수화기 너머로 카를로스의 목소리가 작게 들려온다.

"맞아, 존 데이비드 릴리. …… 아니, 그거는, 너 창 잘못 띄워 놓은 거 아니냐?"

태하의 표정이 점점 험악해진다.

"확실해?"

간호사가 링거 주머니의 상태를 가만가만 확인하고는 투입량을 조절하는 다이얼을 만진다.

"그래, 아무튼 알았어. 어, 고맙다."

태하가 전화를 끊고 침대에서 일어난다.

"대체 일이 어떻게 굴러가는 거야."

태하가 중얼거리며 구두를 발로 주섬주섬 끌어다 놓자 간호사가 눈을 동그랗게 뜬다.

"뭐 하시는 거예요?"

"아아, 나 좀 가봐야 돼요."

"절대 안 돼요. 큰일 나요."

간호사가 침대를 가로막고 선다. 태하가 아랑곳 않고 신발을 신고 일어서며 말한다.

"아니, 이제 괜찮아요. 걱정해주는 건 고마운데, 내가 급한 일이 있어서 그래."

"그 몸으로 어딜 간다고 그러세요. 이거 수액 반이라도 맞고 가세요, 그럼."

"히, 이 이기씨 참."

태하가 멋쩍게 고개를 돌린다. 간호사는 물러설 기색이 없다. 고개를 돌린 채 잠시 생각하던 태하가 간호사 옆을 돌아 침대 머리맡으로 간다.

"그럼 내가, 이거 갖고 갈게. 가면서 맞으면 되잖아요."

태하가 왼팔로 링거 주머니를 봉에서 뽑아 높이 들어 올리며 말했다. 간호사는 잠시 바라보다가 옅은 한숨을 한 번 쉬더니, 피곤한 듯한 미소를 지으며 바깥쪽을 가리킨다.

"차에 옷걸이 같은 거 있어요?"

"위에 손잡이에 고리 하나 있더라고."

간호사가 고개를 끄덕이며 옆으로 물러선다. 태하는 링거 주머니를 높이 쳐들고 응급실 밖으로 걸어 나간다.

\*

"증강현실 시각화 지역을 벗어났습니다. 프로그램을 종료합니다."

가로등 하나 없는 어둡고 좁은 골목이 나타난다. 비가 거세지자 앞 유리창에 고주파가 흐르며 굵은 빗방울을 튕겨낸다. 태하가 속도를 줄이고 주위를 둘러본다. 나무판자, 비닐, 시멘트, 깨진 벽돌 등으로 아무렇게나 쌓아 올린 건물들이 마치 젖은 담뱃갑처럼 늘어서 있다. 골목 오른편에서 불빛이 어른거린다. 반쯤 무너진 건물과 기이하게 뒤틀린 건물 사이, 윗부분을 잘라낸 녹슨 드럼통에서 불꽃이 일렁인다. 더러운 비닐을 뒤집어쓴 늙은 남자가 그 불을 뒤적거리며 슬픈 눈빛으로 이쪽을 바라본다. 나는 인천항역의 노인이 이야기해준 나라다의 우화를 떠올렸다.

태하가 왼쪽으로 방향을 튼다. 여전히 좁고 어두운 골목이 이어진다. 저만치 앞에 위성방송 안테나와 온갖 전선으로 뒤덮인 전봇대가 하나 서 있다. 그 건너편은 골목에서 움푹 들어간 공터다. 태하가 그리로 들어가 차를 세우고 창밖을 바라본다. 허름한 2층 건물. 나무로 된 문이 1층에 네 개, 2층에 네 개. 건물 왼편에 붙은 들쭉날쭉한 시멘트 계단.

전봇대에 매달린 나트륨등 아래로 오렌지빛 폭우가 쏟아진다. 차에서 내린 태하가 주삿바늘과 링거 주머니를 전봇대 밑에 획 던지고 담쟁이 빌라로 걸어간다. 반쯤 땅 밑에 잠긴 1층엔 왼편의 두 집만 불이 켜져 있고, 2층에는 맨 오른편 집만 불이 켜져 있다. 태하의 이마에 감긴 붕대에서 빗물이 흘러내린다. 구두가 시멘트 계단을 자박자박 올라 2층 복도를 딛자 텅텅 철판 울리는 소리가 난다. 철판 바닥이 여기저기 휘어 곳곳에 빗물이 고여 있다. 복도를 덮은 처마에서 떨어지는 빗방울이 전봇대의 불빛을 받아 반짝인다. 태하가 세 번째 집의 문손잡이를 당긴다. 그러나 덜컹거리기만 할 뿐 열리지 않는다. 문을 이리저리 흔들어보고는 위로 올려 잡아당기자, 그제야 요란하게 바닥 긁는 소리를 내며 틈이 벌어진다.

가로등 불빛이 흘러들어와 어슴푸레하게 방 안을 비춘다. 서너 평 정도 되어 보이는 쪽방 한가운데에 얇은 홑이불과 베개가 뒹굴고 있고, 왼쪽 벽면을 따라 소주병과 생수병, 휴대용 버너와 냄비가 늘어서 있다. 출입문 바로 맞은편에는 구식 데스크톱 컴퓨터가 보인다. 눕혀놓은 본체를 받침대 삼아 그 위에 모니터와 키보드와 마우스를 올려놨다. 컴퓨터 옆 방바닥에는 구겨진 신문들이 쌓여 있고, 그 위에는 얇은 노트 한 권이 놓여 있다. 방 오른편에 붙은 작은 스테인리스 문 안쪽으로 변기와 세면대, 수북한 빨랫감이 들여다보인다. 태하가 벽을 더듬어 스위치를 찾아 불을 켜다가, 문밖을 잠시 돌아본다. 어둑어둑한 골목, 전봇대와 쓰레기봉투들, 길가에 비스듬히 세워진 은색 애스턴 마틴. 그것들 위로 오렌지빛 비가 쏟아지고 있다.

태하가 다시 스위치를 눌러 불을 끄고는 구둣발로 방을 가로지른다. 컴퓨터 전원을 넣고 옆에 있는 노트를 집어 든다. 노트를 펼쳐 페이지를 넘겨보지만 의미 없는 낙서와 알 수 없는 기호들뿐이다. 그마저도 네다섯 페이지를 넘기자 사라져버리고, 나머지는 모두 백지다. 컴퓨터 본체 안에서 모터가 회전하는 소리, 디스크가 뻑뻑거리는 소리가 난다. 모니터에 '윈도 플럭스' 초기화면이 뜨자 태하가 노트를 내려놓고 마우스를 움직여본다. 아직 마우스포인터가 움직이지 않는다. 태하가 마우스를 놓고 노트 밑에 있던 신문들을 뒤적인다. 밑줄, 오려낸 기사, 메모 같은 것은 보이지 않는다. 군데군데 라면 국물 자국과 물에 젖어 쭈글쭈글해진 부분만 눈에 띈다. 그러는 사이 모니터에 바탕화면이 나타난다. '내 컴퓨터'와 '휴지통', '넷 익스플로러' 같은 기본 아이콘밖에 없다. 태하가 신문을 접어 원래 있던 곳에 던져놓고는 '내 컴퓨터' 아이콘을 클릭한다. 그리고 검색, 플래시 디스크 내에 있는 모든 파일 검색. 컴퓨터가 검색을 시작하자 태하는 제어판을 켜 인스톨 된 프로그램들을 살핀다. '넷 익스플로러', '윈도 미디어 스테이션', '윈도 플럭스 런처'가 보인다. 모두 기본 프로그램이다. 그것 외에는 없다. 그때, 스피커에서 드럼 소리가 짧게 울린다. 태하가 제어판을 끄고 '내 컴퓨터' 화면으로 돌아간다. 검색 결과 목록에 수많은 파일이 빽빽이 올라와 있다. 마우스를 움직여 '윈도 구동에 필요한 기본 파일 제외'를 누르자 목록의 파일들이 한참 동안 지워져간다. 결국 단 하나가 남는다. 파일명이 'PHONECAM100101'인 이미지 파일이다.

파일을 클릭한 태하가 얼굴을 찌푸리며 모니터를 바라본다. 커다란 갈색 개 한 마리가 이 방 현관문 앞에 앉아 있다. 열린 문으로 들어온 햇살이, 개가 입고 있는 핑크색 교복 블라우스와 꼬리 위로 말려 올라간 회색 치마를 비춘다. 한나가 다니던 선화여고의 교복이다. 가슴팍의 새하얀 털이 블라우스 옷깃 사이로 슬쩍 비쳐 보인다.

"보통 사이코가 아니네……."

태하가 고개를 돌려 사진 속의 개가 있던 현관문 앞을 잠시 바라보다가, 다시 모니터를 본다. 사진을 닫자 아까 전의 화면이 나온다. 단 하나뿐인 검색 결과. 태하가 한숨을 쉬며 애꿎은 마우스만 빙빙 돌리자 마우스포인터가 같은 자리를 맴돌며 공허한 원을 그린다. 마우스포인터가 차츰차츰 하나뿐인 파일명 주위로 좁혀 들다가 바로 위에 멈춘다. 태하가 가늘게 뜬 눈으로 파일명을 주시한다. 뭔가 띠올렸는지 마우스 오른쪽 버튼을 눌러 파일 정보를 띄운다.

PHONECAM100101.fpeg 등록정보

파일 형식 – FPAG 크기 – 1.2mb

위치 – :C:\MyDocuments\My Pictures

만든 날짜 – 2025년 5월 21일 화요일, 오후 8:47:59

수정한 날짜 – 2025년 5월 21일 화요일, 오후 8:47:59

유입 경로 – 외부장치에서 적외선 포트를 통해 유입

태하가 자리에서 일어나 방 안의 집기들을 발로 헤집는다. 이불을 발로 걷어차고, 소주병들을 쓰러뜨리고, 휴대용 버너를 밀어 안쪽에 뭐가 없는지 살핀다. 컴퓨터 뒤를 살펴보고, 아까 봤던 노트와 신문들도 옆으로 치워서 뭔가 없는지 본다. 하지만 아무것도 없다. 주위를 둘러보다가 이불을 들어 올리자, 거기서 뭔가가 흘러내려 바닥에 툭 떨어진다.

태하가 바닥에 떨어진 것을 주워 든다. 핸드폰이다. 전원을 켜고 핸드폰 뒷면에 붙은 카메라 렌즈를 두 번 건드린다. '저장된 사진 보기' 아이콘을 건드리자, 손톱만 한 사진 세 장이 떠오르더니 그중 하나가 확대된다. 사진은 컴퓨터 안에 있던 것과 거의 비슷한 것인데, 개의 시선이 다른 곳을 향해 있고 렌즈의 초점이 조금 흔들린 상태다. 사진을 엄지손가락으로 밀어내자 두 번째 사진이 나타난다. 현관문 상단과 개의 머리 부분이 보이지만, 손가락이 렌즈를 덮어 사진의 나머지 부분이 시커멓게 나와 있다. 다시 사진을 밀어내고 세 번째 사진을 불러온다. 이번 사진은 컴퓨터에 있던 것과 완전히 똑같은 사진이다. 사진 하단에는 '미전송 메시지 1건'이라는 말풍선이 떠올라 깜빡인다. 말풍선을 클릭하자, 핸드폰 화면이 이메일 전송 모드로 바뀐다. 내용 부분에는 방금 그 사진이 첨부되어 있고, 수신자 부분에는 어떤 웹사이트 주소가 적혀 있다. 다시 말풍선이 떠오른다.

'발신이 정지된 전화기입니다'

태하가 잠시 핸드폰을 바라보다가 컴퓨터 앞에 무릎을 꿇고 앉는다. '넷 익스플로러'를 띄워 핸드폰 화면에 적힌 웹사이트 주소를 입력한다.

http://www.tabledata.com

모니터에 웹사이트 화면이 뜬다. 전체적으로 노란색을 사용해 꾸며졌고, 로고를 비롯해 사이트의 모든 글자가 영문이다. 광고들도 영문이다. 'TABLE DATA'라는 굵직한 영문 로고 옆에는 'Web Photo Album service'라고 적혀 있다. 그 아래 'login'과 'join' 버튼이 보인다. 태하가 미간을 찌푸린 채 괜히 마우스를 짤깍거리며 포인터를 빙빙 돌리다가, 새 탭을 띄우고 새로운 주소를 입력한다.

http://www.sonic&knuckles.com

화면에 페이지를 표시할 수 없다는 메시지가 뜬다. 그러나 아무것도 없는 화면 오른쪽 하단에 마우스포인터를 갖다 대자 마우스포인터가 활성화된다. 그 부분을 클릭하자 또다시 페이지를 표시할 수 없다는 메시지, 거기서 또다시 오른쪽 하단을 클릭. 그렇게 세 번을 반복하자 검은 바탕에 연두색 폰트로 꾸며진 웹사이트가 나타난다. 전체적으로 옛날 DOS 시스템을 연상케 하는 디자인이다. 가운데엔 확대된 도트 화면을 표현한 듯, 울퉁불퉁 각이 진 'SONIC & KNUCKLES' 로고가 박혀 있고, 그 밑에는 길쭉한 로그인 창이 붙어 있다. 태하가 주머니에서 자신의 핸드폰을 꺼내 카를로스의 아이디와 패스워드를 입력한다.

ID hernameisrola!shewasashowgirl!
PASSWORD ●●●●●●●●●●●●●●●●●

로그인 버튼을 누르자 길쭉한 로그인 창이 곧바로 검색창으로 변했다. 태하가 검색어를 입력한다.

JOHN DAVID RILLY+tabledata.com

태하가 검색 버튼을 누르자 검색창 안에 연두색 막대가 나타나더니 검색창을 차츰차츰 채워나간다. 검색창 밑에는 'Now Hacking……'이라는 글자가 깜빡인다. 잠시 후, 연두색 막대가 검색창 끝에 다다르자 화면이 바뀐다. '1 for 10 Result'라는 문구 밑에 열 개의 파일들이 정렬돼 있다. 파일은 모두 이미지 파일이고, 출처는 전부 테이블 데이터다. 태하가 'AUTO SLIDE'를 클릭하고 시간을 1.5초에 맞춘다. 잠시 후 모니터에 사진들이 나타난다.

첫 번째 사진은 공원 잔디밭에서 찍은 가족사진이다. 남자는 하늘색 반팔 셔츠를 입고, 백인이고, 안경을 쓰고, 콧등은 툭 불거지고, 콧수염을 기르고 있다. 진회색 머리칼은 단정히 빗어 이마 뒤로 넘겨져 있다. 나이는 대략 40대 후반, 웃고 있는 눈가와 입 주변에 주름이 깊이 져 있다. 그에 반해 여자는 굉장히 젊어 보인다. 20대 초반이나 중반 정도. 인디언이나 에스키모 같은 인종이다. 구릿빛 피부와 풍성한 검은 머리칼, 크고 깊은 눈동자와 곧은 코, 말려 올라간 입술. 굉장한 미인이다. 팔이 드러난 하얀 원피스를 입고 있는데, 베이지색 포대기에 싸인 갓난아기를 안고 있다. 여자의 가느다란 팔뚝에 나무 그림자가 드리워져 있다.

두 번째 사진은 아이의 사진이다. 두 살 정도 되어 보인다. 핑크색 토끼 모양 옷을 입고 자동차 보닛 위에 앉아 있다. 첫 번째 사진의 그 아기인 것 같은데, 이목구비가 좀 더 뚜렷하고 표정이나 시선도 분명하다. 활짝 웃는 모습이 엄마를 닮은 듯하다.

세 번째 사진은 여자와 아이의 사진이다. 여자는 몰라보게 수척해져 있다. 미모는 여전하지만, 첫 번째 사진에서의 생명력, 활기 같은 것은 찾아볼 수가 없다. 휠체어에 앉아 딸을 바라보며 힘겹게 미소 짓고 있다. 네다섯 살 정도로 자란 아이는 휠체어 옆에 시시 엄마 손을 잡고 있다. 점점 너 엄마를 닮아가는 것 같다.

네 번째 사진은 남자와 여자의 사진이다. 남자는 하얀 의사 가운 차림이다. 첫 번째 사진에서보다 더 늙고, 얼굴에는 깊은 그늘이 져 있다. 여자는 여전히 휠체어에 앉아 있다. 힘겨운 미소도 여전하다. 어깨에 두른 남편의 팔조차 힘겨워 보인다. 남편도 그걸 아는지 팔을 두른 자세가 어색하다.

다섯 번째 사진은 다시 아이의 사진이다. 병원 로비 같은 곳에서 찍은 것 같고, 아이는 열 살 정도 되어 보인다. 아이의 표정은 어둡지만 혼혈 특유의 신비한 매력이 넘쳐난다. 모니터를 바라보는 태하의 입이 슬며시 벌어진다.

여섯 번째 사진도 아이의 사진이다. 초등학교 졸업식 같다. 아이는 몰라보게 성숙해져서 벌써부터 다 자란 여자의 태가 난다. 태하가 벌어진 입으로 중얼거린다.

"한나."

일곱 번째 사진은 예닐곱 명의 단체 사진이다. 어떤 건물 앞. 모두 하얀 의사 가운 차림이고, 배경에는 '호모 아바타 프로젝트 착수 기념'이라는 한글 현수막이 보인다.

"누구세요?"

태하가 깜짝 놀라 뒤를 돌아본다.

"네? 누구세요?"

현관문 앞에서 한 여자의 실루엣이 재차 물었다. 태하가 자리에서 주춤주춤 일어나자, 여자가 자기 손에 든 축 늘어진 비닐봉지를 다른 손으로 바꿔 들며 다시 묻는다.

"경찰이세요?"

"아니, 경찰은 아니고……."

여자가 불을 켜자 태하가 눈을 찡그린다.

"아니, 경찰도 아닌데 뭐 하시는 거예요, 남의 집에서?"

"그쪽 집이라고요?"

"아뇨, 그런 건 아니지만요."

여자가 방 안으로 들어선다. 흰색 벨벳 트레이닝복 바지에 헐렁한 회색 티셔츠 차림이다. 여자가 비닐봉지를 휘둘러 방을 한번 훑고는 말한다.

"아니, 전 옆집 사는 사람인데요, 주인 없는 집이라고 이렇게 난장판으로 만들어놓으면 안 되죠."

"아, 원래 난장판이었어요."

여자가 고개를 살짝 기울인 채 태하를 쳐다본다.

"잠깐. 어제, 맞죠? 그 개 데려온 분."

태하가 여자를 잠시 바라보다가 마지못해 고개를 끄덕인다.

"그 개 말인데, 혹시 개한테 교복 입히고 그러는 거 봤어요?"

"아아, 어후. 말도 마세요. 전 그거 보고 정말 역겨워서……."

"자주 그랬어요?"

"매일요! 매일 그랬어요. 아니, 진짜 섬뜩한 게 뭐냐면, 딱 봤
을 때 좀 취향이 이상해서 그런다거나, 물론 그것도 소름 끼치긴
하지만, 아무튼 장난이나 재미로 그런다고 하면 그냥 기분 나쁘
다 하고 말겠는데, 그 사람은 진짜였어요. 진짜 진지하게, 진짜
진짜 진지하게 그 개를 딸처럼 대했다니까요? 난 너무 무서워
서……. 그리고 아무래도 인종도 나르니까요."

태하가 미간을 찌푸리며 묻는다.

"개를 딸처럼 대했다고?"

"네. 한나야, 한나야, 이러면서. 아침에는 교복 입혀서 학교 보
내려고 그러지. 아무튼 개를 끔찍이 사랑하는 거하곤 확 달랐어
요. 그건 진짜 사람을 대하는 것처럼, 때론 좀 어려워하기도 하
고, 예의를 지킨다고 해야 하나?"

여자는 비닐봉지를 손목에 끼운 채 잔뜩 근심스러운 표정을
지었다.

"그 사람 여기 산 지 오래되진 않았죠?"

"음, 그렇죠? 한 2, 3주? 첨에 왔을 때부터 좀 이상했어요."

"뭐가?"

"그러니까, 뭐 남들 이사 오는 것처럼 짐 싸 들고 뚜벅뚜벅 걸어온 게 아니라, 어떤 여자랑 남자가 부축하듯이 데려온 건데……."

여자가 고개를 돌려 물끄러미 문밖을 바라본다.

"누군지 압니까?"

"모르겠어요. 근데 남자는, 그다음 날인가? 한 번 더 왔었죠. 개데리고. 네, 그 남자가 개를 데리고 온 거예요. 그 남자도 외국인인가, 전화로 쫑알거리는데 중국말 하더라고요? 되게 젊고요."

"어디다 전화하는지는 모르고?"

"전혀요."

태하가 숨을 한 번 깊게 내뱉으며 턱을 쓰다듬고는, 아무것도 없는 벽을 멀뚱히 바라본다. 등 뒤의 컴퓨터에서는 계속 사진이 넘어간다. 문밖을 바라보던 여자가 문득 고개를 돌리며 입을 연다.

"아, 근데 전화 얘기하니까 생각이 났는데, 그 사람, 핸드폰을 손에서 놓질 않았어요."

"이 핸드폰?"

태하가 방에서 주운 핸드폰을 들어 보인다.

"글쎄요. 그 사람 핸드폰을 제가 자세히 본 적이 없으니까 딱이 모델이다 하긴 그런데……. 아무튼 손에서 놓질 않았단 게 중요한 거죠. 음, 개랑 핸드폰. 여기 살던 사람이라면, 그 두 개가 딱 기억에 남아요."

태하가 다시 핸드폰을 살펴본다. 통화 아이콘을 누르자, 통화 내역은 없고 수신 메시지 내역만 서너 개 떠오른다. 상대방 번호는 광고 전화처럼 열두 자리. 번호를 클릭하자 메시지함으로 화면이 바뀐다.

"경찰도 봤어요. 그 번호 추적이 불가능하다고 그러던데, 엉뚱한 데로 돌려났다고. 근데 별것도 없대요. 내가 무섭다 그러니까 누가 죽이고 그런 건 아니니까 걱정 말라더라고요."

태하가 메시지 중 하나를 클릭하자 첨부 파일을 재생하겠냐는 물음이 뜬다. 그러나 잠시 후, 유효기간이 지나 재생할 수 없다는 말풍선이 자동으로 떠오른다. 메시지함으로 돌아가 다른 메시지들을 클릭해보지만 전부 같은 식이다.

여자가 문틀에 기댄 채 무심한 시선으로 방을 둘러본다.

"아무튼 안됐어요. 그래도 첨엔 겉모습은 멀쩡했거든요. 그러니까 정상인처럼 행동했단 건 아니고, 머리나 수염 뭐 그런 거요. 근데 갈수록 꼴은 거지꼴에, 요 앞 지날 때마다 이상한 냄새가 진동을 하……."

여자의 시선이 방 맞은편에 꽂힌다. 태하는 계속 핸드폰 화면을 눌러대는 중이다.

"저기요!"

태하가 여자를 보자, 여자가 손가락으로 모니터를 가리킨다.

"봤어요?"

여자가 모니터 앞으로 뛰어간다. 태하도 이불 위에 핸드폰을 대충 던져놓고는 여자 옆에 가서 선다. 모니터에서는 교복 입은 개의 사진이 막 바뀌는 중이다.

"아, 지나갔어!"

다시 첫 번째 가족사진이 뜬다. 그다음 한두 살가량 된 한나의 사진, 그다음엔 휠체어에 앉아 있는 여자와 한나의 사진, 그다음 엔 의사 가운을 입고 있는 남자와 여자의 사진. 태하가 스페이스 바를 눌러 화면을 정지시킨다. 그리고 묻는다.

"여기 살던 사람, 이 남자 맞아요?"

"네, 맞아요. 이 사람이에요. 여기 처음 왔을 땐, 아니 조금 더 늙은 것 같긴 한데, 근데 의사였어요? 아, 근데 아무튼 이게 아니 에요. 계속 돌려보세요."

태하가 다시 스페이스바를 누르자 사진이 바뀐다. 좀 더 자란 한나의 사진, 그다음 초등학교 졸업식 때 찍은 한나의 사진, 그 다음 어떤 건물 앞에서의 단체 사진. 그다음, 여자가 소리친다.

"이 여자! 이 여자라고요!"

배경에는 여전히 같은 건물, 같은 현수막이 찍혀 있다. 하지만 인물은 둘뿐이다. 릴리 박사, 그리고 차수연. 태하가 입을 벌리 고 사진을 바라보다가 화살표키를 눌러 방금 전의 단체 사진으 로 돌아간다. 스페이스바를 눌러 사진을 정지시킨 뒤 손가락으 로 사진 속 인물들의 얼굴을 하나하나 훑는다. 그러다 뒤쪽 열에 서 있는 한 여자의 얼굴 밑에서 멈춘다.

"지금, 이 여자죠? 이 여자가……."

다시 스페이스바를 눌러 릴리 박사와 차수연, 둘만 나온 사진을 불러낸다.

"여기 이 여자죠?"

"그런 것 같네요."

"이 여자가 데려온 게 확실해요? 저 남자가 이 방 살던 사람인 것도 확실하고, 이 여자가 데려온 것도 확실해요?"

"네, 확실해요. 저 경찰공무원 시험 준비를 하고 있어서 평소에……"

철판으로 된 2층 복도가 요란하게 울린다. 태하가 젖은 시멘트 계단을 찰박거리며 내려가 차 리모컨을 누르자, 전자음이 짧게 울리며 애스턴 마틴의 헤드라이트가 번쩍인다. 그 순간, 골목 담장에 가려진 차 뒤쪽에서 경찰관이 걸어 나온다.

"실례합니다. 이 차 주인이십니까?"

경찰관이 우비의 모자를 털며 물었다. 손에는 조회 단말기를 들고 있다.

"가까이 좀 와주시겠습니까?"

태하가 태연하게 경찰관 쪽으로 다가간다.

"내 차 아닌데요?"

"아아, 실례했습니다. 근데 선생님, 어디 다치신 것 같네요? 옷도 엉망이고? 검문에 협조 좀 해주시기 바랍니다. 괜찮으시죠?"

태하가 경찰관에게 몇 걸음 더 걸어가자 담장에 가려 보이지 않던 차 뒷부분이 보인다. 애스턴 마틴 뒤엔 경찰차가 서 있고, 그 사이에서 다른 경찰관 한 명이 무전기를 들고 교신 중이다. 경광등 불빛 때문에 시시각각 주변의 색이 변한다.

"지문만 조회하면 되는 거니까요. 그냥 형식적인 거예요."

경찰관이 몇 걸음 걸어 나온다. 태하가 고개를 끄덕이며 말한다.

"그렇게 하시죠. 그나저나 수고하십니다."

"수고는요, 이게 일인데요."

웃으며 고개를 끄덕이던 태하가 갑자기 경찰관 얼굴에 차 리모컨을 힘껏 집어 던지고 반대편 골목으로 뛴다. 경찰관이 눈을 감싸쥐며 소리를 지르자, 교신 중이던 다른 경찰관이 차 뒤에서 뛰어나온다. 그리고 반대편 골목의 어둠 속으로 사라져가는 태하를 뒤쫓는다. 어두운 골목 안에 전자 호루라기 소리가 울려 퍼진다.

*

콘크리트처럼 짙고 뭉글뭉글한 먹구름이 하늘을 뒤덮고 있다. 구름은 어둠이 깔린 도시의 불빛을 먹고 은은한 보랏빛을 띠고 있다. 이따금씩 커다랗고 흐릿한 홀로그램 글자들이 그 구름 밑에 나타났다가 이내 사라져버린다.

태하가 숨을 거칠게 몰아쉬며 공원의 수풀을 헤치고 빠져나온다. 연신 뒤를 돌아보지만 공원에는 인적이 없다. 굵은 빗줄기만 가로등과 벤치, 산책로를 때리고 있다. 큰길로 접어들자 젖은 아스팔트 위로 쏟아지는 빗방울들이 차들의 전조등 불빛을 받아 하얗게 빛난다. 내부 조명을 모두 끈 시내버스가 물보라를 일으키며 지나가고, 우비 차림으로 자전거를 타던 노인이 그 물보라를 피해 잠시 섰다가 태하 옆으로 지나간다. 자전거 삐걱거리는 소리는 빗소리와 섞여 들려오다가 금세 멀어져간다. 저 앞에 굴다리가 보인다. 굴다리 위쪽에는 잡초들이 무성하게 늘어져 빗물을 뚝뚝 떨어뜨리고 있다. 태하가 굴다리 안으로 들어가며 핸드폰을 꺼내고는, 통화 목록에서 번호 하나를 찾아 더블클릭한다. 그런 뒤 핸드폰을 귀에 댄 채 걸으면서 다시 한 번 뒤를 돌아본다.

"여보세……"

태하가 핸드폰을 귀에서 떼고 화면을 보자 배터리 아이콘이 몇 번 깜빡이다가 전원이 꺼져버린다. 태하가 핸드폰을 집어넣고 굴다리 안을 걸어간다. 차도 쪽에 서 있는 두꺼운 콘크리트 기둥 사이로 순간순간 자동차들의 전조등 불빛이 번쩍인다. 굴다리 안에 바람 소리, 엔진 소리, 배수로 덮개가 딸깡거리는 소리가 메아리친다. 굴다리를 지나 밖으로 나오자, 바로 몇십 미터 앞에 태하의 사무실이 있는 상가가 보인다.

태하가 삐걱거리는 은색 알루미늄 출입문을 밀고 상가 안으로 들어간다. 상가 공동 우편함을 지나 계단을 올라가자 짙은 초록색 페인트가 칠해진 계단 위에 검게 변색된 핏자국이 위층에서부터 점점이 떨어져 있는 게 보인다. 태하의 구두가 무심히 핏자국을 밟을 때마다 피와 빗물이 한데 엉겨 발자국으로 찍힌다. 사무실 안으로 들어가 문을 닫자 바닥에 떨어진 이슬의 라이터와 담배 케이스가 보인다.

태하가 곧바로 세면대 옆에 걸린 수건을 걷어 젖은 머리 위에 늘어뜨리고 책상 앞으로 걸어간다. 주머니에서 핸드폰을 꺼내 책상 위의 급속 충전 패드 위에 던져 놓고, 구두를 차내고, 양말을 벗어 던진다. 그리고 책상 표면을 건드린다. 홀로그램 화면이 푸르스름한 빛을 내며 책상 위에 떠오르자 책상을 몇 번 두드려 파일 하나를 불러낸다. 이슬이 스캔해둔 차수연의 계약서다. 태하가 책상 위 전화기에 붙은 스피커폰 버튼을 누르고, 계약서에 적힌 차수연의 핸드폰 번호를 누른다. 그러고서 흠뻑 젖은 셔츠의 단추를 하나씩 풀어낸다. 태하가 허리띠 부근까지 단추를 풀었을 때 수연이 전화를 받는다.

"태하 씨? 무슨 일이시죠?"

"당신 지금 어디야?"

"네?"

태하가 전화기 위쪽으로 몸을 숙이며 다시 묻는다.

"어디냐고. 집이야?"

"저 지금 바빠요. 나중에 전화하세요."

수연이 전화를 끊자, 태하가 인상을 쓰며 천장에 숨을 뿜고는 재다이얼 버튼을 누른다. 수연이 전화를 받는다.

"저 일하는 중이에요. 바쁘다니까요?"

"나 열 받게 하지 마. 당신한테 좋을 거 없으니까."

"무슨 뜻이죠? 용건이 뭐예요?"

"뉴스 봤나?"

"저랑 상관없는 일이에요."

전화가 끊긴다. 태하가 미간을 찌푸리며 눈을 질끈 감았다가 다시 재다이얼 버튼을 누른다. 신호가 흐르고, 수연이 전화를 받자마자 태하가 말한다.

"그따위로 전화 끊지 마."

"그럼 왜 전화했는지 말을 하든가요."

"한나가 릴리 박사 딸이더군."

"한나 일에 더 이상 관여하지 말라고 했을 텐데요?"

"나한테도 중요한 일이 생겼다고 했어."

"아, 그랬네요. 깜빡 잊었어요, 미안해요. 됐죠?"

수연이 전화를 끊는다.

"이 미친년이 진짜!"

태하가 수화기를 집어 들고 재다이얼 버튼을 누른다. 잠시 후, 태하가 수화기에 대고 소리친다.

"전화 처끊지 말라고!"

태하가 수화기를 귀에 댄 채 허공을 노려본다. 시선은 창밖에 가 있다.

"거기 어디야?"

태하가 고개를 돌려 책상 위를 바라본다. 아바나 담뱃갑과 라이터와 재떨이, 그리고 폴라로이드 사진이 놓여 있다.

"내가 무슨 일 하는지 알지? 한나 어떻게 찾았는지 말해줘? 마야에 관련된 게 누구고, 릴리 박사가 어디 있었고, 누가 그 인간을 그 쓰레기 더미에 처박았는지, 그런 거 어떻게 알았나 말해줘? 당신이 말하든 말든 달라지는 거 없어. 내가 당신 찾는 거? 시간문제야. 근데 그때쯤엔 내 기분이 지금보다 더 좆같을 거라는 것만 알아둬."

빗방울이 창문을 때리는 소리, 차들이 젖은 아스팔트 위를 달리는 소리가 들려온다. 지나다니는 차들의 전조등 불빛이 태하의 얼굴을 훑고 지나간다.

"어쩐지 배가 거짓는 게 이상하다 했지. 거기 꼼짝 말고 있어."

태하가 전화를 끊는다. 단추를 마저 풀고, 몸에 찰싹 달라붙은 젖은 셔츠를 벗어 던진다. 몸 여기저기 시뻘건 피멍이 올라와 있다. 머리 위에 걸치고 있던 수건으로 대충 몸의 물기를 닦아내고, 오른쪽 팔뚝에 감긴 붕대도 풀어낸다. 머리카락의 물기를 털며 책상 옆의 캐비닛으로 걸어가는데, 맨발이 바닥을 디딜 때마다 들릴 듯 말 듯 작은 소리가 난다. 태하가 캐비닛을 연다. 선반 위에 아무렇게나 구겨져 있던 남색 바람막이 재킷을 꺼내 맨몸에 걸치고, 구석에 박혀 있던 찌그러진 나이키 운동화를 꺼내 바닥에 떨어뜨린다. 대충 문질러 닦은 맨발을 운동화에 욱여넣으며 캐비닛 안으로 손을 집어넣는다. 다시 손을 빼자 권총이 들려 있다.

*

"스카이텔레컴 측은 긴급 기자회견을 열고, 제보 영상과 관련한 공식 입장을 발표했습니다. 제보 영상에 나타난 김윤범 국장의 발언과 행위는, 도덕성의 결여에서 비롯한 국장 개인의 생각일 뿐 그것을 스카이텔레컴 전체의 입장으로 해석하기엔 무리가 있다며, 뚜렷한 진상이 밝혀질 때까지 성급한 판단을 삼가줄 것을 부탁했습니다. 반면, 임원을 채용함에 앞서 신중하게 그 자질을 평가하지 못한 점에 대해 사회적 책임을 통감하는바, 철저한 인사 관리를 통해 이번과 같은 일이 재발하는 것을 막겠다고 전했습니다. 그러나 경찰의 사옥 점거, 무분별한 기물 파손, 사원 구금 행위에 대해서는, 그것이 과연 적법한 영장 발부 절차를 거쳐 수행한 것인지에 대해……."

와이퍼가 바쁘게 움직이며 앞 유리창의 빗물을 밀어낸다. 사람도 차도 없는 사거리 위로 비가 쏟아져 내리고 있다. 교차로 신호등의 붉은빛이 앞 유리창을 타고 흐르다가, 태하가 신호를 무시하고 속력을 내자 빗방울과 함께 뒤로 밀려난다. 라디오에서는 여자 리포터의 목소리가 쉴 새 없이 흘러나오는 중이다.

"경찰은 문제의 영상을 토대로, 스카이텔 폴리스 에이전시의 협박 및 폭력 혐의에 대해 수사 중이며, 영상에서 언급된 나라다라는 시설과 마야라고 하는 콘텐츠에 대해서도 조사 중이라고 밝혔습니다. 또 경찰은 스카이텔레컴의 긴급 기자회견과 관련해, 문제의 영상에서 나라다와 마야를 위해서라면 어떠한 책임도 감수하라는 내용의 문서가 상급 부서로부터 전달됐다는 발언이 명확히 드러난 만큼, 필요하다면 스카이텔레컴 그룹의 고위 간부들도 소환하여 조사할 방침이라고 밝혔습니다. 그러나 영상이 방송을 통해 송출된 후 불과 20분 만에, 경찰이 송도에 위치한 스카이폴리스 본사를 무력 점거하기까지 과연 적법한 영장 발부 절차를 거쳤는지 여부에 대해서는 말을 아꼈습니다. 경찰은 현재 영상에 나타난 피해자의 신병 확보를 최우선으로 수사를 진행 중이지만, 현재까지는 피해자가 이용한 것으로 밝혀진 김윤범 국장의 차량만 부평역 인근에서 발견한 것으로……."

차창 밖으로 낡은 상가들이 나타난다. 유리창이 전부 깨졌거나 아예 없고, 입구는 모두 합판으로 막아놓은 상가들이다. 태하가 마야로 통하는 인천항역 1, 2번 출구와 3, 4번 출구를 차례로 지나치면서, 왼쪽에 있는 한 상가의 2층을 슬쩍 올려다본다. 불빛도 그림자도 보이지 않는다. 칠흑 같은 어둠뿐이다.

"한편 부평역 앞 광장과 인천시청 앞에서는 공무원 노조와 경찰들의 집회가 한층 더 격해진 상태이고, 이에 따라 집회를 해산시키려는 경찰들과의 마찰도 심화된 상태입니다. 경찰 내부 소식통에 따르면, 스카이텔레컴 관련 수사에서도 지휘계통이 흔들릴 만큼 경찰 조직 내의 의견이 엇갈리고 있는 상황이……."

시위 현장의 괴성과 호루라기 소리가 리포터의 목소리와 함께 흘러나온다. 태하가 라디오를 끄고 핸들을 오른쪽으로 돌린다. 전조등이 캄캄한 거리를 앞서 뻗어 나간다. 시멘트 공장과 사료 공장들, 창고들, 트럭들, 아무렇게나 널린 자재들을 지나, 바닷가 쪽으로 움푹 들어간 도로로 접어든다. 저 앞에 '인천항 2번 부두'라는 표지판이 보이고, 그 양쪽으로 높다란 가시철조망이 이어져 있다. 오른쪽 철조망 너머에는 길쭉한 창고 하나가 바닷가 방향으로 뻗어 있고, 왼쪽 철조망 너머에는 철골로 이루어진 조명탑이 서 있다. 그 조명탑의 불빛이 비와 안개를 뚫고 만들어낸 어슴푸레한 빛의 터널 끝에서, 커다란 화물선의 옆구리가 아주 천천히 오르내리고 있는 것이 보인다.

부두에 가까워지자 양 끝에서 평행하게 뻗어 나가던 가시철조망이 직각으로 방향을 틀어 길을 막아선다. 철조망 한가운데에 '통제구역'이라는 팻말이 붙어 있고, 철조망 맨 윗부분엔 CCTV가 설치되어 있다. 태하가 경적을 울리면서 라이트를 몇 번 깜빡여본다. 그러자 감시카메라가 좌우로 조금씩 움직이는가 싶더니, 곧 요란한 전자음이 울리며 철조망이 안쪽으로 벌어진다. 태하가 다시 액셀을 밟자, 얼마 가지 않아 길이 망치처럼 양쪽으로 넓게 퍼지며 부두가 나오고 그 끄트머리에 커다란 화물선이 정박해 있는 것이 보인다. '중화 플랜트'. 화물선 측면에 적힌 이름이다. 그 몇 미터 아래에는 배의 출입구가 있고, 출입구의 두꺼운 문은 아래로 젖혀져 부두와 배 사이를 잇고 있다. 부두의 오른편 뒤쪽에는 아까 철조망 너머로 보이던 기다란 창고의 입구가 보인다. 입구 안쪽에서 퍼져 나온 할로겐 불빛이 부둣가의 컨테이너 박스, 지게차, 트럭을 푸르스름하게 물들인다.

　태하가 차를 세운다. 핸드폰을 꺼내 수연의 번호를 누르고, 귀에 댄 채 창밖을 두리번거린다. 전화 신호음이 울리는 소리, 바람막이 재킷이 부스럭거리는 소리, 차 지붕에 비 떨어지는 소리가 들린다. 잠시 후 태하의 시선이 화물선 출입구에 머문다. 출입구 안쪽에서 누군가가 손을 흔든다. 태하가 재킷의 후드를 뒤집어쓰고 차 밖으로 나가자 손을 흔들던 사람이 움직임을 멈추고 태하를 본다. 파도 소리와 축축한 바닷바람, 그리고 옅은 안개를 뚫고 태하가 화물선 출입구로 걸어간다. 바람막이 재킷의 방수원단이 빗물로 흥건해지자 부둣가의 불빛들이 그 위로 흐

르며 번들거린다. 태하의 등 뒤로는 기다란 창고의 내부가 들여
다보인다. 시커먼 터널과 거기서 뻗어 나온 전철 선로. 지금 막
한 량짜리 전철이 터널 안에서 빠져나오는 중이다.

화물선 출입구에 가까워질수록 손을 흔들던 사람의 모습이
분명해진다. 50대 후반으로 보이는 여자다. 검은 파마머리를 했
고, 뿔테 안경을 썼고, 하늘색 티셔츠와 검은색 바지를 입었다.
그 위에 흰색 가운을 걸치고 있다.

"소장님이랑 약속하신 분이죠?"

태하가 배에 오르며 여자를 쳐다보자 여자가 다시 묻는다.

"차 박사님 만나러 오신 거죠, 차수연 박사님?"

태하가 말없이 고개를 끄덕이자 여자가 앞장서서 배 안쪽으
로 들어간다.

베이지색 페인트로 칠해진 단조로운 복도를 지난다. 벽에 띄
엄띄엄 붙어 있는 빨간색 밸브 손잡이와 소화기만 눈에 띈다. 천
장에는 두꺼운 배관들이 붙어 있고 다른 곳과 똑같이 베이지색
페인트로 칠해져 있다. 여자의 굽 낮은 신발이 바닥을 디딜 때
마다 토캉, 토캉, 금속 울리는 소리가 난다. 태하의 운동화에서
는 소리가 나지 않는다. 여자를 따라 좁은 계단을 올라가자 아래
층과 똑같이 생긴 복도가 뻗어 있다. 배 안쪽을 향해 출입문이
몇 개 달린 것만이 다르다. 문은 회색 페인트로 칠해져 있고, 문
손잡이 옆에는 원형 핸들로 된 잠금장치가 붙어 있다. 앞서 걷던
여자가 복도 맨 마지막에 있는 문을 대충 가리킨다.

"소장님 여기 계세요."

여자는 그렇게 말한 후 복도 끝 모퉁이 너머로 사라져버렸다. 태하가 문손잡이를 아래로 꺾자 쇠 갈리는 소리와 함께 문이 안쪽으로 벌어진다. 어두컴컴한 방이다. 널찍한 방 안에 2미터 정도 되는 기다란 철제 작업대가 놓여 있고 그 위에는 온갖 서류들이 탑처럼 높게 쌓여 있다. 작업대 위에 떠 있는 크고 선명한 홀로그램 화면 속에서는 알 수 없는 프로그램이 가동 중이다. 하얀 가운을 걸친 수연이 작업대 끝에 앉아 그 프로그램을 제어하고 있다.

"문에 기름 좀 치라니까 아직도 안 쳤나 보네요."

수연이 홀로그램 화면에서 눈을 떼지 않고 말했다. 태하가 문을 닫고 수연이 있는 쪽으로 걸어간다.

"이것들 보이죠? 네 시간 안에 추릴 건 추리고 버릴 건 버려야 돼요."

수연이 한숨을 쉰다. 두 손은 작업대 위의 홀로그램 센서를 건드리느라 분주히 움직이는 중이다.

"이렇게 바빠 죽겠는데, 결국 오셨네요?"

태하가 수연의 대각선 옆쪽에 놓인 서너 개의 의자 중 하나를 발로 당겨 끌어낸다. 그러고는 거기 앉는다.

"5분만 기다려요, 이것만 백업하고 커피 한 잔⋯⋯."

"닥치고 당장 집중하는 게 좋을 거야, 나한테."

잠시 정적이 흐른다. 수연의 손가락이 작업대 위를 스치는 소리만 들려온다. 그러나 얼마 못 가 수연의 손이 차츰 느려지더니, 작업대 위에서 완전히 멈춘다. 수연이 한숨을 쉬고는 거칠게 의자를 돌려 태하를 노려본다.

"원하는 게 뭐죠? 다 끝난 거 아니었어요?"

수연이 흰색 가운 주머니에서 초록색 일회용 라이터와 폴라리스 한 갑을 꺼낸다. 담배 한 개비를 입에 물고 불을 붙인다.

"말씀해보세요. 계산 아직 안 끝났어요?"

수연이 연기를 뱉으며 물었다. 가늘게 뜬 눈으로 태하를 쳐다본다.

"것도 아님, 저한테 관심이 있으신가요?"

태하가 대답 대신 세 가지 물건을 꺼낸다. 구겨진 아바나 한 갑, 권총, 그리고 폴라로이드 사진. 태하가 아바나 한 개비를 입에 물고 불을 붙인 후, 권총을 작업대 위에 올려놓는다. 그런 다음 폴라로이드 사진을 수연 앞에 던진다.

"내 와이프 찾는 거. 그게 내가 원하는 거야."

태하가 연기를 뱉으며 말했다. 수연이 자기 손 옆에 떨어진 사진을 잠시 보고는, 태하 앞에 놓인 권총에 눈길을 주며 사진을 집어 든다. 태하가 그런 수연을 보며 말한다.

"총은 그냥 여기 있다는 것만 알면 되고, 사진을 봐야지."

수연이 피식 웃고는 사진을 들여다본다.

"이분이?"

태하가 고개를 끄덕인다. 수연은 고개를 젓는다.

"아닐 텐데요?"

"뭐가?"

"태하 씨 와이프가 아닐 거라고요."

"아니, 맞아."

"아닐 거예요."

"맞아."

"확실해요?"

"확실해."

수연이 태하를 바라본다. 태하도 수연을 바라본다.

"정말요?"

"정말."

수연이 태하를 빤히 바라보다가, 사진을 내려놓으며 말한다.

"의외네요. 이런 분이랑……."

수연이 바닥에 재를 턴다. 그러고는 내려놓은 사진을 다시 바라보며 담배를 빨고, 연기를 뿜으며 말한다.

"좋아요. 그래서요?"

태하가 눈을 깜빡이며 수연을 본다.

"그래서라니?"

"태하 씨 와이프라면서요. 그래서 어쩌라는 거죠?"

"아, 당신이 알 거 아냐, 지금 어딨는지! 저 사진 나라다에서 찾은 거야. 그럼 당신이 이렇다 저렇다 말을 해줘야 할 거 아니야!"

"몰라요. 내가 그걸 어떻게 알겠어요."

"아, 진짜 장난하나!"

태하가 반쯤 몸을 일으킨다. 수연은 반쯤 몸을 돌려 태하를 외면하고 있다.

"그럼 이 사진이 왜 거서 나와? 그 목뒤에 붙은 이상한 거, 그것도 당신이랑 관련 있는 거 아니야? 마야인지 뭔지 하는 거랑 관련 있는 거 아니야?"

수연이 몸을 돌려 서류 몇 장을 들춰 본다. 태하가 작업대를 주먹으로 내려치며 소리친다.

"아니냐고!"

"아, 소리 좀 지르지 마세요! 울려서 귀 아파요!"

수연이 인상을 쓰며 소리쳤다. 잠시 정적이 흐른다.

허공에 떠 있는 홀로그램 화면 주위에 담배 연기가 자욱하게 차 있는 것이 보인다. 수연이 손을 뻗어 벽에 붙은 스위치를 건드리자, 팬이 돌아가는 소리가 나면서 허공의 담배 연기가 천장으로 빨려 들어간다.

"목뒤에 붙은 건 마야의 초기 플랫폼이에요. 이때는 아직 나노봇 캡슐을 프로그램할 단계가 아니었죠. 외과 수술로 직접 이식한 거예요."

수연이 사진을 내려다보며 담배를 깊게 빨아들인다.

"자아와 감각의 디지털 데이터화를 처음으로 성공한 실험 대상이고, 좀 특이해서 기억이 나네요."

"실험 대상?"

태하가 인상을 찌푸리며 몇 번 빨지도 않은 담배를 버린다.

"마야의 실험 대상요."

태하가 여전히 찌푸린 얼굴로 수연을 바라보며 담배를 밟아 끈다.

"도대체 무슨 실험?"

"말하자면 길어요. 이렇게 많은 걸 지금 정리하고 있잖아요."

수연이 작업대 위의 서류 뭉치들을 가리켰다. 태하가 눈을 질끈 감았다가 팔꿈치로 서류들을 밀치며 소리친다.

"무슨 실험이냐고 묻잖아!"

"그럼 전부 읽어보시든가요!"

태하가 고개를 끄덕이며 작업대로 손을 뻗는다. 그러나 서류 대신 총을 집어 들었다. 수연이 말없이 태하를 노려본다. 담배는 가느다란 손가락 사이에서 오렌지빛을 내며 타들어가고 있다. 그런 수연을 바라보는 태하의 무표정한 얼굴에, 홀로그램 화면의 불빛이 명암을 드리운다.

"호모 아바타 프로젝트. 알아요?"

수연이 천천히 말을 꺼냈다. 태하가 총을 겨눈 채로 대답한다.

"인조인간 만들기."

"그래요, 인조인간 만들기."

"근데 그게 뭐? 여기까지 오면서 여러 번 나오던데? 인조인간 만드는 일이랑 마야가 대체 무슨 상관이야."

수연이 눈을 지그시 감고 담배를 입으로 가져간다. 담배를 한 모금 빨고는 눈을 치켜 뜨며 태하를 본다.

"일단 그 총 좀 치워주실래요? 정 쏘고 싶으면 이따 다시 집어서 쏘면 되잖아요?"

태하가 작업대를 내려찍다시피 총을 내려놓자 요란한 소리가 난다. 그 소리에 눈을 질끈 감았던 수연이 인상을 찌푸린 채로 다시 눈을 뜬다.

"나도 참는 데에 한계가 있어요."

"하던 말이나 해."

수연이 태하를 노려보며 깊은 숨을 뱉는다. 반 이상 타들어간 담배 끝이 파르르 떨린다.

"호모 아바타 프로젝트의 목표는, 단순한 인조인간이 아니었어요."

수연이 담배를 깊게 한 번 빨고는 바닥에 재를 턴다. 순간적으로 허공을 가득 메운 담배 연기 너머에서 수연이 말을 잇는다.

"요즘엔 의료공학이 워낙 발달해서 웬만한 부분은 의체(義體) 이식이 가능하죠. 로봇 팔, 로봇 손, 로봇 다리, 로봇 발. 본 적이 있는지 모르겠지만, 고성능 충격흡수장치가 달린 카본 파이버 골격을 보면 어쩔 땐 인체보다 더 멋져 보이기도 해요. 나노 탄소 튜브에 자가 수리 메커니즘을 탑재한 인공장기들은 말할 것도 없고요. 단지, 오리지널 인체보다 내구성이 떨어진다는 게 문젠데…… 어차피 그것들은 대용품으로 개발된 거니까요. 그 정도 고기능성을 가지면서도 언제든지 대체할 수 있다는 건 엄청난 장점이죠."

수연이 자기 말에 고개를 끄덕이며 담배를 한 모금 빤다.

"그리고 불과 몇 년 전 일이지만, 시각 정보를 뇌에 전달할 수 있는 고성능 자동 배율 카메라도 개발됐고, 뇌 이식수술 수준도 몇 년 새 비약적으로 발전했어요. 말하자면, 몸 하나를 온전히 만들어낼 수 있는 수준에 다다른 거예요."

"그럼 그것들을 다 갖다 붙이기만 하면 되는데 뭐……."

"우리는 그 이상을 원했거든요."

수연이 태하를 똑바로 쳐다보며 말했다.

"그 이상?"

"네, 그 이상."

수연이 또다시 자신의 말에 고개를 끄덕인다.

"느껴지게 만드는 것. 로봇 팔, 로봇 다리로 바람 스치는 감촉과 낙엽 밟는 감촉을 느낄 수 있게 만드는 것. 그게 우리 목표였어요. 찔리면 아프고, 차가우면 시리고. 우리가 인체를 통해 받아들이는 모든 정보를, 의체를 통해서도 똑같이 받을 수 있게 만드는 것. 그게 호모 아바타 프로젝트의 중점적인 목표였어요. 그것만으로도 인공육체의 수명은 엄청나게 길어지죠. 충격, 극단적인 고온과 저온, 무리한 가동을 사용자가 능동적으로 회피하게 될 테니까요. 근데 그게 무슨 의미인지 이해해요? 그건 단순히 의체 수명 연장에 그치는 게 아니에요. 만약 그렇게만 된다면, 우리 인류는 한층 더 진화된 육체를 갖게 되는 거죠. 더 이상 노화나 질병에 신경 쓰지 않아도 되고, 순식간에 지구 반대편으로 이동할 수도 있고, 아님 동시에 여러 장소에 존재할 수도 있게 되는 거라고요. 이해해요? 태하 씨의 인공육체를 남극에 보내놓고 네트워크 스위치만 누르면, 거기 추위를 태하 씨 앉은 자리에서도 느낄 수가 있어요. 만약 인공육체가 수십 개라면, 태하 씨는 그 수십 개의 장소에 동시에 존재할 수도 있고요. 인공육체는 호흡도 안 하니까 그중 하나를 우주로 보낼 수도 있겠죠. 방사능도 문제없어요. 말 그대로 인류의 아바타를 만드는 일, 그게 호모 아바타 프로젝트였어요."

수연이 꽁초를 바닥에 버린 후 슬리퍼로 짓밟는다. 다시 폴라리스를 하나 빼 물고 불을 붙인다.

"근데 그런 일이 가능하려면, 우선 사람이 살아가면서 느끼는 수백, 수천만 가지 자극을 분석하고, 그 자극들이 어떤 유형의 신호로 뇌에 전달되는지를 알아내야만 했어요. 모든 외부 자극들은 일련의 전기신호로 바뀌어서 체내의 신경을 타고 뇌로 가는데, 예를 들자면 뜨거움을 전달하는 신호와 차가움을 전달하는 신호가 어떤 패턴인지, 또 둘은 어떻게 다른지, 이런 것들을 하나하나 전부 알아내고 분석해야만 했던 거예요. 물론 시각 정보도 거기 포함되죠. 빨간색 시각 정보의 패턴, 파란색 시각 정보의 패턴, 코끼리는 어떻게 보이는지, 자동차는 어떻게 보이는지. 이건 정말⋯⋯."

수연이 손에 든 담배를 들어 보인다.

"담배도 그때 배웠어요. 근데 내 말 이해해요? 최대한 쉽게 쉽게 설명하는 거예요."

"아, 나도 다 대학 나오고 한 사람이야!"

수연이 태하를 잠시 바라보다가 말을 잇는다.

"어쨌든, 세계에서 내로라하는 뇌 과학자들과 의료공학자들이 달라붙어서 그 연구에 매달렸어요."

"릴리 박사도 그중 한 명인가?"

"그분 얘긴 안 하고 싶은데요."

"나도 당신 죽빵 날리고 싶은데 안 하고 있거든?"

수연이 한숨을 쉬며 눈을 감는다. 그렇게 잠시 있다가, 심호흡을 한 번 하고 입을 연다.

"존, 존 데이비드 릴리. 내 스승이었죠. 미국 뇌 과학의 최고 권위자이기도 하고. 오래전부터 독창적인 실험으로 유명하셨어요. 물을 채운 감압탱크 속에 직접 들어가선, 물에 둥둥 뜬 상태로 뇌와 정신의 관계를 탐구하고 실험하셨죠. 연구를 위해서라면 엘에스디 복용도 불사하는 열정적인 분이셨어요. 캘리포니아 의과대학 시절에 그분 밑에서 박사 따고 온 건데, 그 후로 계속 못 뵙다가 호모 아바타 프로젝트에서 만났네요."

"그 사람이 한나 아빠지?"

수연이 고개를 끄덕인다.

"뒤늦게 가정을 꾸리셨는데, 사모님이 루게릭병으로 돌아가셨다고 들었어요. 젊고 아름다운 분이셨는데 정말 안됐죠. 근데 한니기 그분을 정말 빼닮았더리고요. 그레선지 존도 딸에 대한 사랑이 각별했어요. 학교 다니는 애를 한국에 데려온 것만 봐도 그렇죠. 그거 간단한 게 아니거든요."

"그럼 호모 아바타 프로젝트에 참여한 건 죽은 아내 때문인가?"

"단순히 그것 때문이라고는 할 수 없지만, 아무래도 상당 부분 영향을 받았겠죠? 프로젝트를 같이하면서, 예전하곤 뭔가 달라졌다는 걸 느꼈어요. 한이랄까, 슬픈 열정이랄까."

"근데 왜 그런 짓을 했지?"

"무슨 짓요?"

"몰라서 묻나?"

태하가 아바나에 불을 붙인다. 연기를 뱉고 말을 잇는다.

"거, 당신이 담쟁이 빌라에 처박아둔 거 아냐? 그 사람 미친 것도 당신이 마야로 어떻게 한 거 아니야?"

"아, 그거요?"

"아, 그거요? 지금 나랑 농담 따먹기 하자는 거야?"

"태하 씨는 아무것도 모르세요."

태하가 그 말에 두 눈을 질끈 감고 인상을 구긴다. 담배를 깊게 한 번 빨고는, 수연을 보며 말한다.

"아니, 누가 안대? 내가 언제 안다 그랬어?"

수연이 눈을 감고 양손을 관자놀이에 대고 문지른다. 태하의 목소리가 점점 커진다.

"어? 내가 안다 그랬냐고! 내가 지금 알아서 물어보는 거야? 모르니까 물어보는 거 아냐! 알게끔 씨발 말을……."

"그게 최선이었어요!"

수연이 소리친다.

"그분 살리려면 그렇게 할 수밖에 없었다고요!"

태하가 담배를 빤다. 연기를 뿜고, 바닥에 침을 뱉는다. 그리고 낮은 목소리로 말한다.

"내가 뭐라고 했어. 알게끔 말을 하라고, 알게끔. 엉뚱한 데서 이해되냐고 묻지 말고, 앞뒤 상황을 설명을 잘하라고, 어?"

수연이 손가락 사이에 담배를 끼운 채 손바닥으로 얼굴을 가볍게 쓸어내린다.

"프로젝트가 2년 가까이 진행됐을 때쯤, 우리는 방대한 양의 디지털 자극 정보들을 얻었어요. 우리 고생도 고생이었지만 장비 덕도 많이 봤죠. 세계 최고 수준이었으니까. 그렇지 않았으면, 아마 그 정도 데이터를 분석하는 데 몇십 년도 넘게 걸렸을 거예요. 우린 그 샘플들을 실험 대상자의 뇌에 직접 입력해서, 실제로는 없는 것을 보이게 하고, 만지게 하고, 맛보게 하고, 들리게 하는 데에 성공했어요. 지금에 비하면 초보적인 수준이었지만요. 그리고 그때쯤에 제 연구 목표가 좀 달라졌고, 곧바로 프로젝트가 무산됐죠."

"시위 때문인가?"

"네. 그것도 그거였고, 학회 보조금과 정부 지원금도 끊겼거든요. 더 이상 어떻게 할 수 없는 상황이었어요. 그때 손을 내민 게 스카이텔레컴인데, 우리 기술을 사겠다고 하더라고요. 정확히 말하자면……."

"그 디지털 자극 정보들이군."

"네, 그 사람들 아주 거액을 제시했어요. 옵션도 다양했고요. 근데 존은 그걸 반대했고, 저는 그런 존의 생각에 반대했죠. 그렇게 된 거예요. 저는 계속 연구를 할 수 있게 지원을 받는 조건으로 그 기술을 넘겼고, 스카이텔레컴은 연구 시설부터 자금까지 모두를 지원하는 조건으로 우리 연구 결과를 지속적으로 제공해달라고 했고. 쿨한 거래였어요. 스카이텔레컴의 자체 연구진이 우릴 따라잡을 수 없을 만큼만 기술을 넘겨주고, 우린 이 모든 장소와 자금을 받았으니까. 그래도, 보세요. 스위트룸 같은 걸 만들어내서 재미 많이 보잖아요? 존은 프로젝트가 무산된 후에 지홍의원 원장직에 앉았는데 금방 소문이 나고 말았어요. 아무래도 병원 측에서 먼저 득 좀 보겠다고 홍보를 한 것 같은데 역효과였던 거죠. 그래서 비즈니스 네임을 한국 이름으로 바꾸고 병원 측에서도 홍보를 그만뒀지만 인권 단체들, 종교 단체들은 호모 아바타 프로젝트가 무슨 천벌을 받을 범죄인 것처럼 병원 앞에서도 시위를 계속하더군요. 만약 그때 존이 한나를 데리고 미국으로 돌아갔다면 일이 그나마 잘됐을 거예요. 근데 아니었죠. 존은 최근 몇 달 전까지도 우릴 괴롭혔어요. 내 연구와 스카이텔레컴 간의 커넥션을 빌미로 협박하고 돈까지 달라더군요. 그것도 작년 8월, 9월, 10월, 세 번씩이나요. 그러던 게, 스카이텔레컴이 올해 5월에 행정민영화 업체 후보로 발탁되면서 분위기가 험악해진 거예요. 존 때문에 자칫 일을 그르칠 수도 있으니까 일찌감치 정리해버리자, 그걸 내가 이 핑계 저 핑계 대면서 말리다 결국 마야에 중독시키는 걸로 합의를 본 거죠. 그렇게 존을 부평 뒷골목에 집어넣고, 한나는 제가 데려왔어요. 일이 잠잠해질 때까지만 그렇게 할 생각이었는데…… 일이 꼬이려니까 정말, 한나를 데리러 갈 때 같이 갔던 중국 애가 한나한테 흑심을 품고 나라다로 데려간 거예요. 전 그것도 모르고 당신한테 갔고요. 한나가 잔뜩 의심하던 상태라 무슨 짓을 할지 몰랐거든요. 근데 존이 그렇게 죽어버릴 거였음, 당신한테 안 갔겠죠. 이런 일도 안 생겼을 테고."

태하가 마지막 한 모금을 빨고 담배를 바닥에 버린다.

"결국 당신 때문에 뒤진 거네. 어쨌든 당신이 자초한 일 아니야? 그 잘난 연구 목표가 마약 만들기로 바뀐 것 때문에. 마야에 중독시키는 걸로 합의를 봤다고? 그걸 아주 잘한 것처럼 얘기를 하네? 어? 결국 이 씨발년아, 니년 얘기하는 게 내 마누라를 지금 그 마약 실험 대상으로 썼다 이거 아냐!"

"뭐라고요? 무슨 년요? 말조심하세요! 그리고 마야는 마약 같은 게 아니에요!"

"그래요, 아니라고 하십시오. 니미 좆같은 년아!"

태하가 근처에 있는 서류들을 수연의 얼굴에 집어 던지며 소리쳤다. 수연이 자리를 박차고 일어선다.

"당신이 대체 마야에 대해 뭘 안다고 그래!"

"앉아."

수연이 어깨를 들썩이며 태하를 노려본다. 수연의 손가락 사이에서 꽁초가 타들어간다.

"앉아!"

수연이 계속 태하를 노려본다. 분노로 일그러진 얼굴 이곳저곳에 경련이 일고 있다.

"마야나 호모 아바타 프로젝트나 결국엔 종이 한 장 차이예요!"

수연이 소리친다.

"내 얼굴을 닦느냐, 거울을 닦느냐 같은 문제일 뿐이라고요!"

"뭔 소리야, 대체!"

"당신은 하나도 이해를 못 하고 있어! 호모 아바타 프로젝트와 마야가 왜 관련이 있는지도 이해 못 하겠죠? 그렇죠?"

"대체 무슨 소릴 하는 거냐고!"

수연이 꽁초를 바닥에 던지며 다시 의자에 앉는다.

"당신은 현실과 환상을 구분할 수 있다고 생각하나요?"

"내가 꿈인지 생신지 분간도 못 하는 병신으로 보이나?"

"이론적으로 사람은 현실과 환상을 구분할 수 없어요."

"엊그제부터 이상하게 또라이들을 많이 만난다 싶었어. 근데 이제 보니까 그중에서 제일 먼저 만난 또라이가 당신이고, 상태도 제일 심각해!"

수연이 태하를 바라보며 천천히 고개를 젓는다. 얼굴엔 묘한 미소를 띠고 있다.

"아주 오래전 일인데, 어떤 사람이 미술관에서 이런 말을 한 적이 있었죠. 모작은 진품이 가진 아우라까지 모방할 순 없다. 때문에 아무리 비슷한 모작이라도 결국엔 가짜라는 것을 알아챌 수 있다."

태하가 한숨을 쉬며 수연을 노려본다.

"근데 그건 틀린 말이에요. 만약 모작이 인간의 생물학적인 감각이 분간해낼 수 있는 한계를 넘어버리면, 그때부터는 진짜와 가짜를 분별한다는 것이 불가능하죠. 약품이나 광학장비의 힘을 빌리지 않고선요. 현실과 환상도 마찬가지예요. 사람들은 그냥 보이고 들리고 만져지는 것에만 집중할 뿐, 자기가 보고 듣고 느끼는 걸 뭔가가 전달해주고 있다는 생각은 안 해요. 그냥 보이니까 볼 뿐이에요. 들리니까 듣고, 느껴지니까 느끼죠. 하지만 그걸 제어하고 의식하는 존재가 분명히 있어요. 바로 뇌죠."

수연이 폴라리스를 꺼내 불을 붙인다. 행동이 빠르고 신경질적이다.

"만약에, 만약에 말이에요. 우리가 어떤 이야기 속의 인물들이라면……. 생각해봐요. 만약 우리가 어떤 소설 속의 인물들이라면, 가상의 독자가 지금 우리를 보거나 읽고 있다면 말이에요. 그럼 누군가는 지금 이 상황을 그 독자에게 말해줘야겠죠? 화자가 내가 됐든, 태하 씨가 됐든, 아님 다른 누가 됐든, 어쨌든 우릴 지켜보면서 끊임없이 우리 행동이나 대화에 대해 끊임없이 묘사해야 할 거예요. 안 그래요? 누군가는 이 자리에 같이 있어야 한다고요. 근데 독자들은 거기에 대해서 신경 안 써요. 소설을 읽기 시작한 후 언제부턴가, 그냥 무슨 일이 일어나고 무슨 말이 오가는지, 마치 자기가 이 자리에 있는 양 머릿속으로 그림을 그려대죠. 네, 아마 그럴 거예요. 정보가 뇌를 통해 들어오고 있다는 사실을 신경 쓰지 않는 것처럼, 우릴 보는 사람도 누구에 의해 얘기가 전달되는지 신경을 안 쓴다고요. 근데 더 중요한 게 뭔지 알아요? 사람들은 그 중개자가 전하는 게 진실인지 거짓인지, 실제로 일어난 일인지 허구인지 구별할 능력이 없다는 거예요."

수연이 담배를 깊게 한 모금 빨고 연기를 뿜는다. 태하는 잠자코 작업대 위의 총만 바라보고 있다.

"그 소설 속에서 현장에 있는 사람은 화자죠. 그리고 그걸 독자에게 전달하는 사람도 화자예요. 생각해봐요. 그 화자가 한 시간 전에 일어난 일을 지금 일어난 일인 양, 있지도 않은 걸 있는 것인 양 얘길 해도, 독자는 알 도리가 없어요. 독자는 자기가 상황을 보고 있다고 생각하지만, 실은 그냥 화자의 얘기를 듣고 있는 것에 불과하거든요. 그냥, 누가 미리 써놓고 편집한 문장을 읽는 것뿐이에요. 우리도 똑같아요. 흔히들 눈을 창문이라고 표현하지만, 눈은 그렇게 직관적인 기관이 아니죠. 우린 영화를 보는 것에 더 가깝다고 할 수 있어요. 눈이라는 카메라가 촬영한 영상을, 뇌가 편집하고 특수효과를 가미해서, 그다음 우리에게 보여주는 거죠. 이해해요? 태하 씨 의식에는 달랑 모니터 한 대만 있을 뿐이라서, 그게 녹화방송인지, 생방송인지 실은 알 수가 없는 거예요. 달 탐사 영상을 생각해보세요. 그게 컴퓨터 그래픽이었는지, 실제로 촬영한 것인지 어떻게 알죠? 전 세계의 수많은 사람이 그걸 분간할 수 있었을까요? 그냥 막연하게 믿었을 뿐이에요. 유명한 그림이 루브르 박물관에 있으니까 이 그림은 진짜겠지, 그거랑 같다고요."

태하가 한숨을 쉰다. 그리고 말한다.

"아, 당신이 뭔 얘기를 하는지 나는 잘 모르겠고…… 상식적으로 생각을 해봐. 당신 자다 깨면 꿈꾼 건지 어쩐 건지도 분간 못 해?"

"꿈이야, 깨고 나서 그게 꿈인지 현실인지 아는 거죠."

수연이 담배를 빨고 연기를 뱉는다. 태하가 소리친다.

"그것 좀 작작 피워! 도대체 몇 개를 피우는 거야!"

수연이 말없이 바닥에 담뱃재를 털고는, 한 모금 더 빨고 바닥에 버린다.

"태하 씨가 저 총을 바라보면 눈은 시각 정보를 뇌로 전달하고, 뇌는 그 거리와 위치를 파악하죠. 그러고는 학습된 근육을 움직여서 저 총으로 손을 뻗어요. 총에 손이 닿으면, 차갑다, 딱딱하다 같은 감각이 신경을 타고 뇌로 전달되는 거예요. 여기까지, 태하 씨는 총을 보고 만진 거죠. 하지만 누군가 인위적으로, 총이 어디 있다는 영상신호와 총의 느낌이 어떻다는 감각신호를 보낸다면 어떻게 될까요? 태하 씨는 총이 없어도 총을 볼 것이고, 허공에 손을 휘저어도 총을 만질 수 있어요. 말 그대로 가상현실인 거죠. 이 일련의 과정은 현실과 가상현실이 전혀 다를 바가 없어요. 이해해요? 지금까지의 가상현실 기술이 단순히 현실을 모방했다면, 마야는 인간이 현실을 받아들이는 방식을 모방한 거예요. 태하 씨가 길을 걷는데 길가의 편의점은 진짜고 옷 가게는 가짜여도, 택시는 진짜고 버스는 가짜여도, 전혀 알아챌 방법이 없어요. 하다못해 있지도 않은 돌부리에 발이 걸려도 태하 씨는 발이 아플 거예요. 이런 상황에서 현실과 환상을 구분하는 게 가능할까요? 아니 그 전에, 현실과 환상을 구분하는 게 의미가 있을까요? 현실도 가상현실도 똑같은 전기신호에 불과한데?"

"그건 스위트룸도 마찬가지잖아?"

"달라요. 스위트룸은 진짜 같은 영화를 보여주는 거고, 마야는 진짜 같은 꿈을 꾸게 해주는 거예요. 이해해요? 스위트룸은 스카이텔레컴이 생산하는 특정한 소프트웨어를 재생하죠. 그 소프트웨어들은 내용이 있고, 그 내용들은 영화나 드라마처럼 누군가가 제작을 한 거예요. 사실 그 소프트웨어에는 광고도 많고, 소비심리를 자극하는 장면도 많이 넣죠. 성적인 자극도 많이 넣어서 어느 정도 중독성도 유지시키고. 네, 바로 그 부분을 스카이텔레콤이 노리는 거죠. 물론 그래도 사용자들은 그게 가상현실이라는 건 알아요. 감각이 세부적인 부분으로 들어가면 개인차가 현저하거든요. 그래서 그거 구분하는 건 어려운 일이 아닐 거예요. 하지만 마야는 그 부분에서 달라요. 사용자가 꿈이나 환상에 접어들면 그걸 실감 나게, 아니 현실에서보다 더 강렬하게 느끼도록 자극을 주는 식이죠. 또는 반대로, 어떤 자극이 사용자에게 침투하면 그 자극과 어울리는 강렬한 환상을 떠올리게 되는 거예요. 왜 영화 보면 자주 나오잖아요? 꿈속에서 키스를 하고 있었는데, 깨보니까 개가 얼굴을 핥고 있었다는 그런 장면들. 다만 그 부분이 모호한 거죠. 개가 얼굴을 핥아서 키스하는 꿈을 꾸기 시작했는지, 아님 키스하는 꿈을 꾸다가 개가 얼굴을 핥아 더 생생하게 느낀 건지."

수연이 폴라리스를 집으려 손을 뻗다가 태하를 힐끗 보고는 손을 거둔다.

"아무튼 마야는 사용자에 따라 다르게 작용해요. 마야가 똑같은 신호를 보내더라도 한나는 바다에 뛰어드는 환상에 빠지고 존은 수영장에 뛰어드는 환상에 빠지는 거죠. 자유연상. 이해해요? 상호적인 거예요. 서로 피드백을 주고받는 거라고요. 마야가 꿈을 만들어내기도 하고, 꿈이 마야를 이용하기도 해요. 서로 마주 보고 있는 거울처럼, 서로가 끊임없이 서로를 비춰낸다고요."

수연이 허공에 떠 있는 홀로그램 화면을 보며 말을 잇는다.

"마야는 그런 가상현실을 만들어주는 거예요. 세상을 인식하며 살아가는 인간. 호모 아바타 프로젝트가 그 인간을 만들어내는 일이었다면, 마야는 그 인간을 둘러싼 세상 쪽을 바꾸는 일인 거죠. 아직 조악하고 불완전하지만, 언젠간 반드시 세상을 바꿀 거예요."

"그래서? 그 잘난 마야의 목적이 뭔데? 걔를 자기 딸로 인식하게 만드는 거? 아님, 저 나라다라는 정신병자 소굴을 만들어놓는 거? 그게 그렇게 자랑스러운 일인가?"

"아직 마야는 완성된 게 아니에요. 실험 대상들을 효과적으로 조달하려면 어쩔 수 없었다고요!"

"그리고 참 좆같게도 거기 내 마누라가 포함된 거지."

태하가 다시 총을 집어 수연에게 겨눈다.

"자, 존나게 열정적인 강의 잘 들었고, 어딨어?"

수연이 눈을 내리깔고 천천히 의자에서 일어난다.

"그 총 쏘면 난 영원히 말 못 하니까 알아서 하세요."

태하가 총을 겨눈 채로 자리에서 일어난다. 그리고 수연 앞에 다가가 선다.

"말해. 이 배 안에 있어?"

태하가 수연의 이마 한가운데에 총을 갖다 대자 수연의 입술이 미세하게 떨린다.

"어차피 당신은 못 찾아. 아니, 찾는다 해도 아무 데도 못 갈 거야."

태하가 수연의 머리채를 잡고 작업대 위로 넘어뜨린다. 서류로 쌓은 탑들이 무너지며 수백, 수천 장의 문서들이 허공에서 펄럭거린다.

"말 안 해?"

수연의 눈에 눈물이 맺힌다. 태하가 총을 쥔 손에 힘을 주면서, 다른 손으로는 수연이 일어나지 못하게 목을 짓누른다.

"어딨어?"

수연이 숨이 막혀 버둥거리다 태하 이마의 상처를 후려치자, 태하가 비명을 지르며 주먹으로 수연의 얼굴을 내려찍는다. 잠시 후 수연의 흐느낌이 방 안에 울린다.

"어딨어?"

수연의 코와 입술에서 피가 흐른다. 수연이 옆으로 고개를 축 늘어뜨린 채 입술을 달싹인다.

"……타운."

"안 들린다고, 씨발아!"

태하가 수연의 얼굴에 있는 힘껏 주먹을 날린다. 수연은 한동안 비명조차 지르지 못하고 괴상한 음성으로 신음하다가, 나지막하게 외친다.

"차이나타운!"

태하가 수연을 놓고 물러선다. 그러고는 다시 다가가 작업대 밑으로 늘어진 두 다리를 걸어찬다.

"차이나타운이, 씨발, 니네 집 안방이야? 차이나타운 어디?"

"몰라……."

태하가 수연의 멱살을 쥐고 작업대 위에서 일으킨다.

"대체 왜 거기 있는 건데?"

"…… 스카이텔레컴이, 몇 달 전부터 흑표단이라는 중국 폭력 조직을 일에 끌어들이기 시작했어요."

수연이 울면서 말한다.

"나라다도 관리하고, 초기 실험 대상도 그 흑표단이 제공해줬어요. 그리고 다시 데려갔고."

"그 새끼들이 왜!"

"마야 샘플을 받아 가선, 매춘을……."

수연이 분노로 일그러진 태하의 얼굴을 보고 말끝을 흐린다.

"어디야?"

"차, 차이나타운이라는 것밖에 몰라요."

태하가 수연의 이마에 총을 갖다 댄다. 수연이 피투성이가 된 얼굴로 몸부림을 치며 소리친다.

"정말이에요! 정말, 믿어줘요!"

"연락하는 방법이라도 있을 거 아냐!"

"마야에, 한나를 거기 데려갔던 중국인, 그 애가 연락책이었어요! 내, 내 옆에서 일을 도와주면서 그런 역할을 했는데, 한나 일 때문에 그 애도 숨어버렸어요! 정말이에요!"

수연이 애써 마음을 진정시키고 다시 말한다.

"태하 씨, 이러지 마세요. 차이나타운에 가봐요. 가서 한번 찾아봐요. 어렵지 않을 거예요. 제발요."

수연이 다시 울음을 터뜨린다.

"이러지 마세요! 그 사람 찾아오면 내가 다시 원상태로 돌려 놓을게요! 제발!"

"무슨 소리야?"

"마야에 빠져 있을 거예요! 근데 다시 돌려놓을 수 있어요!"

"니 말을 어떻게 믿냐."

"이 배, 다섯 시간 후면 중국으로 떠나요. 전 세 시간 후에 인천공항에서 항공편으로 떠나고요. 거기서 만나요. 네? 확인해봐요! 정말이에요! 무슨 일이 있어도 전 틀림없이 그 시간에 공항에 있어요. 그러니까, 제발요! 거기서 다시 만나서 얘기해요!"

태하가 총을 겨눈 채 수연을 노려본다. 얼굴은 분노로 일그러져 있고, 호흡은 가쁘고 거칠다. 태하가 총을 겨눈 채 서서히 옆으로 걷는다. 수연이 작업을 하던 자리에 멈춰 선다. 태하가 몸을 숙여 작업대 밑을 보자 수연이 달려들며 소리친다.

"안 돼!"

태하가 몸을 숙인 채 얼른 수연을 겨눈다. 그리고 작업대 밑에 붙은 컴퓨터를 뜯어낸다. 수연은 작업대 위에 엉거주춤하게 엎드린 채 온몸을 부들부들 떨고 있다. 태하가 컴퓨터의 커버를 부수고 플래시메모리를 뽑아내자, 작업대 위의 홀로그램이 한두 번 깜빡이다가 완전히 사라져버린다.

"우리가 못 만나면, 이것도 없어."

태하가 플래시메모리를 들어 보이며 말했다. 수연이 발작하다시피 울부짖으면서 두 손으로 머리를 헝클고 다리를 버둥거린다. 태하가 그런 수연에게 계속 총을 겨눈 채 플래시메모리와 폴라로이드 사진과 아바나 갑을 집어 주머니에 넣는다. 작업대를 돌아 나가 문 앞에 선다.

"두 시간 후, 인천공항. 출국장 오른편 끝으로 와."

태하가 문을 닫고 밖으로 나오자 두꺼운 철문 안쪽에서 수연의 히스테릭한 비명 소리가 들려온다. 왔던 길을 지나 배의 출입구로 나오자 어슴푸레하게 밝아오는 하늘이 보인다. 그 하늘을 뒤덮은 콘크리트처럼 짙고 뭉글뭉글한 먹구름. 거기서 굵은 비가 쏟아지고 있다.

\*

"어서 오세요, 차경루입니다."

자주색 치파오를 입은 젊은 여자가 입구 바로 옆의 계산대에서 인사한다. 계산대 너머로 테이블 열댓 개가 보인다. 빨간 식탁보가 깔린 테이블 위에 각각 냅킨과 수저통, 간장, 식초, 고춧가루 병이 놓여 있다.

"발 마사지로 모실까요, 차경루 스페셜로 모실까요?"

천장에는 빨간 중국식 등이 주렁주렁 매달려 있다. 하지만 불이 모두 꺼진 상태고, 천장 한가운데 붙은 기다란 형광등 하나만 실내를 밝히고 있다. 벽에는 중국 전통 의상을 입은 동녀들의 그림이 붙어 있다.

"손님? 발 마사지로 모실까요, 스페셜로……."

"아니, 아니."

태하가 가게를 둘러보며 고개를 젓자 여자가 말한다.

"아, 저희가, 식사는 지금 안 되는데……."

태하가 재킷 안에서 폴라로이드 사진을 꺼내 여자에게 내민다.

"이 여자 찾고 있는데."

태하의 재킷 안에서 핸드폰이 울린다. 태하가 핸드폰을 꺼내
카를로스임을 확인하고는 대충 거절 버튼을 누른 후 다시 여자
에게 묻는다.

"응? 이 여자 본 적 없어요?"

여자가 사진을 들여다보고는 고개를 절레절레 흔든다.

"죄송한데, 저희 가게는 이런 콘셉트가 아니어서요."

"그럼 있을 만한 곳 압니까? 차이나타운 주변에?"

여자가 웃으면서 고개를 젓자 태하가 사진을 집어넣는다.

"그럼 혹시, 흑표단이라고 압니까?"

여자의 표정이 순식간에 싸늘해진다.

"나가주실래요? 삼촌들 부르기 전에?"

태하가 잠시 여자를 바라보다가, 말없이 가게 밖으로 나간다.

희미한 새벽빛에 물든 완만한 언덕 위로 추적추적 빗방울이
떨어진다. 뱀처럼 줄줄이 이어진 빨간 중국식 등과, 중국음식점
겸 윤락업소들의 네온사인이 비안개 속에서 뿌옇게 빛난다. 언
덕 양쪽에는 전통 중국식 기와집을 본뜬 2층, 3층 정도의 건물들
이 늘어서 있다. 건물들의 기와는 모두 금색이거나 빨간색이고
외벽에는 나무로 만든 전통 중국식 발코니가 붙어 있다. 태하가
언덕길을 올라간다. 군데군데 빨갛게 물든 자욱한 안개 너머로
언덕 끝자락에 우뚝 선 한미수교 기념탑 그림자가 보인다. 나는
문득 걸음을 멈추고 언덕 아래쪽을 내려다봤다. 어렴풋이 눈에

들어오는 인천항과 몇 안 되는 불빛들, 그리고 검푸른 화물선 한 척. 나는 다시 태하를 봤다.

건물 벽에 붙은 네온사인에서 한자와 한글이 번갈아 나오며 반짝인다. 태하가 그중 '정토교자'라고 적힌 간판이 붙은 건물로 들어간다. 만두 가게와 키스방을 겸하고 있는 곳으로, 문에는 만두를 먹는 새빨간 입술이 그려져 있다. 그림 속의 입술을 보니 문득 교통사고 생각이 났다. 그 고통, 그 슬픔, 절망감, 자책감, 두려움. 피로 물들어가던 웨딩드레스와 아내의 새빨간 얼굴. 그리고 한없이 커져가며 나의 의식을 빨아들였던 입술. 나는 비슈누의 입술 밖으로 떨어지고 있는 불사신 말칸데야를 떠올렸다. 그는 무의 바다에 떨어지자마자 곧 하얀 금붕어로 변해버렸다. 금붕어는 믿을 수 없다는 듯 이리저리 방향을 바꾸며 헤엄치다가, 곧 나로, 그리고 다시 태하로 모습을 바꿨다. 태하는 무의 바다의 시커먼 어둠을 헤치고 걸어 나와 바로 맞은편의 중화춘으로 들어간다. 빨간 기둥과 금색 기와로 치장한 3층짜리 건물이다. 건물은 태하가 들어가자 덜덜덜 떨리며 한 층씩 높아지기 시작하더니 10층 정도에서 그만 멈춘다. 그러고는 이내 뒤늦게 높아진 주변의 다른 빌딩들 사이에 묻혀버린다. 그러나 그 빌딩들조차도 얼마 안 가 더 높은 빌딩들, 더 넓은 빌딩들 사이에 묻히고, 나중엔 그 모든 빌딩을 뒤덮는 어마어마한 크기의 건물 안에 통째로 갇혀버린다. 중화춘에서 주변 빌딩들로, 주변 빌딩에서 더 큰 규모의 빌딩들로, 그리고 그것들을 뒤덮은 빌딩들로 연결되는 통로들은 필사적일 만큼 수없이 연결과 단절을 반복하며 복잡한 지도를 그려나간다. 하지만 그 엄청난 크기의 빌딩도 결국에는 메갈로타워의 공동 한구석에 처박혀 캄캄한 침묵의 호수 속에 수장됐다. 중화춘은 더 이상 찾아볼 수 없었다. 외부에서 거길 찾아가는 통로도 더 이상은 남아 있지 않았다. 그 광경이 내 우주 속 어딘가에 퍼져 있는 미래의 데이터였다. 태하는 마치 플라스틱 구슬을 엮어 만든 촌스러운 발처럼 배열된, 아트만 입자들을 걷어내며 밖으로 나온다. 그리고 대각선 위쪽의 천경장으로 들어간다. 잿빛 콘크리트 벽 위에 담쟁이넝쿨이 어지럽게 달라붙은 2층 건물이다. 은빛 빗방울이 담쟁이 잎사귀에 맺혀 있다가, 그 위로 또 다른 빗방울이 떨어지며 잎을 흔들자 그만 가느다란 줄기를 타고 주룩 흘러내린다. 벽을 덮은 셀 수 없는 숫자의 잎사귀들에서 그와 같은 일이 반복된다. 빗방울은 다른 빗방울에 의해 줄기로, 잎사귀로 떨어져 내렸고 떨어져 내린 그 빗방울은 원래 그 자리에 있던 빗방울을 또 다른 잎사귀와 줄기로 떨어뜨려 보내거나 함께 섞여버렸다. 빗방울은 언뜻 똑같이 생긴 듯했지만 자세히 보면 크기와 모양이 전부 달랐고 그 안에 전부 다른 우주를 내포하고 있었다. 어떤 빗방울이 가장 처음에 떨어진 빗방울인지를 따지는 것은 의미가 없었다. 그것들은 수없이 섞이고 또 나뉘면서, 복잡하게 엮인 담쟁이넝쿨을 타고 곳곳으로 흘러내렸다. 그 하나하나가 온전한 우주였다. 수없이 중첩되고, 나눠지고, 다시 복제되는 헤아릴 수 없는 신비였다. 그러나 쾅 하는 소리와 함께, 무수한 숫자의 빗방울들, 그 우주들이 전부 동시에 땅바닥으로 떨어져 자취를 감춘다. 천경장의 문을 때려 부수듯 닫고 나온 태하가 맞은편의 백림관으로 향한다. 하얀 중국식 건물의 새파란 처마가 잔뜩 찌푸린 새벽하늘 아래서 완만한 곡선을 그려낸다. 처마는 비에 맞을 때마다 조금씩 울렁거리더니 곧 거친 물살이 되어 아래로 쏟아져 내렸다. 한 가족이 그 물살에 휩쓸려갔다. 지금 같은 새벽, 남자는 어느 해안가의 벼랑 밑에서 자기 가족들의 시신을 화장했다. 그는 나라다인 동시에 부평 뒷골목에서 불을 쬐던 노인이었으며, 어쩌면 내가 구체들에게 쫓길 때 버추얼 코스모스에 빠져 있었던, 열려다 만 유리창 속의 남자였다. 시신을 화장한 연기는 해무와 뒤엉켜 벼랑 밑에 자욱하게 깔렸다. 그때 뒤쪽에서 낯익은 목소리가 들려올 것이었다.

"좆같네, 진짜."

자욱한 안개 속에서, 태하가 터벅터벅 언덕을 내려오는 모습이 어렴풋이 보인다. 운동화가 젖은 땅바닥에 끌리는 소리, 바람막이 재킷이 쓸리는 소리가 점점 가까워진다. 태하의 머리 주변이 한두 번 반짝이는가 싶더니 조그마한 오렌지색 불빛이 입가에 어른거린다. 잠시 후 담배를 입에 문 태하의 얼굴이 나타난다. 표정이 잔뜩 구겨져 있다. 차경루 앞으로 돌아온 태하가 길 한쪽에 놓인 페인트 통에 걸터앉는다. 페인트 통 안에는 시멘트가 가득 채워져 있고, 겉에는 '주차 금지'라고 쓰여 있다.

태하가 머리칼을 움켜쥐며 깊은 한숨을 내뱉는다. 그러고 땅을 걷어차자 운동화 밑창이 젖은 아스팔트를 긁으며 크르륵, 소리를 낸다. 안개 속에서 희미하게 깜빡이는 네온 불빛이 재킷 표

면 위로 흘러내린다. 손가락 사이의 담배는 하얀 연기를 피워 올
리며 하염없이 타들어간다. 그때 주머니 속에서 핸드폰이 울린
다. 태하가 주섬주섬 핸드폰을 꺼내 들자 화면에 이슬의 사진과
영상통화 아이콘이 깜빡인다. 태하가 화면을 잠시 바라보다가,
바닥에 침을 한 번 뱉고 통화 버튼을 누른다.

"뭐야?"

"오빠, 얼굴이 왜 그래!"

"뭐냐고?"

"얼굴이 왜 그 모양이냐고!"

"아, 일이 좀 있었어. 뭔데 이거?"

이슬이 화면 속에서 머뭇거린다. 짙은 눈 화장이 눈을 깜빡일
때마다 반짝거린다. 어깨를 드러낸 검은색 드레스 차림에, 목에
는 두 줄로 된 진주 목걸이를 했다. 이슬의 등 뒤에는 길쭉한 간
이 옷걸이가 서 있다. 거기 걸린 수십 벌의 여자 옷들을 화려한
헤어스타일을 한 늘씬한 여자들이 꺼내거나, 몸에 대보거나 하
면서 분주히 움직인다.

"지금 정신없다. 할 말 없으면 끊어."

태하가 핸드폰 화면을 내려다보며 말한다.

"오빠 정말……. 왜 그렇게 인정머리가 없어, 사람이."

"말을 하든가, 그럼."

이슬이 한숨을 쉰다. 시선은 태하가 아닌 어딘가를 향해 있다.
이마를 매만지던 이슬의 손이 밑으로 떨어지며 아주 천천히 옆
얼굴을 쓸어내리더니, 잠시 후 입을 연다.

"찾은 것 같아."

이슬이 태하를 바라본다. 여러 감정이 뒤섞인 눈빛이다.

"아까 대기실에 홀복장이가 왔었는데, 혹시나 해서 사진 보여 줬었어. 그런 비닐 옷 흔치 않거든, 만드는 곳도 별로 없고. 수입 이래도 파는 데가 별로 없단 말이야. 근데 사진 딱 보더니 지 친구가 그런 옷 만든다는 거야. 그래서 그 친구라는 사람한테 사진 보내주니까 대번에 자기가 디자인한 옷이라고 하더라고."

"그래서 어디다 팔았는지 안대?"

"차이나타운. 장부 보니까 차이나타운에 있는 에스엠클럽에 납품한 걸로 돼 있다고 했어."

"아, 그러니까 여기 가게가 한두 군데냐고."

"오빠 지금 혹시 차이나타운이야?"

태하가 대답 없이 담배를 한 모금 빨고는 바닥에 던진다. 그러자 이슬이 말을 잇는다.

"어쩐지 카를로스가 계속 전화해선 오빠한테……."

"아, 차이나타운 어디라는데?"

"난 모르지. 상호는 쉬 울프라고 그랬고, 중화춘 건물이라고 했는데."

"벌써 가봤어. 중화춘은 에스엠클럽이 아니야."

"아니, 지금 중화춘 말고. 그, 아주 옛날 중화춘 건물. 옛날에 중화춘이었던 건물. 거기랬어. 알아?"

"끊어."

태하가 종료 버튼에 손가락을 갖다 대자 이슬이 황급히 소리친다.

"오빠, 잠깐만!"

이슬이 아랫입술을 지그시 깨문다. 머리를 쓸어 넘기며 한숨을 푹 내쉰다.

"어쩌면, 그 여자 찾으면, 오빠 다시 못 볼 수도 있을 것 같아서 영상통화로 걸었어."

태하가 잠자코 화면을 바라본다. 이슬이 말을 잇는다.

"그래도 그 여자 찾으면, 나에 대해서 진지하게 생각해봐달……."

태하가 전화를 끊는다.

언덕을 타고 흘러내려온 빗물이 운동화 뒤꿈치에 부딪히며 튀어 오른다. 태하가 가파른 돌계단을 내려간다. 커다란 용의 부조가 박힌 대리석 계단이다. 계단 끝에는 '중화문'이라고 쓰인 중국식 관문이 서 있다. 빨갛고 굵은 기둥에 금빛 용이 감겨 있고, 꼭대기에는 기왓장이 두 단으로 얹혀 있다. 중화문을 지나자 또 다른 내리막길이 나온다. 뱀처럼 굽이굽이 이어진 중국식 등, 자욱한 안개 속에서 깜빡이는 네온사인, 중국식 건물들. 아까 지나온 길과 크게 다르지 않다. 길 한쪽에는 삼국지의 장면 장면이 벽화로 표현되어 있고, 그 맞은편에는 중국 전통 가면 수십 개가 눈을 부릅뜬 채 벽에 걸려 있다.

태하가 길 왼편에 나 있는 어두컴컴한 골목으로 들어선다. 아직 꺼지지 않은 가로등 너머로, 안개에 잠긴 낡은 2층 건물이 어렴풋이 드러난다. 태하가 빠른 걸음으로 골목을 따라 들어가 건물 앞에 선다. 크게 심호흡한다. 한눈에 봐도 낡고 오래된 건물이다. 전체적으로 음산한 분위기가 풍겨온다. 건물 표면에는 다양한 색상과 패턴을 가진 타일들이 빽빽하게 붙어 있고, 함석지붕 바로 밑과 건물 모서리 부분엔 거무튀튀하게 변색된 회가 발라져 있다. 세월의 때와 습기로 시커멓게 물든 육중한 나무 문 위엔 노란색 페인트로 'SHE WOLF'라고 적힌 작은 간판이 걸려 있다. 나는 그 건물을 보며 묘한 기시감을 느꼈다. 건물의 부분 부분은 생경했지만 전체적인 형태가 어쩐지 익숙했다.

태하가 검붉게 녹이 슨 묵직한 손잡이를 당겨 안으로 들어간다. 전실 안쪽에 걸린 검은색 공단 커튼을 젖히자 어두컴컴한 홀이다. 열 개쯤 되어 보이는 테이블에는 남자들이 혼자 앉아 있거나, 번쩍이는 라텍스 의상을 입은 여자들과 짝을 이뤄 앉아 있다. 홀 바깥쪽에는 각기 다른 색으로 칠해진 문들이 1층에 다섯 개, 층계참에 한 개, 2층에 일곱 개 있고, 차례대로 커다란 번호들이 그려져 있다. 인테리어는 전체적으로 검고 어두운 빛깔이고 오래전부터 그래왔던 듯 보였지만, 나는 이상하게도 그것들이 전부 하얗고 조화로 뒤덮여 있던 때의 모습을 생생히 떠올릴 수 있었다.

핑크색으로 탈색한 머리를 높게 틀어 올린 여자가 다가왔다. 몸에 딱 달라붙는 하늘색 비닐 치파오의 치맛자락 사이로 허벅지까지 오는 검은색 비닐 부츠가 드러나 보인다. 여자가 태하 옆에 서서 묻는다.

"처음이세요?"

팔뚝까지 덮는 하얀색 비닐장갑이 자연스레 태하의 옆구리를 파고들며 팔짱을 낀다.

"마담 나탈리예요. 성향이 어떤 쪽이세요, 오빠?"

오일을 발라 번들거리는 나탈리의 어깨가 홀의 불그스름한 조명에 물들었다. 나탈리의 쇄골에는 마치 그 쇄골을 딛고 점프하는 것처럼 새겨진 토끼 문신이 있었는데, 나는 말끔한 정장을 입은 어떤 여자에게서 똑같은 문신을 본 적이 있었다.

"괴롭히는 쪽? 아님, 당하는 쪽?"

태하가 대답 대신 폴라로이드 사진을 내민다. 나탈리가 사진을 보더니 눈썹을 살짝 밀어 올린다.

"어머, 센데요? 이런 취향이실 줄은 몰랐어요."

나탈리가 웃으며 말을 잇는다.

"얘 지금 플레이 중이니까 잠깐 계세요. 맥주 가지고 금방 갈게요."

"됐고."

태하가 홀 바깥쪽의 여러 문을 눈으로 훑으며 말했다.

"응? 그럼 다른 애?"

"몇 번 방이야?"

"네?"

"몇 번 방이냐고?"

"아아, 오빠, 그룹 플레이는 사전에 예약을 하셔야……."

태하가 손을 뻗어 나탈리의 입언저리를 붙잡고 흔든다. 입가가 홀쭉하게 일그러진 나탈리가 몇 걸음 뒤로 밀려난다.

"몇 번 방이냐고?"

나탈리의 표정이 잠시 당혹감으로 일그러지다가 금세 벌겋게 달아오른다.

"이 새끼가 어디서!"

나탈리가 태하의 손을 뿌리치며 따귀를 날리자, 태하가 손자국 난 뺨을 실룩거리다가 주먹을 내지른다. 다음 순간, 나탈리의 코에서는 피가 쏟아진다. 나탈리가 휘청거리며 소리 지른다.

"삼촌!"

홀이 술렁거린다. 테이블에 앉아 여자들과 놀던 사람들이 모두 이쪽을 보고 있다.

"삼촌들 빨리 안 나올래!"

안쪽에서 검은 가죽 복면, 검은 가죽 바지를 입은 남자 종업원들이 뛰어나온다. 모두 웃통을 벗고 있지만, 건장한 체격들은 아니다. 나는 저들을 본 적이 있었다. 다만 그때는 흰 셔츠에 나비넥타이를 하고 접시를 날랐다.

"와봐, 어떻게 되나!"

태하가 재킷 안에서 권총을 뽑아 들고 소리친다.

"아, 손님, 무슨 일인지 잘 모르겠지만 저희가 다 맞춰드릴 테니까…… 서비스가 맘에 안 드셔서 그러세요?"

복면을 쓴 종업원 중 한 명이 의외로 사근사근한 목소리로 말한다. 그러자 나탈리가 악을 쓴다.

"지금 장난해? 나 피 나는 거 안 보여? 이게 무슨 일 같은데! 뭘 맞춰드려, 병신아! 상황 파악 안 돼?"

남자 종업원 중 한두 명이 다가가 나탈리를 부축하고 피를 닦아주려 하자 나탈리가 뿌리친다.

"아 씨발, 다 필요 없고! 경찰 불러, 경찰! 또라이 새끼, 진짜 콩밥 좀 먹어봐!"

태하가 천장을 보며 한숨을 쉬더니, 순식간에 나탈리의 턱에 어퍼컷을 날린다.

"몇 번 방이냐고."

"시, 십 번."

나탈리가 손바닥으로 턱을 감싼 채 중얼거린다. 비틀거리는 나탈리를 남자 종업원들이 황급히 부축해 바닥에 눕힌다.

"손님! 진짜 이러시면 안 되죠! 어떻게 여자를 칩니까?"

태하가 대꾸하지 않고 홀을 가로질러 걸어가자 테이블 주위에 일어나 있던 남자들이 한 발짝씩 뒤로 물러선다. 옆에 있던 여자들은 자리에 그대로 앉은 채 생기 없는 눈을 끔뻑인다. 그중 몇몇 여자의 목덜미에는 연꽃 모양 반점이 보인다. 나는 그들 모두 낯이 익었지만, 이번엔 손뼉을 치고 있지 않았다.

태하가 계단을 올라가 2층 복도를 걸어간다. 그러고는 '10'이 그려진 문 앞에서 걸음을 멈춘다. 군데군데 비틀리고 귀퉁이가 쪼개진 갈색 나무 문. 내 기억에 그 문은 원래 넝쿨 문양 장식이 있는, 10이라는 숫자 대신 '신부대기실'이라는 금색 팻말이 붙은 하얀색 문이었다. 이쯤 되자 방 안에 누가 있을지, 태하가 누굴 보게 될지 짐작이 갔다. 태하는 문 앞에 멈춰 선 채 한동안 문을 바라보다가, 결국 있는 힘껏 문을 걷어찬다.

나무 쪼개지는 소리를 내며 튀어 나간 문짝이 활처럼 팔랑거린다. 서너 평 크기의 방 안에 'X' 모양의 나무 형틀과 철제 우리, 검은 가죽 카우치가 늘어서 있다. 한쪽 벽에는 갖가지 모양의 채찍과 몽둥이, 사슬, 밧줄이 걸려 있고, 반대쪽 벽에는 한 사람이 겨우 들어갈 만한 샤워 부스가 있다. 천장에는 몇 초 간격으로 빨간색에서 노란색, 초록색으로 변하는 싸구려 조명이 붙어 있다. 방 한가운데에, 그 불빛 속에 잠겨 있는 남녀가 보인다. 남자는 깜짝 놀라 이쪽을 보며 얼어붙어 있고 여자는 멍한 표정으로 남자의 발밑에 엎드려 있다. 태하가 방 안으로 들어선다. 후끈한 열기와 지린내와 하수구 냄새가 방 안에 가득하다. 샤워 부스 주변의 벽은 곰팡이와 이끼로 뒤덮여 있고, 시멘트 바닥 여기저기는 알 수 없는 액체로 젖어 있다. 여자가 그 위를 기어 다니며 엉덩이를 실룩거릴 때마다 몸에 딱 달라붙는 검은 라텍스 미니스커트가 번들거린다. 여자의 얇은 흰색 새틴 블라우스 아래로 코르셋 형태의 피어싱이 비친다. 목에 채워진 빨간 개목걸이 밑에는 마야의 기계식 수신 장치와 넝쿨 모양 문신이 드러나 있다. 그러나 그녀는 엊그제, 혹은 490년 전에는, 눈부시게 아름다운 웨딩드레스를 입은 내 아내였다.

"무슨, 뭐요! 무슨 볼일 있습니까?"

개목걸이 줄의 끝을 쥐고 있던 정장 차림의 남자가 물었다. 남자의 흔들리는 눈동자는 태하와 태하의 권총을 번갈아 쳐다보고 있다. 남자의 턱으로 흐른 식은땀이 반쯤 풀어놓은 넥타이 매듭 위로 떨어진다.

"내 마누라한테? 내 마누라한테 볼일 있냐고?"

태하가 살기 가득한 눈을 번뜩이며 물었다. 그러자 남자가 개 목걸이 줄을 떨어뜨리더니, 몸을 틀어 주춤주춤 뒷걸음질 치다 가 황급히 밖으로 나가버린다. 남자가 요란한 발소리를 내며 시 야에서 완전히 사라진 후에도 태하는 한동안 문가를 노려본다.

"나가자."

태하가 다시 아내를 바라보며 말했다. 아내는 미친 듯이 깔깔 거린다.

"벌써 끝났어요? 할리우드 갈 시간이에요?"

아내의 눈에 물기가 그득하다. 마스카라는 눈물과 함께 흘러 내려 말라붙어 있고, 빨간 립스틱은 볼까지 번져 있다. 태하가 몸을 굽혀 아내의 헝클어진 머리칼을 매만진다.

"빨리 나가자."

"할리우드 가야 돼요."

태하가 아내를 안아 올린다. 그러자 아내가 몸을 흔들어 뿌리 친다.

"못 들었어? 할리우드 가야 된다고!"

"왜 이러는 거야! 나 모르겠어?"

아내를 바라보는 태하의 두 눈이 잔뜩 충혈되어 있다. 금방이 라도 눈물이 떨어질 것 같다.

"빨리 가자, 응?"

"나 좀 내버려둬요."

태하가 손을 내밀어 아내의 얼굴을 어루만진다.

"정신 차려. 나야 태하. 니 남편!"

아내가 한동안 태하의 얼굴을 들여다본다. 미소 짓는다.

"아아, 아아! 미안해요. 몰랐어요. 정말 미안해요. 맞아, 이제야 기억나. 내 남편 태하. 미안해요."

태하가 아내의 손목을 잡아끌며 말한다.

"여기서 나가자, 빨리."

"어디 가는 건데? 난 가기 싫다, 여보."

"무슨 소리야, 가기 싫다니!"

"여기가 좋아."

"너 지금 제정신이 아니야!"

태하가 아내의 손목을 억지로 잡아끌며 방 밖으로 나오자, 아내의 하이힐이 바닥에 부딪히며 요란한 소리를 낸다. 밑을 내려다보자 몇몇 남자들이 홀에서 맥주를 마시는 게 보인다. 눈빛이 흐릿한 여자들이 그 옆에서 술시중을 들고 있고, 검은 복면을 쓴 종업원 한두 명이 안주를 나른다. 나탈리는 없다. 바닥에 떨어진 핏자국만 있다. 출입구 쪽에는 태하를 보고 도망간 남자가 서 있다. 연신 허리를 굽히는 남자 종업원에게 삿대질을 하며 소리를 지르는 중이다. 그러다 종업원이 태하를 바라보자 남자도 태하를 보고는 곧바로 밖으로 도망친다.

"뭐야! 뭐 하는 거야, 당신!"

출입구 앞에 서 있던 종업원이 소리쳤다. 그러자 다른 사람들의 시선도 일제히 이쪽을 향한다.

"당장 그 손 안 놔?"

태하가 아내를 데리고 계단을 내려간다. 아내가 사람들을 둘러보며 웃음을 터뜨린다.

"내 남편이래, 남편."

출입구 앞에 서 있던 종업원이 급히 홀 뒤쪽으로 뛰어간다. 다른 남자 종업원들은 하던 일을 멈추고 계단 주위로 모여들고 있다. 그러자 태하가 권총을 들어 올린다.

"니네 부모를 생각해서라도 허튼짓은 하지 말길 바란다. 봤겠지만 난 자비가 없다."

태하가 1층에 내려서며 말했다. 아내는 태하에게 손목을 붙들린 채 연신 웃음을 터뜨린다. 계단 밑을 둘러싼 남자 종업원 중 한 명이 말한다.

"저기요, 이건 완전 다른 문제예요!"

태하가 대답하지 않자 종업원은 다급히 말을 잇는다.

"아까 행패 부린 거랑 걔 데리고 나가는 거랑은 완전히 다른 문제라고요!"

"아, 그 새끼, 거 존나 떠드네. 아가리 다물고 찌그러져 있어, 새끼야."

종업원들이 한숨을 쉬거나, 헛웃음을 웃거나, 욕을 중얼거린다.

"그 사람들이 가만 안 둘 거예요! 진짜 엄창 까고 우리도 가만 안 둘 거라고요!"

"누구? 흑표단 짱깨 깡패 새끼들?"

순간 침묵이 흐른다. 그리고 잠시 후, 또각거리는 하이힐 소리가 들려온다.

"어디 그 오빠들 앞에서도 그렇게 말할 수 있나 보자?"

얼굴에 얼음주머니를 댄 나탈리가 홀 뒤편에서 걸어 나온다.

"가. 삼촌 길 터줘, 꺼지라 그래."

"들었지?"

태하가 아내의 손목을 잡아끌며 앞으로 나선다. 남자 종업원
들은 주춤거리면서도 선뜻 물러나지 않는다.

"괜찮아. 다 말해놨으니까 비켜줘. 그리고 당신 기대해, 내가
직접 찢어발겨줄 테니까. 넌 이따 보자, 할리우드 알지?"

나탈리가 아내를 보며 말했다. 아내가 배시시 웃자 태하가 말
한다.

"그 아가리 안 닥치면 나보다 오래 살기 힘들 거다."

태하가 권총으로 나탈리를 겨눈다. 그러자 나탈리가 뭔가를
더 말하려다가 몸을 휙 돌려 다시 홀 뒤편으로 들어가버린다.

"니네 문제 해결된 거지? 비켜라."

팔꿈치로 종업원들을 밀치자 종업원들이 저항 없이 뒤로 물
러난다. 태하가 아내를 데리고 출입구로 걸어간다. 권총 끝부분
으로 두꺼운 커튼을 들추고 육중한 출입문을 밀어젖힌다.

가느다란 비가 추적추적 내리고 있다. '쉬 울프'에 들어가기
전보다 거리가 좀 더 밝아졌지만 자욱한 안개는 여전하다. 태하
가 권총을 집어넣고는 아내의 손을 잡고 뛰다시피 골목을 빠져
나간다. 하이힐 소리가 골목 안에 요란하게 울려 퍼진다.

"자기, 어디로 가는 거야?"

"공항."

아내가 웃는다.

"신혼여행이라도 가게?"

태하가 걸음을 멈추고 아내를 돌아본다.

"기억 안 나?"

아내가 흐릿한 눈빛으로 고개를 젓자 태하가 빤히 바라보다가 말한다.

"일단 공항에서 만날 사람이 있어. 그럼 다 잘될 거야."

태하가 아내를 데리고 내리막을 내려간다. 양쪽 길가에 늘어선 업소들의 네온사인과 중국식 등은 이제 날이 밝아 모두 꺼져 있다. 멀리 내려다보이는 인천항의 불빛도 마찬가지다. 경사가 완만해지자 중국식 건물들과 중국식 등, 붉은색과 금색으로 치장된 거리가 끝나고, 담쟁이넝쿨로 뒤덮인 허름한 주택들과 기울어진 전봇대, 밴댕이 요릿집과 그 가게들의 빛바랜 푸른 셔터, 우둘투둘한 콘크리트 도로와 어지럽게 주차된 차들이 모인 회색 거리가 나타난다. 태하가 키를 꺼내 리모컨을 누르자 저 앞의 어딘가에서 불빛이 깜빡인다.

"조금만 빨리 걸어."

태하가 아내를 돌아보며 말했다. 아내가 숨이 넘어갈 듯이 웃는다.

"당신 진짜 변태 거 알아? 처음 봤어. 이게 대체 뭐 하는 짓이지?"

태하의 걸음이 빨라지자 하이힐이 신겨진 아내의 발목이 휘청거린다.

"빨리 진짜 세상으로 돌아가고 싶어."

"너 지금 제정신이 아니야."

전조등을 깜빡이고 있는 초록색 쿠페에 다다르자 태하가 조수석 문을 열어 아내를 태우고 자신도 운전석에 탄다. 태하가 시동을 걸며 다시 말한다.

"알겠어? 그딴 건 없어. 정신 차려."

아내가 멍한 표정으로 창밖을 바라본다. 창문에 맺힌 빗방울들 사이로 안개에 잠긴 차이나타운의 언덕이 길게 뻗어 있다. 태하가 후진 기어를 넣고 차를 돌린다.

"진짜 특이한 인간들 많아."

아내가 중얼거렸다. 태하가 안타까운 눈빛으로 아내를 바라보다가, 기어를 바꾸고 액셀을 밟아 언덕을 내려간다. 몇십 미터 앞에 큰 삼거리가 보인다. 운행을 시작한 버스들, 일요일임에도 첫차 시간을 맞춰 일하러 나가는 사람들이 지나다니고 있다. 길 건너에는 인천역이 보이고, 좀 더 먼 곳에는 파라나이스 호텔이 보인다. 역과 호텔 둘 다 낡고 우중충한 구식 건물이다. 차가 평지에 접어들자 왼쪽으로 난 좁은 골목의 안개 속에서 자전거가 나온다. 태하가 속도를 줄인다. 헐렁한 회색 반바지와 초록색 반팔 티셔츠, 삼선 슬리퍼 차림의 소년이 자전거에 타고 있다. 소년이 차 뒤쪽으로 지나가는 것을 본 후 다시 서서히 속도를 내는데, 갑자기 굉음과 함께 뭔가가 차 위에 떨어지며 앞 유리창에 금이 간다. 태하가 급브레이크를 밟고는 아내를 본다. 대시보드를 손으로 짚긴 했지만 여전히 멍한 표정으로 창밖을 바라보고 있다. 앞쪽을 봤더니 방금 지나갔던 소년의 자전거가 땅바닥에 뒹굴고 있다. 태하가 황급히 차에서 내려 주변을 둘러보자 차 뒤쪽에 소년이 서 있다.

"어떻게 된 거야? 안 다쳤냐?"

소년은 대답 없이 싱글싱글 웃고만 있다. 태하가 소년에게 좀 더 다가간다.

"야, 뭐야? 던진 거야? 니가 자전거 던진 거야?"

소년은 대답이 없다. 이를 드러내며 웃고만 있다. 소년을 잠시 바라보고 있던 태하가 이상한 낌새를 느꼈는지 서서히 뒷걸음질 친다. 차에 타려고 몸을 돌리자, 차 앞에는 자전거를 탄 소년 두 명이 더 와 있다. 차림과 머리스타일은 뒤에 있는 소년과 비슷하지만 어깨에 빨간 소방용 도끼를 걸친 것이 다르다. 주위를 둘러보니 골목과 건물 이곳저곳에서 이삼십대 정도 되어 보이는 남자들이 하나둘씩 걸어 나오고 있다. 적룡청과라는 간판이 붙은 창고에서 과일 궤짝을 쌓던 유압 지게 슈트 기사도 쿵쿵거리며 다가오는 중이다. 그들 모두 후줄근한 트레이닝복 차림이거나 청바지에 반팔 티셔츠 차림이고 머리는 짧게 깎았다. 그렇게 남자들 십수 명이 차 주변을 둘러싸자, 그와 거의 동시에 금색 렉서스 스포츠카가 달려와 태하의 차 앞을 막아서고, 빨간색 험비가 뒤쪽을, 흰색 밴이 옆쪽을 막아선다. 태하의 얼굴이 상기되면서 몸이 조금씩 떨리기 시작한다.

렉서스에서 남자 세 명이 내리고 험비에서 다섯 명이 내린다. 렉서스에서 내린 셋은 모두 웃통을 벗고 있고, 험비에서 내린 다섯은 청바지에 폴로셔츠 차림이다. 머리는 모두 삭발을 했다. 자전거를 던진 소년이 태하를 가리키며 소리친다.

"워 야오 쌰러 니!"

후열 창문이 철판으로 막힌 흰색 밴의 문이 드르륵 열리며 40대 정도의 남자들 서넛이 내린다. 초록색과 노란색이 섞인 축구 유니폼을 입고 축구 양말을 신었다. 머리는 삭발을 했다. 소년이 다시 소리친다.

"워 먼 스 흐어이 퍄오 또이!"

태하가 주위를 둘러싼 남자들을 노려본다. 세 대의 자동차와 두 대의 자전거, 그리고 40명 이상의 남자들이 이쪽을 둘러싸고는 실실 웃고 있다. 그때, 문이 열려 있는 밴 안쪽에서 남자 한 명이 더 나온다. 서글서글한 인상에 나이는 50대가량, 하얀 트레이닝복 차림에 양손에 큼지막한 금반지를 끼고 있다. 나는 어쩐지 이들 모두가 낯이 익다.

"우리는 흑표단이다."

남자가 밴에 붙은 발판에 걸터앉아 말했다.

"알지, 흑표단. 근데 동네 양아치에, 중학생에, 조기 축구회 모임이었나 보지?"

"우릴 안다니 길게 얘기 안 하겠다. 우리 가게에서 못된 짓 한 게 너냐?"

태하가 쓴웃음을 짓는다. 그리고 되묻는다.

"니가 지금 좆 까는 소리 하고 있는 건 아냐?"

쾅 소리가 난다. 자전거를 타고 앞을 막았던 소년 중 한 명이 태하의 차 보닛에 소방용 도끼를 박아 넣었다.

"부단장님한테 그따위로 씨불이지 마!"

태하가 기가 막힌 표정으로 소년을 바라보다가 다시 부단장을 본다.

"애새끼들 교육 드럽게 잘 시켜놓으셨구면."

"나한테 말조심하는 게 좋을 거야. 다시 묻겠다. 우리 가게에서 못된 짓 한 게 너냐?"

"나도 다시 묻는다. 니가 지금 좆 까는 소리 하고 있는 거 아냐?"

부단장이 태하를 빤히 바라본다. 그러다 주변 남자들이 태하에게 접근하려고 하자 금반지 낀 손을 설렁설렁 흔들어 말린다.

"놔둬봐. 이 새끼 이거 웃기는데? 후들후들 떨면서 말은 잘하네. 야, 근데 내가 무슨 좆 까는 소릴 하고 있나? 응? 좆 까는 소리가 뭔데? 그게 의미나 있는 말이야? 무슨 한자 쓰는데?"

부단장이 웃으면서 물었다.

"남의 마누라 납치해서 몸 팔게 한 새끼들이 뭔 말이 많아! 그게 지금 좆 까는 소리가 아니고 뭐야, 이 개새끼들아!"

부단장이 몸을 숙여 태하의 차 안을 들여다본다. 그러고는 미간을 찌푸린 채 태하를 바라보다가 같은 표정으로 자신의 일당들을 번갈아 쳐다본다.

"쟤가 니 마누라라고?"

부단장이 태하를 바라본다. 정적이 흐른다. 잠시 후, 곳곳에서 웃음이 터져 나온다. 이윽고 흑표단 모두가 미친 듯이 웃어댄다. 그들은 전에도 나와 아내가 탄 차 앞에서 그렇게 웃어주었다.

"이 새끼! 이 새끼 진짜!"

부단장이 숨넘어갈 정도로 웃으면서 말을 잇는다.

"쟤가 마누라라고? 아니, 진짜냐? 너 진짜로 그렇게 말한 거야?"

"니들이 저렇게 만들었잖아!"

태하가 소리쳤다. 부단장이 조직원들을 둘러보며 말한다.

"아니? 내 기억에는, 쟤? 쟨 원래 저 상태였는데?"

태하가 인상을 쓰며 차 안에 있는 권총을 꺼내려 하자, 빨간 험비를 타고 온 조직원들이 재빨리 소총을 겨눈다. 총열 아래쪽 손잡이 부분과 개머리판을 금장 부품으로 개조한 AK-47이다. 태하가 동작을 멈추고 총을 겨눈 조직원들과 부단장을 번갈아 보며 소리친다.

"어쩔 건데? 쏠 거야?"

태하의 목소리가 떨린다.

"쏴봐, 이 씨발 것들아! 쏘면 니들도 뒤지는 거니까!"

부단장이 웃는다.

"우린 너같이 허세 부리는 놈들 많이 봤다, 응? 근데 지금 이렇게 살아 있잖아. 무슨 말인지 이해하지? 그 새끼들이 틀린 거였어."

"그렇겠지. 그 새끼들이 살 마구다 제철하고는 연줄이 없었을 테니까."

"남미 이민자 노조? 아니, 미국 대통령이랑 연줄 있다고 하는 새끼도 있었어. 근데 어쨌든 간에 틀렸잖아. 우린 살아 있고 그 새끼들은 만두 속에 들어갔으니까. 딤섬 아냐? 딤섬?"

411

부단장과 조직원들이 낄낄거린다.

"우리가 지금 당장 널 안 죽이고 있는 이유는 하나다. 니가 웃겨서야. 그냥 니가 좀 웃겨서 당장 안 죽이고 있을 뿐이야."

태하가 억지웃음을 지으며 과장되게 고개를 끄덕인다.

"아가리가 찢어지게 웃어둬라. 마구다 형제랑 만난 다음엔 못 웃을 테니까."

부단장이 눈을 가늘게 뜨고 태하를 바라본다. 입가에는 아직 웃음이 가시지 않는다.

"뭔 형제?"

"마구다."

"리카르도 마구다를 아나?"

"동생 카를로스 마구다랑 친하지."

부단장이 말없이 바라보자 태하가 조직원들을 둘러보며 말한다.

"지금 니들이 얼마나 웃기고 재밌는지는 모르겠는데, 아마 그 대가가 좀 클 거다."

"니 말 어떻게 믿지?"

"전화라도 걸어주랴, 씨발놈아?"

부단장이 인상을 쓴다.

"꼬맹아, 지금 너 그거 믿고 까부나 본데, 말 자꾸 그따위로 하지 마라."

부단장이 말을 잇는다.

"니가 마구다 놈들이랑 연줄이 있다고 치자, 응? 니가 우리 업

412

장에 와서 행패 부리고, 종업원까지 납치해서 튀려고 한 거는 니 잘못이야. 알아들어? 니 몸에 구멍을 숭숭 뚫어놔도 걔넨 할 말이 없어요. 막말로 우리가 전쟁하자고 달려들어도 걔넨 할 말이 없다고. 남미 놈도 아닌 새끼가 차이나타운 쳐들어와서 깽판 부려놓고는, 뒤질 것 같으니까 마구다 조직 얘길 꺼내? 걔들도 그거 안 좋아할걸?"

"아니지, 아니지. 니들이 먼저 조합장 동생 친구의 마누라를 납치해서 저 꼴로 만들어놨고, 다시 찾으러 온 조합장 동생 친구한테 구멍을 숭숭 뚫어놓은 거지. 그걸 더 안 좋아할 것 같은데? 아, 필요 없고, 그거 아니라도 니네 씨를 말리려고 벼르는 중이야. 대체 니네 남동공단 가서 왜 그 지랄 한 거냐?"

"꼬맹이는 몰라도 된다."

부단장이 피식 웃으며 말했다. 그러나 얼굴에는 옅은 긴장감이 서린다. 다른 조직원들은 어깨를 빙빙 돌리거나 바닥에 침을 뱉으면서 태하를 노려보는 중이다. 언제라도 그중 하나가 튀어나와 태하를 공격해도 이상하지 않을 분위기다. 부단장이 그런 조직원들을 둘러보고는 금반지 끝으로 이마를 잠시 긁적이다가 입을 연다.

"쟤 놔두고 그냥 가라. 니가 가게에서 깽판 친 거는, 그 정돈 뭐 우리가 올 일도 아니었고. 우리도 아침부터 피 보기 싫으니까 좋게 끝내자, 응? 그냥 꺼져."

태하가 고개를 숙여 침을 한 번 뱉고는 흥건히 젖은 바람막이 재킷을 털며 고개를 든다. 그러고는 삐딱한 자세로 부단장을 노려보며 말한다.

"그렇게는 못 하겠는데."

태하가 고개를 끄덕이며 말을 잇는다.

"그렇게는 못 해. 혼자서는 안 가."

"너 혼자 뒈지거나, 너 혼자 꺼지거나, 응? 니가 선택할 수 있는 건 그게 다야. 못 하거나, 혼자서 안 간다는 건 없어."

태하가 부단장을 빤히 바라보며 고개를 절레절레 흔든다. 부단장이 말한다.

"마구다 조직이랑 연줄 있다는 놈은 있어도 조합장한테 동생이 있단 걸 아는 놈은 거의 없더라고. 형이란 새끼가 엄청 싸고 돌거든. 니가 웃기는 놈이라 맘에 들고, 니가 조합장 동생이랑 친구라는 것도, 뭐 없는 소리 같진 않아. 좋게 끝내고 싶다. 너 머리에서 피 나는 건 아냐? 피차 성가시게 만들지 말고 가서 약이나 발라."

태하가 다시 고개를 젓자 부단장이 손바닥으로 머리칼을 쓸어 올리며 한숨을 쉰다. 그리고 턱을 들어 몇 미터 앞의 조직원들에게 묻는다.

"지금 몇 분이냐?"

"50분입니다, 부단장님."

험비 트럭에 기대어 서 있는 조직원이 대답하자, 부단장이 축구 유니폼을 입은 조직원에게 묻는다.

"시합 언제라 그랬지?"

"15분쯤 남았습니다."

부단장이 눈을 감고 생각에 잠긴다. 그러다 갑자기 눈을 뜨고 외친다.

"장룡!"

부단장이 렉서스 옆에 서 있는 조직원 한 명을 가리켰다.

"이 새끼 사진이랑 신분증 좀 찍어."

웃통을 벗은 조직원이 태하에게 다가간다. 그러고는 태하의 어깨를 괜히 한 번 밀친 후, 태하의 주머니를 뒤져 지갑을 꺼내고 거기서 신분증을 뽑아낸다.

"그래, 그거 찍고, 얼굴도 찍어."

태하는 인상을 쓰고 있지만 반항하진 않는다.

"찍었습니다, 부단장님."

조직원이 태하의 지갑을 땅바닥에 던지며 말한다. 그러자 부단장이 손뼉을 크게 한 번 치고는 소리친다.

"지금 단장님 허가 없이 이 새끼를 처리해버리기엔 무리가 있다! 그래서! 이번 일의 책임은 마구다 제철한테 직접 묻는다! 우리 손해의 두 배, 세 배 보상을 요구하면서 조져놓을 거다! 만약 저 새끼가 조합장 동생과 관련이 없거나 뒤를 봐줄 필요가 없는 새끼면, 남미노조가 직접 저 새낄 찾아내서 처리할 거다! 아님 찾아서 우리한테 넘겨주겠지! 하지만 만약 저 새끼가 보호해줄 가치가 있는 놈이라면! 우리 요구를 받아들일 거다!"

"배 째라는 식으로 나오면 어떡합니까?"

"그때는 단장님께 정식으로 통보하고 전쟁에 돌입한다!"

부단장이 주먹을 치켜들자 조직원 전원이 표정을 일그러뜨리며 표범이 울부짖는 소리를 낸다. 태하가 지갑을 다시 주머니에 집어넣으며 기가 찬 듯이 웃는다.

"어이, 처쪼개지 말고 잘 들어. 만약 우리가 널 죽이고 싶다는 생각을 하면, 넌 바로 딥섬 속에 들어가는 거야. 그게 언제든, 니가 어디에 있든 상관없어. 이게 끝이 아닐 수도 있다는 거, 그거 명심해둬."

부단장이 태하를 보며 말을 잇는다.

"알아들었으면 니 똥걸레 마누라 데리고 빨리 꺼져."

태하가 부단장을 잠시 노려보다가 머뭇머뭇 몸을 돌려 차 문을 연다. 조직원들은 살의가 가득 담긴 눈빛으로 태하의 행동 하나하나를 유심히 살핀다. 태하가 그 시선들을 애써 외면하며 차 안에 몸을 밀어 넣고 문을 닫는다. 그러고는 조용하고 길게, 떨리는 숨을 내뱉는다.

"남편, 다시 왔네?"

태하가 운전대를 잡고 창밖을 바라본다. 조직원들이 여전히 이쪽을 노려보며 어슬렁거린다. 그러는 사이, 앞쪽을 막고 있던 렉서스 스포츠카에 시동이 걸리고, 태하의 차에 도끼를 박은 소년도 도끼자루를 위아래로 흔들어 도끼를 뽑아낸다.

"됐어, 다 잘 끝났어……."

태하가 눈만 살짝 움직여 창밖과 룸미러를 번갈아 보며 중얼거렸다. 두세 군데 정도 커다란 거미줄 모양으로 금이 간 앞 유리에 작은 빗방울들이 수없이 맺혀나간다. 골목의 보이지 않는 어딘가에서 요란한 스쿠터 엔진 소리가 들려온다. 잔뜩 녹슨 창문을 열어젖히는 소리, 상점의 셔터를 올리는 소리도 들려온다. 골목은 아까보다 훨씬 더 밝아졌지만 안개는 여전히 자욱하다. 앞의 렉서스가 서서히 움직이는 것을 보며 태하도 조심스레 액셀을 밟는다. 주위를 둘러싼 조직원들이 느릿느릿 비켜서고는 있지만, 위협적인 시선은 그대로다.

"니 상건다 주어 아이 마!"

"타마더! 타 헌 꾸웨이 더!"

렉서스가 길 한쪽으로 비켜서자 태하가 천천히 그 옆을 지나쳐 간다. 그때 렉서스 안에서 뭘 던졌는지 이쪽 유리창에 '딱' 소리가 난다. 길에 늘어선 조직원 중 몇 명이 유리창에 침을 뱉고, 파란 포터 색 유압 지게 슈트를 탄 조직원은 문짝을 퍽, 찌그러뜨린다. 출발하는 웨딩카 주변에서 폭죽을 터뜨리고, 사진을 찍고, 종이테이프를 던지던 그들의 모습이 겹쳐 보였다. 그러나 태하는 그들을 애써 외면하며 서서히 속력을 낸다.

어슬렁어슬렁 돌아가고 있거나 삼삼오오 모여 담배를 피우고 있는 흑표단 일당이 룸미러에 비친다. 렉서스 말고는 다른 차들의 위치가 바뀌지 않고 있다. 하지만 그 사이에 빨간 스쿠터 한 대가 새로 와 있고, 흰색 반팔 티셔츠와 하늘색 핫팬츠를 입은, 아마도 나탈리인 것 같은 핑크색 머리의 여자가 팔짝팔짝 뛰고 있는 것이 보인다. 스쿠터 옆에는 이소룡 스타일의 노란 트레이닝복을 입은 남자도 보이는데 얼굴에 뭘 뒤집어썼는지 윤곽이 흐릿하다. 다른 조직원들이 그 남자의 어깨를 끌어안고 뭔가를 보여주며 낄낄거린다.

앞에 교차로가 나온다. 인천역과 파라다이스 호텔, 오가는 차들, 사람들, 교차로의 신호등이 보인다. 태하가 정지선 앞에서 차를 세우고 룸미러를 통해 뒤쪽을 살핀다. 별다를 게 없다. 쫓아오는 사람도 없다. 태하가 이마를 핸들에 대고 눈을 감는다. 몸의 떨림이 차츰 잦아든다. 다시 고개를 들어 신호를 바라보자 신호가 빨간색에서 초록색으로 바뀌어 있다. 태하가 손바닥으로 얼굴을 한 번 훔치며 얼른 액셀을 밟는다. 그 순간, 굉음과 함께 유리창이 터져 나가며 차체가 몇 바퀴를 팽이처럼 돈다.

교차로 주변의 차들과 사람들이 모두 가던 길을 멈추고 이쪽을 보고 있다. 태하의 차는 트렁크 오른쪽이 심하게 찌그러진 채 차이나타운 골목을 향해 돌아가 있고, 그 바로 앞에는 왼쪽 헤드라이트가 산산조각 난 빨간색 험비가 우르릉거리며 서 있다.

태하가 목덜미를 붙잡고 신음한다. 아내는 가슴과 배 부위를 감싼 채 몸을 웅크리고 있다. 험비에서 내린 폴로셔츠 차림의 조직원 둘이 태하에게 다가오는 동안, 다른 한 명은 험비 옆에 내려서서 화려하게 장식한 AK 소총을 하늘에 갈겨댄다. 그러자 주변 사람들이 비명을 지르며 도망가고 차들이 이리저리 황급히 움직이기 시작한다. 험비 뒤쪽에는 어느새 부단장이 타고 있던 흰색 밴과 금색 렉서스가 도착해 있다.

조직원들이 운전석 문을 열어 태하를 끄집어낸다. 반쯤 정신이 나간 표정으로 발버둥을 쳐보지만, 조직원들은 꿈쩍도 않고 태하를 끌고 가서 흰색 밴 안에 던져 넣는다. 부단장이 자신의 발밑에 엎어진 태하를 내려다보며 소리친다.

"아강, 데려와!"

폴로셔츠를 입은 조직원 한 명이 밴 뒤쪽으로 뛰어가더니, 잠시 후 노란색 이소룡 스타일 트레이닝복을 입은 남자와 함께 문 앞에 나타난다.

"우르혔듭니까."

이소룡 스타일 트레이닝복을 입은 남자가 말했다. 얼굴을 온통 붕대로 칭칭 감고 아래위 앞니가 몽땅 부러져 있다. 붕대 군데군데에 갈색으로 변한 핏자국이 보인다.

"아강, 이 새끼 맞냐?"

부단장이 밴 바닥에 앉아 있던 태하를 가리켰다. 태하가 고통스러운 표정으로 고개를 들자 아강의 눈이 붕대 사이에서 휘둥그레진다.

"으이이! 이이이이이이! 이이이이이이!"

아강이 손가락으로 태하를 가리키며 괴성을 질렀다. 아강이 온몸을 부들부들 떨면서 비틀거리자 주변의 조직원들이 얼른 아강을 부축한다. 부단장이 태하를 차갑게 내려다보며 중얼거린다.

"맞나 보네."

"얘기 다 끝났잖아!"

태하가 고통스러운 표정으로 몸을 일으키며 소리쳤다.

"아강은 나탈리 애인이야. 널 혼내주고 싶었나 봐. 근데 몸이 말이 아니라 너무 늦은 거지. 그래서 니 면상이나 보려고 아까 사진 찍은 애 핸드폰을 봤는데, 너랑 초면이 아닌가 보더라고?"

"뭔 씨발⋯⋯."

부단장이 태하의 말을 막는다.

"엊그제 아강이 지하철에서 습격을 당했다, 응? 저 꼴 보이지? 이거 아주 쪽팔리기도 하고 열 받는 일이야. 근데 아주 쪽팔리기도 하고 열 받게 만든 새끼, 그 새끼가 바로 너란 말이지. 남미에서 풀 팔던 새끼들 믿고 설쳐대는 놈한테 우리 흑표단이 당한 거야, 응? 우리가 왜 다시 왔는지 알겠지?"

태하가 문밖에서 부들부들 떨고 있는 아강을 바라본다. 태하를 노려보는 아강의 붉은 눈동자가 금방이라도 터질 것만 같다. 태하가 눈을 내리깔며 깊은 한숨을 내뱉는다.

"아강, 직접 할래?"

아강이 애써 떨림을 진정시키며 고개를 끄덕인다. 부단장이 눈짓을 하자 아강을 부축하고 있던 조직원들이 아강을 천천히 밴 안으로 밀어 올린다.

"총은 재미없지? 칼로 할래, 톱으로 할래?"

아강이 태하를 노려보며 대답한다.

"아, 앙시로 하에스이다."

"망치?"

아강이 고개를 끄덕인다.

"있냐, 망치?"

부단장이 밴 밖의 조직원들에게 묻자 그중 한 명이 바로 망치를 가지러 간다. 부단장이 남아 있는 조직원들에게 말한다.

"이 새끼 잡아라."

조직원 두 명이 밴 안으로 들어와 태하를 붙잡는다. 태하가 고함을 지르며 발버둥 치자 조직원들이 무릎으로 태하를 마구 찍어 내린다. 부단장은 그 모습을 보며 웃고 있고, 아강은 시종일관 태하에게서 눈을 떼지 않은 채 몸을 떤다. 조직원들이 태하를 밴 바닥에 엎어놓고는 각자 어깨 한쪽을 맡아 무릎으로 짓누른다.

"가만히 있어, 가만히. 괜히 힘 빼지 말고."

망치를 가지러 갔던 조직원이 돌아와 아강에게 망치를 건네자 부단장이 말한다.

"다른 건 걱정하지 말고 니 맘대로 해봐. 차야 뭐 청소를 하든지, 버리든지 하면 되는 거니까."

아강이 몸을 떨며 손에 든 망치와 태하를 번갈아 보다가, 천천히 태하의 허리에 올라탄다. 태하는 밴 바닥에 뺨을 댄 채 거친 숨을 몰아쉰다.

"야, 내가, 미안하다."

태하가 다급히 말했다. 하지만 아강은 들리지 않는 것 같다.

"야, 제발!"

아강이 벌벌 떨리는 손으로 망치를 들어 올린다.

"이 씨발것들! 니들 진짜 후회할……."

아강이 태하의 머리를 내리친다.

밴 안에 침묵이 흐른다. 태하는 움직이지 않는다. 잠시 후, 이를 악문 채 흘리는 신음이 서서히 새어 나온다. 이어 태하가 미친 듯이 몸부림치며 울부짖자 태하의 어깨를 누르고 있는 조직원들이 무릎에다 체중을 더 싣는다.

"한 손으로 머리 깨는 건 좀 힘드나?"

부단장이 말을 잇는다.

"풀스윙을 해야 돼. 아니면 망치도 엣지가 있거든? 평평한 부분 말고 모서리가 있단 말이야. 그걸로 하면 더 쉽지. 아, 요즘 애들은 총 때문에 이런 거 공부를 안 해, 진짜. 나 어릴 때 본토에서 돼지 잡을 땐……."

아강이 다시 망치를 내려친다. 하지만 태하가 몸부림을 치는 바람에 귀 뒤쪽만 찢고는 밴 바닥에 부딪힌다. 아강이 심호흡을 한 후 다시 망치를 내려치자 피가 번지며 밴 바닥을 물들여간다. 태하가 눈을 까뒤집은 채 몸을 움찔거린다.

"마, 마야……."

태하가 반쯤 풀린 눈으로 중얼거린다.

"마야 줄게, 사, 살려……."

아강이 또다시 망치를 내려치려는 순간, 부단장이 손을 들어 제지한다. 그러고는 허리를 굽혀 태하에게 묻는다.

"뭐라고?"

태하의 코에서 코피가 울컥울컥 터져 나온다. 태하가 몸을 벌벌 떨며 고통스러운 표정으로 입술을 달싹인다.

"사, 살려줌, 마야, 준다."

부단장이 눈을 가늘게 뜨고 태하를 빤히 바라본다.

"이 새끼 앉혀봐. 넌 잠깐 비키고."

아강이 몸을 부들부들 떨며 알아들을 수 없는 소리로 항의하자, 태하를 붙들었던 조직원 한 명이 아강을 밴 밖으로 끌어내 밖에 있는 조직원에게 넘기고는 문가에 앉는다. 다른 조직원 한 명은 태하를 일으켜 부단장 맞은편 의자에 앉힌 후 자신도 그 옆에 앉는다.

태하의 목덜미를 타고 흐르던 피가 턱 밑에서 뚝뚝 떨어진다. 코밑과 입가는 코피로 범벅이 됐고 이마에 붙은 반창고 밑에서도 피가 쏟아진다.

"너 마야가 뭔 줄이나 아냐?"

부단장이 웃으며 물었다.

"살려줘, 머리가 너무……."

"말해봐, 마야가 뭔데?"

태하가 힘겹게 눈꺼풀을 밀어 올린다. 시뻘겋게 충혈된 눈으로 부단장을 보며 말한다.

"쉬 울프에 있는 년들, 그걸로 묶어놨잖아. 나라다에 사람들 데려오고 경비 선 대가로, 차수연한테 샘플 받았잖아."

부단장이 터무니없다는 듯 인상을 찌푸린다. 하지만 희미한 미소가 섞여 있다.

"너 대체 정체가 뭐냐?"

"야이 씨발새끼야, 나 진짜 뒤질 것 같다……."

태하가 이를 악물며 중얼거렸다. 부단장이 고개를 끄덕인다.

"뒤지라고 그런 거야, 뒤지라고."

태하가 고개를 숙인 채 어깨를 들썩이며 심호흡을 한다.

"나 다시 보내주면, 마야 완전히 줄 수 있어. 차수연이 마야 같은 거 다 접고 여기 뜨는 거 알아?"

태하가 묻고는 신음을 흘리며 눈을 질끈 감는다. 잠시 숨을 고르고 다시 말한다.

"내가 그 여자 연구 자료 몽땅 들어 있는 플래시메모리 갖고 있어. 인천공항에서 만나기로 했는데, 그 여잔 마야에서 벗어날 수 있는 프로그램을 준비하고, 나는 플래시메모리 돌려주고, 그렇게 얘기가 됐어."

"그래서?"

"그러니까 나는 그 마야에서 벗어날 수 있는 그것만 가지면 되니까, 차수연 그 개년이랑 연구 자료를 니네가 가지라고. 그럼, 다, 전부 다 니네 맘대로 할 수 있잖아!"

태하가 말을 마치고는 이를 악문다. 다시 입을 쩍 벌리며 숨을 들이마신다.

"성가시게 되는 거 아니야?"

"지금, 아아 씨! 지금 그 여자 주변에 아무도 없어. 스카이텔레컴도 지금 난리 났고, 있어봐야 경호원 한둘이야."

"아니, 아니. 스카이텔레컴 뒤집어진 건 나도 알아. 사실 너랑 이 정도 얘기까지 하게 될 줄 몰랐는데…… 남동공단 총격 사건 그거 스카이텔이랑 손잡고 그런 거거든. 서프라이즈지? 스카이텔이 우리한테 돈도 주고 일거리도 주면, 우리가 남동공단 사건 같은 걸로 그놈들 지지율 올려주는 거였지. 뭐, 걔들 일단 행정민영화 발탁되면 남동공단 사건 사주한 거 폭로해서 주가 떨어뜨리고 꿀꺽해버리는 게 본토 흑사회 계획인가 본데, 뉴스 보니까 자꾸 자폭을 하더라고?"

"그래, 거 아주 멋진 신세계네."

"근데 차 박사를 공항에서 만나기로 했다며? 공항에서 그 여잘 어떻게 하라는 거야? 사방이 카메라에 공항 경비대도 있는데. 너 비행기 안 타봤냐?"

태하가 눈을 끔뻑이며 천장을 바라본다. 눈에는 초점이 없고 얼굴은 고통으로 일그러져 있다.

"아, 씨발 타봤어. 타봤는데…… 밖으로 불러내면 되는 거잖아. 출국장 오른쪽 끝에서 보자고 했으니까, 만나면 나가서 얘기하자고 하면 그만이잖아."

태하가 말을 잇는다.

"샘플 같은 게 아니라, 마야 자체를 니네 마음대로 쓸 수 있고, 차수연 그 쓰레기 같은 년도 중독시켜서 쉬 울프에 집어넣으면 되잖아. 그거 아주 괜찮잖아. 나 제발 보내주라."

부단장이 철판으로 막혀 있는 바깥쪽 창문을 큼지막한 금반지로 두드리며 태하를 쳐다본다.

"하, 참. 카드가 많은 새끼네, 이거."

부단장이 잠시 침묵하다가 다시 입을 연다.

"이게 근데 감정적으로 해결할 문제가 아니거든? 비즈니슨 비즈니스야. 쉬 울프에서 행패 부린 건 니가 남미 애들이랑 친하대서 봐주고, 아강 일은 마야로 생기는 수익성 때문에 이쯤 한다고 치자. 니 똥걸레 마누라 몫은 또 차수연 박사가 대타를 뛰어주고, 응? 그치? 근데 이게 거기서 끝이 아니야. 니가 아강 저 꼴로 만든 날, 같이 있던 여자 한 명도 잃어버렸거든? 그건 어떻게 할래?"

태하가 입을 벌리고 턱을 좌우로 움직여본다. 그리고 머리를 천천히 좌우로 흔들다가 눈을 질끈 감는다.

"주변에 아는 여자 없냐? 그거 한 명 채우면 진짜 너 보내준다. 니 마누라랑 같이."

부단장이 킬킬거리자 근처의 조직원들도 같이 웃기 시작한다. 밴 입구에 서 있는 아강만 소리를 질러댄다.

"아강, 일단 이쯤 해두자, 응? 이따 이 새끼 따라가서 차수연이고 마야고 다 개구라면 그때 다시 해도 되는 거니까."

아강이 소리를 지르며 다시 밴 안으로 들어오려고 하자 옆에 있던 조직원이 황급히 아강을 뒤쪽으로 끌고 간다.

"야, 쟤 불쌍하지도 않냐? 나 마음 약해지기 전에 빨리 결정해라. 5초 안에 결정 안 하면 거래 능력 없는 걸로 알겠다. 어려울 게 뭐 있어, 넘길 게 있으면 자유롭게 떠나는 거고 없으면 죽는 거지. 자, 5초."

태하가 눈을 감고 한숨을 쉰다.

"4."

태하가 이를 악물며 피가 엉겨 붙은 머리카락을 쥐어뜯는다.

"3."

태하가 눈을 뜨고 문밖을 바라본다. 완전히 박살 난 초록색 쿠페의 유리창 너머로 아내의 어깨와 머리칼이 보인다.

"2."

태하가 인상을 쓰며 손바닥으로 얼굴을 움켜쥔다.

"1."

태하가 손바닥으로 얼굴을 가린 채 나지막이 중얼거린다.

426

"…… 있어."

"전화해서 공항으로 오라고 해."

태하가 고개를 떨어뜨리며 머리를 싸쥔다.

"이 차에서 숨 붙은 채로 나가고 싶으면 너 좀 서둘러야 될 거다. 상태 많이 안 좋아 보이거든?"

태하가 밴 바닥에 흥건히 고인 자신의 피를 한동안 응시하다가, 피 묻은 손을 흠뻑 젖은 바람막이 재킷 속에 집어넣는다. 다시 꺼낸 손엔 핸드폰이 들려 있다.

"스피커로 해라."

태하가 깊은 한숨을 토해내고, 통화 버튼을 눌러 통화 목록 제일 위에 있는 번호를 선택하고 스피커폰 아이콘을 누른다. 잠시 후 핸드폰 스피커를 통해 신호음이 울려오자 태하가 눈을 질끈 감는다. 신호가 가기를 서너 번, 상대가 전화를 받는다.

"오빠."

이슬의 목소리였다.

"어떻게 됐어? 찾았어?"

태하가 눈을 감은 채 아무 말도 하지 않는다.

"오빠?"

"너 공항으로 올래?"

"응?"

태하가 이를 악물고 말을 잇는다.

"인천공항으로 와라."

"지금?"

차마 말을 잇지 못하고 입술만 달싹이던 태하가, 결국 말을 뱉는다.

"여행 가자며. 바닷가."

전화 너머에서 잠시 침묵이 이어진다.

"출국장, 오른쪽 끝으로 와라."

"…… 응, 갈게. 꼭 갈게. 지금 당장 갈게."

태하가 종료 버튼을 누르고는 밴 밖으로 핸드폰을 집어 던졌다. 부단장이 킥킥거리다가 조직원에게 지시한다.

"장위, 장룽 먼저 보내서 잡아 오라 그래. 저 핸드폰 갖고 가라 그래, 얼굴 모르니까."

밴 밖의 조직원이 다른 조직원들에게 부단장의 말을 전하자, 금세 차 문 여닫는 소리, 시동 걸리는 소리가 나더니 차 한 대가 떠난다. 그러자 부단장이 태하에게 말을 건넨다.

"야, 근데 말이야."

태하는 고개를 푹 숙인 채 대답이 없다. 붉게 물든 두 손으로 더 붉게 물들어 있는 얼굴을 감싸 쥐고 있다.

"니가 전화 잠깐 하는 동안 이런 생각이 들더라고?"

부단장이 태하 옆에 자리한 조직원들에게 눈짓하고는 말을 잇는다.

"너, 차수연을 어차피 공항에서 만날 거였으면, 그 플래시메모리 지금 너한테 있단 거잖아."

태하가 서서히 얼굴에서 손을 뗀다.

"그러니까 좀 미안한 얘기지만, 그냥 너 죽이고 우리가 직접 차수연이랑 얘기하면 너도 기름값 아끼고 좋지 않……."

"이 개새끼들이!"

고개를 든 태하가 몸을 일으키자 즉시 양옆의 조직원들이 태하의 팔과 어깨를 꿰어 눌러 앉힌다.

"보내준다고 했잖아!"

태하가 몸을 이리저리 뒤틀고 흔들며 소리쳤다.

"결과적으로 봤을 땐 거짓말이 될 수도 있는 거지. 원래 비즈니스란 게 그렇지 않아? 넌 그런 적 없냐? 야, 아강 다시 오라 그래."

조직원들이 부단장의 말을 전하기도 전에 아강이 밴 안으로 뛰어들어온다. 손에는 아직도 망치가 들려 있다. 조직원들이 태하의 팔을 꺾어 피가 흥건한 바닥에 다시 엎어뜨리자, 아강이 그런 태하를 노려보며 망치를 쥔 손목을 천천히 돌린다.

"이 정도면 기회 충분히 주는 거다?"

부단장이 말하자 아강이 알아들을 수 없는 발음으로 대답한다. 태하는 두 명의 조직원들 무릎에 짓눌려 차 바닥에 엎어져 있는 상태다. 어깨를 흔들어 벗어나려고 해보지만 역부족이다.

"이런 개 같은 새끼들이!"

태하가 외쳤지만 아무도 신경 쓰지 않는다. 아강이 무릎 꿇고 앉아 망치 끝으로 태하의 뒤통수를 건드리자, 태하의 턱 끝이 떨리며 이 부딪히는 소리가 난다. 저 멀리 어딘가에서, 아득하게 천둥소리도 들려온다.

"니들 가만 안 둘 거야. 내가 진짜 다 죽여버릴 거야!"

태하가 바닥에 고인 자신의 피를 뿜어내며 외치지만 그 말에 반응하는 사람은 아무도 없다. 아강이 망치 끝을 태하의 뒤통수에 가만가만 갖다 대서 자신이 내려칠 지점을 가늠한다.

"아강, 두더지 게임 할 거냐? 그렇게 해선 돼지도 못 잡는다니까?"

천둥소리는 점점 더 크게, 더 가까이에서 들려온다. 차 밖에서 조직원들이 웅성거리자 부단장이 문밖을 슬쩍 살피고는 다시 아강을 바라본다. 아강이 부들부들 떨며 망치를 들어 올린다. 뒤통수에 닿아 있던 망치가 떨어지자 태하가 숨을 가쁘게 쉬며 눈을 감는다. 차 바닥에 고인 피에 후르르르 파문이 인다.

"니 맘속에 후회 없게 해버려. 한 번 죽이면 다시 못 죽이니까."

밴 천장까지 망치를 들어 올린 아강의 손등에 힘줄이 잔뜩 불거졌다. 멀리서 들려오던 천둥소리는 이제 지척에서 울린다. 그소리는 마치 파도가 방파제에 부딪히는 소리 같기도 하고, 수십만 마리의 곤충이 떼 지어 나는 소리 같기도 하다. 태하가 목소리를 뒤집어가며 소리친다.

"가만 안 둘 거야! 가만 안 둬, 이 개새끼들!"

어깨를 들썩이던 아강이 아랑곳 않고 망치를 내리친다.

"부단장님!"

문가로 달려온 조직원 한 명이 소리침과 동시에, 창문에 댄 철판을 뭔가가 가볍게 두드리는 소리가 들려온다. 밴 안에 정적이 감돈다. 희미한 햇빛 몇 가닥만 순식간에 철판에 뚫린 수십 개의 구멍들을 통해 조용히 새 들어오고 있다. 아강이 천천히 고개를 숙여 자기 가슴과 배에 생긴 붉은 구멍들을 멍하니 바라본다. 그리고 태하의 머리 바로 위에서 멈춘 망치를 힘없이 떨어뜨린다. 태하를 짓누르던 조직원 두 명은 이미 양옆으로 널브러진 상태다.

차 밖에서 조직원들의 고함 소리, 다급한 발소리, 차 시동 거는 소리가 들려온다. 천둥소리는 이제 귓가에서 쩌렁쩌렁 울리는 것처럼 크게 들려온다.

"부단장님, 밖에!"

"딧쩐머 훼스!"

"짓쥬! 짓쥬 라이라!"

"지잇쥬?"

슬며시 눈을 뜬 태하가 아무런 압박이 없는 걸 깨닫고 황급히 몸을 일으키자, 조직원 시체로 몸을 가리고 있던 부단장이 재빨리 망치로 손을 뻗는다. 그때, 땅이 한 번 크게 흔들리더니 엄청난 충격과 함께 차 바닥과 천장이 뒤집어지며 수차례를 뒹군다.

밴 안이 먼지인지 연기인지 모를 것들로 자욱하다. 철판의 총알구멍을 통해 옆으로 새어 들어오던 희미한 햇빛이 이제 위쪽에서 들이치고 있다. 밖에서 고함 소리, 총소리, 땅이 진동하는 소리와 정체를 알 수 없는 천둥소리가 쾅쾅 울려온다. 태하와 부단장은 아강과 두 조직원의 시체에 뒤죽박죽으로 엉켜 있는 상태다. 잠시 후, 그 속에서 큼직한 금반지를 낀 부단장의 손이 튀어나오더니 주변을 더듬어 뭔가를 찾기 시작한다. 태하는 팔꿈치를 들썩여 아강의 어깨와 머리통 사이에서 몸을 빼내는 중이다. 그때 주변을 더듬던 부단장 손에 뭔가 딱딱한 것이 닿는다. 즉시 팔을 뻗어 손에 쥐어보지만, 좀 더 더듬어보니 문가에 서 있다가 두 무릎 아래가 잘려 들어온 조직원의 축구화다.

겨우 몸을 빼낸 태하는 그대로 바닥을 짚어 운전석 쪽으로 기어 나가고 있다. 엎혀 있던 시체들이 옆으로 미끄러져 내리면서 그 사이에 끼어 있던 망치가 덜그럭, 모습을 드러낸다. 그러자 이미 반쯤 몸을 일으키고 있던 부단장이 조용히 팔을 뻗어 망치 자루를 손에 쥔다. 필사적으로 바닥을 기던 태하는 바닥에 누운 조수석 시트에 손을 뻗는다. 부단장은 이제 무릎을 꿇고 일어나 태하의 뒤로 다가서는 중이다. 태하가 조수석 시트를 붙잡고 힘겹게 몸을 일으킨다. 부단장은 그런 태하의 뒤통수를 내려다보며 망치를 들어 올린다. 태하가 몸을 부들부들 떨며 조수석 시트를 타 넘는다. 그러다 문득, 반쯤 풀린 눈을 들어 세로로 기울어진 룸미러를 쳐다본다. 거울엔 피를 뒤집어쓴 부단장이 시뻘건 이를 드러낸 채 망치를 내리치려는 모습이 비친다. 그 순간 온 힘을 다해 옆으로 구른 태하가 부단장의 옆구리를 발로 차자, 이미 망치로 조수석을 내리쳐 중심을 잃은 부단장이 힘없이 뒤로 나가떨어진다. 망치는 바닥에 떨어진다. 그러나 부단장이 태하보다 먼저 기어 와 다시 망치를 잡는다.

"상황이 이 지경인데, 니가 살아서 여기를 나갈 수 있을 것 같냐?"

망치가 태하의 이마 근처를 스치며 획획 소리를 낸다. 부단장이 태하의 몸에 올라탄 채 팔을 이리저리 휘두른다. 망치를 쥔 부단장의 손을 필사적으로 붙잡고 늘어지던 태하는 몸을 이리저리 비틀어보다가 결국엔 다리를 있는 힘껏 들어 올려 부단장

432

의 어깨를 뒤로 젖혀버린다. 그러나 뒤로 넘어지던 부단장이 태하의 멱살을 잡아채 둘은 동시에 시체 더미 위를 뒹굴고 만다.

"절대! 절대! 살아서 못 나가!"

부단장이 망치 자루로 태하의 목을 짓누르며 한쪽 구석으로 거칠게 밀어붙인다. 태하가 안간힘을 다해 두 손으로 막아내보지만 부단장이 망치 자루에 체중을 실어 눌러오자 점점 목이 졸려 든다. 피범벅이 된 태하의 얼굴이 조금씩 부풀어 오르며 머리 어딘가에서 울컥울컥 피가 쏟아져 나온다. 부단장은 히죽히죽 웃으며 더욱더 집요하게 망치 자루를 밀어붙인다. 철판에 뚫린 총알구멍에서 새어 들어온 햇빛이 태하의 새빨간 턱과 귀 언저리를 비춰낸다. 태하가 끅끅 소리를 내면서 자기 옆에 쌓인 시체들을 바라본다. 저마다 기괴한 형태로 꺾이고 휘어진 피투성이 팔다리들이 총알구멍에서 새 들어온 햇빛을 받아 희미하게 빛난다. 그 모습을 아득한 시선으로 바라보던 태하의 한쪽 손이 결국, 망치 자루에서 떨어진다.

하지만 그 손은 곧바로 시체 더미에서 외따로 뒹굴던 발목을 잽싸게 집어 축구화 스파이크로 적의 관자놀이를 후려친다.

*

앞 유리를 망치로 깨부순 태하가 온몸에 피 칠갑을 한 채 밴 밖으로 기어 나온다. 망치에는 머리카락과 피가 끈적하게 엉겨 붙어 있다. 태하가 멍한 표정으로 땅에 핏자국을 만들며 밴 앞부분을 돌아가자, 밴을 엄폐물 삼아 하늘에 소총을 갈기고 있는 흑표단 조직원 한 명이 보인다. 땅을 흔드는 진동과 천둥소리, 총소리, 고함과 비명 때문에 주변은 마치 전쟁터 같은 느낌이다. 태하가 비틀거리는 걸음으로 조직원의 등 뒤로 다가가서는 사격 지점을 올려다본다. 거대한 거미 같기도 하고 거인의 갈비뼈 같기도 한 초대형 크레인 로봇이, 먹구름 낀 하늘을 뒤로한 채 어기적어기적 온 땅을 울리며 기어 오고 있다. 조직원의 등 뒤에서 잠시 그 모습을 바라보던 태하가 무심한 표정으로 망치를 한 바퀴 휘둘러 조직원의 정수리를 내려친다. 그러자 조직원은 순간 서너 발을 허공에 난사하고는 무릎을 바닥에 찧으며 쓰러진다.

"야."

태하도 거의 쓰러지다시피 조직원 옆에 주저앉았다.

"야, 아까 공항에⋯⋯."

숨을 거칠게 몰아쉬며 말을 걸던 태하가, 조직원의 눈동자가 이미 뒤집힌 걸 보고는 그냥 입을 다문다. 그러고는 조직원의 바지를 뒤져 핸드폰을 꺼낸 후 전화를 건다. 태하가 핸드폰을 귀에 댄 채 반쯤 풀린 눈으로 주변을 둘러본다. 20미터 옆쪽으로 빨간 험비가 서 있고 세 명의 조직원이 그 뒤에서 열심히 총을 갈겨대고 있다. 그러나 크레인 로봇은 별다른 반응 없이 총알을 모조리 튕겨내다가, 빨간 험비 뒤에 가만히 레이저를 표시할 뿐이다. 그러자 크레인 로봇의 여러 다리 중 하나가 빙글 회전해 오더니 그 지점에 초록색 컨테이너를 사뿐히 내려놓는다. 곧바로 로봇의 다리가 다시 컨테이너를 회수하자 컨테이너 밑바닥에 마치 피자 같은 빨간 자국 세 개가 찍혀 있다.

"전화 좀 받아라…… 이슬아."

태하가 힘없이 중얼거리며 귀에서 핸드폰을 뗀다. 다시 번호를 눌러 전화를 걸어보지만 연결이 안 된다. 이제 총소리가 들리지 않는다. 그러자 크레인 로봇도 다리를 정렬하며 땅을 몇 번 쿵쿵 울리고는 다시 쩌렁쩌렁한 천둥소리를 내며 바퀴를 굴리기 시작한다. 그렇게 크레인 로봇이 방향을 틀어 아직도 안개가 자욱한 차이나타운 언덕 쪽으로 전진하자, 곧이어 커다란 트레일러 세 대가 나타나 그 뒤를 따라간다. 그중 마지막 트레일러의 조수석에 카를로스와 매우 닮았지만 좀 더 험상궂게 생긴 남자가 앉아 있는 게 보인다.

주변이 조용해지자 태하가 망치를 지팡이 삼아 힘겹게 몸을 일으키고는 밴 반대편으로 걸음을 옮긴다. 발을 옮길 때마다 땅바닥에 홍건한 핏자국이 늘어져 찍힌다. 다시 밴 앞부분을 돌아 밴의 밑바닥이 드러나 있는 곳으로 가자, 축구 유니폼 차림의 다리 잘린 조직원 하나가 피거품을 물고 쓰러져 있는 게 보인다. 그보다 몇 걸음 앞에는 뒷부분이 움푹 찌그러진 태하의 차가 서 있다.

"공항에……."

태하가 다리 잘린 조직원에게 다가가 눈을 한 번 꼭 감았다 뜨고는 말을 잇는다.

"아까 공항 간다고, 먼저 출발한 새끼들…… 누구냐?"

조직원이 눈동자만 슬며시 움직여 태하를 바라본다. 입에서는 피가 울컥울컥 쏟아져 나온다.

"여자 잡는다고…… 간 새끼들, 뭐 타고 갔냐?"

조직원이 한동안 입을 오물거리다가, 겨우 소리를 내뱉는다.

"레, 렉스……."

"렉서스? 금색?"

애써 고개를 끄덕이려 했던 조직원은 애매한 위치에서 그만 움직임을 멈춘다. 태하가 그 자리에 서서 한 번 더 이슬에게 전화를 걸어보고는, 여전히 연결이 안 되자 조직원 옆에 망치와 핸드폰을 던지고 비틀비틀 자신의 차로 걸어간다.

차에 올라탄 태하가 핸들을 끌어안은 채 거친 숨을 고른다. 그러다 자세를 조금 고쳐 앉자 기어박스와 운전석 시트에 사이에 끼어 있던 권총이 바닥에 떨어진다. 태하가 권총을 대충 발로 밀어내고는 조수석에 있는 아내를 쳐다본다. 아내는 시트에 몸을 기댄 채 잠들어 있다.

태하의 입술이 이 부딪히는 소리를 내며 달달 떨린다. 눈 밑은 시커멓고, 피가 닦인 곳의 피부는 창백하다. 태하가 부들부들 떨리는 몸을 양팔로 비벼대다가 콘솔에 붙은 히터를 켠다. 그러고는 숨을 크게 한 번 내쉬고, 액셀을 밟는다.

차가 파라다이스 호텔, 인천일보 건물을 돌아 인천항만도로로 접어든다. 도로는 시원하다 못해 음침할 정도로 뻥 뚫려 있다. 양옆으로는 항만창고들과 공장들, 철공소들이 늘어서 있지만 모두 문을 닫은 상태다. 태하가 액셀을 밟아 속력을 높인다. 머리에서 터진 피가 계속 턱 밑으로 흘러내려와 시트를 적셔간다. 태하가 흐려진 눈을 끔뻑이며 아내를 본다. 아내는 어느새 정신을 차리고 창밖을 바라보고 있다. 유리창에 떨어진 빗방울이 뒤쪽으로 밀려나가자 아내의 시선도 빗방울을 따라 움직인다.

"더워."

아내가 중얼거리자 태하가 천천히 손을 뻗어 히터를 끈다.

"누구세요?"

아내가 고개를 돌려 태하를 보며 물었다.

"태하, 니 남편."

"아아, 남편. 아직도 있었네? 얼굴이 빨갛네?"

태하는 대답이 없다. 자꾸 감기는 눈을 억지로 밀어 올리고 있다. 작은 다리를 건너 송도 신항구 지역에 들어서자 바로 교차로가 나온다. 태하가 멈추고 빨간 소형차가 뒤따라와 태하의 차 뒤에 멈춘다. 일요일 아침이라 그런지 이쪽도 차들이 많지 않고 거리에 사람도 없다.

"나 이제 가고 싶어."

신호가 변한다. 그러나 태하는 몸을 덜덜 떨며 멍하니 앞만 보고 있다. 뒤의 빨간 소형차가 경적을 울리자 그제야 정신을 차리고 액셀을 밟는다.

"보내줘."

"제발 이따 얘기하자."

태하가 천천히 눈을 깜빡인다. 도로 양옆으로 잠깐 바다가 나오더니 금세 송도 신항구의 고층 빌딩들이 도로 옆을 막아선다. 호텔과 레저스포츠 시설, 여행사, 수입대행업체, 물류창고, 고급 레스토랑이 입점해 있는 빌딩들이다. 그 빌딩들의 장벽을 지나자 거대한 크루즈 여객선들이 정박해 있는 제2국제여객터미널이 나오고, 거길 지나자 바로 인천대교 진입로가 나타난다. 태하가 초점 없는 눈으로 완만한 커브를 훑으며 인천대교 진입로를 올라간다.

"지금 보내달라니까?"

태하가 대답하지 않자 아내가 소리친다.

"당장 보내달라고!"

톨게이트가 나오자 태하가 속도를 조금 줄인다. 그러자 톨게이트 전방에 붙은 센서에서 초록빛이 점멸하더니 차단봉들이 땅 밑으로 사라진다. 톨게이트를 벗어나자마자 태하가 다시 가속한다.

"제발, 조금만 기다리면 옛날처럼 살 수 있어."

"대체 무슨 소릴 하는 거야!"

널찍한 왕복 6차선 도로 양옆으로 낮게 펼쳐진 회색 바다가 보인다. 회색 하늘에서 떨어지는 빗방울이 그 바다 위로 쏟아져 뒤섞인다. 회색 하늘과 회색 바다. 마치 아직 굳지 않은 뭉글뭉글한 콘크리트 덩어리들이 딱딱하게 굳은 콘크리트 도시를 둘러싸고 있는 것 같다. 그러나 그날은, 그렇게 화창할 수가 없었다. 짙푸른 바다 위로 내리쬐는 햇살에 눈부셔하면서 이 길을 달렸다.

"공항에만 가면 너도 구하고, 이슬이도…… 이슬이도 구할 수 있어."

태하가 중얼거리며 액셀을 더욱 힘껏 밟는다. 그러나 금색 렉서스는 보일 기미가 없다. 나는 한때 이슬이 웅크리고 있던 어두운 뒷골목을 떠올렸다. 가슴이 문드러질 것만 같은 지독한 슬픔과 배신감, 그리고 서러움. 쓰레기봉투에서 터져 나온 오물들처럼 갈기갈기 찢어져 파편화되어가던 이슬의 영혼이 느껴졌다.

태하의 코에서 코피가 울컥 쏟아져 나온다. 눈을 연신 깜빡이며 정신을 차리려고 해보지만, 눈을 깜빡일 때마다 다시 뜨기까지의 시간이 길어져만 간다. 일정한 시간, 일정한 간격으로 콘크리트 중앙분리대의 접합점과 가로등, 가드레일의 기둥이 스쳐 지나간다. 태하가 계속 중얼거린다.

"우린 결혼했고, 난 니 남편이고, 넌 내 아내야. ……그렇다니까? 굉장히 오래 널 찾아다녔어."

"당신 판타지는 확실히 알았으니까……."

"그런 게 아니고! 사실이라고, 사실!"

아내가 창밖을 바라보며 조용히 미소 짓는다.

"그런 게 여기 어딨어?"

태하가 시뻘건 얼굴을 돌려 아내를 노려본다. 핸들을 잡은 손부터 어깨, 머리, 허리, 온몸이 부들부들 떨린다. 태하가 거의 비명을 지르듯이 목소리를 뒤집어가며 소리친다.

"여기라는 게 뭔데! 대체 뭔데!"

"내 환상 속이지. 술집 모인 골목의 홀로그램 같은 환상. 안 그래?"

웨딩드레스 차림의 아내가 나를 돌아보며 말했다. 나는 대답하지 않았다.

"꿈속에서…… 당신이 있었고 당신을 지켜보는 또 다른 남자가 있었어. 그리고 또 한 사람이 더 있었는데…… 그 사람은 우리 이야기가 적힌 책을 읽고 있더라? 근데 전부 다 자기가 진짜라고 생각하는 거야. 웃기지? 특히 책을 들여다보고 있는 사람이 제일 고집불통이더라고."

나는 다시 고개를 돌려 앞을 본다. 눈부신 하늘에 새하얀 뭉게구름이 떠다니고, 인천대교 밑에는 짙푸른 바다가 태양빛을 반사하며 넘실거린다. 힘겹게 눈을 끔뻑거리자, 다시 콘크리트처럼 짙고 뭉글뭉글한 먹구름으로 뒤덮인 하늘과 탁한 회색 바다가 나타난다.

"증명해봐!"

내가, 아니 태하가 소리쳤다.

"내가 틀렸다는 걸 증명해봐!"

저 앞에 까마득히 높은 인천대교의 주탑이 보인다. 뒤집어진 Y자 모양의 주탑에서 수십 개의 강철 와이어가 사선으로 뻗어나와 다리를 지탱하고 있다. 그 와이어들이 만들어내는 연속적인 사선 안으로 들어서자, 마치 착시 현상을 일으키는 삽화 안에 들어온 것처럼 어지럽고 묘한 기분이 든다. 나는 석양에 물든 단조로운 고속도로와 규칙적으로 나타나는 야자수들을 떠올렸다. 아내가 휙휙 지나가는 야자수들을, 아니 강철 와이어들을 멍한 눈으로 바라보며 배시시 웃는다.

"이래도? 이래도 내가 당신 아내야?"

아내가 새하얀 웨딩드레스 자락을 걷어 올린다. 보이는 것은, 가느다란 가죽끈으로 칭칭 동여맨 남자의 성기다. 순간 아내가 입은 웨딩드레스는 다시 광택이 번쩍이는 검은색 라텍스 원피스로 변했다. 눈을 끔뻑일 때마다 하늘에선 눈부신 햇살과 짙은 먹구름이 번갈아 나타났다. 머리를 흔들어 떨쳐내려 해봤지만 하늘은 마치 형광등이 깜빡이듯 명암을 달리하고 있었다. 바다도 마찬가지였다. 조수석의 아내를 본 태하가 시뻘건 이를 드러내며 허탈하게 웃었다. 내가 차 밖으로 몸을 내민 채 샷건을 들어 올린 남자를 떠올린 순간, 태하도 한 손으로 핸들을 잡고 차 바닥에서 권총을 집어 들었다. 그러고는 관자놀이로 총을 가져갔다. 태하의 눈은 룸미러 속에 비친 '나'를 바라보고 있었다. 나는 엘리베이터에 붙은 거울이 끊임없이 서로를 비추며 만들어내던 무수한 '나'의 환영을 떠올렸다.

총소리에 놀라 눈을 깜빡이자 내 차 앞부분에서 치솟는 불길이 보였다. 뜨거운 햇살 아래서 오글오글 타오르고 있는 불꽃은 마치 바닷속의 노란 산호초처럼 기이하게 흐느적거렸다. 그 불꽃 속에 아내가 쓰러져 있는 게 보였다. 새하얗고 미끈한 다리 사이에서는 아직도 피가 쏟아지는 중이었고, 입술은 여전히 반쯤 벌어져 있었다.

내가 잠시 눈을 감았던 것이 몇 초 전이었는지, 몇 시간 전이었는지, 며칠 전이었는지…… 모든 것이 눈을 감기 전에 본 광경과 똑같았다. 단지 아내가 입고 있는 것이 갈기갈기 찢어진 웨딩드레스가 아니라 검정색 라텍스 원피스라는 것만이 달랐다.

알 수 없다. 어쩌면 따지는 건 무의미할지도 모른다. 우린 모두 술집 골목의 허공 위에서 춤추고 있는 어느 예쁘장한 홀로그램 댄서의 꿈, 그녀의 아트만 입자에 불과할 수도 있으니까. 그리고 그 데이터는 그것만으로도 하나의 온전한 우주일 것이다. 나는 점점 더 무거워지는 눈꺼풀을 천천히 깜빡이다가, 눈을 감았다. 그러고는…….

*

'무'였다. 어둠이라고 단정할 수도 없고 그렇다고 빛 속에 있는 것도 아니었다. 어찌 생각하면 무한한 공간처럼 여겨지기도 했고, 내 의식을 알 껍질처럼 둘러싼 옴짝달싹할 수 없는 공간처럼 느껴지기도 했다. 태양도 달도 별도 보이지 않았다. 사람도, 그 어떤 사물도 없었다. 정적 속에 있는 건지, 아무것도 들을 수 없을 정도의 소음에 휩싸여 있는 건지도 분명치 않았다. 그런 무의 공간, 또는 무의 상태 속에서, 문득 그 '무'를 인지하고 있는 나 자신을 의식할 수 있었다. 시간이 얼마나 흘렀는지 알 길이 없었다. 겨우 수초가 지난 것 같기도 하고, 수백 수천 년간 이 상태로 있었던 것 같기도 했다. 사후 가상세계는 없어져버린 걸까. 존재하는 모든 우주는 이제 사라져버린 걸까. 아니면, 그런 것들은 애초에 존재하지도 않았던 걸까.

붉은 성운 같기도 하고, 붉은 연기 같기도 하고, 붉은 머리칼 같기도 한 것이 언뜻 스쳐 지나갔다. 하지만 실제로 존재하는 것인지 내 무의식의 반영인지 알 수 없었다. 숨소리와 따뜻한 바람이 귓가를 스친 것 같았지만, 그것도 정말 바람이 분 건지 내가 잠시 그런 기분을 느낀 건지 알 수 없었다. 그 순간, 주변이 조금 환해지며 아래쪽이 하얗게 빛나기 시작했다. 역시 실제로 내가 빛을 보고 있는 것인지 아니면 그저 그런 환상을 떠올린 것인지 알 수 없었지만, 아래쪽의 하얀빛을 바닥이라고 의식하고 발을 내디뎠더니, 걸을 수 있었다. 그렇게 잠시인지 한참인지 모를 시간 동안 걷자 주변에 희미한 색채가 나타났다. 걸으면 걸을수록 아래쪽은 엷은 녹색, 위쪽은 흐린 하늘색으로 차츰차츰 색이 뚜렷해졌다. 색채들 사이의 경계는 리드미컬하게 넘실거리고 있었는데, 마치 출렁이는 물에 옅은 물감을 푼 것 같았다. 그쯤 하얀빛의 바닥에서도 변화가 느껴졌다. 발이 닿을 때마다 까슬까슬하고 굴곡진 바닥이 부드럽게 부서져 내리며 발가락을 간질였다. 나는 땅바닥을 유심히 살피며 몇 걸음 더 걷다가, 문득 이것들이 뭔지 알 것 같은 느낌에 고개를 들고 주변을 둘러봤다. 그러고는 좀 더 빠른 걸음으로, 결국에는 거의 달리다시피 해서 색채와 사물이 확실하게 뚜렷해지는 지점까지 이동했다. 어디선가 살랑살랑 바람이 불어왔다. 물이 철썩이는 잔잔한 소리가 귀를 간질였다.

고요하게 넘실거리는 비췻빛 바다가 낮게 깔린 파도를 밀어 보내고 다시 쓸어 담기를 반복했다. 수평선 위 흐린 하늘에는 구름 몇 조각이 떼어 붙인 솜처럼 머물렀다. 파도가 백사장 위로 밀려올 때와 다시 밀려 나갈 때, 서로 다른 소리가 들려왔다. 바람은 부드럽게 이마에 부딪힌 후 콧잔등을 타고 새하얀 백사장으로 흘러내렸다. 그리고 저 앞에, 나무로 만든 해변용 의자 두 개가 나란히 놓인 것이 보였다. 그중 하나에 여자가 누워 있었다. 나는 가까이 다가갔다.

"바라데로 해변이래요."

이슬의 붉고 풍성한 머리칼이 미풍에 흔들렸다. 알이 크고 옅은 갈색 선글라스 너머로 풍성한 속눈썹과 지그시 감은 눈이 들여다보였다.

"광자 가습기가 만든 박제?"

이슬은 미소를 머금은 채 고개를 저었다.

"이번엔 아니에요."

비췻빛 바다가 잔잔하게, 때론 격정적으로 파도치며 백사장에 스며들었다. 나는 이슬과 함께 해변을 걸었다. 마치 세상 끝에서나 존재할 것 같은 고요한 풍경 속에서, 우리는 오랫동안 말이 없었다. 단지 이따금씩 파도가 깊이 밀려와 물을 튀길 때 서로를 쳐다보며 웃을 뿐이었다. 신선한 바람결에 이슬의 향수 냄새와 살 냄새가 은은하게 실려 왔다. 나는 말없이 이슬의 손을 잡았다.

그리고 잠시 고개를 돌려 '당신'을 봤다.

끝.

## 작가의 말

간혹 내가 외부 세계를 제대로 인식하고 있는 것인지 의심이 들 때가 있다. 익숙하게 말하고 사용하던 단어가 어느 날 갑자기 생경하게 느껴질 때가 있는 것처럼, 사물이나 풍경, 사건, 가끔은 사람을 접할 때도 그런 기분이 든다. 비행기를 타고 먼 나라에 도착하면 내가 정말 어마어마한 거리를 날아서 이곳에 온 것이 아니라 그저 얼마간 날았다는 느낌을 받았을 뿐, 철제 원통 외부의 사람들은 그 몇 시간 동안(또는 내가 몇 시간이라고 착각하고 있는 동안) 열심히 건물을 바꾸고, 피부색을 바꾸고, 냉난방기를 총동원해서 기온을 바꾸고, 얼음을 끌어오고, 그렇게 모든 준비가 끝난 후 '자, 다 왔습니다! 여기가 북극입니다!' 하는 것은 아닐지. 또는 거울과 망막의 상은 완벽하게 같은 게 아니라서 혹시 거울에 비치는 내 모습이 다른 이에게는 더 길쭉하거나 더 납작하게 보이는 게 아닐지. 내가 말하는 '잠깐'과 상대방이 말하는

'잠깐', 나의 '사랑'과 상대방의 '사랑', 나의 '친절'와 상대방의 '친절'은 얼마큼이나 차이가 날지. 혹시 그 간극이 너무 커서 나 혼자만의 환상이라 할 만한 정도는 아닐지.

고향에 있을 때 자주 가던 바가 있었는데, 거기 바텐더가 진짜 예뻤어. 머리끝부터 발끝까지 내 스타일이었지. 대체 어떻게 저런 사람이 존재할 수 있을까, 내 머릿속 환상이 아닐까 싶을 정도였어. 근데 난 그 여자에 대해 아무것도 모르거든. 말 한마디 못 나눠보고 여기 와 있는 거야. 그럼 지금 그 여자가 내 환상이 아니라는 걸 어떻게 증명해야 되냐? 지금도 그 여자가 지구 반대편에서 데킬라를 따고 있을 거라는 건 순전히 이 머릿속에만 있는 장면 아니야? 너처럼 어디서 사진이라도 구해 와야 돼?

— 카를로스

하루는 그게 옷걸이에서 미끄러졌는지 바닥에 떨어져 있었어요. 난 무슨 걸레가 저렇게 반짝거리나 했지. 근데 집어 드니까 그 드레스더라고. 그때 좀, 느낌이 싸하더라구요? 얇은 살구색 새틴이랑 수백 개의 플라스틱 스팽글. 이걸 내가 몇백 주고 샀다니. 그렇지만 그것만이 그 옷의 본질이에요? 그게 너무 갖고 싶었다는 내 갈망이랑, 그거 만든 디자이너, 누가 할리우드 시상식에서 입었다는 명성 같은 거는 완전 무시해도 되는, 그냥 허상이냐고. 그쪽 본질은 그럼 단백질이겠네? 이제 그마저도 아니지만?

— 박이슬

446

완전한 어둠 속에 갇힌 채 저 멀리서 반짝이는 작은 빛을 본다면, 그걸 캄캄한 암실 속에서 보는 LED의 반짝임이라고 해석하는 게 자연스러울까, 아니면 끝도 없이 뻗어 나간 우주에서 빛나는 별이라고 해석하는 게 자연스러울까. 만약 전자가 진실이라 하더라도, 실은 우리 모두 지구라는 암실에 갇혀 끝내주게 잘 만든 홀로그램 하늘을 올려다볼 뿐이더라도, 나는 그 우주와 별빛에 대한 공상과 탐구심이 어딘가에서는 조용히 뻗어 나가고 있을 것이라 생각한다. 웃음거리가 되거나 호되게 반박당한 의견, 터무니없는 상상, 장례식장에서 들은 아버지의 낯선 일생, 짝사랑하는 사람에 대한 환상, 오랫동안 알고 지낸 누군가에 대한 오해와 착각, 의도와는 전혀 다른 해석. 그것들 모두 어딘가에서는 마을과 도시를 이루며 살아 숨 쉬고 있을 것이라 생각한다. 물질과 비물질, 실체와 허상, 현실과 꿈의 경계가 없는 곳. 무의미도 의미를 가지는 곳. 어쩌면 바라데로 해변과 닮았을지도 모를 그런 곳에서 말이다.

　이 순간 나의 시점에서는 허상일 뿐인, 지금 내 머릿속에서는 그저 뭉글뭉글한 먹구름의 형태로만 존재하는 모든 독자들에게 감사를 전한다. 이 글을 읽는 독자의 시점에서도 나는 그 나름의 허상으로 존재할 것이지만, 이 모든 무의미는 의미가 있다.

한동오

## 홀로그램 여신

© 한동오, 2015

초판 1쇄 인쇄일   2015년 12월 23일
초판 1쇄 발행일   2015년 12월 29일

지은이    한동오
펴낸이    정은영
책임편집  김보미

펴낸곳    네오북스
출판등록  2013년 04월 19일 제2013-000123호
주  소    (우 04047) 서울시 마포구 양화로 6길 49
전  화    편집부 (02)324-2347, 경영지원부 (02)325-6047
팩  스    편집부 (02)324-2348, 경영지원부 (02)2648-1311
E-mail   neofiction@jamobook.com

ISBN 979-11-5740-125-3 (04810)
        979-11-5740-126-0 (set)

이 도서의 국립중앙도서관 출판시도서목록(CIP)은 서지정보유통지원시스템 홈페이지
(http://seoji.nl.go.kr)와 국가자료공동목록시스템(http://www.nl.go.kr/kolisnet)에서
이용하실 수 있습니다.(CIP제어번호: CIP2015035139)